教育部人文社会科学重点研究基地

安徽师范大学中国诗学研究中心 编

中國詩學研究

第二十辑

凤凰出版社

图书在版编目（CIP）数据

中国诗学研究. 第二十辑 / 安徽师范大学中国诗学研究中心编. -- 南京：凤凰出版社，2021.12
ISBN 978-7-5506-3605-7

Ⅰ. ①中… Ⅱ. ①安… Ⅲ. ①诗歌研究－中国－丛刊 Ⅳ. ①I207.22-55

中国版本图书馆CIP数据核字(2021)第261547号

书　　　名	中国诗学研究（第二十辑）
编　　　者	安徽师范大学中国诗学研究中心
责 任 编 辑	徐珊珊
装 帧 设 计	徐　慧
出 版 发 行	凤凰出版社（原江苏古籍出版社） 发行部电话 025-83223462
出版社地址	江苏省南京市中央路165号，邮编：210009
照　　　排	南京凯建文化发展有限公司
印　　　刷	江苏凤凰数码印务有限公司 江苏省南京市栖霞区尧新大道399号，邮编：210038
开　　　本	787毫米×1092毫米　1/16
印　　　张	15
字　　　数	283千字
版　　　次	2021年12月第1版
印　　　次	2021年12月第1次印刷
标 准 书 号	ISBN 978-7-5506-3605-7
定　　　价	98.00元

（本书凡印装错误可向承印厂调换，电话：025-57718474）

《中国诗学研究》编委会

学术顾问：刘跃进　莫砺锋　钟振振
　　　　　胡晓明　丁　放
主　　编：胡传志
执行主编：潘务正
编　　委：胡传志　刘运好　武道房
　　　　　潘务正　韩震军
主　　任：任　群
执行编辑：任　群　胡　健　程　诚

目　录

秋浦论诗

新见《宣城右集》中关于李白的珍稀文献 ·················· 汤华泉 1
李白《南陵别儿童入京》写作地点、时间再考辨 ·············· 何家荣 5
由《秋浦歌》地名书写看李白游秋浦情感的空间变化特征 ········· 卢燕新 10

诗学研究

论古诗中的"观看" ·································· 田宏宇 19
《汉书·艺文志》研究诗赋思想的路径与方法 ················· 李轶婷 30
玄佛合流下南朝山水诗学的新变
　　——兼谈中外文化的交流与融合 ············· 葛刚岩　陈思琦 43
略论《太平广记》所录唐代小说中的联句诗 ·················· 张明华 55
成都梅林分韵唱和考论 ································ 黄楚蓉 67
《唐诗鼓吹》以柳宗元七律为首 ·························· 严正道 80
论明末诗僧释明河的诗歌创作及其文学史意义 ················ 金建锋 90
论清代诗学对"意"范畴的重构 ················· 袁济喜　王子珺 102

词学研究

朱彝《词体纂论图谱》考论 ····························· 张文昌 115
近代词话的编撰历程 ································· 程　诚 125
民国小罗浮社考论 ·································· 伏蒙蒙 135
吴湖帆与现代"学人之词"的实践 ························· 赵家晨 146

诗学文献研究

韩偓作于福州沙县的两首诗解读 ……………………………………… 吴在庆 159

关于宋代戏谑诗文献整理的几点思考 …………………………… 张福清 171

《续修四库全书》所收宋人别集与《全宋诗》补辑
　　——以幸元龙、何希之二家为例 ……………………………… 赵　昱 183

王端淑生平及著作谳疑 ………………………………………………… 滕小艳 195

《清人诗文集总目提要》订补
　　——以马之瑛等五位安徽籍作家为中心 ……………………… 朱则杰 207

钱仪吉钱泰吉主要事迹编年 …………………………………………… 任　群 216

新书推介

三教融合视域下柳宗元思想研究的拓进
　　——评张勇《柳宗元儒佛道三教观新论》 …………………… 朱憬臻 229

馆阁、地域与赋体：清代赋学研究的新思维
　　——评潘务正《清代赋学论稿》 ………………………………… 程　维 233

> 秋浦论诗

新见《宣城右集》中关于李白的珍稀文献

汤华泉

摘　要：明代宣城文学总集《宣城右集》收录有李白佚诗《题宣州昭亭庙》、崔成甫佚文《文殊普贤二菩萨功德记》，崔文并引录李白佚文《崔长生墓铭》四句。诗一首、文四句，沧海遗珠，洵为宝贵。崔成甫文又为李白天宝十二载(753)南游宣城提供了新的背景资料，为李白宣城期间与崔成甫交往及赠酬诗文系年提供了新的证据。

关键词：《宣城右集》　李白诗文辑佚　李白诗文系年

《宣城右集》是明代宣城汤宾尹编刻的宣城文学总集，二十八卷，收三国吴至明朝天启前有关宣城的诗文作品，其中文三百余篇，诗七百余首，不少作品不见他书。此书传本甚稀，明清以来少见著录、征引，《四库全书》未收，今存数部，当代学者少见利用。黄山书社于2017年8月出版了王景福、石巍、童达清的校注本，迄今也未引起学界较多的关注。

《宣城右集》收录的唐宋元作品有不少不见于已出的唐宋元诗文全集，经笔者检索查证，发现佚诗、佚文共一百余篇，已撰《〈宣城右集〉唐宋元诗文佚篇辑目》予以介绍。① 这里特别介绍从该书发现的李白佚诗一首、文四句及载录李白文句的崔成甫《文殊普贤二菩萨功德记》。

李白佚诗见该书卷二十一，题作《题宣州昭亭庙》，题上注："本集不载。"全诗如下：

> 郡国北十里，下有灵仙府。合沓牵数峰，奔来镇平楚。中心最高顶，仿佛接天语。左瞰东海滨，右望西江渚。祠堂栖神异，琼席罗香醑。日暮腾远烟，闲话落庭虎。

此诗三四五六句之先亦见嘉靖《宁国府志》卷五《表镇志》之敬亭山下注引："李白诗：

---

① 汤华泉：《〈宣城右集〉唐宋元诗文佚篇辑目》，《古典文学知识》2021年第3期。

'合沓牵数峰,奔来镇平楚。中间最高顶,仿佛接天语。'又诗:'众鸟高飞尽,孤云独去还。相看两不厌,惟有敬亭山。'"下一首即李白名作《独坐敬亭山》(有二异文),这里前四句与此首四句各为一诗。后来万历《宁国府志》卷十二《艺文志》则合为一题,作《敬亭山独坐》,前后次序颠倒,此四句为《敬亭山独坐》其二。万历《志》并合二诗为一题似无依据,这两首诗在体裁、写法上显然不同,一为古体,一为近体,一为题咏,一为抒情,合并在一起是不合适的。《宣城右集》收李白诗三十四首,包括这两首,《题宣州昭亭庙》《独坐敬亭山》各自为题。万历志的合并改题影响到后来宣城的府县志及《古今图书集成》等书的引录,皆依万历《志》作一题二首。20世纪末《李白在安徽》《全唐诗补编》据嘉庆《宁国府志》、光绪《宛陵郡志备要》收《题宣州昭亭庙》四句为李白佚诗,题目改作《独坐敬亭山》其二。亦为詹锳《李白全集校注汇释集评》、郁贤皓《李太白全集校注》之《集外诗文》收编。郁贤皓先生在此诗题解中有按语:"此诗语意浅露,疑是后人伪作。"如果就此四句置评,或可致疑,但这首诗共十二句,此四句只是全诗前半部分,诗意始展,不宜遽为此评。就题咏而言,此诗亦堪称切题、完满。宣州昭亭庙(又名敬亭山庙)历代相延,题咏祀神之作甚多,谢朓即有《祀敬亭山庙诗》,此诗的立意、用语与谢朓的诗及其《游敬亭山诗》有一定的因承,应是李白作于此地。不见本集而能保存下来,或有赖先前的本地地志、地方总集,也可能有石刻留存。

文四句见《宣城右集》卷二崔成甫《文殊普贤二菩萨功德记》,全文如下:

殿内文殊、普贤两铺圣容,绥安员外尉、博陵崔成甫为亡妻范阳卢氏追福崇修也。素成未绘,普贤座前,有光现于地中,因得额珠,合相圆满,昼夜腾耀,道俗异焉。其西间文殊,水晶毫相,近如圆月,远若大星,灿然炳焰,又经数日,岂诚感欤?惟圣应欤?

成甫初谪湘阴,历汉阳,又移绥安,卢氏抱疾行□阳于舟中殒逝,半路相失,载柩来斯。呜呼!奉亲执馈,凡廿□载,荣悴流离,死生契阔。痛逝者之苦别,恨生□[者]之至艰,抚□增恸,碎心祈福,冀凭实相,下拯冥途,灵珠洞□,圣容慈救,哀哉!卢氏魂兮!

生□□重叙□□成甫小男名长生,字何郎,子天假□□,生知辨慧,一晬丧亲,□龄夭折,当[尝]寄居此寺,铺于斯,戏于斯,游迹尚存,手泽可念,□□染疾,邀其乳母,将头花两捶,诣二菩萨,安于髻上,翌□[日]而□。天乎!妻亡子丧,泪枯心折,□识此业,不知何缘。翰林学士李白哀而铭之曰:金镮才辨,玉秀不实。惟佛与佛,乃能知之尔。

大唐天宝十三载龙集甲午十一月五日建,崔成甫文并书。

崔成甫此文不见其他载籍，《宣城右集》载此文下有一条附记："成甫谪绥安，其妻卢氏道亡，寓宣城，有文殊、普贤二菩萨灵应事，自为文书石。万历癸酉，东直市王家得之屋后蔬圃中，中缺十八字，然不载何寺院也。"文为崔成甫作自无疑问，这是崔成甫留下的唯一一篇文章。可补《全唐文》。此文引录的李白句："金镮才辨，玉秀不实。惟佛与佛，乃能知之尔。"是李白为崔成甫小男长生所撰的墓志铭，题可拟为《崔长生铭》。虽则四句，亦是一篇佚文，可补《李太白文集》《全唐文》。

此文还具有查考崔成甫、李白有关行历的重要文献价值。

这是关于崔成甫生平的一篇重要的生平文献。崔成甫晚年的仕历以前仅知其谪湘阴至死，此文自叙"初谪湘阴，历汉阳，又移绥安"，增加了两段经历，绥安的官职自叙为"绥安员外尉"，也就是先谪湘阴，再量移汉阳、绥安，绥安即广德，属宣州。赴任时曾居宣城佛寺。这都是以前未知的崔成甫生平经历。由此知，崔成甫之与宣城不是一般的游客，而是居住于此的职官。此文写作时间天宝十三载，应是其子夭折的当年。崔成甫何时来宣州绥安赴任，由文中所引《崔长生铭》"金镮才辨，玉秀不实"，可以推知。这两句是用《晋书·羊祜传》中羊祜五岁识金环的典故，①意为崔成甫小男长生五岁夭折。前面说长生"一晬丧亲"，也就是说周岁时其母卢氏死。周岁记年应是二岁，由天宝十三载前推三岁，就是天宝十一载，卢氏病故，亦即崔成甫赴任时间。这样崔成甫最后的经历就清楚了：天宝十一载量移绥安，寓居宣城。这是一个新发现。以前见《崔沔墓志》谓崔成甫"乾元初卒于江介"，②学人一般认为是卒于湘阴，现在看来很可能是卒于宣城，如卒于湘阴，除了仕历有扞格，在措辞上也不宜称"江介"，而应称湘滨、湖外。

此文也是考证李白宣城游历和有关诗文创作背景、时地的重要文献。这篇文章给出了"天宝十三载龙集甲午十一月五日"明确的时间记录，在此时先后李白居留宣城。由这个时间也证明了古今学者认为李白于天宝十二载南游宣城的正确。又由崔成甫这几年的行止，可以推知李白南游宣城应与他有关。崔成甫天宝十一载来宣州任职，第二年李白就来到这里，并非巧合。李白与崔成甫的交往始于天宝前，从所赠诗知其情分很深，后来二人先后遭遇挫折，同病相怜，遥相忆念，崔成甫还有"天外常求太白老"（见其《赠李十二》）的念想，二人或可获知彼此信息，会见崔成甫应是李白南游宣城一个重要动因。李白在宣城期间直接或间接给崔成甫写了六首诗、两篇文章，过往密切，非同一般，可见崔成甫在李白此行中的作用。

---

① 房玄龄等撰：《晋书》卷三四《羊祜传》，中华书局1974年版，第1023页。
② 郁贤皓：《李白诗中崔侍御考辨》，见郁贤皓著：《李白丛考》，陕西人民出版社1982年版，第88页。

由崔成甫的行止和二人的交往，还可以为李白有关诗文提供新的系年依据。

李白在金陵与崔成甫有诗歌赠酬，崔成甫有《赠李十二》、李白有《酬崔侍御》，李白又有《玩月金陵城西孙楚酒楼达曙歌吹日晚乘醉着紫绮裘乌纱巾与酒客数人棹歌秦淮往石头访崔四侍御》，詹锳先生《李白诗文系年》系之于天宝十二载秋由梁园南下宣城途经金陵作，①未出证据。郁贤皓先生依据崔成甫贬湘阴时间，定于天宝六载崔成甫来金陵寻访李白，二人相会时作。②郁说得到一些学者的认同。由潇湘贬所长途寻访，有无此可能，似应存疑；如考虑崔成甫新任绥安尉，任职地距金陵不远，风闻李白南下，来此迎候，可能性则较大。此可依詹锳先生系年，补充这一证据。

至于《〈泽畔吟〉序》，詹锳先生将其与上诗系于同时同地，郁贤皓先生认为写作时间"应当在乾元元年或稍后，即在李白流放夜郎途中或遇赦回来游潇湘之时，其时正当成甫刚死或卒后不久"。③詹锳先生把这篇文章系于金陵再会时可能过于匆忙，郁贤皓先生推测作于夜郎贬途或归途，也可能为环境所难许。《泽畔吟》是崔成甫精心结撰、精心保存的专集，请李白作序必为其本人或亲属郑重嘱托，途中于授受双方皆非合适，何况此书已"蠹伤卷轴"，需要提供一较好的保存条件。今知崔成甫任职于宣州，在此地与李白游从经年，作序事必发生在这几年。至于是否在崔成甫死后，也不一定，"从宦二十有八载"也是一句常见的回溯性叙述，似不能盖棺论定。

《寄崔侍御》："宛溪霜夜听猿愁，去国长如不系舟。独怜一雁飞南海，却羡双溪解北流。高人屡解陈蕃榻，过客难登谢朓楼。此处别离同落叶，明朝分散敬亭秋。"詹锳先生《李白诗文系年》系此诗于李白至宣城当年暮秋，谓别崔成甫而之金陵。④由崔成甫《文殊普贤二菩萨功德记》文末署时，知此说误，李白第二年还在此地。此诗作期应后推至天宝十四载，《李白诗文系年》此年有"冬复之金陵"条。⑤此诗当作于秋冬之交。

（汤华泉，安徽大学文学院教授。出版有《全宋诗辑补》等。）

---

① 詹锳编著：《李白诗文系年》，人民文学出版社 1984 年版，第 95 页。
② 郁贤皓校注：《李太白全集校注》卷一六《酬崔侍御》题解，凤凰出版社 2015 年版，第 2335 页。
③ 《李太白全集校注》卷二六《泽畔吟》序》题解，第 3810 页。
④⑤ 《李白诗文系年》，第 95 页。

李白《南陵别儿童入京》写作地点、时间再考辨

何家荣

摘　要：李白《南陵别儿童入京》一诗的写作地点、写作时间,至今仍有争议。仔细体味文本寓意,再联系《赠崔司户文昆季》和《酬张卿夜宿南陵见赠》两诗及相关文献资料综合考察,此诗开元末、天宝元年(742)前写于宣州之南陵,更有说服力。

关键词：南陵　入京　东鲁　宣州

南陵别儿童入京

　　白酒新熟山中归,黄鸡啄黍秋正肥。呼童烹鸡酌白酒,儿女嬉笑牵人衣。高歌取醉欲自慰,起舞落日争光辉。游说万乘苦不早,著鞭跨马涉远道。会稽愚妇轻买臣,余亦辞家西入秦。仰天大笑出门去,我辈岂是蓬蒿人!

李白的这首诗,作于何时,学界几成定论,即天宝元年李白奉诏入京之际;作于何地,学界有分歧,传统认为作于宣州南陵,亦有学者主张,作于山东曲阜一个叫南陵的村庄。①笔者细味此诗,同时联系李白《赠崔司户文昆季》和《酬张卿夜宿南陵见赠》两诗及相关文献资料综合考察,认为上述问题还有进一步考辨的必要。

一、诗题中之"南陵"到底在宣州还是在东鲁

　　诸家推倒旧说,否定篇名中"南陵"为宣州之南陵,理由集中在两个方面,一是诗中描写风物与江南之宣州南陵不相符,二是李白不可能是从宣州南陵奉诏入京。先来讨论第一个问题。

　　葛景春、刘崇德《李白由东鲁入京考》一文指出:"诗中之内容与南陵的江南风物多不

---

① 丁放:《天宝初年李白奉诏入京地再考辨》,《光明日报》2008年12月2日。

相符。'白酒新熟山中归,黄鸡啄黍秋正肥。'黄鸡啄黍的情景应是中原风光。不似江南风物。黍属粟类,产在黄河流域。而江南主要产稻米。"①

这一观点基本被学界所认同。但我们查阅《全唐诗》,却发现情况并非如此。在早期的唐诗中,黍稷、稷黍、禾黍常常同现,似泛指五谷。专就黍的产地而言,也不专指黄河流域的中原。孟浩然《过故人庄》"故人具鸡黍,邀我至田家",是写他家乡襄阳江村(长江流域)的村居生活的。李白自己的诗中,《赠崔秋浦三首》其二"东皋多种黍,劝尔早耕田"(一作"东皋春事起,种黍早归田"),《登金陵冶城西北谢安墩》"地古云物在,台倾禾黍繁",更是明确写江南,甚至具体到金陵、秋浦了。因此,据"黄鸡啄黍"的景象否定本诗作于宣州之南陵是站不住脚的。

二、诗题中的"入京"到底是奉诏还是自发

现在来探讨上面的第二个问题。否定宣州南陵说者都认为诗题中的"入京"即是天宝元年的奉诏入京,所以首发之地不可能是宣州之南陵。如郁贤皓《吴筠荐李白说辨疑》指出:"李白有《游泰山六首》,题一作《天宝元年四月从故御道上泰山》,其第五首云:'山花异人间,五月雪山白。'可知李白天宝元年五月还在泰山。"②然后分析说,李白在这年仲夏到仲秋三个月之间,从山东泰山南下,把儿童寄放在南陵,到剡中与吴筠隐居。后吴筠被召入京,在京推荐李白。玄宗下诏征召,李白再从剡中赶到宣州南陵。郁先生认为,这样一连串的事情,都发生在短短的三个月时间内,不太合乎情理。

但《南陵别儿童入京》中之"入京",就是"奉诏入京"吗?关于这个问题,先前就曾有学者怀疑过,③笔者也认为不太可能。首先,"游说万乘",应该不是奉诏,否则怎么还要游说呢?周勋初先生《李白评传》第三章"李白的行踪"部分作过这样的解释:"或许玄宗在征召他的诏敕中没有说清楚,李白入京担当何职,但他却视作一次'游说万乘'的机会,以为战国时期纵横游说之士的盛况可以再现了。"④周先生发现了"游说万乘"与"奉诏入京"之间的矛盾,但还是囿于"奉诏入京"说,于是作出上面那样颇为牵强的解释。难道李白还能向皇帝讨官,或与皇帝讨价还价吗?否则他向皇帝游说什么呢?

其次,诗题"别儿童入京"也颇耐人寻味。如果李白是奉诏入京,于李白,是平生大愿;

---

① 葛景春、刘崇德:《李白由东鲁入京考》,《河北大学学报》1983年第1期,第114页。
② 郁贤皓著:《李白与唐代文史考论》,南京师范大学出版社2007年,第59页。
③ 《李白与唐代文史考论》,第77—78页。
④ 周勋初著:《李白评传》,南京大学出版社2005年版,第95页。

于众人,是天下殊荣,他何以只"别儿童"呢?可见,他别无他人可别。但儿童们(儿女们)毕竟年幼,哪里懂得父亲的心思呢?故有"高歌取醉欲自慰,起舞落日争光辉"——自慰者,无人可相慰也,故酡颜只能与落日争辉。故有"会稽愚妇轻买臣"——愚妇者,女流也,或也可借指如妇人般的短视之辈吧。如果李白是奉诏入京,绝不会秘而不宣的,地方上的各路官吏、士子们哪有不知道,哪有不闻风而动,奉迎左右,列队相送的呢?就像李白后来在《赠从弟南平太守之遥二首》中所写的那样:"当时笑我微贱者,却来请谒为交欢。"何以会是李白一个人孤零零地上路呢?可见,李白这时候尚没有被召,还是被像"会稽愚妇"一样的人轻贱着。

李白另有一首《赠崔司户文昆季》诗,确定作于天宝十二载南下宣州时。诗云"一去已十年,今来复盈旬",当是承上"惟昔不自媒,担簦西入秦"而言。意谓:想当年我在无人引荐的情况下,自整行装,踏上入京之路。谁知一去已逾十年,现在回来又已过十多天了。"一去"与"今来"相对,"已"与"复"相对,"十年"与"盈旬"相对。若"今来"之地为宣城,则"一去"之地亦当为宣城;若"盈旬"指来宣城时间,则"十年"亦当为别宣城时间。故知李白这次入京(二次入京),首途为宣州,不是东鲁;是"不自媒",并非"奉诏"。"惟昔不自媒,担簦西入秦"的情景,与《南陵别儿童入京》的情景正好相合。若是"奉诏",如何会那般寒碜呢?再联系李白于皖南诸作,其中屡言入京事,屡言荣恩、遭谗、被逐放还事,而在东鲁诸作中则少言之。说明李白二次入京是从宣州这里启程的,现在再到宣州,自然会每每想起当年入京情景。在东鲁,无由产生这样的联想。

郁贤皓先生《再谈李白两入长安及其作品系年》又提出:"如果李白不是奉诏入京,何以《南陵别儿童入京》诗会出现'仰天大笑出门去,我辈岂是蓬蒿人'这样兴高采烈的情绪?"①笔者的理解是,这里的"仰天大笑"恰恰不是兴高采烈,而是满腔郁愤不平,是笑傲江湖,是对炎凉世态的极端蔑视。

李白这次入京,如果不是奉诏,则不一定在天宝元年,可以在天宝元年之前。黄锡珪《李太白年谱》于开元二十八年有条按语云:"以上三年内,太白必游庐山等处。惜无诗文可考。"②开元末,李白去安陆后之行踪,诸谱互有差异。或于此期间,李白携子女先到宣州南陵,与刘氏合,寓居于此。其间漫游吴越等地。与刘氏诀后,方移家东鲁,再合于鲁一妇人,最后娶于宗氏。《南陵别儿童入京》,或作于未移家东鲁之前。至于前引《赠崔司户文昆季》诗,作于天宝十二载,距其二次入京首途之开元末,应间隔十多年,而诗言"一去已

---

① 《李白与唐代文史考论》,第78页。
② 吕华明、程安庸、刘金平著:《李太白年谱补正》,中华书局2012年版,第220页。

十年",当是取整数。

三、李白诗中的"南陵"有没有可能指东鲁

据有关专家对《全唐诗》的检索,共检出35首诗涉及"南陵"一词,除少数几例作普通名词用,指"南面的山陵""南面的陵墓"之外,凡是用作地名的,基本都是指宣州的南陵。①

《南陵别儿童入京》一诗题中的"南陵"上文已进行了辨析,还有一首《酬张卿夜宿南陵见赠》,诗题中的"南陵"属地,也存在分歧。安旗先生确认,这个"南陵"是曲阜县之陵城南庄,理由是:"诗云:'月出鲁城东,明如天上雪。鲁女惊莎鸡,鸣机应秋节。'首句中之'鲁城'指瑕丘,曲阜城西南之南陵恰在瑕丘之东。故知首四句写的是张卿夜宿南陵田舍之景。其下续云:'当君相思夜,火落金风高。河汉挂户牖,欲济无轻舠。'当张卿夜宿南陵田舍之时,李白不在该处(疑在瑕丘家中),张卿打发人给李白送了一首诗去,李白遂答以此诗。因夜已深,不便乘舟前往,因约次日相会。故诗之末云:'故山定有酒,与尔倾金罍。'句中之'故山'即指南陵田舍。"②

安旗先生的上述说法,詹锳先生曾提出过质疑:陵城南庄距沙丘仅六公里,张卿何至夜宿该村,而不径往李白居家之沙丘?③ 说明这个问题还是可以讨论的。笔者以为,安旗先生可能由于太倾情于"东鲁"说,故对于文本的解读稍有偏差。此诗首四句是写张卿夜宿南陵之时,李白于鲁城家中所见所闻之景象,而不应是安旗先生理解的"写张卿夜宿南陵田舍之景"。接下来四句是写,君思我,我亦思君,但相距遥远,如天河两岸的牛郎织女一般,无由相会,徒叹奈何,也不该是安旗先生解读的那样。

"当君相思夜"云云,是回忆之口吻,由此可推知,从张卿赠诗到李白酬答,其间颇有时日,不可能如安旗先生理解的那样,是在同一个晚上发生的事,更不可能像"约次日相会"那样的近。赠诗与答诗之间既然有一段时间,则可见张卿夜宿的那个"南陵",距离李白所居的瑕丘比较遥远,不可能是近在十多里之外的陵城南庄,还是"宣州南陵"更为合乎情理。那么,由接下去的"林丘""故山"等句可推知,李白于奉诏入京前确曾在宣州南陵寓居过。此篇云"与君各未遇,长策委蒿莱",与《南陵别儿童入京》所言"仰天大笑出门去,我辈岂是蓬蒿人";此篇云"遂令世上愚,轻我土与灰",与《南陵别儿童入京》所言"会稽愚妇轻

---

① 姜光斗:《论李白与安徽的情结》,见《中国李白研究——纪念李白诞生1300周年国际学术研讨会论文集》,黄山书社2001年版。
② 安旗著:《李白诗秘要》,三秦出版社2001年版,第331—332页。
③ 詹锳主编:《李白全集校注汇释集评》,百花文艺出版社1996年版,第2684页。

买臣,余亦辞家西入秦"也相呼应,一为当年入京前之情景,一为今日被斥去朝后之情景,都是抑郁不得志。或许李白此时在想,早知今日,何必当初呢?不如归去吧,君寓居之宣州南陵,一定还会接纳我的。于是有了末二句:"故山定有酒,与尔倾金罍。"

李白皖南诸作,除上引两篇外,仅诗题中出现"南陵"的诗作还有《与南陵常赞府游五松山》等八篇,而东鲁诸作中,别无"南陵"字样。由此可见,李白心中念念不忘的、脱口而出的那个"南陵",只能是皖南宣州之南陵。

(何家荣,池州学院文学与传媒学院教授。发表论文有《访"不遇"诗与盛唐气象和唐代诗人的精神风度》等。)

由《秋浦歌》地名书写看李白游秋浦情感的空间变化特征*

卢燕新

摘　要： 李白《秋浦歌》十七首,出现地名凡十七个,其中属于宣州境内者十二个,宣州以外者五个。诸多地名,有出现一次者,也有两次以上者,总计达二十五次。诗中的诸多地名书写,不仅丰富了《秋浦歌》组诗地理文化意义,更使得组诗情感呈现出单线延伸、双线变化与多线交错综的空间变化特征。探讨这组诗地名书写及其空间变化特征,不仅可以把握李白《秋浦歌》的游历线索,还可以更好地研究诗人游历秋浦时复杂的内心情感。

关键词：《秋浦歌》　地名书写　李白　情感空间变化特征

引　论

李白《秋浦歌》组诗以其艺术成就,历来受到关注。《渔隐丛话后集》卷二六引《艺苑雌黄》："《秋浦歌》云：'白发三千丈。'其句可谓豪矣,奈无此理何？"①《唐诗镜》卷二〇《怨情》注："六朝五言绝,意致既深,风华复绚。唐人即古其貌而不古其意,古其意而不古其韵,如《秋浦歌》《劳劳亭》,古意荡然矣。"②《唐诗归》卷一六"盛唐·李白"选《秋浦歌》二首,"一道夜歌归"下钟惺评曰："口齿了然。""桃波一步地"下谭元春评曰："'长门一步地',责怨无已；'桃波一步地',清幽逼人。俱安得妙甚！"③然而,《秋浦歌》有多少首,至晚宋以后,就存在分歧。黄庭坚《书自草秋浦歌后》："绍圣三年五月乙未,新开小轩,闻幽鸟相语,殊乐,戏作草,遂书彻李白《秋浦歌》十五篇。"④《后村诗话·新集》卷一："《秋浦》十五首云：'秋

---

* 本文为国家社科基金项目"《河岳英灵集》笺注、资料汇编及殷璠诗歌批评研究"（项目编号：21BZW010）阶段性成果。
① 胡仔纂集,廖德明校点：《苕溪渔隐丛话》卷二六,人民文学出版社1962年版,第190页。
② 陆时雍选评,任文京、赵东岚点校：《诗镜·唐诗境》卷二〇"盛唐·五言绝句",河北大学出版社2010年版,第672页。
③ 钟惺、谭元春选评,张国兴等点校：《诗归》下册,湖北人民出版社1985年版,第329页。
④ 黄庭坚著,刘琳等点校：《黄庭坚全集》第五册《别集》卷八,中华书局2021年版,第1483页。

浦长似秋,萧条使人愁。遥传一掬泪,为我达扬州。'又云:'秋浦锦驼鸟,人间天上稀。山鸡羞绿水,不敢照毛衣。'又云:'山川如剡县,风日似长沙。'又云:'两鬓入秋浦,一朝飒已衰。猿声催白发,长短尽成丝。'虽五言,然多佳句。"①陆游《入蜀记》:"李太白往来江东,此州所赋尤多。如《秋浦歌》十七首……"②今所见王琦《李太白全集》(下文称"王《注》")卷八,③瞿蜕园等《李白集校注》(下文称"瞿《注》")卷八、④詹锳主编《李白全集校注汇释集评》(下文称"詹《注》")卷七、⑤安旗主编《李白全集编年笺注》(下文称"安《注》")卷七、⑥郁贤皓《李太白全集校注》(下文称"郁《注》")卷六,⑦所录《秋浦歌》,均作十七首。这十七首诗,地名书写是其显著特征。未及地名者,唯其七、十三、十五,仅三首。现依上文所述李白别集的五部整理本为依据,统计李白《秋浦歌》所出现的地名,在此基础上,分析其所体现的李白游秋浦情感所呈现的空间变化特征。

一、《秋浦歌》所见宣州秋浦诸地名

秋浦县有秋浦水,县因水而得名。唐初,秋浦县属池州,旋州废,县属宣州。唐代宗永泰初,复置池州,以县来属。详论见下文。李白游秋浦时,县属宣州。《秋浦歌》,詹《注》卷七解题:"天宝十三载,李白自广陵、金陵而至宣城,往来于池、歙诸州。这一组诗即此时游秋浦而作。"⑧安《注》系于天宝十三载,解题曰:"秋浦,宣城郡县名,又水名,县即因水而得名。……白本年自秋及冬均在秋浦。此十七首或作于初至之时,或作于久客之后。"⑨郁《注》说:"秋浦,县名,隋开皇十九年(五九九)置,以秋浦水得名。属宣州。……此组诗乃天宝十四载(七五五)秋天游秋浦所作。当时诗人从幽州归来,往来于宣州、金陵、广陵及秋浦一带。"⑩虽然学界关于《秋浦歌》诗所作的时间看法不一,但有一点可以肯定,即《秋浦歌》十七首作于诗人游秋浦期间。游历时,诗中所记,首先是宣州秋浦诸地名。现考录如下:

---

① 刘克庄撰,王秀梅点校:《后村诗话·新集》卷一,中华书局1983年版,第159页。
② 陆游撰:《陆游集》第五册《渭南文集》卷四五,中华书局1976年版,第2428页。
③ 李白撰,王琦注:《李太白全集》上册卷八,中华书局1985年版,第417页。本文所引李白诗,均依据此书。
④ 李白著,瞿蜕园等校注:《李白集校注》第二册卷八,上海古籍出版社2016年版,第635页。
⑤ 李白撰,詹锳主编:《李白全集校注汇释集评》第三册卷七,百花文艺出版社2010年版,第1120页。
⑥ 李白撰,安旗等笺注:《李白全集编年笺注》第三册卷一一,中华书局2017年版,第1113页。
⑦ 李白撰,郁贤皓校注:《李太白全集校注》第三册卷六,凤凰出版社2015年版,第899页。
⑧ 《李白全集校注汇释集评》第三册卷七,第1120页。
⑨ 《李白全集编年笺注》第三册卷一一,第1113—1114页。
⑩ 《李太白全集校注》第三册卷六,第899—900页。

秋浦：除其七、九、十一、十二、十三、十四、十五、十七，其余九首均有"秋浦"一词。其首要含义是县名，隋开皇十九年(599)分南陵置，以县西秋浦水得名，属宣城郡。唐武德四年(621)，属池州。贞观元年(627)，属宣州。永泰元年(765)，复置池州，治秋浦。《元和郡县图志》卷二八"江南道·池州·秋浦县"："隋开皇十九年，于石城故城置，属宣州。永泰二年，李勉奏置池州，县属焉。……秋浦水，在县西八十里。"①《旧唐书》卷四〇《地理志三》"江南西道·池州下"："隋宣城郡之秋浦县。武德四年，置池州，领秋浦、南陵二县。贞观元年，废池州，以秋浦属宣州。永泰元年，江西观察使李勉，以秋浦去洪州九百里，请复置池州。……秋浦，州所治。汉石城县，属丹阳郡。隋分南陵置秋浦县，因水为名。"②《秋浦歌》中，如"秋浦千重岭""君莫向秋浦""两鬓入秋浦"等，均指秋浦县。除此以外，"秋浦"还有两重含义：一是泛指秋浦地区。如"秋浦猿夜愁"，詹《注》："此谓在秋浦夜里闻黄山猿啼……"③又如"秋浦锦驼鸟""秋浦多白猿""愁作秋浦客，强看秋浦花"。二是水名，在秋浦县西。《方舆胜览》卷一六"池州·山川"之"秋浦"注："《池阳记》：'北带郡城，南连驿道，为舟楫之路。'"④《秋浦歌》其一"秋浦长似秋"，郁《注》："据《贵池县志》记载：秋浦水长八十余里，阔三十里。"⑤此可证本首诗"秋浦"指秋浦水。

东大楼：见《秋浦歌》其一。指大楼山，在池州府城南四十里。王《注》："《江南通志》：大楼山在池州府城南六十里。"⑥安《注》："大楼，山名，据嘉靖《池州府志》记载，在贵池城南四十里。其山为府治之面。……按池州贵池县即秋浦。"⑦瞿《注》、詹《注》、郁《注》同。查《江南通志》卷一六"舆池志·山川"，王《注》"在池州府城南六十里"，误。

黄山：见《秋浦歌》其二。指黄山岭，在池州城南九十里，位于清溪上游。诸家注均同。

青溪：见《秋浦歌》其二。一作"清溪"。王《注》："在池州府城北五里，源出考溪，与上路岭水合流，经郡城至大江。"⑧瞿《注》、詹《注》均同。李白诗《与周刚清溪玉镜潭宴别》："溪当大楼南，溪水正南奔。"王《注》解题："周必大《泛舟游山录》：清溪水正碧色，下浅滩数里至玉镜潭。水自南来，触岸西折。……李白诗云'溪水正南奔，回作玉镜潭'，实录也。"⑨故知清溪在秋浦城南，自南而北。

---

① 李吉甫撰，贺次君点校：《元和郡县图志》上册卷二八，中华书局1983年版，第689页。
② 刘昫等撰：《旧唐书》第五册卷四〇，中华书局1975年版，第1603页。
③ 《李白全集校注汇释集评》第三册卷七，第1123页。
④ 祝穆撰，祝洙增订，施和金点校：《方舆胜览》上册卷一六，中华书局2003年版，第293页。
⑤ 《李太白全集校注》第三册卷六，第900页。
⑥ 《李太白全集》上册卷八，第417页。
⑦ 《李白全集编年笺注》第三册卷一一，第1114页。
⑧ 《李太白全集》上册卷八，第418页。
⑨ 《李太白全集》中册卷二〇，第946页。

水车岭：见《秋浦歌》其八。在秋浦城西约七十里姥山上。祝穆以为在齐山，《方舆胜览》卷一六"池州·山川"之"半岩"注："李元方尝刻碑于有侍岩，谓齐山大小泉凡十一。……秋浦千重岭，而水车岭最奇……"①但王《注》曰："《一统志》：水车岭在池州府齐山。胡震亨曰：《贵池志》：县西南七十里有姥山，又五里为水车岭，陡峻临渊，奔流冲激，恒若桔槔之声。旧注以为在齐山者，误。"②今从王《注》。

江祖石：见《秋浦歌》其九、十一。池州府城西南山名。王《注》："《一统志》：江祖山，在池州府城西南二十五里，有一石突然出水际，其高数丈，上有仙人迹，名曰江祖石。"③"二十五里"，詹《注》、安《注》均作二十里。又，郁《注》："江祖，即江祖石。胡震亨《李诗通》引《池州志》：'清溪上有江祖石，突出高数长。上有仙人迹，亦名江祖山，去城二十五里。'按此石位于今池州市城南二十里，清溪河北岸。"④

逻人：见《秋浦歌》其十一。这个词，诸家注差异甚大。王《注》："胡震亨曰：《贵池志》：城西六十里李阳河，出李阳大江，中流有石，槎牙横突，为拦江、罗叉二矶。'罗叉'今本作'逻人'，误。琦按：鸟道是高山峭岭人迹稀到之处，而逻叉横其间，今以水中矶石当之，亦恐未是。又鱼梁，论其迹亦当在池州，注者或以徽州之鱼梁当之，不知徽州之水南流入于浙江，池州之水北流入于安庆大江，源流各异，未可混也。"⑤詹《注》："逻人即指池州万罗山上之罗人石。"⑥郁《注》："逻人：与'江祖'相对，亦秋浦岭石名。胡震亨《李诗通》作'逻叉'，注云……按《乾隆池州府志》卷七'山川'云：'万罗山，在城南二十里，与江祖石隔溪对峙。上有逻人石。李白《秋浦歌》所谓"逻人横鸟道，江祖出鱼梁"是也。'由此可知'逻人'即万罗山上之逻人石。"⑦今从詹《注》、郁《注》。又，万罗山在府南二十里，与江祖石隔溪相对，上有罗人石，事亦见《江南通志》卷一六。

鸟道：见《秋浦歌》其十一。参上文王《注》。

鱼梁：见《秋浦歌》其十一。詹《注》："鱼梁，捕鱼之石堰，非指地名。"⑧郁《注》："鱼梁，一种捕鱼设施。用土石筑坝横截水流，留缺口，以竹笼承之，鱼随水流入笼中，不能复出。"⑨细读本诗"逻人横鸟道，江祖出鱼梁"，"逻人"为逻人石，"江祖"乃江祖石，则"鱼梁"在"逻人"与"江祖"之间，亦为地名。参上文王《注》。

————————

① 《方舆胜览》上册卷十六，第292页。
② 《李太白全集》上册卷八，第420页。
③ 《李太白全集》上册卷八，第421页。
④ 《李太白全集校注》第三册卷六，第911页。
⑤ 《李太白全集》上册卷八，第422页。
⑥⑧ 《李白全集校注汇释集评》第三册卷七，第1134页。
⑦⑨ 《李太白全集校注》第三册卷六，第914页。

平天湖：见《秋浦歌》其十二。贵池西南古湖水名。詹《注》："平天，古湖水名。乾隆《池州府志》卷七《山川》：'平天湖：在城西南十里。本清溪之水，由江祖潭、上洛岭以下，潴而为湖。李白《秋浦歌》所云"水如一匹练，此地即平天"者是也。'以往由此乘舟可登览齐山，后泥沙淤积，湖水干涸。"①安《注》、郁《注》略同。

寒川：见《秋浦歌》其十四。泛指秋浦地区。詹《注》："此言采矿冶炼火光直照天地……而其歌声则震动秋浦山川。"②郁《注》："他们边劳动、边唱歌，嘹亮的歌声使寒冷的秋浦山水为之震动。"③

桃胡陂：见《秋浦歌》其十七。贵池西南小山。王《注》："本集二十卷内有《清溪玉镜潭宴别诗》，注云：潭在秋浦桃胡陂下，是'桃波'乃'桃陂'之讹无疑矣。"④詹《注》："桃波，疑为桃陂，又称桃胡陂者。……《李白在安徽》：'桃坡，在贵池西南三十里。……桃坡山较小，故曰"一步地"。'"⑤

据上文梳理，《秋浦歌》十七首中，由宣州境内地名书写可以看出，诗人是从秋浦城出发，至远者为黄山，在池州城南九十里。总体看，其行踪是环绕秋浦城，亦山亦水，远近不等。

二、《秋浦歌》所见宣州以外地名

李白《秋浦歌》，除游览所及宣州秋浦诸地，诗中书写，有五处乃宣州秋浦以外地名，兹考述如下：

长安：见《秋浦歌》其一。唐上都，在宣州西北。《元和郡县图志》卷二八"江南道·宣州"之"八到"注："西北至上都取和，滁路三千一十里，取润州路三千七十里。"⑥《太平寰宇记》卷一〇三"江南西道·宣州"也有同样的记载。诗云"正西望长安"，"正西"实指西北。

扬州：见《秋浦歌》其一。《旧唐书·地理志》三"淮南道·扬州大都督府"："武德三年，杜伏威归国，于润州江宁县置扬州。……九年，省江宁县之扬州，改邗州为扬州，置大都督，督扬、和、滁、楚、舒、庐、寿七州。贞观十年，改大都督为都督，督扬、滁、常、润、和、宣、歙七州。龙朔二年，升为大都督府。天宝元年，改为广陵郡，依旧大都督府。乾元元年，复

---

① 《李白全集校注汇释集评》第三册卷七，第1135页。
② 《李白全集校注汇释集评》第三册卷七，第1138页。
③ 《李太白全集校注》第三册卷六，第919页。
④ 《李太白全集》上册卷八，第424页。
⑤ 《李白全集校注汇释集评》第三册卷七，第1145页。
⑥ 《元和郡县图志》下册卷二八，第681页。

为扬州……在京师东南二千七百五十三里,至东都一千七百四十九里。"①《太平寰宇记》卷一二三"淮南道·扬州":"西北至东京一千四百二十里。西北至西京一千九百四十里。西北至长安二千七百里。"②李白天宝十三载夏曾游扬州,参王《注》附编《李太白年谱》、③安《注》之《李白简谱》。④

陇水:见《秋浦歌》其二。王《注》:"《陇头歌》:陇头流水,鸣声幽咽。遥望秦川,肝肠断绝。"⑤郁《注》:"陇水,陇头的流水。"⑥《后汉书·郡国志五》"汉阳郡"下"有大坂名陇坻"注:"《三秦记》:'其坂九回,不知高几许,欲上者七日乃越。高处可容百余家,清水四注下。'郭仲产《秦州记》曰:'陇山东西百八十里。登山岭,东望秦川四五百里,极目泯然。山东人行役升此而顾瞻者,莫不悲思。故歌曰:"陇头流水,分离四下。念我行役,飘然旷野。登高远望,涕零双堕。"度汧、陇,无蚕桑,八月乃麦,五月乃冻解。'"⑦《乐府诗集》卷二一"汉横吹曲·陇头"解题:"一曰《陇头水》。《通典》曰:'天水郡有大坂,名曰陇坻,亦曰陇山,即汉陇关也。'《三秦记》曰:'其坂九回,上者七日乃越,上有清水四注下,所谓陇头水也。'"⑧细味诗意,"陇水"与"清溪"对,当有地名含义。《元和郡县图志》卷二"关内道·陇州":"禹贡雍州之域……后魏置东秦州,西魏文帝改名陇州,因山为名。隋大业二年省,义宁二年又于县理置陇东郡,武德元年改为陇州。"州"八到"谓:"东至上都四百六十里……南至凤州山路四百三十里……"⑨

剡县:见《秋浦歌》其六。王《注》:"《九域志》:剡县在越州会稽郡东南一百八十里。"⑩詹《注》:"剡县,即今浙江嵊县。《元和郡县志》卷二六'江南道·越州剡县':'汉旧县……吴贺齐为令,移理所。'县内有水名剡溪。"⑪安《注》:"剡县,即剡中,在越州(会稽郡)。"⑫郁《注》:"剡县,唐属江南东道越州(会稽郡),即今浙江嵊州市、新昌县一带。"⑬唐剡县属越州,《元和郡县图志》卷二六"江南道·越州"之"八到":"西北至上都三千五百三十里。西

---

① 《旧唐书》第五册卷四〇,第1571—1572页。
② 乐史撰,王文楚等点校:《太平寰宇记》第六册卷一二三,中华书局2007年版,第2442页。
③ 《李太白全集》下册卷三五,第1599页。
④ 《李白全集编年笺注》第四册附录《李白简谱》,第1994页。
⑤ 《李太白全集》上册卷八,第418页。
⑥ 《李太白全集校注》第三册卷六,第902页。
⑦ 范晔著,李贤等注:《后汉书》第十二册《志第二三》,中华书局1965年版,第3517—3518页。
⑧ 郭茂倩编:《乐府诗集》第二册卷二一,中华书局2017年版,第451页。
⑨ 《元和郡县图志》上册卷二,第44—45页。
⑩ 《李太白全集》上册卷八,第420页。
⑪ 《李白全集校注汇释集评》第三册卷七,第1127—1128页。
⑫ 《李白全集编年笺注》第三册卷一一,第1116页。
⑬ 《李太白全集校注》第三册卷六,第907页。

北至东都二千六百七十里。"同书同卷"剡县"谓:"西北至州一百八十五里。"①

长沙:见《秋浦歌》其六。王《注》:"唐时潭州治长沙县,亦谓之长沙郡,隶江南西道,潇湘、洞庭皆在其境内。"②詹《注》:"长沙,《元和郡县志》卷二九江南道潭州长沙县:'本汉临湘县,属长沙国。隋改长沙县,属潭州。'即今湖南长沙市。"③郁《注》:"长沙,唐代属江南西道潭州,天宝间改称长沙郡。今湖南长沙市。"④《旧唐书·地理志三》"江南西道·潭州":"隋长沙郡。武德四年,平萧铣,置潭州总管府。……潭州领长沙、衡山、醴陵、湘乡、益阳、新康六县。七年,废云州,改南梁为邵州,南营为道州。省新康县。督潭、衡、郴、连、永、邵、道等七州。天宝元年,改为长沙郡。乾元元年,复为潭州……在京师南二千四百四十五里,至东都二千一百八十五里。"⑤同书同卷"长沙县":"秦置长沙郡。汉为长沙国,治临湘县。后汉为长沙郡,吴不改。晋怀帝置湘州,至梁初不改。隋平陈,为潭州,以昭潭为名。炀帝改为长沙郡,仍改临湘为长沙县。武德复为潭州。"⑥故知李白诗"长沙",既可能指长沙郡,又可能指长沙县。

据上文梳理,可知《秋浦歌》十七首中,地名书写所见诗人思绪飞跃,西至关陇,东至吴越,南至长沙,情感变化空间十分广阔。

三、由《秋浦歌》所见地名看李白游秋浦的情感空间书写

综上文考,《秋浦歌》出现地名凡十七个,其中属于宣州境内者十二个,宣州以外者五个。诸多地名,有出现一次者,也有两次以上者,总计达二十五次。诸多地名书写,不仅丰富了《秋浦歌》组诗地理文化意义,更使得组诗情感呈现出明显的空间变化特征。具体分析,这种特征可以概括为以下三点:

第一,地名书写与李白游秋浦情感在空间上单线延伸式变化。《秋浦诗》中,李白情感在空间上的这种变化,呈现出一诗一地的特征。如《秋浦歌》其四:"两鬓入秋浦,一朝飒已衰。猿声催白发,长短尽成丝。"⑦这首诗的情感变化与地名书写的关系,以图表示:(1) 两鬓→衰→白发→成丝;(2) 入→一朝→猿声催→尽。据图(1),诗以白发起,又以白发终。据图(2),诗以"入秋浦"始,以"尽成丝"终。可见,动词"入"是李白情感变化在空间上的起

---

① 《元和郡县图志》下册卷二六,第 618—620 页。
② 《李太白全集》上册卷八,第 420 页。
③ 《李白全集校注汇释集评》第三册卷七,第 1128 页。
④ 《李太白全集校注》第三册卷六,第 907 页。
⑤⑥ 《旧唐书》第五册卷四〇,第 1612 页。
⑦ 本小节李白诗均引自王琦注:《李太白全集》上册卷八,第 417—424 页,不复注。

始点。以"两鬓"代指诗人自己,构成借代修辞方法,交代即将发生动作行为的主体。又以"入"与"秋浦"组成动宾结构短语,交代事件发生的缘起,再沿着"两鬓"与"秋浦"形成的情感关系为主线,紧扣"鬓"在地理环境中的变化,条述其因与果。

又如,《秋浦歌》其五:"秋浦多白猿,超腾若飞雪。牵引条上儿,饮弄水中月。"不同于上首诗,这首诗情感变化的起始点是地理名词"秋浦",以形容词"多"为谓语,以名词"白猿"为宾语。可见,这首诗以地名书写交代诗人情感变化的空间范围,以此写出新环境中的情感感受。以图表示:(1) 秋浦→白猿;(2) 白猿→超腾→牵引→饮弄。据图(1)可见,这首诗的情感主线是入秋浦后,观赏这一地区"白猿"所产生的欣喜之情。据图(2),可以看出,在"秋浦"这一空间里,诗人情感变化线条是沿着"白猿"形态与情态展开的。

李白《秋浦歌》中,地名书写与情感变化具有这类单线特点,尚有其八:"秋浦千重岭,水车岭最奇。天倾欲堕石,水拂寄生枝。"其九:"江祖一片石,青天扫画屏。题诗留万古,绿字锦苔生。"其十:"千千石楠树,万万女贞林。山山白鹭满,涧涧白猿吟。君莫向秋浦,猿声碎客心。"

第二,地名书写与李白游秋浦情感的双线变化。如《秋浦歌》其三:"秋浦锦驼鸟,人间天上稀。山鸡羞渌水,不敢照毛衣。""锦驼鸟""山鸡",王《注》:"《太平寰宇记》:歙州土产驼鸟。《郡国志》云:翎下青黄相映若垂绥,其状如蜀鸡,背如朱。《祥符新安图经》:驼鸟,一名楚雀,尤爱其羽,中矰弋则守死不动。《海录碎事》:驼鸟出秋浦,如吐绶鸡。《博物志》:山鸡有美毛,自爱其色,终日映水,目眩则溺死。"[①] 可见,这首诗地名书写有"秋浦""人间天上",其与情感变化,可如图示:(1) 秋浦→人间天上;(2) 锦驼鸟→稀;(3) 山鸡→羞。对比《秋浦歌》其四、其五,其三的地名书写呈现出明显的变化。据图(1),"秋浦"乃是实际空间范围的实指地名,"人间天上"为泛指,具体范围相对模糊。但是,两组地理名词,形成了空间上两次变化。据图(2),知"锦驼鸟"为诗人咏叹的对象,其地名书写与情感变化,可以衍生两幅图:(一) 秋浦→稀;(二) 人间天上→稀。据图(一)、图(二),可以看出这首诗情感变化的双线特征。再进一步看,据图(3),可以看出,诗人描写"山鸡",虽然有衬托"锦驼鸟"的作用,但从情感内涵上看,"山鸡"也有他的情感寓意。李白对"山鸡"的感情,用图表示:(A) 秋浦→羞;(B) 人间天上→羞。据图(A)(B),知"羞""不敢"与"稀"互衬,与"秋浦""人间天上"组成了情感变化的双线关系。

《秋浦歌》中,又如其十一:"逻人横鸟道,江祖出鱼梁。水急客舟疾,山花拂面香。"郁《注》:"此首前二句写逻人石与江祖石隔岸相对峙的高峻而巨大的气势。后二句写水急舟

---

① 《李太白全集》上册卷八,第418页。

疾,花香扑面。描绘秋浦江行的景色,逼真如画。"①可见,"逻人""江祖"这两处地名书写,交代了诗人江行览胜的视角起点,以及游历感情变化的线索。类似者,又如其十六:"秋浦田舍翁,采鱼水中宿。妻子张白鹇,结罝映深竹。"

第三,地名书写与李白游秋浦情感变化的多线交错。如其一:"秋浦长似秋,萧条使人愁。客愁不可度,行上东大楼。正西望长安,下见江水流。寄言向江水,汝意忆侬不。遥传一掬泪,为我达扬州。"这首诗,"秋浦"乃泛述河,通过泛称地名书写,交代了游历的地域范围。"东大楼"为游览具体地点,通过具体游历地名书写,达到写景抒情目的。"长安"是诗人理想所系,通过思念中的地名书写,表达了诗人游览时的心境变化。"扬州"也是诗人情志所寄之处,通过这一地名书写,表达了诗人内心的矛盾忧伤。以图表示:(1)秋浦→东大楼→长安→扬州;(2)秋浦→(极)愁;(3)东大楼→愁;(3)长安→忆;(4)扬州→泪。据图(1),知诗人游历秋浦的行踪。但诗人游秋浦时,难以按耐心中忧愁,故行踪变化为"东大楼"。然而,登上东大楼时,诗人的思绪跨越之千里之外的长安,旋又飞跃之千里之外的扬州。其顺序是由泛而实,由近而远,由眼前至西北,又自西北回归眼前,再飞越至远东。由地名书写,可见诗人思绪是多条线索交织一起。据图(2)(3)(4),知诗人情感变化,亦具有复杂性。对此,郁《注》:"此首前四句即谓秋浦景色萧条似秋,因愁而不渡秋浦水,登上大楼山。然后写在山上西望长安,正表示自己'身在江海之上,心居乎魏阙之下'(《庄子·让王》)。诗人寄言江水,请将自己的思阙之泪传达给扬州之友,真可谓奇情妙语,含蓄深婉。"②由此可见,郁先生也指出了李白这首诗地名书写与情感变化的关系。"奇情妙语",恰如其分地指出了李白诗空间书写的多变性与情感变化的复杂性。又如其二:"秋浦猿夜愁,黄山堪白头。青溪非陇水,翻作断肠流。欲去不得去,薄游成久游。何年是归日,雨泪下孤舟。"其六:"愁作秋浦客,强看秋浦花。山川如剡县,风日似长沙。"诗中地名书写,由"秋浦"到"黄山",由"青溪"到"陇水",空间上交错穿梭,情感亦随之飞跃变化。

综上,李白《秋浦歌》十七首中所及地名,不仅数量众多,而且书写方式灵活,使得组诗在空间上具有多变特色。与之相伴随的是,诗中的地名书写,不仅交代了李白的情感线索,而且有效地传递了诗人游历秋浦时的复杂心情感受。

(卢燕新,文学博士,南开大学文学院教授,博士生导师。出版有《唐人编选诗文总集研究》等。)

---

① 《李太白全集校注》第三册卷六,第915页。
② 《李太白全集校注》第三册卷六,第901—902页。

诗学研究

论古诗中的"观看"*

田宏宇

摘　要: 观看和凝视不同。凝视具有强烈的目的性和指向性。观看则是散漫的、整体性的看。古诗中的俯仰自如、天地静观都属于这种观看。然而,在这样敞开的、自由的观看背后,观看仍旧受到视角的规训,它隐匿在观看者的眼光中,俘获在观看对象的被看中,同时受到第三者目光的制约。在看和被看的视角腾挪中,观看展现了艺术层次的丰富性;而观看的内容到底"是什么",它游离在观看者和观看对象的复述关系中,通过艺术体验的交互验证,呈现了观照世界的力度和深度;观看始终是在时间和空间中进行的。观看的方式通过时间体现了动感的绵延,通过空间呈现了精密的辽阔,从而塑造和重现了诗人内在的心理世界和艺术世界。

关键词: 古诗　观看　视角　内容　方式

观看和凝视不同。凝视是固定的、有针对性的、局部性的看,但是观看却是散漫的、无目标的、整体性的看。对于观看来说,它多了一分逍遥自在。古诗中的俯仰自如、天地静观,都属于这种观看。然而就在这样敞开的、自由的观看背后,观看仍旧是受到视角的"规训",①这种规训在不知不觉中建立:它隐匿在观看者的眼光中,俘获在观看对象的被看中,同时受到第三者目光的制约。在看和被看的视角腾挪中,观看展现了艺术层次的丰富性;而观看的内容到底"是什么",它游离在观看者和观看对象的复述关系中,通过艺术体验的交互验证,呈现了观照世界的力度和深度;观看始终是在时间和空间中进行的。观看

---

* 本文系教育部人文社会科学研究青年基金项目"古代诗学空间意识研究"(项目编号:18YJC751045)阶段性成果。

① 规训,源自福柯的《规训与惩罚》。这里的规训强调的是被动性,即观看不是主动的,而是被动的。这种被动性受制于被看、社会环境和语言表达本身。规训使得观看失去了原有的步步移、面面观的自由,呈现的是看和被看的辩证法。在这样潜移默化的规训中,观看完成了它一系列的动作,实现了观看的外视和内视的过程。选自[法]福柯著,刘北城、杨远婴译:《规训与惩罚》,生活·读书·新知三联书店2009年版,第224页。

的方式通过时间体现了动感的绵延,通过空间呈现了静谧的辽阔,从而塑造和重现了诗人内在的心理世界和艺术世界。观看类似于洞穴隐喻中囚徒的观看,他们在注视,也在塑造;他们在观察,也在质疑,艺术的世界就在这样的观看中展示了它的不确定性和神秘性。

一、"观看"的视角:看与被看

观看,不是凝视。凝视是强烈性的聚焦,它具有明确的目的性和指向性。凝视是在权力欲望下主体施加在客体上的压制和塑造。观看则不同,它具有随意性和无指向性。然而看起来事不关己的观看背后却蕴藏着观看视角的变换:是谁在观看?观看者是否也在被看?在哪里观看?怎样观看?通过这样的分析,可以发现观看只是作为结果出现的。在观看之初,它与观看的视角紧密交融。视角,是观看世界的角度和立场。它已经是一种社会性行为。它蕴藏着人们的历史、文化和个体的生活经验和知识文化水平,以及人们所处的时间和空间。这些已经决定观看行为包含了复杂的行动机制:它既包含着观看者的"看",也包含着观看者的"被看"。视角的选择不同,观看的目光就不同。由此,观看就变得更加立体起来。

1. 观看者的"看"

在"观看"中,一旦提及观看,就将观看者和观看对象联系在一起,观看者作为主体,对象作为观看被反映的客体。观看者决定观看对象,观看对象反映观看者,由此建立了观看反映论。

对于这个观点,应该认识到的是观看和观看反映论这两个概念是相互联系的:观看反映论是就观看和现实的关系来说的,它介绍的是观看和观看对象之间所形成的关联,它是一种单向的投射关系。而观看,就是从主体观看的动作开始,到客体观看的对象截止,它贯穿观看反映的开端和结束。在认识的过程中,观看主体将审美情感和理性认知引入到观看内容中去,观看对象不可避免地带上了观看者的情感色彩和主观评价成分。观看对象不再是客观事实,而是成了包含观看者主观情感愿望、理性认知等成分的混合体。因此当观看对象出现的时候,它所呈现的不是它"本来"的真实,而是在观看者看来"应是"的真实。它不再是事实真实,而是某种价值真实的体现。因此从这个角度来说,当观看对象出现的时候,它本身就是建立在某种情感感知和体验基础上的感性认识,并同时成为某种价值评判和理性选择的思想意识。从文学的角度来说,它类似于移情的过程。观看不再是一个单纯的行动,而是一个赋予的过程。

其次，当我们提到观看的对象不是它本身的真实，而是"应是"的真实时，观看行为就像离弦的箭一样，开始冲向了它所要抵达的目标。这个目标从表面看是观看的客体，但是实际上它已经负载了支配观看者发出观看这个行动的精神动力和心理倾向。这表明，一切看起来纯粹的观看，都是不纯粹的。它不是无意地观看，而是在某种已经"内化"的情感和认知之后，才能在现实中发生的观看，这种观看已经转变成为一种行动。因此观看的对象是什么，早就已经在观看行为本身之前发生了。观看的对象先于观看本身。在这个意义上讲，观看的认识性要远远高于实践行动性。

如《乌衣巷》：

朱雀桥边野草花，乌衣巷口夕阳斜。旧时王谢堂前燕，飞入寻常百姓家。

刘禹锡在作诗之前实际上对于南京的盛衰已经有了沧桑感慨的感觉，因此当他进行观看的时候，他所选择的意象，诸如野草花、夕阳，就有了独特的意味。本来每天都有夕阳，野草花常在，都是没有任何指向的。然而作者却在三四句中，不自觉地，同时又若有所悟地添加了独特的意味。于是那些燕子从王谢堂前飞到了老百姓的堂屋里，它显示了富贵的式微，体现了今夕昨夕的感慨，将作者饱含在心中的情话倾泻了出来。于是，当这首诗再次回看朱雀桥，回看乌衣巷的时候，它已经带有了强烈的今昔对比的意味。从朱雀桥到野草花，从乌衣巷到夕阳斜，作者将历史的辗转腾挪，将人事的变迁是非，都一一迤逦铺展开来。因此，唐汝询指出这首诗是"托兴玄妙"，[①]这里的"兴"，一方面是触景生情，见到历史胜迹悠然感慨，一方面则是来自自身情感寄托。正是这种观看之前的情怀，才使得触景生情成为现实，才使得观看对象不自觉地转变为作者兴寄的产物。

2. 观看者的"被看"

既然提到观看承载着观看者的思想意识，那么就意味着观看本身不可能采取中立价值。它总是有所评判、有所是非、有所取舍的，同时又有所倡导的。那么观看本身所负载的思想意识到底来自哪里？于是，"被看"成了需要关注的关键词。当目光从观看转为被看的时候，原有观看的对象消失了，取而代之的是另一个观看的对象，即观看者的身体。观看者作为观看行为的发出者，对自己的身体是浑然不觉的，然而这个时候，观看的行为却发生了逆转。观看者的身体在观看的动作中从隐匿走到亮处。观看者的身体作为另外

[①] 陈邦炎撰：《说诗百篇》，上海古籍出版社2012年版，第153页。

一个被看的观看对象,实际上它也成为了一处景观。① 身体总是想要隐匿自己的存在,却想占据对象的存在。但是它本身作为实体,它的每个动作同时也在呈现中表达,它的内涵就不应该只是指身体本身,而是包括了在被看的过程中所存在的社会伦理意识和审美意识。身体在充分感应着这种环境所给它的暗示,它以感性的形式来响应这种社会环境所赋予它的价值体现。不同的是文学的表达是诗意的、朦胧的。因此这个时候,观看者被看的身体,并非呈现真实性的自己,而是作为表演性的自我,遮蔽了真实的本相,并在表演这样的身体倾向中享受着某种被认可和被肯定的快乐。

于是在身体被看的过程中,第三者的目光出现了。身体的动作和倾向是受到了第三者目光的引诱和鼓动。第三者的目光就是它所处的时代背景和社会环境。身体通过切身感受和身体体察,在努力迎合第三者的目光,希望第三者能够充分认可和肯定它的存在。这是一种卑微的姿态。具体来说,第三者作为一种权威或者权力的象征来出现。它必然是让身体本身不自觉倾向于敬服的对象。第三者在周围的环境中必然处于某种优势性位置。身体在感受和倾听到周围的声音之后,在选定自己所要倾心和"悦己者"的对象之后,它的表演就开始了。这种表演一开始就不是平等的,而是一者表演,另外一者观看。观看者在某种程度上,决定着被看者。被看者揣摩着观看者的口味和衡量标准,并且努力使得自己的表演符合观看者的眼光。在这种情况下,身体一开始的呈现就不是自由的,而是被遮蔽的。它被自己所呈现出来的景观所遮蔽。从这个角度重新观照刘禹锡的《乌衣巷》,会发现,刘禹锡实际上没有去过南京,但是他却有五首写南京的诗。刘禹锡的时代,南京已经从六朝古都的繁华地沦落为了一个荒凉的寻常百姓家。刘禹锡的这首诗是在想象中完成的。而在完成的过程中,他的身体(包括视觉、听觉、触觉以及各种体感)对于南京的印象,都被这种时代情怀调动起来了。它在回应着这种时代情怀对他的感召,它像在完成一篇命题作文一样完成应有的描写,它的每一处仿佛身临其境的目光、倾听和感受,都是规范下的表演动作,而不是其本身。它受到了第三者目光的衡量和制约。诗人在某种情怀的邀请和观看下,完成了这首诗的写作。

这些都已经决定了观看已非单纯的个人性举动。因此在这个角度上,观看虽然没有凝视更加具有聚焦性和权力欲望,但是观看本身作为一种社会行为,已经先在地受到了各种因素的制约和限制。这就决定了观看具有特殊的眼光和角度。观看之初,就因为观看

---

① 景观,源自"从生活的每个方面分离出来的影像群汇成一条共同的河流,这样,生活的统一便不再可能被重建。重新将他们自己编组成为新的整体的、关于现实的片段的景色。……在这里,骗人者也被欺骗和蒙蔽。作为生活具体颠倒的景观,总体上是非生命之物的自我运动"。选自[法]德波著,王昭凤译:《景观社会》,南京大学出版社 2006 年版,第 3 页。

视角不同而呈现出了各种过滤性、屏蔽性和诸多限制性。每一次观看,实际上都打开了诗人观照和叙述的方向和枢纽。它错综复杂地联系着谁在看、为什么看,或者看和被看的关系。这种观看的视角是潜在的、无形的,但是却无处不在,成为了诗歌虚构和表达情感的重要方式。

二、"观看"的内容:是与不是

从观看的内容看,一种观看是"它是什么",然而另一种观看则是它"是"什么。前者充满了确定性,后者却有了怀疑和无限的可能性。第一种观看,"它是什么"。根据贡布里希现象学的问题,我们所看到的只是光线,而没有抵达事物本身。因此汇聚在我们视野中的看似客观的事物,实际上是光线的组合物。我们的看"恰恰不能抵达被看的对象,而只能记录光线的传播"。① 因此客观反映是不存在的。所谓的"它是什么",也就等同于"它不是什么",因为我们无法确知看到的对象是否是对象本身,还是光线的汇聚物。第二种观看,它"是"什么。观看不是自然—接受的现象,而是接受—自然的现象,即我们所接受的塑造了我们观看到的。所谓"是",实际上就是由内心的"意"而成"象"的过程。它形成了我们观看的内容和方向。然而它一定"是"吗?当"意"呈现出多样性和复杂性的时候,"是"中就蕴藏着"不是"。在这个阶段,"观看"就变成了思维的博弈场,而不是客观的反映物,诗歌由此呈现出更大的张力和生命力。

1. 观看内容的"是"

观看内容的"是",呈现的是观看者与观看对象的复述关系。观看者与观看对象始终处在一种交互的作用状态。每一次观看和被看都构成了对当前观看的复述和超越。当观看者将观看对象定位为艺术品的时候,这就取缔了观看的功利性价值和意义。观看者已经不再将对方当成和自己密切相关的物来看待,而是将观看对象作为通达生命深处的桥梁,这是观看者和观看对象复述的开始。这个复述意味着,观看者复述着他所观看到的对象的内容。这里存在着模仿的痕迹,但不仅于此。同时观看对象复述着它所验证或者所复现的观看者的内容。复述的双重循环,意味着"是"的体验在"观看"的交互对话中逐渐加深和拓展。已有的体验会变得更加深刻,而未有的体验会变得更加新鲜、立体,同时也清晰可见。

---

① 陈艳波、马涛:《绘画作为非对象性显现——从现象学对绘画摹仿论的批判谈起》,《世界哲学》2019年第6期。

如《黄鹤楼送孟浩然之广陵》

　　故人西辞黄鹤楼，烟花三月下扬州。孤帆远影碧空尽，唯见长江天际流。

　　诗人在写景的时候，长江、友人和他，本身都是相互的复述关系。一开始是他在送友人，他和友人之间构成一种关系。他们依靠着依依不舍来建立彼此对朋友情感的阐释；后来是友人离开，他站在长江边上看景，这个时候他和长江又构成了一个复述关系。长江代表了他滔滔不绝的情感和无边的落寞，而同时长江最后又将他的角色吞没，形成了一个更加强劲有力的陈述关系，即最后诗人满目而成的波涛滚滚的长江。它代表了自然的无常，生命的不可解，还是自然对人生的理解？于是这个时候又落入了观看者（诗人）和观看对象（长江）之间的关系之中。长江于是被寓言了，它变成了一个故事。这个故事载着自然的生态特征，同时又被赋予了某种情感意义。于是你会发现，这里的复述关系相互层叠、相互照应，形成了特殊的编码，不断被演绎。

　　然而这种演绎不断在发生变化，它意味着更为深层的观看在继续。长江不再是一开始的长江，而李白也不再是刚开始送孟浩然的李白，两者都在发生一种替代性的变化。这种替代意味着一种微妙的观点在更新，在推进。在鲁迅先生写下"在我的窗前有两棵树，一棵是枣树，另外一棵，还是枣树"的时候，表面的复述，结果却发生了心理的变化。枣树作为意象，开始发生滑动。它作为枣树的意义变得不再清晰，但是它作为心理意象却表达了心态的流动性。当看到第一棵枣树的时候，鲁迅还没有那么无聊乏味，或者还可以是一种平常心，但是到了第二棵枣树的时候，无聊乏味和烦闷之感油然而生。这里的情感使得每一次观看都有了不确定的意味。你说是无聊乏味吗？此时此刻大概是的，但是逝者如斯夫，就在转瞬间它就会被替代为另一种细微的情感了。它们相互渗透，相互替代，使得情感本身具有了不确定性。然而恰恰是这种不确定性，才是诗性情感的核心。再次回到这首诗中来，李白看到长江，他无法深知长江是什么样子的。他的确看到的是长江，但是长江对于他意味着什么？他了解长江吗？对于诗人来说，长江完全是不确定的、陌生的。他只知道长江的称谓，甚至这个称谓对于长江自身没有什么关联。长江对于李白来说，完全就是神秘的载体。他面对长江，他所产生的是力不能及的无奈和对未来的怅惘。长江了解他吗？长江只能用它汩汩滔滔的声音来表达它的情怀。实际上他们只是想象中的知己而已。因此艺术作品无法提供真正的答案，它指向的是永恒的不确定性。然而确定的是，他改变了长江，同时长江也改变了他。当他送别孟浩然归去的路上，他已经不再是那个揪心难过、依依不舍的李白了，当他离开长江的时候，长江从此也以丰富的离别之意蕴、惆怅之伤感重新面对世人了。

观看者的"是"是一种双向印证、补充、深入的过程。它在确定中推进,在不确定中补正。"这种突如其来的'错综交合'状态会使人顿时产生无拘无束、不受时空限制的自由感,也会使人产生在一些最伟大的艺术作品面前所体验的那种豁然开朗、心胸舒展、精力弥满的感觉。"①

2. 观看内容的"不是"

观看内容的"不是",显示的是复述关系的悖论。当复述关系无法实现印证,当观看对象和观看主体呈现出情感和认知矛盾性的时候,复述的难度被迫提升。观看内容的"是"开始充满了不确定性。"是"还一定"是"吗?"不是"蕴藏着认知的重重障碍(因为诗"就是一种障碍重重、扭曲的言语"②),情感充满了层层阻隔,由此丰富了体验的层次,使得艺术体验在陌生感和难度中获得进一步确认。

例如张籍的《节妇吟》:

> 君知妾有夫,赠妾双明珠。感君缠绵意,系在红罗襦。妾家高楼连苑起,良人执戟明光里。知君用心如日月,事夫誓拟同生死。还君明珠双泪垂,恨不相逢未嫁时。

在这里,节妇是诗人观看的对象。节妇一般体现的是刚烈、坚贞,绝对不会跨越雷池一步,但是这里的节妇对于君,有着浓情厚意。她的情意婉转,徘徊在三个人之间:第一个"不是"。明末的唐汝询,在这首诗后批道:"系珠于襦,心许之矣。以良人贵显而不可背,是以却之。然还珠之际,涕泣流连,悔恨无及,彼妇之节,不几岌岌乎?"③这里的"危"是质疑,节妇还是节妇吗?第二个"不是"是节还是不节?就在这个思考两难的时候,节妇道:知君用心如日月,事夫誓拟同生死。这时,我们才能感叹道,这才是真正的节妇啊。这个时候你就会发现这个节妇是独特的。它和传统认识中的节妇是不同的。这是人类历史上独特的节妇。她就在危险的边缘,但是她还是还君明珠双泪垂了。可是为什么会"双泪垂"呢?这是第三个"不是"。作为观看对象,她惆怅艰难,她柔情缱绻,她坚贞执着,她又泪垂心动。这样"左右摇摆",却依旧执着的节妇,它在改造着观看者的思维。它一次次冲击着观看者的认知底线,然而一次次地又将观看者的认知思维重新塑造起来。它使得节

---

① 原话出自埃兹拉・庞德《回顾》,杨义曾引用,见杨义著:《中国叙事学》,人民出版社2009年版,第289页。
② [苏]维・什克洛夫斯基著,刘宗次译:《散文理论》,百花洲文艺出版社1997年版,第22页。
③ 唐汝询选释,王振汉点校:《唐诗解》,河北大学出版社2001年版,第390页。

妇这个概念变得更加生动，同时也变得更加复杂，而非单一的刻板印象。所以在观看的时候，要存疑，要有争议。它不是毫无疑问的洒脱，它不是确定无疑的结局，它一定要让你觉得她就介于节妇和不节之间，观看才变得有意义，你才能搬动节妇这个概念的大石头，才能重新洞察人生命里面流动的情意和不变的坚贞。

青原惟信禅师道："老僧三十年前未参禅时，见山是山，见水是水。及至后来，亲见知识，有个入处。见山不是山，见水不是水。而今得个休歇处，依前见山只是山，见水只是水。"① 你说节妇，我偏说不节，你说不节，我认为这才恰恰是真正的节妇。恰恰在从"是"到"不是"的过渡中，从"不是"到"仍是"的升华中，我们才看到了情意的真切和认知的澄明。

三、"观看"的方式：时间与空间

观看的方式分为时间的观看方式和空间的观看方式。时间的观看方式，是人类主体从时间的持续性和延展性出发，观察世界在时间的瞬息万变中所呈现出的丰富性和层次性；空间的观看方式，则是人类主体站在自然空间和社会空间的处境之中，观察世界在空间中由"刹那"（时间）转为"永恒"的方式，从而构建艺术中的想象空间，建立艺术的审美场域。

1. 观看的方式：时间

时间意味着流动，同时也绵延着人类敏感丰富同时又焦灼细腻的生命体验。时间的观看方式对应的是不确定性和流动性。

它表现为两个方面：首先是动词所呈现的生命微妙的丰富体验；第二是时态所表达的生命无限的流动性感受。

（1）动词所呈现的生命的微妙体验

时间的观看方式意味着人们对变动不居的生命体验的敏感与体察。而这个方面主要通过古诗中动词的使用体现出来。一方面，名词作为抽象的符号，它是固定的。当观看者使用名词的时候，实际上代表的是意义的搬运工，即将名词曾经所承载的历史文化意味和人文思想底蕴重新移栽过来，它取消了蕴藏在事物本身的丰富可能性。古诗避免的就是将诗词变成名词解释，而忽视了诗歌意象本身的生动性和流动性；另一方面，动词则意味着对每一个细微动作的模拟，每一处生命流动的观察以及每个生命触动后的微妙感受。动词重新将生命置于时间的绵延中去，还原了生命的流动性、不确定性和丰富性。

---

① 普济著，苏渊雷点校：《五灯会元》，中华书局1984年版，第1135页。

以司空曙的"雨中黄叶树,灯下白头人"为例,这句诗的妙处在于它借助"雨中""黄叶""树",以及"灯下""白头人"等多重意象来丰富了诗歌中的画面,使之具有丰富的联想力和意味的传达性。然而问题在于名词相互拼接而形成的意义画面,却因为缺少了动词的点缀和生动性,使得时间停滞,生命静止,只能借助名词固有的情感和认知来浇筑填充自己的感受了。如《除夜宿石头驿》:

旅馆谁相问,寒灯独可亲。一年将尽夜,万里未归人。
寥落悲前事,支离笑此身。愁颜与衰鬓,明日又逢春。

"旅客谁相问,寒灯独可亲",这里诗人所使用的"寒",既可做形容词,也可以作为动词。动词的寒,使得这盏灯有了别样的意味。在旅栈,孤独,没有朋友。只有一盏灯,偏偏是寒灯,这个灯的情感意味就发生了变化。这个变化就是流动的,然而这个流动性不够强,因为寒灯作为孤寂和落寞的代名词已经固定了,因此它并不能增强读者的体验,反而成为过往情感的同义反复了。另外,"未归人""愁颜""衰鬓"这些名词的问题依旧在于运用了已有的符号来标签自己的感受,所以感受力的传达是薄弱的,缺少张力。因此,对于一个观看者而言,他不可以将诗歌作为名词的举例说明,并将观看的内容表达为过往观看目光的替代物。

(2) 时态所表达的生命无限的感受。

时态是动词的形式。不同的时态代表了不同的时间阶段。根据莱辛的观点,艺术中最具有孕育性的时间段在于最能够让想象自由活动的顷刻了。他在《拉奥孔》中指出:"既然在永远变化的自然中,艺术家只能选用某一顷刻,特别是画家还只能从某一个角度来运用这一顷刻;既然艺术家的作品之所以被创造出来,并不是让人一看了事,还要让人玩索,而且长期地反复玩索;那么,我们就可以有把握地说,选择上述某一顷刻以及观察它的某一个角度,就要看它能否产生最大效果了。最能产生效果的只能是可以让想象自由活动的那一顷刻了。"[①]而这个时间段就处在"中间"的状态,即它处于过去和现在的"中间",或者它处于现在和未来的"中间"。这个时候,它并没有实现对于眼前时间的完成,同时它又暗示着某种可能性和不确定性的发生,由此使得观看的对象成为一个"谜"一样的画面,丰富了观看的内容,同时也增添了观看的层次性。

《余干旅社》:

---

① (德)莱辛著,朱光潜译:《拉奥孔》,人民文学出版社1979年版,第15—16页。

渡口月初上,邻家渔未归。乡心正欲绝,何处捣寒衣。

月亮刚刚出来,邻家的渔民还没有归来,我正是在思乡抵达一定程度、无所慰藉的时候,反而不知道什么地方有捣洗衣服的声音。这几句话都在暗示某种不确定性:月亮初上而未上,渔民将归而未归,思乡欲绝却连绵,捣衣寒声将断而未断。恰恰是这样的"中间"的顷刻,将作者想说而未尽的部分表达了出来。这里的时态把握地恰到好处,它正好处在"中间"的状态,反而将有限的景色和情感拓展为无限。

对比张籍的《宿江上馆》:

旅望今已远,此行殊未归。离家久无信,又听捣征衣。

这句就差了一层。"今已远",意味着过去时,它已经不再流动,而是处在停滞和回望之中。"未归",只是描述现在的状态。一个"又"字造成了一种回旋,它不是流向不确定,而是一种反复的垂叹。所以这首诗在艺术的方面反不能及前首。

由此,对于时间的观看方式而言,动词而非名词的使用才是对时间真实的模拟和体验,时态的"中间"状态才真正体现出生命"欲"的真相,展现出观照的本相,呈现出丰富的生命感受。

2. 观看的方式:空间

空间有自然空间和社会空间,古诗中更多呈现的是自然空间。在空间的观看方式中,时间的体验方式固然细致入微,然而难免纠结,限于人为。而自然景致的呈现,反而摆脱了人为的是非纠葛,从贪嗔痴念中挣脱出来,呈现出艺术宁静的气质。于是,当人们观照的方式从时间转为空间的时候,诗歌反而获得一种"门泊东吴万里船"的广阔和舒朗。

比如韦应物的《初发扬子寄元大校书》:

凄凄去亲爱,泛泛入烟雾。归棹洛阳人,残钟广陵树。
今朝此为别,何处还相遇。世事波上舟,沿洄安得住。

在这首诗中,动感是存在的。然而它尽量体现了人的被动。"凄凄去亲爱",体现的是被动的、无奈的情感。这是人力的削弱。在面对人事自然的时候,它是无能为力的,然而就是在这种无能为力之中,它破除了人的傲气和任性,开始向自然靠拢。于是有了后面的一句话,人世间的事情也正像江上的船,跟着水流动,漂浮不定。这就是重新解释的过程。这个阐释过程,就是从人为到空间自然的过程。当人为逐渐被无常消解,人开始亲近并了解自然,用自然的现象来解释人事浮沉。再看苏轼的《寄邓道士》:

一杯罗浮春,远饷采薇客。遥知独酌罢,醉卧松下石。
幽人不可见,清啸闻月夕。聊戏庵中人,空飞本无迹。

"幽人不可见"这句话中包含着一层意思,即作者想要见幽人,但是却无缘相会。而"聊戏",看起来洒脱,实际上是一种无缘相见后的谈笑,用谈笑来掩饰内心的失落。这里总有一种人为刻意的成分在里面。它不是要适应自然的瞬息万变,而是想要改变,尤其是"聊戏"二字,其实颇为尴尬,反而落得不自然。相比前一首韦应物的诗,是在承认了不可相遇的现实之后而产生的感慨。这种感慨是以承认自己无力战胜无常,却又超越了它,用自然的事实来揭示现实的看法,反而写出了人在空间自然中随遇而安的境界。因此,至少在这首诗的表现之中,东坡落败了。

所以,对于动词描摹的宾语,需要侧重于自然的变幻无常,并在无常中重新观照人生。观看者在观看眼花缭乱、变动莫测的自然风景时,才能细致感受到廊大空间所赋予的生命本质,才能真正反身自省,领悟自我的人生,提升生命的境界。

总之,古诗中的观看,分为观看的视角、观看的内容以及观看的方式。观看的视角受制于观看者思想和情感的观看,这就是"眼中之竹",[①]而非现实中真实的自己。然而观看对象的观看,包含第三者的观看,则渗透了社会环境的时代规训。观看的内容不是在于观看对象内容,而是连接词"是"。所谓艺术的可能性和不确定性就在于对"是"的质疑和想象中。而观看的方式,则是艺术中最为隐晦也最为生动的部分。它重新呈现了艺术中常量中的变量。司空见惯的时间中隐藏着最为丰富可感、妙不可言的生命体验;而自然空间也成为心灵灵动的寄托和慰藉,它联结着艺术的永恒,为古诗的观看提供了新的解读。

(田宏宇,文学博士,淮南师范学院文学与传播学院副院长、副教授。出版有《论小说家的审美观照》等。)

---

① 按:"眼中之竹",来自郑板桥的"晨起看竹,烟光日影霜气皆浮动于疏枝密枝之间"。这里指的是观看者感物而动,受到物的触动感染,激发起的情绪,形成的图像。节选自俞武松著:《艺术哲学读本》,金城出版社2014年版,第57页。

《汉书·艺文志》研究诗赋思想的路径与方法

李轶婷

摘　要:《汉书·艺文志》对早期诗赋思想的探索发挥了重要作用,其研究方式主要体现在:历史真相的还原,即语境还原与言语还原;理论与作品的结合,即对序文理论与作品分类观的考察;历史感的把握,包括集体性历史感与个体性历史感;想象的实践,通过赋与诗之间的联系而实现,对这些路径与方法的探讨,不仅有利于构建早期诗赋思想体系,而且对文学思想史的建设与发展也起到推进作用。

关键词:《汉书·艺文志》　诗赋思想　路径　方法

《汉书·艺文志》对诗赋思想的研究,是汉人依据自身的思维模式和价值认知,将早期分散零碎的诗赋观念予以重新整合,从而相对完整地呈现了早期诗赋思想体系的面貌。与此同时,也为后世诗赋思想的研究奠定了基础。《艺文志》所具有的如此重要的思想价值,能为当下文学批评、文学思想等学术建设与发展发挥哪些作用,可以说这是传统学术源于自身发展需要与顺应时代自我反思的方向。对此,本文旨在通过对《艺文志》研究诗赋思想路径与方法的探索,以此发掘蕴含其中的研究文学思想的重要理念。

一、历史真相的还原

柯林武德指出:"历史的过程不是单纯事件的过程而是行动的过程,它有一个由思想的过程所构成的内在方面;而历史学家所要寻求的正是这些思想过程。一切历史都是思想史。"[①]不难看出,无论是还原历史还是重返历史,事实上还原或重返的是那些由"思想"构成的过程,也就是说对"历史过程"的研究都必须通过"思想"予以说明,思想研究是历史研究的一部分。就文学思想而言,如罗宗强所言:"古代文学思想史研究的第一位的工作,

---

① [英]柯林武德著,何兆武等译:《历史的观念》,商务印书馆1997年版,第302—303页。

应该是古代文学思想的尽可能的复原。复原古代文学思想的面貌,才有可能进一步对它作出评价,论略是非。这一步如果做不好,那么一切议论都是毫无意义的。"①并强调研究文学思想时追求真相的重要性,"弄清古代文学理论的历史面貌本身,也可以说就是研究目的"。② 从理论层面讲,"历史还原"没有任何瑕疵,而且看起来还是极有效的方法。但事实上,真正落实此理论时便会发现存在无法解决的弊端,即"对于历史的研究,完全地符合于历史的本来面目是绝对不可能的",但也不是说"历史还原是不可能的,而只是说,尽可能接近的描述历史的真实面貌,是应该做到的"。③ 由此提醒我们"历史还原"对真实性的探索存在局限,不可能完完全全、原原本本的还原,而只能尽可能地接近再接近历史真实,在某种程度上实现"还原"。因此需要进一步思考的是,如何最大限度靠近历史真相,以此来研究文学思想,就《艺文志》而言,主要表现在两方面:

其一,语境还原。语境还原是对历史全面的整体复原,语境本身就是历史,只是经过高度浓缩与抽象,呈现了观念生发所依赖的历史环境的精华,可以说这是真正把"古代的"还给"古代"的做法。由此受历史语境影响而产生的思想也具有了"于史料赋给者之外,一点不多说,史料赋给者以内,一点不少说"④的特征,从而避免了由"过度诠释"而产生的那些"多出来的意义"。而且,不同历史语境转变前后紧密相连,由此使思想之间也存在密切的递嬗关系,从而通过还原历史语境来梳理思想就更显重要。以《艺文志》为例,主要通过两条路径还原:一是"大源流"路径,从春秋时赋诗活动盛行,到春秋后聘问歌咏不行于列国,再到汉兴时竞为侈丽闳衍之词,由此历史语境脉络中所产生的诗赋思想,不仅具有连续性、承接性,如从称《诗》谕志到贤人失志作赋,再从赋作具有风谕之义到被靡丽之词取代,而且具有深刻的意义,如标志着学《诗》之士由"用诗"而"作赋"的文体选择与使用方式的根本转变,以及赋之"丽"特征的提出实现了摆脱"诗"束缚后赋观念的独立,此路径实现了对诗赋思想的纵向研究;二是"小源流"路径,主要以汉代为中心,社会上掀起对闳衍之词竞相追求的风气,乃至到了"不能加"的程度,如枚乘、司马相如、扬雄等朝廷御用文人的汉赋创作尤为显著,从而破坏了作赋以风的汉赋功能,然而,丽词的发展又是大势所趋,鉴于此,扬雄提出"诗人之赋丽以则,辞人之赋丽以淫"的综合之论,此路径实现了对诗赋思想的横向研究。可见,通过横纵双向历史语境来研究诗赋思想,使其演进脉络更为清晰。值得注意的是,历史语境的还原也造成了对思想研究的束缚,与所研究思想密切相关却不

---

① 张毅著:《宋代文学思想史·序》,中华书局1995年版,第7页。
② 罗宗强主编:《古代文学理论研究概述》,天津教育出版社1991年版,第7页。
③ 罗宗强:《中国四十年来古代文学理论研究的回顾》,见张毅编:《罗宗强古代思想论集》,汕头大学出版社1999年版,第384页。
④ 傅斯年:《中国古代文学史讲义·史料论略》,见《傅斯年文集》,上海古籍出版社2012年版,第67页。

在语境言说范围内的内容便不能得到语境的支持，从而影响研究的完整性。如《艺文志》载乐府诗产生的语境为"孝武立乐府而采歌谣"，由此"乐府采诗"观念生成，除此之外，"乐府采诗"的产生与"古之采诗""行人采诗"也紧密相联，但通过武帝为"润色鸿业，礼乐争辉"①而设立乐府的语境则无法将这两类采诗活动纳入其中，从而限制了对"乐府采诗"观念的全面研究。

其二，言语还原。尽管历史已成过往，但所留存的无论是口头的还是书面的时人之言，都可以看作是对历史的记忆与记录，由此对这类文献的还原也成为研究诗赋思想的渠道。《艺文志》还原的言语包括：

一是传闻之言。口头传闻、传言由于难以找到具体出处，从而缺少了书面文献的佐证，由此似乎真实性与可靠性有所降低，但事实上，这些言论之所以能流传至今，正是因为它已得到了历代的普遍接受与认可，否则便会在某个时代被边缘化甚至逐渐消亡。由此也体现了这些言论的重要性与不可替代性，可以说与书面文献一样也能够为恢复历史本然面貌提供帮助。如《诗赋略》开篇云："传曰：'不歌而诵谓之赋，登高能赋可以为大夫。'""传曰"所引出的多是古代的传言或传说，虽然很难确切找出出自何人所言，但经过考论证明此传言在探寻赋观念的发生与春秋赋诗有着密切关系方面起到了主要作用，以及由此揭示出赋诗之于大夫的人文意蕴与后世赋之于文人的价值一脉相承的赋学意义。

二是诸子之言。如果说"传曰"对历史的还原还时有质疑，那么通过对诸子之言来还原历史则不容置喙。如章学诚云："道体无所不该，六艺足以尽之。诸子之为书，其持之有故而言之成理者，必有得于道体之一端，而后乃能恣肆其说，以成一家之言也……而不自知为六典之遗也。"②在章氏看来，"道"备于六艺，而六艺又是先王之政典，故六艺的意义正在于传播与发扬道体。诸子之学之所以能够成为一家之学，关键在于是"六典之遗"而得"道体之一端"，因而诸子"学为实事，而文非空言"，③多"持之有故而言之成理"。④可见，引述诸子之言有利于对道体的认识与理解，也意味着有利于对真实历史的还原。如《诗赋略》引述孔子之言"不学《诗》，无以言"，不仅隐微展现了春秋用诗的盛况，而且也体现了"《诗》"与"言"的密切关系，是对当时诗学观的重要总结。

三是赋家之言。对汉代赋家关于汉赋批评之言的引述，可以说是较接近历史本身的还原，因为赋家自身从事汉赋创作，由此对学术风气的转变会比常人敏感，从而能够及时

---

① 刘勰著，范文澜注：《文心雕龙注》，人民文学出版社1962年版，第672页。
② 章学诚著，叶瑛校注：《文史通义校注》，中华书局1994年版，第60页。
③ 《文史通义校注》，第119页。
④ 《文史通义校注》，第231页。

进行理论反思与总结,进而展开合理有效的创作批评,形成具有时代特征的赋观念。如《诗赋略》引述扬雄之言:"诗人之赋丽以则,辞人之赋丽以淫。如孔氏之门人用赋也,则贾谊登堂,相如入室矣,如其不用何!"扬雄是较早对赋进行分类和对赋家进行排序的,这一做法表明当时的汉赋呈现不同的特征,如汉宣帝论说辞赋亦云"大者与古诗同义,小者辩丽可喜",① 扬雄所言亦是对此说的沿承,不仅如此,赋家创作也有等级之分,与汉初贾谊相比,显然司马相如在汉赋创作的各个方面均有超越,故对于汉赋、赋家不能统一评说而需要划分类别与等级。与此同时,也显现出诗赋观念在发展中存在递嬗,尤其是赋观念经历了由黏附于诗观念到完全独立的过程,以及对孔氏门人用赋的想象,暗含对孔子用诗历史的肯定,可以说是还原中的还原,将"用诗"更为"用赋"是对汉赋地位的提升与赋源于诗诗赋观念的呈现。

综上,通过还原历史来考察诗赋思想大致分为上述路径,这里所说的"还原",虽然不是真正意义上的历史还原,但也是最大限度接近历史的还原,由此探讨从中产生的思想也更具有真实性。

二、理论与作品的结合

文学思想的研究,不仅包括那些已经归纳完善的或经过初步分析便可以得出结论的理论,而且包括通过分析作品才能抉发出的潜在的思想。对于那些显豁的明朗的思想自然会受到研究者的青睐,而对于那些不显著的模糊的思想却不太能够引起研究者的注意,主要原因可能在于作品表达的丰富性与复杂性遮蔽了潜在思想的光芒,以及隐含思想的个别性与独特性难以引起广泛共鸣。研究者即使有所察觉,因为与作品内容有着千丝万缕的联系,从中剥丝抽茧的提取尚有难度,所以多浅尝辄止。然而,那些被完整概括出的思想毕竟是少数,更多思想还是随着作品的创作逐渐呈现出来的,可能有时作者都不自知,但这样的隐性思想却占据多数,需要有心的研究者去发现。以《艺文志》为例,主要从序文理论与作品分类观中予以探索。

先从序文理论来看。刘天惠《文笔考》云:"汉尚辞赋,所称能文,必工于赋颂者也。《艺文志》先六经,次诸子,次诗赋,次兵书,次术数,次方技,六经谓之六艺,兵书、术数、方技亦子也。班氏序诸子曰:'今异家者,各推所长,穷知究虑,以明其指,虽有蔽短,合其要

---

① 班固撰,颜师古注:《汉书》卷六十四下《王褒传》,中华书局1962年版,第2829页。

归,亦六经支与流裔.'据此则西京以经与子为艺,诗赋为文矣。"① 这里"文"谓"古人有韵之文","源于古代之文言,故别于六艺九流之外",②从而将文学与学术区别开。③ 然而,对诗赋思想的深入理解还是要回到各略各部的序文中具体考察。阮孝绪《七录序》认为《诗赋略》别为一略的原因是"其书既多",④余嘉锡亦赞同阮氏所说的分合之故,⑤可见从编撰类例的角度讲,《六艺略·诗》与《诗赋略》本属于一体。再从《诗赋略》序文来看,不仅将赋的源头追溯到春秋赋诗,在赋演变脉络梳理中也主要以诗之讽喻为重点展开讨论,直到扬雄提出辞赋具有"丽以淫"的特征表明汉赋突破了诗的限制。可知,尽管从《艺文志序》明确"诗赋"别于六艺九流而具有"文"之特性,但具体思想表现则是通过分析《诗赋略序》中的诗观念与赋观念之间的相互关系,以及赋观念内部的演化而得出的,两者结合、相互补充共同完成了对诗赋思想的整体认识。

再从序文理论与作品分类观结合来看。主要呈现两种关系:

其一,相融关系。《诗赋略序》指出乐府具有鲜明的地域性,如代赵之讴、秦楚之风,由此通过观乐府便可以"观风俗,知薄厚",知晓当地民风民俗民情,体察社会淳厚与浇薄,从而反观政治得失。此思想在著录作品中也有体现,涉及的地域包括关中、中原,如《燕代讴雁门云中陇西歌诗》《左冯翊秦歌诗》;山东以南以北,如《吴楚汝南歌诗》《齐郑歌诗》《邯郸河间歌诗》;淮汉以南,如《淮南歌诗》《南郡歌诗》等。尤其是关中、中原地区乐府诗著录最多,主要由于靠近京城的百姓享受到较好资源的同时,受到的管控也较为严苛,由此对社会的颂赞与批判也最真实与客观,从而利于考鉴得失。除此之外,也指出乐府皆"缘事"而发具有"哀乐"之情,如"《高祖歌诗》二篇"⑥之《大风歌》表刘邦担心时有外族入侵的忧虑之情;"《临江王及愁思节士歌诗》四篇"从其篇名不难看出这是临江王处忧患时所作;"《李夫人及幸贵人歌诗》三篇"之《李夫人歌》表武帝因思念李夫人而悲伤;"《汉兴以来兵所诛灭歌诗》十四篇"⑦之《上之回》《远如期》分别对武、宣帝威仪与功业的颂赞;"《出行巡狩及游歌诗》十篇"⑧之《瓠子歌》第二首表塞河成功后的喜悦。可见,无论是序文呈现的诗赋

---

① 刘天惠:《文笔考》,见《丛书集成新编》第 80 册,第 217 页。
② 刘师培著,舒燕校点:《中国中古文学史 论文杂记》,人民文学出版社 1959 年版,第 114 页。
③ 郭绍虞著:《中国文学批评史》(上),商务印书馆 2010 年版,第 60 页。
④ 刘向、刘歆撰,邓骏捷校补:《七略别录佚文》,上海古籍出版社 2008 年版,第 5 页。
⑤ 余嘉锡著:《目录学发微 古书通例》,商务印书馆 2017 年版,第 241 页。
⑥ 按:王应麟《汉艺文志考证》认为是《大风歌》与《鸿鹄歌》。参见王应麟著,张三夕、杨毅点校:《汉制考 汉艺文志考证》,中华书局 2011 年版,第 256 页。
⑦ 王先谦云:"疑即《汉鼓吹铙歌》诸曲也。"参见班固撰,王先谦补注:《汉书补注》,上海古籍出版社 2008 年版,第 3019 页。
⑧ 王先谦云:"盖武帝《瓠子》《盛唐》《枞阳》等歌,汉《铙歌·上之回曲》当亦在内。"参见《汉书补注》,第 3019 页。

思想,还是通过作品分析出的思想,两者基本一致或接近。

其二,统合关系。《诗赋略》无论名称还是序文均以"诗赋"称之,但著录作品时却是赋前诗后,形成"赋诗"的潜在观念。由此似乎出现观念间的相互抵牾,而事实并非如此,作品著录时赋前诗后的排序,主要由于《诗经》已经先于《诗赋略》排入《六艺略》中,而汉代乐府与杂歌诗不仅晚出于辞赋,且出自民间歌谣与俗乐,地位也远不能与汉代辞赋相比。章学诚也注意到了这一现象,其云:"赋者,古诗之流,刘勰所谓'六义附庸,蔚成大国'者是也。义当列诗于前而叙赋于后,乃得文章承变之次第。刘、班顾以赋居诗前,则标略之称诗赋,岂非颠倒与? 每怪萧梁《文选》赋冠诗前,绝无义理,而后人竞效法之为不可解,今知刘、班著录已启之矣。"①其中,《文选》"赋冠诗前"承《艺文志》著录方式的观点值得注意,《文选》将赋列于诗前主要在于文人诗对辞赋创作传统的借鉴与吸收,此时的文人诗具有诗之赋化的特性,②从而推测《艺文志》以赋、诗顺序编排作品或许认为杂歌诗与乐府也多少受到辞赋创作的影响。可见,"诗赋"本于"赋者,古诗之流"的考量,"赋诗"则本于文学自身发展及文人诗创作的考虑,两者只是言说立场的不同而已,"赋诗"仍统合于"诗赋"中,赋源于诗始终是主导思想。

最后从作品分类观来看。《诗赋略序》毕竟只是"撮其指意"对核心诗赋思想的集中书写,不可能面面俱到涉及诗赋的各种观念,有些观念就隐微地暗含在著录作品的分类中。对此,章学诚最早予以关注,并指出"名类相同而区种有别","三种之赋,人自为篇,后世别集之体也;杂赋一种,不列专名而类叙为篇,后世总集之体也;歌诗一种,则诗之与赋,固当分体者也"。③ 四种赋虽然都属于"赋",但却有种别之分,说明四者间存在差异。由此追问:是何原因造成差别? 差别是什么? 哪些差别是《艺文志》考虑的,哪些是忽略的? 又是哪方面的差别决定了四种赋的排序? 后世文集、总集编撰受到《艺文志》分类思想的哪些影响,又有哪些突破? 而对赋之分类法真正展开讨论的是刘师培,其云:"写怀之赋,屈原以下二十家是也。骋辞之赋,陆贾以下二十一家是也。阐理之赋,荀卿以下二十五家是也。写怀之赋,其源出于《诗经》。骋词之赋,其源出于纵横家。阐理之赋,其源出于儒、道两家。"④从而引发进一步思考,如《汉书·叙传》定位司马相如是"蔚为辞宗,赋颂之首",既然文辞是其赋的显著特征,为何将其置于"写怀之赋"? 从著录"《司马迁赋》八篇"之仅存《悲士不遇赋》及"《扬雄赋》十二篇"之《反离骚》《广骚》《畔牢愁》来看,显然是写怀之赋,

---

① 章学诚著,王重民通解:《校雠通义通解》,上海古籍出版社2009年版,第117页。
② 徐公持:《诗的赋化与赋的诗化——两汉魏晋诗赋关系之寻踪》,《文学遗产》1992年第1期。
③ 《校雠通义通解》,第115、117页。
④ 《中国中古文学史 论文杂记》,第115—116页。之后,章太炎、黄侃、范文澜等基本沿袭此说。

为何置于"骋辞之赋"？赋作归入"骋辞之赋"的刘辟疆、司马迁、萧望之、扬雄、冯商与纵横家又有何关系？后世研究者也在不断思考此类问题，①实际上就是对分类观中诗赋思想的不断探索。

三、历史感的把握

"历史感"是对历史的主观体验和体悟，是过去历史与当下历史双重激荡下产生的对历史的感知与理解，从而做出相应的历史判断与评价。由此，历史感就成为勾连前代历史与当代历史的一个关捩点，是双向度感受的交汇。特别是，当历史感成为某类具有一定社会影响力的集体的普遍感觉，或被在某领域具有话语权威的个体所感知，这种历史感也由此具有普遍性，从而对历史观念、历史思想的建构产生影响，尤其是朝代更替所带来社会环境嬗变及社会风气转变时，这种影响就愈加鲜明。对文学思想的研究即如此，只有对历史感有充分的把握，才能进一步解释其影响下的文学思想的转变。就《艺文志》而言，通过对两种不同类型历史感产生之因的分析，进而探究历史感是如何影响文学思想的生成。

首先看历史感产生之因。就集体性历史感而言，序云："古者诸侯卿大夫交接邻国，以微言相感……故孔子曰'不学《诗》，无以言'也。春秋之后，周道浸坏，聘问歌咏不行于列国，学《诗》之士逸在布衣，而贤人失志之赋作矣。"春秋时，社会发展秩序深受宗法制度与礼乐传统的制约，如采用聘问歌咏的方式以交接邻国，学《诗》之士学习《诗》也主要用于"使于四方"以"专对"，表达政治意图与他国建立友好关系。实现的方式即是赋诗言志，借助所取诗之义以表达赋诗者之志，对方则通过观诗而观赋诗者之志，可见是一个充满"微言"双向"相感"的过程，这也意味着交接双方在完成政治使命的同时，自身的才学、品格、识见等也得到展现。然而，春秋之后，礼坏乐崩，乃至"邦无定交，士无定主"，②出使专对与邻国交接也不再在诸侯卿大夫间盛行，社会政局发生巨变。由此使具有一定社会地位与名声的学《诗》之士的过去所学难以在现实中发挥作用，从坛堂之上到布衣之群，生活境遇的极大转变促使他们由"得志"而"失志"的历史感随之产生。

就个体性历史感而言，序云："大儒孙卿及楚臣屈原离谗忧国，皆作赋以风，咸有恻隐古诗之义。其后，宋玉、唐勒；汉兴，枚乘、司马相如，下及扬子云，竞为侈丽闳衍之词，没其风谕之义。是以扬子悔之……"扬雄"悔之"的历史感产生的关键，在于当时汉赋创作以追

---

① 学者多角度的研究，具体参见孙振田《〈汉书·艺文志·诗赋略〉赋类前三种分类义例再考释》(《四川师范大学学报》2016 年第 5 期)有细致归纳。

② 顾炎武著，黄汝成集释，秦克诚点校：《日知录集释》，岳麓书社 1994 年版，第 467 页。

求"侈丽闳衍之词"为尚,从而淹没了自屈原、荀子开创的赋作中蕴含风谕之义的传统。具体而言,这里的"悔"有后悔、醒悟之义,如《法言·吾子》云:"或问'吾子少而好赋'。曰:'然。童子雕虫篆刻。'……或曰:'赋可以讽乎?'曰:'讽乎!讽则已,不已,吾恐不免于劝也。'"①可见,扬雄对年少时创作的那些一味讲求技法技巧、童子雕虫篆刻似的赋作极为后悔,更不用说"竞于使人不能加"②的汉赋。他深刻认识到如果极靡丽之辞大行其道而不能止,汉赋就有可能从"作赋以风"发展为"作赋以劝",这是其"悔之"的深层之因,但也从侧面看出扬雄并不否定靡丽之辞,只是强调其盛行要有一定限度,并以讽谏为主。

事实上,序文也可以书写为"学《诗》之士逸在布衣,而贤人之赋作矣"与"是以扬子曰……",通过对前后语境的分析,同样可以知晓"失志"与"悔之"之义,而《诗赋略》却着重强调,可视为对历史感的自觉探索。

再看历史感对文学思想的影响。其一,集体性历史感的影响。被政治环境与社会风气塑造的历史感,与同样被其引导甚至限定的文学思想,实际上是一致的。面对无法改变的社会现状,所能做的就是对此前固有的已成定势的思想的反省与思考,以此适应新的社会环境与风气。学《诗》之士最初对《诗》的学习主要是针对道德涵养、礼仪规范,包括称《诗》谕志时如何运用诗的能力,其中,最重要最基础的一项技能就是对《诗》譬喻性的准确理解。如《礼记·学记》"不学博依,不能安诗",郑玄注云:"博依,广譬喻也。"③可见,"安诗"的前提是广泛学习诗中的譬喻义。正是由于学习和掌握了诗是如何取譬引喻,由此便开始模仿此技能将《诗》作为取譬的对象运用到春秋赋诗中,从而表达赋诗者之义,所谓"比兴之旨"乃"行人之肄业"。④如《左传》襄公八年载晋范宣子来聘,旨在联合鲁国用兵于郑而赋《摽有梅》,季武子知晓其目的云:"今譬于草木……欢以承命,何时之有?"⑤春秋赋诗就是通过这种以《诗》代言的譬喻性方式言志表志,进而实现外交政治。春秋之后,大道浸坏,赋诗外交活动也不再行于列国,学《诗》之士所掌握的用诗技能更无用武之地,使他们产生了"失志"的无奈与无助感,由此重新学习新技能以适应时代需要成为首要解决的问题。而学《诗》之士过去娴熟的模仿能力在此时便发挥了作用,虽然不再运用于赋诗,但由于曾经接受过长期的学习与锻炼,已很好地领悟了这种学习能力,所以,在开展新的学习项目时,模拟与效仿能力便第一时间得以显露,如宋玉、唐勒、景差和贾谊等人纷纷对

---

① 扬雄撰,汪荣宝注疏,陈仲夫点校:《法言义疏》,中华书局1987年版,第45页。
② 《汉书》卷八十七下《扬雄传》,第3575页。
③ 郑玄注,孔颖达疏,龚抗云整理,王文锦审定:《礼记正义》,北京大学出版社1999年版,第1233页。
④ 《文史通义校注》,第61页。
⑤ 左丘明传,杜预注,孔颖达正义,浦卫忠等整理,杨向奎审定:《春秋左传正义》,北京大学出版社1999年版,第985页。

屈、荀作品或创作精神的模拟与仿效,而此观念演进路径正是《艺文志》所述。由此,学《诗》之士通过对诗譬喻性创作方法的掌握,进而模仿、效仿此方式由"诗"框范下的"用",到脱离"诗"束缚而运用纯粹艺术规律与技巧的"作",从根本上实现了突破。

其二,个体性历史感的影响。历史感本就是过去历史与当下历史相互交替时的一种感受,当然由此感受促发而产生的新思想,也必然会受到前代和当代社会思想或思潮的影响。于是,兼顾传统与现代的新思想便应运而生,如扬雄提出"诗人之赋丽以则,辞人之赋丽以淫"就极具代表性,主要体现在:一是传统思想的延续。扬雄深感讽喻之义的失去,由此在新思想中提出对"则"的坚守,李轨注云"陈威仪,布法则",又《汉书·扬雄传》云:"雄以为赋者,将以风也。……赋劝而不止,明矣。又颇似徘优淳于髡、优孟之徒,非法度所存,贤人君子,诗赋之正也。"①诗人之赋对威仪、法则的强调无疑是为凸显"风"之义,由此"则"可视为对古诗讽谏之义传统的继承。与此同时,扬雄客观认识竟相追逐侈丽闳衍之词的现象,是其对"淫"传统思想的沿承,李轨注云"奢侈相胜,靡丽相越,不归于正也",又《法言·吾子》云:"或问:'景差、唐勒、宋玉、枚乘之赋也,益乎?'曰:'必也淫'。"②景差等人赋作属于"淫"范畴,《艺文志》将其归入"屈原赋"之属,可见"淫"实是对楚辞传统的继承。由此,诗之讽喻传统与楚辞之奢靡传统在扬雄提出的文学新思想中均得到延续。二是当代思想的吸纳。虽然扬雄看到学术风气转向后带来的弊端,从而强调汉赋创作"归之于正",但靡丽闳衍之词的盛行毕竟是时代发展之势,不仅体现在汉大赋的创作中,而且在汉赋及对汉赋的评论中均有对"丽"字的有意使用,如枚乘《七发》"天下之靡丽,皓侈广博之乐也",司马相如《上林赋》"君未睹夫巨丽也""丽靡烂漫于前",扬雄《羽猎赋》"丽哉神圣""未皇苑囿之丽",《史记·太史公自序》"《子虚》之事,《大人》赋说,靡丽多夸……"。对此,扬雄有清醒认识,也开始关注汉赋"丽"的价值,如《汉书·司马相如传》引司马迁语"扬雄以为靡丽之赋……",《扬雄传》"雄以为赋者……极丽靡之辞,闳侈巨衍……""蜀有司马相如,作赋甚弘丽温雅",《法言·吾子》吴秘解释"讽则已"句云"极靡丽之辞,然后讽之以正"等,并认为"丽"的特征不仅辞人之赋具备,诗人之赋也应有所体现,这是受到当时社会思潮影响的必然结果。

值得注意的是,如果不考虑历史感对文学思想的影响也未尝不可,如传统诗文评研究也同样在构建中国文学理论、文学批评中发挥重要作用。然而,对历史感思考的价值,在于能够使"文学思想史的研究成为一种立体、综合、动态与鲜活的研究,从而避免了数字堆

---

① 《汉书》卷八十七下《扬雄传》,第 3575 页。
② 《法言义疏》,第 49 页。

砌的枯燥与平面归纳的生硬,它让读者看到的是文学思想发展的动态过程与内在关联"。① 可见,由于对历史感的关注,便有效避免了一味追求提纯、抽象后的"纯理论"的静态探索,有助于以发展变化的眼光展开动态研究,从而充分呈现文学思想内在鲜活的演变机制。

四、想象的实践

  文学思想研究中的想象具有自身独特的品质,它强调基于历史、贴近真实,但也渗透着一定限度的个体感悟。也就是说,虽然它依托于历史,但与历史并不完全吻合,是一种基于真实史料基础上的带有文学性的想象。正因如此,这种想象拓宽了文学思想研究的深度与广度,充分弥补了现有文学思想的不足。《艺文志》研究诗赋思想就有对想象方式的采用,引扬雄语云:"如孔氏之门人用赋也,则贾谊登堂,相如入室矣,如其不用何!"套用了《论语·先进》"子曰:'由之瑟,奚为于丘之门?'门人不敬子路。子曰:'由也升堂矣,未入于室也'",②虽然基于孔子用诗的历史事实,但却将"用诗"改为"用赋"发挥了文学想象。从中可以看出扬雄赞同孔子的用诗观,并认为"用诗"与"用赋"只是选择运用的文体不同,根本的指导思想与理论旨归并没有发生变化,从而进一步呈现诗为赋之源、赋为诗之流的文学思想。《艺文志》引扬雄语亦有此意,主要从以下方面展开分析:

  其一,知识与情操。《论语·阳货》载学诗具有"多识于鸟兽草木之名"的作用,又汉宣帝也认为辞赋具有"鸟兽草木多闻之观"③的特性,可以从两个层面予以理解。先看学习知识。"多多认识鸟兽草木的名称",④这是作诗作赋必要的知识储备,如《七发》《天子游猎赋》描绘了林林总总、应接不暇的鸟兽、山土、林木、泉泽等,很大程度上得益于对鸟兽草木之名的认识与识记,由此"博物"也成为君子品格,如司马迁评季札"博物君子",班固评司马迁"博物洽闻"。不仅如此,在孔子看来"博物"还具有实用性,如用于饮食与医药、⑤恢复人与自然的亲缘关系⑥等,又如《天子游猎赋》通过对多种珍稀名物的了解,进而知晓汉朝东西南北、域内域外的经济关系。再看陶冶情操。钱穆云:"孔子教人多识于鸟兽草

---

 ① 左东岭:《中国文学思想史的学术理念与研究方法——罗宗强先生学术思想述论》,《文学评论》2004年第3期,第172页。
 ② 何晏注,邢昺疏:《论语注疏》,北京大学出版社1999年版,第165页。
 ③ 《汉书》卷六四下《王褒传》,第2829页。
 ④ 杨伯峻译注:《论语译注》,中华书局1980年版,第185页。
 ⑤ 刘宝楠撰:《论语正义》,中华书局1990年版,第689页。
 ⑥ 叶舒宪著:《诗经的文化阐释——中国诗歌的发生研究》,陕西人民出版社2005年版,第243页。

木之名者,乃所以广大其心,导达其仁。诗教本于性情,不徒务于多识。"①通过对鸟兽草木之名的了解与记忆,便可以扩大胸襟、涵养心性,从而培养仁义之心。汉赋也如此,通过对"苞括宇宙,总览人物"的相关知识掌握,有助于开阔胸怀与视野,提升人格与境界。而且,在此过程中实现了审美体验,如郑樵《鸟兽草木略序》云:"不识鸟兽之情状,则安知诗人'关关''呦呦'之兴乎……不识草木之精神,则安知诗人'敦然''沃若'之兴乎?"②"不歌而诵"的赋亦如此,由于对鸟兽草木名称的诵读中带有节奏与韵律,所以人们不仅可以沉浸于辞藻堆叠的审美快感中,还可以借由比兴带来的艺术想象使身心获得审美愉悦。

其二,教化之义。《论语·为政》载:"《诗》三百,一言以蔽之,曰:'思无邪。'"③"思无邪"出自《鲁颂·駉》,郑玄笺云:"专心无复邪意也。"④皇侃疏云:"唯用思无邪之一言以当三百篇之理也。犹如为政,其事乃多,而终归于以德不动也。……言为政之道,唯思于无邪则归于正也。"⑤故"无邪"可释为"正",即思想纯正,没有邪念;也可释为"归于正",去掉邪念而使思想纯正,如卫瓘所言"不曰思正而曰思无邪,明正无所思邪,邪去则合于正也",⑥但无论如何"正"终是对"思无邪"的阐释,也是《诗》重要的教化之义的体现。汉赋亦如此,如《汉书·扬雄传》指出当下汉赋"极靡丽之辞,闳侈巨衍,竞于使人不能加也,既乃归之于正,然览者已过矣……颇似俳优淳于髡、优孟之徒,非法度所存,贤人君子诗赋之正也"。⑦在扬雄看来,所谓赋之"正",一方面指要制止靡丽之辞的盛行以防蔓延;另一方面指汉赋创作应遵循法度,具有贤人君子之赋严肃端正的品格。"思无邪"除具有诗教义之外,还具有政教义,如"以德不动""为政之道",在政治伦理方面亦发挥作用,此义表现在汉赋中即是对"讽谏"的强调,如"相如虽多虚辞滥说,然要其归引之节俭,此亦《诗》之风谏何异","赋者,将以风也","奏《甘泉赋》以风","因《校猎赋》以风","上《长杨赋》……故藉翰林以为主人,子墨为客卿以风","作《酒箴》以讽谏成帝"等,尤其是《艺文志》主要就是要以"讽喻之义"矫正当下"竞为侈丽闳衍之辞"的弊端。

其三,致用作用。《论语·阳货》载:"诗,可以兴、可以观、可以群、可以怨。"⑧"兴",孔安国注"引譬连类",又《诗·大雅·大明》"维予侯兴",毛亨传"兴,起也"⑨,《论语·八佾》

---

① 钱穆著:《论语新解》,生活·读书·新知三联书店 2002 年版,第 325 页。
② 郑樵撰,王树民点校:《通志二十略》,中华书局 1995 年版,第 1981 页。
③ 《论语注疏》,第 15 页。
④ 毛亨传,郑玄笺,孔颖达疏,龚抗云等整理,刘家和审定:《毛诗正义》,北京大学出版社 1999 年版,第 1392 页。
⑤ 何晏集解,皇侃义疏:《论语集解义疏》,商务印书馆 1937 年版,第 14 页。
⑥ 《论语集解义疏》,第 71 页。
⑦ 《汉书》卷八七下《扬雄传》,第 3575 页。
⑧ 《论语注疏》,第 269—270 页。
⑨ 《毛诗正义》,第 1142 页。

云:"子曰:'绘事后素。'曰:'礼后乎?'子曰:'起予者商也!始可与言《诗》已矣。'"包咸注云:"子夏能发明我意。"①可见,"兴"或"起"不仅具有发端、比附的作用,而且关乎政治道德之礼。汉赋为德引喻亦如此,如司马相如《天子游猎赋》"游于六艺之囿,驰骛乎仁义之途,览观《春秋》之林……修容乎《礼》园,翱翔乎《书》圃……德隆于三皇,功羡于五帝",以驰骋于"六艺""仁义"《春秋》《礼》《书》"等具有道德礼义性质的园圃作比,从而实现对三皇五帝道德与功劳的颂赞。亦如扬雄《羽猎赋》云:"创道德之囿,弘仁惠之虞……于是醇洪鬯之德,丰茂世之规。""观",以观诗而观礼为例,如《礼记·射义》:"天子以《驺虞》为节,诸侯以《狸首》为节,卿大夫以《采蘋》为节,士以《采蘩》为节。……'射者,所以观盛德也。'"②又春秋赋诗过程中也有对燕礼的呈现,如《左传》文公三年载晋侯宴请文公,晋侯赋《菁菁者莪》时"庄叔以公降、拜",接着"晋侯降、辞。登,成拜"而文公赋《嘉乐》。可见,无论西周射礼还是春秋赋诗,观诗亦观礼。同样,观赋亦可观礼,如观司马相如《天子游猎赋》、扬雄《羽猎赋》而观校猎礼,观公孙乘《月赋》而观衣裳会盟礼,观孔臧《杨柳赋》可观燕礼,观扬雄《甘泉赋》而观祀天礼,观扬雄《河东赋》而观瘗地礼,等等,由观赋而所观之礼多达二十余种。③足见,通过诗之"兴"与"观"便可以呈现礼乐道德之义。

"群",孔安国注"群居相切磋",杨伯峻译"锻炼合群性",④通过围绕诗相互交流,便可以协恰人我形成一定的群体关系,而在这个过程中也使个体服从集体的合群能力得到锻炼。此特征在春秋赋诗的诗学意义中也得到实践,如赋诗统一于燕礼、歌诗必类、己志与国志合一、风雅氛围的营造等。汉赋也如此,在合群意识的支配下,赋家创作表现出特殊的赋学意义,如武帝时,常常组织内外朝辩论,在相互辩驳与切磋中赋家创作的才能与技能得到施展,从而获取创作的大量素材,使赋作质量与数量得以提升;宣帝时也多次组织巡猎,期间就有针对汉赋创作标准而展开讨论,由此综合各方意见而提出汉赋理论,以及通过献赋活动答复君王诏命以实现"抒下情而通讽喻""宣上德而尽忠孝"的政治宗旨。可知,合群性不仅使赋诗者、赋家用诗作赋的技艺得到训练,而且个体胸怀与人格思想也得以提高。"怨",孔安国注"怨刺上政",但"怨"义并不局限于此,如"《雨无正》《节南山》皆言上之衰也,王公耻之。《少旻》多疑矣,言不中志者也。《小宛》其言不恶,少有仁焉。《少弁》《巧言》,则言逸人之害也"⑤等多种怨情的抒发。在汉赋中亦有体现,如司马相如《长门赋》示失宠后的哀伤,虽然"通篇写出'愁闷悲思'四字,却自悲而无怨望之词"(何义门

---

① 《论语注疏》,第35页。
② 《礼记正义》,第1914—1915页。
③ 具体参见王学军:《汉赋用礼考辨》,《太原师范学院学报》(社会科学版)2013年第2期。
④ 《论语译注》,第185页。
⑤ 马承源主编:《上海博物馆藏战国楚竹书(一)》,上海古籍出版社2001年版,第136页。

《评注昭明文选》),班婕妤《自悼赋》《捣素赋》均是对深宫生活的哀悼,"情虽出于幽怨,而能引分以自安"(魏庆之《诗人玉屑》),"怨而不怒"(刘熙载《艺概》),怨的表达皆和平中正而得风人之旨。足见,通过"群"可以使个体的合群能力得到培养,同时促进创作展现独有的诗学与赋学意义,而"怨"则强调了个体真实情感的抒发。

其四,"志"的表达。《孔子诗论》"诗亡隐志,乐亡隐情,文亡隐言",[①]《论语·季氏》指出"言及之而不言谓之隐",孔颖达注"隐匿不尽情实",[②]故"诗亡隐志"即伴随着诗之消亡诗人之志也被藏匿,由此也说明"诗以显志"。如先秦时"献诗陈志""赋诗言志""教诗明志""作诗言志",分别从献诗者、赋诗者、教诗者、作诗者的角度强调了"诗"与"志"的密切关系。[③] 就西汉赋作而言,"赋"与"志"也紧密相连,包括咏物抒志,借所咏之物以抒发情志,如公孙胜《月赋》对君之德行的颂赞,孔宁臧《杨柳赋》对伦理规范的称颂,刘向《围棋赋》以抒哲思。归隐抒志:主要抒发身处动荡社会或宦海沉浮时郁郁不得志的愤懑,如崔篆《慰志赋》、冯衍《显志赋》、杜笃《首阳山赋》,哀悼抒志:有围绕屈原及相关赋作的伤悼,如贾谊《吊屈原赋》、王褒《九怀》、扬雄《反离骚》《广骚》《畔牢愁》等,有通过畅问古今以示自信与自豪,如司马相如《哀二世赋》,美人抒志:以美人为喻,展现德行高洁、洁身自好,如司马相如《美人赋》,从中均可见"赋以显志"的潜在思想。

综上,通过对《汉书·艺文志》研究诗赋思想路径与方法的系统梳理与总结,可以发现《艺文志》敏锐的、独树一帜的学术研究观念,对早期诗赋思想的研讨无疑具有筚路蓝缕的意义。由此探索《艺文志》的学术价值,不仅要研究它的学术成就与贡献,更要研究它的治学理念与方法,从而为我们研究中国文学批评史、思想史拓宽视野、开阔思路,提供可资借鉴的宝贵经验。

(李轶婷,北京师范大学文学院博士后。发表论文有《〈汉书〉"乐府采诗"话语的建构与表达途径》等。)

[①] 《上海博物馆藏战国楚竹书(一)》,第123页。
[②] 《论语注疏》,第258页。
[③] 朱自清撰:《朱自清说诗》,上海古籍出版社1998年版,第6—46页。

玄佛合流下南朝山水诗学的新变

——兼谈中外文化的交流与融合

葛刚岩　陈思琦

摘　要：南朝时，山水诗学发生了新变。在意象上，更多选取自然中极具变化的现象；在感物上，"顿悟式"感物方式得到广泛应用；在写作技法上，全景式刻画开始应用于山水诗创作中。三者紧密联系并相互作用，使得山水诗学在南朝时呈现新的面貌。而产生这一新变的根本原因则是玄佛合流思潮下大乘般若学的接受。大乘般若学传入中原，与本土思想发生碰撞，本身也经历了被改造的过程，并对哲学、文学等领域产生了影响。

关键词：玄佛合流　山水诗学　意象　感物　全景式

东晋时，玄佛合流是主要的思想潮流。但到了东晋，玄学的发展已趋于停滞，如何继续玄学的发展成了一个新的问题。般若学自东汉末年传入，它与玄学类似，关注焦点都在本体论上，即现象与本体之间的关系。一些般若学者便借般若学来丰富玄学的发展，比如支遁、慧远，他们既是玄学家又是般若学家。但在玄佛合流的过程中，般若学一直处于从属地位，在丰富发展玄学同时，自身也被中国传统思想改造，从而被中国社会广泛接受，进而在哲学、诗学领域产生了广泛影响。南朝时，大量诗人将目光投向自然山水，产生了丰富的歌咏山水之作。正是由于晋宋之际思想领域的变革，相较于东晋的山水诗，南朝山水诗在意象的选用、感物方式和写作技法上皆产生了变化。

一、玄佛合流与山水诗

魏晋时期玄学的派别很多，有王弼的贵无论、裴頠的崇有论、郭象的独化论，还有嵇康和阮籍，他们的哲学都是以本体论为主的哲学。所谓本体论，就是讨论本体和现象的关系，在玄学领域内即自然与名教的关系。自然即天道，名教指世俗的举措，具体指宗法制度和道德规范。玄学家的目的在于建立一套符合天道的政治制度，重点关注自然与社会、现象与本质的关系,并希望发现一般规律,用来指导社会,所以它是积极入世的,肯定物质现象和精神世界的存在。印度般若学的重点同样在本体论,但与玄学相反,印度般若经典认为一切虚无,既否定物质现象,也否定精神。为了更好地与中国本土玄学融合,般若学不得不去比附玄学,般若学论争的焦点也是围绕玄学论争来展开的,是其发展与延续。

般若学在东晋时分化出"六家七宗",他们关注的焦点同样也是物质现象与本体的关系,其中影响最大的是本无宗、心无宗和即色宗。本无宗重本体而轻现象,心无宗重现象而轻本体,即色宗试图弥合。值得一提的是以支遁为代表的即色宗,支遁提出"即色游玄",认为应该通过现象认识本体,反过来再通过本体认识现象,二者密不可分,相辅相成。而认识了般若本体的那种人的心,支遁认为应称为"至人之心"。"至人"取自《庄子·逍遥游》,指一种摆脱了世俗名教的束缚,从而达到了逍遥的人生境界。而支遁之"至人"与老庄理解的"至人"不同,带有明显的佛教色彩。在《大小品对比要钞序》中,支遁描述了"至人"的精神境界:

> 夫至人也,览通群妙,凝神玄冥,灵虚响应,感通无方。……故千变万化,莫非理外,神何动哉?以之不动,故应变无穷。①

不同于老庄之"无待",支遁之"至人"是一种涅槃寂灭的精神境界,而这种精神境界则要通过内心的凝神观照来获得。支遁在《咏禅思道人》中则描绘了这种悟道方式,诗云:"中有冲希子,端坐摹太素……会衷两息间,绵绵进禅务。投一灭官知,摄二由神遇。"②他主张泯灭感官,在静坐独照中体会本体。

支遁也同样是通过这种"冥想"的方式来发现山水的。支遁的《咏怀》五首涉及山水,但还不是严格意义上的山水诗,山水只起到媒介作用,主要表达的则是背后的玄佛思想。比如《咏怀》其四:

> 闲邪托静室,寂寥虚且真。逸想流岩阿,朦胧望幽人。慨矣玄风济,皎皎离染纯。时无问道睟,行歌将何因。灵溪无惊浪,四岳无埃尘。余将游其崛,解驾辍飞轮。芳泉代甘醴,山果兼时珍。修林畅轻迹,石宇庇微身。崇虚习本照,损无归昔神。暧暧烦情故,零零冲气新。近非域中客,远非世外臣。憺怕为无德,孤哉自有邻。③

---

① 严可均编:《全上古三代秦汉三国六朝文》,中华中局1958年版,第2366—2367页。
② 逯钦立辑校:《先秦汉魏晋南北朝诗》,中华书局1983年版,第1083页。
③ 《先秦汉魏晋南北朝诗》,第1081页。

诗人于静室寂寥冥想,冥冥中见到的山水景色如仙境一般,诗人在山水间畅游,好不自在。这山水是诗人逍遥思想的化身,也是精神世界的具体显现。《咏怀》其三也是同样:

  晞阳熙春圃,悠缅叹时往。感物思所托,萧条逸韵上。尚想天台峻,仿佛岩阶仰。泠风洒兰林,管濑奏清响。霄崖育灵蔼,神蔬含润长。丹沙映翠濑,芳芝曜五爽。苕苕重岫深,寥寥石室朗。中有寻化士,外身解世网。抱朴镇有心,挥玄拂无想。隗隗形崖颓,罔罔神宇敞。宛转元造化,缥瞥邻大象。愿投若人踪,高步振策杖。①

  诗人想象自己在山林之间,其中灵蔼、神蔬、丹沙、芳芝,都有一层神性的光辉。支遁笔下的山水带有很浓厚的玄佛色彩,支遁推崇的最高境界是"至人"的逍遥,这种逍遥是寂灭后心灵的绝对自由,而获取这种自由的方式不是向外发现,而是向内探寻。山水景色是想象的产物,同时也是支遁玄佛思想的显现。

  东晋山水诗都蕴含着玄学或佛理。比较有代表性的是《兰亭诗》,与支遁冥观想象不同,《兰亭诗》更多是向外发现,在诗人眼中,山水是蕴含哲理的,所以畅游山水就是悟道的过程。比如王羲之"三春启群品,寄畅在所因。仰望碧天际,俯磐绿水滨。寥朗无崖观,寓目理自陈",②还有谢安"相与欣佳节,率尔同褰裳。薄云罗阳景,微风翼轻航。醇醪陶丹府,兀若游羲唐。万殊混一理,安复觉彭殇"。③ 诗人通过俯察、寓目等方式观山水,而山水无不蕴含玄理,所以兰亭诗人是以"游观—悟道"的方式观赏山水的。而诗人所追求的精神世界也无不是闲适的,例如"尚想方外宾,迢迢有余闲""驾言兴时游,逍遥映通津"等,就是这种超脱世俗精神的体现。

  东晋时,玄佛思想已经融入山水诗中,但此时山水只是哲学的外在显现,是依附玄理、佛理的。也正是因为参悟真理方式的不同,所以对山水体悟的方式也不同,具体体现为以支遁为代表的冥赏式体悟和以兰亭诗人为代表的游赏式体悟。无论是支遁的向内探寻,还是兰亭诗人的向外发现,东晋时山水诗无不寄托着诗人逍遥、闲适的理想。这种闲适可以表现为两类,一为支遁涅槃后心灵的绝对自由,二为老庄超越名教的自由,戴逵《闲游赞》云:"况物莫不以适为得,以足为至。彼闲游者,奚往而不适,奚待而不足。故荫映岩流之际,偃息书琴之侧,寄心松竹,取乐鱼鸟,则澹泊之愿,于是毕矣。"④这种闲适是体物的

---

① 《先秦汉魏晋南北朝诗》,第 1081 页。
② 《先秦汉魏晋南北朝诗》,第 895 页。
③ 《先秦汉魏晋南北朝诗》,第 906 页。
④ 《全上古三代秦汉三国六朝文》,第 2250 页。

最高境界,也是山水中蕴含的最高理想。

二、极具变化性的山水意象

南朝时山水诗不再蕴含哲理,而是"声色大开",但这并不意味着山水诗脱离了玄佛思想的影响。对南朝山水诗起到较大影响的是慧远及其僧团的创作与实践,慧远把人们的目光集中于山林之中,不是静观冥赏,也不是宴会游览,而是于山林中寻求"法身",扩宽了诗人的视野,同时也推动了山水意象的创新。

东晋时,"六家七宗"主要围绕现象与本体展开辩论。作为一位般若学者,慧远明确提出神不灭论,肯定精神主体的实有。在他看来,释迦灭度之后,其真理、教诲依然存在,谓之"法身",所以法身是永存的。关于如何观悟法身,慧远在《大乘大义章》中提出:

> 远问曰:佛于法身中为菩萨说经,法身菩萨乃能见之。如此则有四大五根。若然者,与色身复何差别,而云法身耶?经云:法身无去无来,无有起灭,泥洹同像。云何可见?①

关于法身存在于何处,是否由色身可见,慧远同样有疑问。但慧远问题本身已经透露出对现象世界的关注。自支遁起,在处理现象与本体的关系时出现了"即色游玄"的主张,即现象世界与本体不可分割,这就为通过色身观悟法身提供了依据。南朝佛像盛行也与此有关,一些宗教信徒希望通过观佛像来悟得真理,观佛与悟道相辅相成,正如维摩诘所说,观佛是"不一相,不异相,不自相,不他相,非无相,非取相,不此岸,不彼岸"。②

慧远僧团尤其重视佛像,释道安曾在襄阳檀溪寺铸成佛像,慧远为其作《襄阳丈六金像赞序》,序中说尽管佛教主张"反宗无像,光潜影离",但为了达到"餐服至言""慎敬慕之思"的目的,需要"拟状灵范",这即是将法身转换为具体可感的形象。慧远如此重视佛像,是因为他们认为能否亲睹佛的身像对往生净土尤为重要。《佛说阿弥陀经》和《佛说·无量寿经》都谈到执持名号、命终时刻有阿弥陀佛现前即能往生极乐世界。③

由于重佛像,所以亦重佛影,佛影同佛像一样,都是法身转化的具体可感的形象。而关于佛影与法身同一性的说法,慧远在《万佛影铭序》中作出了说明:

---

① 《大正新修大藏经》第45册,河北省佛教协会印行,第123页。
② 王孺童校释:《维摩诘经释义》,宗教文化出版社2014年版,第650页。
③ 《大正新修大藏经》第12册,第266、346页。

> 仿佛存焉,而不可论。何以明之？法身之运物也,不物物而兆其端,不图终而会其成。理玄于万化之表,数绝乎无形无名者也。若乃语其筌寄,则道无不在。是故如来,或晦先迹以崇基,或显生途而定体；或独发于莫寻之境,或相待于既有之场。独发类乎形,相待类乎影。推夫冥寄,为有待耶？为无待耶？自我而观,则有间于无间矣。求之法身,原无二统。形、影之分,孰际之哉！而今之闻道者,咸摹圣体于旷代之外,不悟灵应之在兹,徒知圆化之非形,而动止方其迹,岂不诬哉！①

这说明了两点,首先慧远指出佛影就是法身,法身虽"无形无名",但是却显迹于有形有名的事物中。而另一方面,现象界的万物都可以作为法身显现的场所,"晦先迹以崇基""显生途而定体""发于莫寻之境""相待于既有之场"。这样,佛影不止可以显现于窟穴冥暗中,自然山水都可以作为佛影显现的场所。萧驰认为,印度文化的佛影是显现在窟穴冥暗中的,而"这件'倚岩辉林'的佛影因而又不全是摹仿,相对于印度文化的佛影,它毋宁说是慧远僧团的创造","而庐山佛影已从天竺文化更借助幽室中想象的佛影,变成山光云色变幻之际更具感性色彩的佛影,成为阳光之下的'真实的幻象'"。②

慧远僧团围绕观佛影创作了大量文学作品,而自然山水是佛影显现的媒介,所以很多以观佛影为主题的作品中,自然山水大量出现,且呈现出新的面貌。义熙九年(413)庐山佛影像成,慧远遣道秉赴建康求谢灵运撰写铭文,即《佛影铭》。铭文中有:

> 因声成韵,即色开颜。望影知易,寻响非难。形声之外,复有可观。观远表相,就近暧景。匪质匪空,莫测莫领。倚岩辉林,傍潭鉴井。借空传翠,激光发冏。③

说明了佛影"匪质匪空,莫测莫领"的特征,而"倚岩辉林,傍潭鉴井。借空传翠,激光发冏"是写佛影所依傍的庐山的景色,而"观远表相,就近暧景"则写出了佛影因其"匪质匪空"的特征更好融入了庐山的景色,使得山川草木带有了佛性的光辉。上文已经说过,慧远的庐山僧团认为自然界的山水都可以作为佛影显现的场所,而谢灵运这里则将佛影与山水融为一体,自然山水笼罩在非质非空、如变如幻的佛影下,带有了遍布法身的意味。

慧远僧团认为山林是佛影显现的场所,所以山林是笼罩在似真似幻的云雾之下的,在文学创作中则体现为光影意象的增多。慧远僧团所创作的庐山诗则体现了这一特点,慧

---

① 《全上古三代秦汉三国六朝文》,第 2403 页。
② 萧驰著:《佛法与诗境》,中华书局 2005 年版,第 4 页。
③ 《全上古三代秦汉三国六朝文》,第 2618 页。

远《庐山诸道人游石门诗并序》中在描绘庐山景色时写道："霄雾尘集,则万象隐形;流光回照,则众山倒影。开阖之际,状有灵焉,而不可测也。"①庐山上的光影变化就是神性的象征。慧远僧团其他诗人所创作的庐山诗也同样涉及光影,比如王乔之《奉和慧远游庐山诗》中有"霄景凭岩落,清气与时雍",②"霄景""清气"都是笼罩在庐山上的光影现象。在慧远僧团中将光影运用的最成熟的是谢灵运,比如《石壁精舍还湖中作》:

> 昏旦变气候,山水含清晖。清晖能娱人,游子憺忘归。出谷日尚早,入舟阳已微。林壑敛暝色,云霞收夕霏。芰荷迭映蔚,蒲稗相因依。披拂趋南径,愉悦偃东扉。虑澹物自轻,意惬理无违。寄言摄生客,试用此道推。③

其中"昏旦""清晖""暝色""夕霏"都是极具变化的自然现象。林壑、荷花等景物都笼罩在云气与山色之中,并随着云气与山色的变动而产生明暗变化,一切都笼罩在光与影的变化中。小川环树在评这首诗时说:"谢灵运在山水间看到的'清晖'虽然是现实的光辉,但可能他以为是看到了佛土或净土的光明。"④

南朝时山水诗意象得到了扩展。南朝山水诗意象主要有寺庙、园囿、山林幽壑、香草美人、四时景物、水光山色这几类。但仍有一类,即描写自然中时刻都处在变化中的现象,比如光、影、烟、气。这类极具变化性的意象的产生极大丰富了山水诗意象,在后世的山水诗创作中占有重要的地位。南朝时山水诗一共有 373 首,⑤其中含光影烟气的就有 208 首,占山水诗总数的 56%,这意味着光影烟气意象已经成了南朝山水诗意象中重要的组成部分,可以称为光影烟雾意象群。具体统计如下:

表1 光影烟气意象所占山水诗比重

时代	山水诗总数(首)	出现光影烟气等意象的诗的数量(首)	比重(%)	备注
宋	89	55	62%	飞霞、松气、清晖、夕曛、云日辉映、浮烟、月光、落日、云霓、云烟

---

① 《全上古三代秦汉三国六朝文》,第2437页。
② 《先秦汉魏晋南北朝诗》,第938页。
③ 《先秦汉魏晋南北朝诗》,第1165页。
④ [日]小川环树著,谭汝谦编,谭汝谦、陈志诚等合译:《论中国诗》,贵州人民出版社2009年版,第20页。
⑤ 关于山水诗的界定,时志明《山水诗,一个不应模糊的概念——浅说山水诗的界限》里认为:"山水诗表现的对象和审美的客体应是自然界中真实而具体的山和水,其他景观物象均不包含在山水诗的范围之内。"《苏州市职业大学学报》1999年第3期,第40页)我认为山水诗应该符合两点:一是内容上山水景物必须占据主体地位,二是审美体验上应表现为独立的审美意识。据此,以逯钦立《先秦汉魏晋南北朝诗》为底本进行统计,以下引诗皆出自此书,不再注明。

续表

时代	山水诗总数(首)	出现光影烟气等意象的诗的数量(首)	比重(%)	备注
齐	62	35	56%	雾色、日光、余霞、水光、烟、寒雾、夕阳、烟光、日色、月光、风光
梁	164	89	54%	日光、水光、红霞、虹、夕阳、岚气、月光、云色、阴影、山光、水烟、影子、雾
陈	58	29	51%	水光、虹、落晖、星光、绮霞、浮烟、云气、树影、雾
总计	373	208	56%	

  光影烟雾意象群中所包含的意象有这么几种：飞霞、日光、气、清晖、云雾、夕曛、暝色、夕霏、月光、水光、雾、烟等。有些在诗中直接点明意象，如"轻霞冠秋日，迅商薄清穹"(谢瞻《九日从宋公戏马台集送孔令诗》)、"皎洁秋松气，淑德春景暄"(谢灵运《日出东南隅行》)还有一些在诗中并未直接点明，而是通过对整句甚至几句的描绘突出光影、明暗的变化，比如"近涧涓密石，远山映疏木。空翠难强名，渔钓易为曲"(谢灵运《过白岸亭诗》)就描绘了远山在日光下隐约可以从中看到天气疏朗和满山翠色的景象。再比如"远听雀声聚，回望树阴沓"(谢朓《落日同何仪曹煦诗》)，远听可听到雀声，近看树在落日下半明半暗，不可明辨。

  光影烟雾意象群的特点有二，一是时刻变化、难以捕捉。光、影、烟、气这类现象没有一定的形态，似真似幻、难以捕捉，比如谢灵运有"林壑敛暝色，云霞收夕霏。芰荷迭映蔚，蒲稗相因依"，夕阳西下，落霞满天，水中的荷花在霞光中摇曳着，产生细碎的明暗变化，霞光以及明暗本就难以捕捉，且稍纵即逝的。一些诗句则直接写出了这一变化，比如江淹《从萧骠骑新亭诗》有"云色被江出，烟光带海浮"，江上笼罩的云逐渐显现出光和色彩，海上的烟气也在缓慢漂浮着，生动写出了云色、烟光变化的过程。还有虞骞《登钟山下峰望诗》"叠岫乍昏明，浮云时卷闭"，层叠山岫时明时暗，天上飘浮的云也无时不在移动。变化是光影烟雾意象群最大的特点，且这种变化是无时无刻的、没有规律的。

  光影烟雾意象群特点之二就是具有"遍照山水"的特点。烟、光往往笼罩在一定范围内的景物上面，随之带来的明暗变化便也是一定范围内景物的变化，比如"时竟夕澄霁，云归日西驰。密林含余清，远峰隐半规"(谢灵运《游南亭》)，太阳西下，但依旧有夕阳笼罩密林还漂浮着白日的清气，而远处的山峰则一半隐藏在阴影中，诗人视野范围内一切的景物都笼罩在光影明暗中。除此之外，还有"山烟涵树色，江水映霞晖"(何逊《日夕出富阳浦口和朗公诗》)、"水雾杂山烟，冥冥不见天"(伏挺《行舟值早雾诗》)、"晓光浮野映，朝烟承日回"(萧纲《侍游新亭应令》)、"层云霾峻岭,绝涧倒危峰"(庾肩吾《赋得山诗》)等,浮烟、水雾、晓光、云下阴影都不是指具体景物,而是漂浮在一定范围的景物上面,体现"遍照山水"的特点。

三、"顿悟式"的感物方式

东晋时的玄佛合流是以本体论为主的思潮,围绕本体与现象的关系展开争论。但本体论只是为建立主客关系提供一般性原理,关于主体如何认识客体,认识的方法,则是留给认识论来解决的。在晋宋之际,玄佛合流思潮发展到了一个转折关头,论争的重点也逐渐转移到认识论。

在这个问题上,晋宋之际一些哲学家做出了思考。僧肇认为获得般若,即最高的智慧,就要用"照"的方式,如在《般若无知论》中:"是以圣人以无知之般若,照彼无相之真谛。真谛无兔马之遗,般若无不穷之鉴。"①关于"照"《般若无知论》中如是论述:"是以圣人虚其心而实其照,终日知而未尝知也。故能默耀韬光,虚心玄鉴,闭智塞聪,而独觉冥冥者矣。"②圣人在感悟真理前摒除余念,内心澄净,虚心而感。竺道生也提出"大顿悟",慧远《肇论疏》中有论:"竺道生法师大顿悟云,夫称顿者,明理不可分,悟语极照。以不二之悟,符不分之理。理智惑释,谓之顿悟。"③强调瞬间直觉,一下子悟得佛性。

需要注意的是,在"顿悟"之前,需要"虚其心",内心达到澄澈,慧远在《念佛三昧诗集序》中细致论证了"顿悟式"感物的过程:

> 夫称三昧者何?专思寂想之谓也。思专则志一不分,想寂则气虚神朗。气虚则智恬其照,神朗则无幽不彻。斯二者,自然之元符,会一而致用也。是故靖恭闲宇,而感物通灵。御心惟正,动必入微。此假修以凝神,积习以移性,犹或若兹。况夫尸居坐忘,冥怀至极,智落宇宙,而暗蹈大方者哉!……故令入斯定者,昧然忘知,即所缘以成鉴。鉴明则内照交映,而万像生焉。④

"顿悟式"的感物方式更强调瞬间直觉,在"感"之前心中是"虚静","顿悟"则是心物交

---

① 石峻、楼宇烈等编:《中国佛教思想资料选编 汉魏六朝卷》,中华书局2014年版,第148页。
② 《中国佛教思想资料选编》,第147页。
③ 《卍续藏经》第150册,新文丰出版公司,第858页。
④ 《全上古三代秦汉三国六朝文》,第2402页。

接时的瞬间直觉,"虚静"使得心与外物脱离而达到一种忘我的境界,而之后的"顿悟"则使万物皆入我心,就是这种瞬间直觉引发想象,进而产生无限文思。这种感物的方式更加圆融,能够使心与物的交融更密不可分,心与物的关系不再是单纯的相互作用,而是寂静环境下主体与客体的互摄互动。在讨论这种"顿悟式"的感物方式时,曹虹认为"当认知真理时,主体与认知对象可能是分作两截的;但进入流连感动的境界后,主体与对象彼此互摄互动,借用刘勰论情景关系的话来说,就是'情往似赠,兴来如答'"。①

这种"顿悟式"的感物方式同样也影响了诗学领域。在此之前,中国传统的感物方式是"物感",最早以批评理论的形态出现是在《乐记》中,《乐记》云:"凡音之起,由人心生也。人心之动,物使之然也。感于物而动,故形于声。"②外物可以触发人内心情感的变化,而音则是情感宣泄的表现。在先秦时期,人们就认识到外物可以引发人情感变化,如《庄子·大宗师》云:"若然者,其心志,其容寂,其颡頯,凄然似秋,暖然似春,喜怒通四时,与物有宜而莫知其极。"③明确提出自然对心灵有感召作用。东晋时明确提出了"物感说",与此也是一脉相承。如孙绰在《三月三日兰亭诗序》中提出"情因所习而迁移,物触所遇而兴感",④即人心中积聚了情感,因外物的触发而发泄,进而产生作诗的冲动。

"顿悟式"的感物方式推进传统"物感说"更进一层,心与物不再隔着一层,而是交融在一起,从而有利于构建更圆融的意境。一些诗人在诗作中则直接写出了这一"触物而赏"的过程,比如谢朓《游山诗》云:"触赏聊自观,即趣咸已展。经目惜所遇,前路欣方践。"游山途中诗人游目看去,漫不经心之下,触物而感,心物相融的刹那,理趣油然而生,就是这触目击心的刹那,情理交融,杳无痕迹。谢灵运的一些诗句则体现了这种圆融的诗境,其名句"池塘生春草,园柳变鸣禽",王夫之评曰:"'池塘生春草''蝴蝶飞南园''明月照积雪',皆心中目中相与融浃,一语出时,即得珠圆玉润,要亦各视其所怀来而景相迎者也。"⑤说的就是这种猝然相遇,心与物流连感交所构成的圆融诗境。再比如谢灵运《南楼中望所迟客》云:"杳杳日西颓,漫漫长路迫。"太阳西下,夕阳的余晖下显得长路漫漫,诗人南楼上远眺友人,惆怅之情便油然而生。明代诗论家许学夷评此诗云:"灵运佳句即将妙合自然。至如'杳杳日西颓'通篇圆畅,亦尽自然矣。"⑥夕阳无形、难以捕捉,诗人感物而发,情景圆融,尽得自然之妙。在南朝时,这种情景交融的意境只是出现在一些诗人零星

---

① 曹虹:《慧远及其庐山教团文学论》,《文学遗产》2001年第6期,第25页。
② 郑玄注,孔颖达疏,龚抗云整理,王文锦审定:《礼记正义》,北京大学出版社1999年版,第1074页。
③ 郭庆藩撰,王孝鱼点校:《庄子集释》,中华书局1961年版,第230页。
④ 《全上古三代秦汉三国六朝文》,第1808页。
⑤ 王夫之著,戴鸿森笺注:《姜斋诗话笺注》,人民文学出版社1981年版,第50页。
⑥ 许学夷著,杜维沫校点:《诗源辨体》,人民文学出版社1987年版,第110页。

的诗句中,中唐时意境说得到了完善。刘禹锡在《秋日过鸿举法师院便送归陵引》中云:"能离欲,则方寸地虚,虚而万景入,入必有所泄。乃形乎词,词妙而深者,必依乎声律。"①强调的正是在"虚"的状态下"万景"涌入心中,交融一体,从而"有所泄",所以意境说的完善与"顿悟式"的感物方式不无关系。

这种"顿悟式"的感物方式也拓展了景物刻画的方式,景物更加具有连续性。南朝人写景多"寓目辄书",目之所见皆以入诗。宗炳在《画山水序》中说:"夫以应目会心为理者,类之成巧,则目亦同应,心亦俱会,应会感神,神超理得。"②这里的"应目"即目之所得,这往往是无目的、无选择的,看到之后心里发生感动,从而感受到"神"。在"顿悟"中,触动内心的物是随机的,游目所及皆可触发感动,所以在六朝时诗人写景,往往描写游目过程所能看到的整体景象,构成一幅连贯的画面,其中代表人物就是谢灵运。谢灵运的写景诗多呈现游览的过程,钟嵘在《诗品》中评其诗:"其源出于陈思,杂有景阳之体。故尚巧似,而逸荡过之,颇以繁富为累。嵘谓若人兴多才高,寓目辄书,内无乏思,外无遗物,其繁富宜哉!"③"寓目辄书"即写的是目之所及的随意景物,这种描写既对景物状貌无遗,又不缺乏情思。关于谢诗中的景与情的关系,王夫之一段评价最得精髓:

> 言情则于往来动止缥渺有无之中,得灵蠢而执之有象;取景则于击目经心,丝分缕合之际,貌固有而言之不欺。而且情不虚情,情皆可景;景非滞景,景总合情。神理流于两间,天地供其一目,大无外而细无垠落笔之先,匠意之始,有不可知者存焉。④

正是这"击目经心"的一刹那最容易产生真情,因为情无滞情,景总合情,所以景无滞景。摆脱了传统的感物方式,感动使得心与物前所未有的贴合,情感得到了流畅的表达,景物也更加具有连续性。

四、全景式的写作技法

"顿悟式"的感物要求在写景时要"直寻""寓目辄书",心与物紧密贴合,在情感得到流畅表达的同时,景物也得到了全方位的展示,从而进行全景式的刻画。

---

① 刘禹锡著,瞿蜕园笺证:《刘禹锡集笺证》,上海古籍出版社1989年版,第956页。
② 《全上古三代秦汉三国六朝文》,第2546页。
③ 钟嵘著,陈延杰注:《诗品注》,人民文学出版社1962年版,第29页。
④ 王夫之:《船山全书》,岳麓书社2011年版,第736页。

南朝的山水诗创作会运用广角镜式的技法来对景象作整体的概括。宗炳有《白鸟山诗》：

> 我徂白鸟山，因名感昔拟。仰升数百仞，俯览眇千里。杲杲群木分，岌岌众峦起。

此诗写出了诗人登山俯仰所见之景，"杲杲""岌岌"概括出群木、众峦的整体特征。鲍照有《还都至三山望石头城诗》，诗人站在山上望南京城，但见"两江皎平迥，三山郁骈罗"，写两江开阔，三山郁郁，亦是概括。再有谢朓《游东田诗》云"寻云陟累榭，随山望菌阁。远树暧阡阡，生烟纷漠漠"，远望菌阁，树和烟皆氤氲之色，"暧阡阡""纷漠漠"皆是对树与烟的概括。以上诸诗，诗人远眺，所见之景皆无比远大，所以概括写出特征，作整体描绘。这可与潘岳的《河阳县作诗二首》之二作对比：

> 日夕阴云起，登城望洪河。川气冒山岭，惊湍激岩阿。归雁映兰畤，游鱼动圆波。鸣蝉厉寒音，时菊耀秋华。

此诗也是登高远望之诗，诗人远眺，但见川气、惊湍、归雁、游鱼、鸣蝉、时菊，但都是描写具体的景物，并未做整体画面的概括。同样是登高远眺诗，相较前朝而言，南朝诗人的视角更加开阔，多放眼整体画面，而非拘泥具体景物。除登高远望诗之外，南朝诗人在其他写景诗中也多尝试概括性的描写。比如谢灵运《入东道路诗》云"隐軫邑里密，缅邈江海辽"，村落密集，江海辽阔，皆为概括。沈约《新安江至清浅深见底贻京邑游好》云"洞彻随清浅，皎镜无冬春"，"无冬春"即概括湖水的整体特征。再比如谢灵运《游岭门山诗》云"千圻邈不同，万岭状皆异"，"不同""异"二词也是整体概括山岭的特征。对景物进行全景式概括描写，在南朝时已经蔚为大观，广角镜式的刻画就是其中技法之一。

在进行全景刻画时，空间连贯也是手段之一。南朝诗人观照山水多"寓目辄书"，将目之所及所见之景统一在一幅画面里，就构成了连贯的空间。谢朓《新亭渚别范零陵云诗》中云"云去苍梧野，水还江汉流"，通过"云去""水还"于水天、远近之间跳动，在纵向与横向上构建了一个辽阔的空间画面。又如谢灵运《初往新安至桐庐口诗》中的"既及泠风善，又即秋水驶。江山共开旷，云日相照媚。景夕群物清，对玩咸可憙"，这幅画面里汇集了风、江水、远山、云日，从近处的江水到远处的山，再到天上的云日，建构了一个极为开阔的画面，所以诗人总结道"景夕群物清"。谢朓尤其会刻画这种水天一色的宏大场面，比如《高斋视事诗》云"暧暧江村见，离离海树出"，《晚登三山还望京邑诗》中"余霞散成绮，澄江静如练"，《之宣城郡出新林浦向板桥诗》中"天际识归舟，云中辨江树"，《和刘西曹望海台诗》

中"沧波不可望,望极与天平。往往孤山映,处处春云生",在这些开阔的画面中,远景、近景、天上、地上融合在一起,这些处在不同平面上的景物一起构成了一幅静态画面。

这种广阔空间的建构往往需要物象之间的相互映射,这是因为物象之间的相互映射往往能爆发出强大的空间张力。这里的映射指时烟、光、山、水之间的相互映射,而映射的结果往往指向诗人感情的表达,比如"往往孤山映,处处春云生"(谢朓《和刘西曹望海台诗》),一句就有孤独怅惘的心情;"杳杳日西颓,漫漫长路迫"(谢灵运《南楼中望所迟客》),夕阳、长路之间相互映射,传递出诗人欲见友人而不得的惆怅心境。叶维廉曾经评价过中国山水诗"使物象与物象之间形成一种共存并发的空间的张力","通过两个物象的同时呈现","唤起第三层繁复的形象"。① 这种景物相互映射来抒情的写法在南朝时尚未大规模应用,很多山水诗所写景色与表达情感之间有距离,比如谢朓《晚登三山还望京邑》有云"余霞散成绮,澄江静如练",写的是澄澈之景,最后表达的却是"佳期怅何许,泪下如流霰。有情知望乡,谁能鬒不变"的怀乡之情。这种情况的出现可能与南朝时情景并未完全交融有关,但在南朝时运用物象间映射来构建广阔空间的技法已广泛应用。

这种写作技法上的变化可谓承上启下,对唐以后山水诗的创作都有深远影响。唐朝山水诗的创作多作全景式描绘,人们对"风景"一词的理解也产生了变化。南朝以前"景"运用在诗文中多指日光和影子,南朝时偶尔指代整体的景象,比如谢灵运《拟太子邺中集诗序》云:"天下良辰美景,赏心乐事,四者难并,今昆弟友朋,二三诸彦共尽之矣。"但是在唐时,很多情况指整体景色,与现在用法相同,比如李白《游秋浦白笴陂二首》"但恐佳景晚,小令归棹移"。②

晋宋之际山水诗学产生的变化,归根结底在于思想领域的变化。晋宋之际玄佛合流是主要的思想潮流,佛学、玄学都在互相借鉴,不断调整,以便更好适应社会发展。换言之,此时佛学、玄学的发展都是玄佛合流这个大思潮下的产物。其中,般若学的传入在思想领域发生了很大的冲击,关于真理是什么,如何认识真理,人们有了新的理解,而这种新的认识同样也应用于观照自然。在认识景物、体悟景物、描写景物上都产生了变化,推动了山水诗学的发展。山水诗学产生的变化无不是影响深远的,不管是山水意象的扩展、体悟方式的丰富还是全景式技法的应用,都极大地丰富了后世山水诗的创作。

(葛刚岩,文学博士,武汉大学文学院副教授。发表论文有《〈列子·汤问〉"皇子"补说》等。陈思琦,武汉大学文学院硕士研究生。)

---

① 叶维廉著:《叶维廉文集》,安徽教育出版社2003年版,第62—71页。
② 李白著,王琦注:《李太白全集》,中华书局1977年版,第947页。

略论《太平广记》所录唐代小说中的联句诗

张明华

摘　要： 在《太平广记》所录的唐代小说中，共有九篇涉及联句创作，并载有十首联句诗。就其中联句的"诗人"而言，不仅有神仙，有鬼物，甚至还有精怪和昆虫。其作品古体诗、近体诗并存，五言诗、七言诗兼有，体现的联句方式也多种多样。这些"诗人"及其联句诗的存在，不仅以荒诞的方式反映了当时社会联句创作的普及程度之高，而且表现出其对推动小说情节发展和塑造艺术形象方面的重要作用。

关键词： 联句诗　唐代小说　神仙　鬼物　精怪

联句（亦称连句）始于汉武帝时期的"柏梁台联句"，至唐代发展到高峰，不仅出现韩愈、孟郊这样几乎势均力敌的联句诗人，而且先后出现了几个大小不一的创作群体。关于唐代联句诗的研究，目前已取得了不少成果。[①] 与这些成果不同，本文仅就《太平广记》所收涉及唐代联句诗创作的九篇小说作为对象进行考察。在这些小说中，参与联句者既有一般意义上的世俗中人，更有神仙、鬼物，甚至精怪、昆虫，呈现出多种多样的面貌。需要说明的是，由于《太平广记》编纂时往往删改原文，故倘所引原书尚在，则在引录时尽量使用原书，同时说明其在《太平广记》中的卷次和类目。

[①] 单篇论文有寇养厚《论韩愈的联句诗》(《新疆石油教育学院学报》1989年第Z1期)，何新所《韩孟联句诗探析》(《贵州社会科学》2003年第4期)，王胜明《论唐代联句诗的特征》[《内蒙古大学学报(人文社会科学版)》2005年第4期]，吴在庆、赵现平《试论韩孟联句诗》(《周口师范学院学报》2006年第3期)，范新阳《论韩孟联句的艺术特质及其诗学谋略》[《南京师范大学学报(社会科学版)》2007年第5期]，崔文华、王红丽《简论韩孟联句诗》(《太原大学教育学院学报》2011年第2期)，郭春林《韩孟体论析——以韩孟联句诗为中心》[《聊城大学学报(社会科学版)》2012年第6期]，樊庆彦《皎然联句创作的变革意识及其潜蕴的诗学思想》(《中国文学研究》2020年第2期)，陈尚君《唐代的联句诗》(《古典文学知识》2020年第5期)等多篇。硕士论文也有崔俊娜的《唐代联句诗研究》(广西师范大学，2006年)、周文慧《韩愈联句诗研究》(中国社会科学院研究生院，2011年)等篇。

一、世人创作联句诗

作为一部小说总集,《太平广记》所载唐代世俗中人创作联句诗的情况虽不多,但亦有三例。其一为卷三十八"神仙"类的《李泌》,全文较长,此处仅节录有关联句的部分:

> 又肃宗尝夜坐,召颖王等三弟,同于地炉罽毯上食。以泌多绝粒,肃宗每自为烧二梨以赐泌。时颖王恃恩固求,肃宗不与,曰:"汝饱食肉,先生绝粒,何乃争此耶?"颖王曰:"臣等试大家心,何乃偏耶?不然,三弟共乞一颗。"肃宗亦不许,别命他果以赐之。王等又曰:"臣等以大家自烧故乞,他果何用?"因曰:"先生恩渥如此,臣等请联句,以为他年故事。"颖王曰:"先生年几许,颜色似童儿。"其次信王曰:"夜抱九仙骨,朝披一品衣。"其次益王曰:"不食千钟粟,唯餐两颗梨。"既而三王请成之,肃宗因曰:"天生此间气,助我化无为。"泌起谢。肃宗又不许曰:"汝之居山也,栖遁幽林,不交人事。居内也,密谋匡救,动合玄机,社稷之镇也。"(《邺侯外传》)①

李泌尽管属于神仙之流,这次联句也以他本人为题目,但他并没有参与联句,真正的参与者是颖王、信王、益王与肃宗,都是世俗中人。这是问题的一个方面。另一方面,这次联句的参加者虽然都是世人,联句所咏题材却是李泌这样一个"神仙"和他在帝王那里受到的眷顾,具有突出主题的意义。

其二为卷一百四十五"征应"类的《安守范》条:

> 伪蜀彭州刺史安思谦,男守范,尝与宾客游天台禅院,作联句诗。守范云:"偶到天台院,因逢物外僧。"定戎军推官杨鼎夫云:"忘机同一祖,出语离三乘。"前怀远军巡官周述云:"树老中庭寂,窗虚外境澄。"前眉州判官李仁肇云:"片时松柏下,联续百千灯。"因纪于僧壁而去。翌日,有贫子乞食见之,朗言曰:"人道有初无尾,此则有尾无初。却后五年,首领俱碎,洎不如尾句者。"抚掌大笑。院僧驱迩之,贫子走且告曰:"此后主人,不远千里,即欲到来。"众以为狂,莫测其由。后数年,守范伏法,鼎夫暴亡,此首领俱碎之义。周与李,累授官资,此不如尾句之义也。院主僧寻亦卒,相承住

---

① 李昉等编:《太平广记》,中华书局1961年版,第241页。

持者,来自兴元,则主不远千里也。贫子之说,一无谬焉。(出《野人闲话》)①

在这次创作中,参与联句的是伪蜀彭州刺史安守范、定戎军推官杨鼎夫、前怀远军巡官周述和前眉州判官李仁肇,都是一般意义上的官吏和前官吏,自然也都是世俗中人。这次联句本身并没有什么特殊之处,特殊的地方在于"贫子"的神奇预言,带有先知的色彩。

又段成式《酉阳杂俎续集》卷六载:

> 崇仁(一作圣)坊资圣寺　净土院门外,相传吴生一夕秉烛醉画,就中戟手,视之恶骇。院门里卢楞伽画,卢尝学吴势,吴亦授以手诀,乃画总持三门寺,方半,吴大赏之,谓人曰:"楞伽不得心诀,用思太苦,其能久乎!"画毕而卒。中门窗间吴道子画高僧,韦述赞,李严书。中三门外两面上层,不知何人画,人物颇类阎令。寺西廊北隅杨坦画近塔天女,明睇将瞬。团塔院北堂有铁观音,高三丈余。观音院两廊,四十二贤圣,韩干画,元中书载赞。东廊北头散马,不意见者,如将嘶蹀。圣僧中龙树、商那、和修绝妙。团塔上菩萨,李异(一作真)画。四面花鸟,边鸾画。当药上菩萨顶,茂葵尤佳。塔中藏千部《法华经》。
>
> 辞　《诸画连句》柏梁体　吴生画勇矛戟攒(柯古),出奇变势千万端(一作出奇骋变势万端。善继),苍苍鬼怪层壁宽(梦复)。睹之忽忽毛发寒(柯古),楞伽之力所疼瘢(一作所痺。柯古)。李真、周昉优劣难(梦复),活禽生卉推边鸾(柯古)。花房嫩彩犹未干(善继),韩干变态如激湍(梦复)。惜哉壁画势未殚(柯古),后人新画何漫汗(善继)。②

诗中所注作者,"柯古"即段成式,"善继"即张希复,"梦复"即郑符。会昌三年(843),段成式在秘书省任职,后二人皆是其同僚。三人多次同游长安寺塔,彼此联句赋诗为乐。上段联句被收于《太平广记》卷二百一十二"画"类"资圣寺"条。这次三人联句,主要赞美了资圣寺内古画的精美和画家的技艺。此诗之外,《酉阳杂俎续集》还记载了段成式等人游寺塔时所作的另外十六首联句诗,即卷五的《二十字连绝句》《蛤像连二十字连句》《圣柱连句》《红楼连句隐侯体》《穗柏连句》《题璘公院》《吴画连句》《题约公院四言》《偶连句》《僧房连句》《哭小小写真连句》《书事连句》等十二首,卷六的《中禅师影堂连句》《先天帧赞连句》

---

① 《太平广记》,第1046页。
② 段成式撰,曹中孚等校点:《酉阳杂俎》,《历代笔记小说大观　酉阳杂俎》,上海古籍出版社2012年版,第164页。

《三街院连句》和《赠诸上人连句》等四首。这些作品虽以五言为主,但亦有四言、七言、宝塔体等多种形式。由于未被《太平广记》收录,本文暂不论及。

唐代联句诗创作非常繁荣,其创作主要依赖的就是文人和官吏。不过,由于这类创作比较常见,小说的作者反而兴趣不是很大,他们更加关注的是神仙、鬼物甚至精怪、昆虫等带有志怪色彩的传奇故事。段成式《酉阳杂俎》原本就较少传奇色彩,所载多首联句诗仅有一首被《太平广记》侥幸收录,还是由于其诗描写的那些古画无比珍贵。

二、神仙参与创作联句诗

神仙参与联句创作的情况见于中唐韩愈文集中的《石鼎联句》,其序首先就是一篇志怪小说:

> 元和七年十二月四日,衡山道士轩辕弥明自衡山来。旧与刘师服进士衡湘中相识,将过太白,知师服在京,夜抵其居宿。有校书郎侯喜新有能诗声,夜与刘说诗。弥明在其侧,貌极丑,白须黑面,长颈而高结,喉中又作楚语。喜视之若无人。弥明忽轩衣张眉,指炉中石鼎谓喜曰:"子云能诗,能与我赋此乎?"刘往见衡湘间人说云:年九十余矣,解捕逐鬼物,拘囚蛟螭虎豹,不知实能否也。见其老,颇貌敬之,不知其有文也。闻此说,大喜,即援笔题其首两句,次传于喜。喜踊跃,即缀其下云云。道士哑然笑曰:"子诗如是而已乎?"即袖手竦肩,傍北墙坐,谓刘曰:"吾不解世俗书,弟子为我书吾句。"因高吟曰:"龙头缩菌蠢,豕腹涨彭亨。"初不似经意,诗旨有似讥喜。二子相顾惭骇,欲以多穷之,即又为而传之喜。喜思益苦,务欲压道士,每营度欲出,口吻声鸣益悲。操笔欲书,将下复止,竟亦不能奇也。毕即传道士,道士高踞大唱曰:"刘把笔,吾诗云云。"其不用意而功益奇,不可附说,语皆侵刘、侯。喜益忌之。刘与侯皆已赋十余韵,弥明应之如响,皆颖脱含讥讽。夜尽三更,二子思竭不能续。因起谢曰:"尊师非世人也,某伏矣!愿为弟子,不敢更论诗。"道士奋然曰:"不然,章不可以不成也。"又谓刘曰:"把笔来。"即又唱出四十字,为八句。书既止,即读。读毕,谓二子曰:"章不已就乎?"二子齐应曰:"就矣。"道士曰:"此皆不足与语,此宁为文邪?吾就子所能而作耳,非吾之所学于师而能者也。吾所能者,子皆不足以闻也,独文乎哉?吾语亦不当闻也,吾闭口矣。"二子大惧,皆起立床下,拜曰:"不敢他有问也,愿闻一言而已:先生称吾不解人间书,敢问解何书?请闻此而已。"道士寂然若无闻也,累问不应。二子不自得,即退就座。道士倚墙睡,鼻息如雷鸣。二子怛然失色,不敢喘。斯须,曙

鼓冬冬。二子亦困,遂坐睡。及觉,日已上。顾觅道士不见,即问童奴。奴曰:"天且明,道士起出门,若将便旋然。奴怪久不返,即出到门觅,无有也。"二子惊惋自责,若有失者,间遂诣余言。余不能识其何道士也,尝闻有隐君子弥明,岂其人耶?韩愈序。①

其下录《石鼎联句诗》正文云:

巧匠斫山骨,刳中事煎烹(师服)。直柄未当权,塞口且吞声(喜)。龙头缩菌蠢,豕腹涨彭亨(弥明)。外苞乾藓文,中有暗浪惊(师服)。在冷足自安,遭焚意弥贞(喜)。谬当鼎鼐间,妄使水火争(弥明)。大似烈士胆,圆如战马缨(师服)。上比香炉尖,下与镜面平(喜)。秋瓜未落蒂,冻芋强抽萌(弥明)。一块元气闭,细泉幽窦倾(师服)。不值书写处,焉知怀抱清(喜)。方当洪炉然,益见小器盈(弥明)。睆睆无刃迹,团团类天成(师服)。遥疑龟负图,出曝晓正晴(喜)。旁有双耳穿,上为孤髻撑(师服)。或讶短尾铫,又似无足铛(师服)。可惜寒食毬,掷此傍路坑(喜)。何当出灰炧,无计离瓶罃(弥明)。陋质荷斟酌,狭中愧提擎(师服)。岂能煮仙药,但未污羊羹(喜)。形模妇女笑,度量儿童轻(弥明)。徒尔坚重性,不合升合成(师服)。傍似废毂仰,侧见折轴横(喜)。时于蚯蚓窍,微作苍蝇鸣(弥明)。以兹翻溢愆,实负任使诚(师服)。当居顾眄地,敢有漏泄情(喜)。宁依暖热弊,不与寒凉并(弥明)。区区徒自效,琐琐不足呈。回旋但兀兀,开阖惟铿铿(师服)。全服瑚琏贵,空有口传名。岂比俎豆古,不为手所撜。磨砻去圭角,浸润着光精。愿君莫嘲诮,此物方施行(四韵并弥明所作)。②

由于文中所载主人公轩辕弥明的事迹过于离奇,且不见于时人的他处记载,后人一般将其视为传奇小说。轩辕弥明的身份应该属于神仙之流。《太平广记》卷五十五"神仙"类收录《轩辕弥明》一篇,即是将韩愈的《石鼎联句诗序》与其诗合在一起而成,而其注明的出处为"《仙传拾遗》"。据此又可推知,很可能在《太平广记》之前的《仙传拾遗》中,就已经将韩愈的《石鼎联句诗序》改造为《轩辕弥明》这样一篇小说了。而今天的学者则普遍直接将《石鼎联句诗序》看作传奇,是一篇记载神仙参与联句的唐代小说。而其中有关联句的叙述,不仅是故事的核心内容,而且有利于揭示人物性格,尤其是很能反映出轩辕弥明的"仙才"。

---

① 刘真伦、岳珍校注:《韩愈文集汇校笺注》,中华书局 2010 年版,第 1251—1252 页。
② 《韩愈文集汇校笺注》,第 1253 页。

三、鬼物参与创作联句诗

再说鬼物参与联句的情况。《太平广记》里共有三篇。既然神仙可以联句，那么鬼物自然也可以联句。卷三百三十"鬼"类"中官"条载：

> 有中官行，宿于官坡馆，脱绛裳，覆锦衣，灯下寝。忽见一童子，捧一樽酒，冲扉而入。续有三人至焉，皆古衣冠，相谓云："崔常侍来何迟？"俄复有一人续至，凄凄然有离别之意，盖崔常侍也。及至举酒，赋诗联句，末即崔常侍之词也。中官将起，四人相顾，哀啸而去，如风雨之声。及视其户，扃闭如旧，但见酒樽及诗在，中官异之。旦，馆吏云："里人有会者，失其酒樽。"中官出示之，乃里人所失者。联句歌曰："床头锦衾斑复斑，架上朱衣殷复殷。空庭朗月闲复闲，夜长路远山复山。"（出《灵怪集》）①

在这次创作中，中官仅仅是一个见证者，目睹了四个"古衣冠"者在自己所宿的旅馆房间里饮酒、联句，他自己并没有参与。四人行迹诡异，离开时"如风雨之声"，而且门"扃闭如旧"，显是鬼物无疑。故事的联句者虽然是鬼物，但他们的做法甚至情感跟一般的士人并无不同。

与此类似的还有张读《宣室志》卷六所载的另一个故事：

> 有梁璟者，开成中自长沙将举孝廉。途次商山，舍于馆亭中。时八月十五夕，天雨新霁，风月高朗，璟偃而不寐。至夜半，忽见三丈夫，衣冠甚古，皆被珠绿，徐步而来，至庭中，且吟且赏，从者数人。璟心知其鬼也，然素有胆气，因降阶揖之。三人亦无惧色，自称萧中郎、王步兵、诸葛长史。即命席坐于庭中，曰："不意良夜遇君于此！"因呼其童曰："玉山取酒。"酒至，环席递酌。已而王步兵曰："值此好风月，况佳宾在席，不可无诗也。"因举题联句，以咏秋物。步兵即首为之曰："秋月圆如镜。"萧中郎曰："秋风利似刀。"璟曰："秋云轻比絮。"次至诸葛长史，默然久之，二人促曰："幸以拙速为事。"长史沉吟，又食顷，乃曰："秋草细同毛。"二人皆大笑曰："拙则拙矣，何乃迟乎？"长史曰："此中郎过耳，为僻韵而滞捷才。"既而中郎又曰："良会不可无酒佐欢。"

---

① 《太平广记》，第 2622 页。

命玉山召蕙娘来。玉山去,顷之,有一美人,鲜衣,自门步入,笑而拜坐客。诸葛长史戏谓女郎曰:"自赴中郎召尔,与吾何事?"美人曰:"安知不为众人来乎?"步兵曰:"安用自明?无如歌以送长史酒。"蕙娘起曰:"愿歌《凤楼》之曲。"即歌之,清吟怨慕,璟听之忘倦。久而歌阕,中郎又歌一曲,既终,曰:"山光渐明,愿更缀一篇以尽欢也。"中郎曰:"山树高高影。"步兵曰:"山花寂寂香。"因指长史曰:"向者僻韵,信中郎过;今愿续此,以观捷才耳。"长史应曰:"山天遥历历。"一坐大笑:"迟不能巧,速而且拙,捷才如是耶!"长史色不能平。次至璟,曰:"山水急汤汤。"中郎泛言赏之。乃问璟曰:"君非举进士者乎?"璟曰:"将举孝廉科。"中郎笑曰:"孝廉安知为诗哉!"璟因怒叱之。长史亦奋袂而起,坐客惊散,遂失所在,而杯盘亦亡见矣。璟自是被疾恍惚,往往梦中郎、步兵来,心甚恶之。后至长安,遇术士李生,辟鬼符佩之,遂绝矣。①

此文不长,却插入了梁璟与萧中郎、王步兵、诸葛长史等人两次联句赋诗的情节。关于后三人,不仅"衣冠甚古",不类世人,且能不断地侵入到梁璟的梦中,最后梁璟用术士给的辟鬼符才将其驱除,则为鬼物无疑,故在《太平广记》中被收入卷三百四十九"鬼"类,题作《梁璟》。梁璟与几个鬼物联句并无不适感,如果不是鬼物口出狂言,闹了一场不快,他原本可以像前文的中官那样有一段奇特的经历。

此外又有薛渔思《河东记·成叔弁》一文:

元和十三年,江陵编户成叔弁有女曰兴娘,年十七。忽有媒氏诣门云:"有田家郎君,愿结婚姻,见在门。"叔弁召其妻共窥之,人质颇不惬,即辞曰:"兴娘年小,未办资装。"门外闻之,即趋入曰:"田郎参丈人丈母。"叔弁不顾,遽与妻避之。田奴曰:"田四郎上界香郎,索尔女不得耶?"即笑一声,便有二人自空而下,曰:"相呼何事?"田曰:"成家见有一女,某今商量,确然不可,二郎以为何如?"二人曰:"彼固不知,安有不可?幸容言议。况小郎娘子魂识已随足下,慕足下深矣,黎庶何知,不用苦怪。"言讫,而兴娘大叫于房中曰:"嫁与田四郎去。"叔弁既觉非人,即下阶辞曰:"贫家养女,不喜观瞩,四郎意旨,敢不从命。但且坐,与媒氏商量,无太匆匆也。"四人相顾大笑曰:"定矣。"叔弁即令市果实,备茶饼,就堂垂帘而坐。媒氏曰:"田家意不美满,四郎亦太匆匆。今三郎君总是词人,请联句一篇然后定。"众皆大笑乐曰:"老妪但作媒,何必议他联句事?"媒氏固请。田郎良久乃吟曰:"一点红裳出翠微,秋天云静月离离。"田请叔

---

① 张读:《宣室志》,见《唐五代笔记小说大观》,上海古籍出版社2000年版,第1030—1031页。

弁继之。叔弁素不知书,固辞,往复再四。食顷,忽闻堂上有人语曰:"何不云'天曹使者徒回首,何不从他九族卑。'"言讫,媒与三人绝倒,大笑曰:"向道魔语,今欲何如?"四人一时趋出,不复更来。其女若醉人狂言,四人去后,亦遂醒矣。①

在文中,鬼物田四郎等逼迫江陵编户成叔弁将女儿兴娘嫁给他,甚至勾取兴娘的魂魄,亦非善类。在《太平广记》中,此文被收入卷三百四十四"鬼"类。这个故事里的鬼物田四郎极其可恶,欺压良善,而联句则在关键时刻起到了推动情节发展的作用。

这三篇作品中的鬼物,或者彼此联句,或者跟世人一起联句,虽然其诗歌水平远远不及韩愈笔下的神仙轩辕弥明,但他们的存在更有利于说明联句在唐代的普及程度。

四、精怪、昆虫参与创作联句诗

更有意思的是,唐代还出现了两篇关于精怪、昆虫联句的小说。牛僧孺《玄怪录》卷一《元无有》载:

宝应中,有元无有,尝以仲春末独行扬州郊野。值日晚,风雨大至。时兵荒后,人户逃窜,入路旁空庄。须臾霁止,斜月自出。无有憩北轩,忽闻西廊有人行声。未几,至堂中,有四人,衣冠皆异,相与谈谐,吟咏甚畅。乃云:"今夕如秋,风月如此,吾党岂不为文以纪平生之事?"其文即口号联句也。吟诵既朗,无有听之甚悉。其一衣冠长人曰:"齐纨鲁缟如霜雪,嘹亮高声为子发。"其二黑衣冠短陋人曰:"家贫长夜清会时,辉煌灯烛我能持。"其三故弊黄衣冠人,亦短陋,诗曰:"清冷之泉俟朝汲,桑绠相牵常出入。"其四黑衣冠,身亦短陋,诗曰:"爨薪贮水常煎熬,充他口腹我为劳。"无有亦不以四人为异,四人亦不虞无有之在堂隍也,递相褒赏,观其自负,虽阮嗣宗《咏怀》亦不能加耳。四人迟明方归旧所。无有就寻之,堂中惟有故杵、烛台、水桶、破铛,乃知四人即此物所为也。②

故杵、烛台、水桶、破铛不过是几件寻常的器具,在这篇小说中竟然都成了精怪,不仅幻化成人形,还侵染了文人喜好联句的习尚。其联句虽然不佳,但各言其职能,亦有类于

---

① 薛渔思:《河东记》,见《全唐五代小说》,陕西人民出版社1998年版,第1049—1050页。
② 牛僧孺:《玄怪录》,见《唐五代笔记小说大观》,第354页。

西汉时期的"柏梁台联句"。此文在《太平广记》中被收入卷三百六十九"精怪"类。

又同书卷二《滕庭俊》载：

> 文明元年，毗陵橡滕庭俊患热病积年，每发，身如火烧，热数日方定。召医，医不能治。后之洛调选，行至荥阳西十四五里，天向暮，未达前所。遂投一道旁庄家。主人暂出，未至，庭俊心无聊赖，自叹吟曰："为客多苦心，日暮无主人。"即有老父鬓发甚秃，衣服亦弊，自堂西出而曰："老父虽无所解，然性好文章。适不知郎君来，正与和且耶连句次，闻郎君吟'为客多苦心，日暮无主人'，虽曹丕'客子常畏人'，不能过也。老父与和且耶同作浑家门客，门客虽贫，亦有斗酒，接郎君清话耳。"庭俊甚异之，问："老父居止何所？"老父曰："仆忝浑家扫门之客，姓麻，名束禾，第大，君何不呼为麻大？"庭俊即谢不敏，与之偕行，绕堂西隅，遂见一门，门启，华堂复阁甚绮秀，馆中有樽酒盘勺。麻大揖庭俊同坐。
>
> 良久，门中一客出，麻大曰："和至矣。"庭俊即降阶相让，还坐，且耶谓麻大曰："适与君联句，君诗题成未？"麻大自书题目，曰："《同在浑平原门联句一首》，予已为四句矣。"麻大诗曰："自与慎终邻，馨香遂满身。无关好清净，又用去灰尘。"且耶良久乃曰："仆是七言，韵又不同，如何？"麻大曰："但自为一章，亦不恶。"于是且耶即吟曰："冬日每去依烟火，春至还归养子孙。曾向苻王笔端坐，迩来求食浑家门。"庭俊犹未语，见其馆华盛，因有淹留歇马之计，乃书四句云："田文称好客，凡养几多人。如欠冯驩在，今希厕下宾。"且耶、麻大皆笑曰："使君得在浑家，一日自当足矣。"
>
> 于是餐膳肴馔，引满十巡。主人至，见庭俊，不见麻大二人，家人叫呼之。庭俊应曰："庭有宾馆。"麻大二人一时不见，身在厕屋下，旁有大苍蝇、秃帚而已。庭俊先有热疾，自此后顿愈，不复更发矣。①

与上篇略有差别的是，这里参与联句的不仅有麻大这个由秃扫帚变成的精怪，竟然还有属于昆虫的大苍蝇和且耶，自然也是成精了的苍蝇，故此文在《太平广记》中被收入卷四百七十四"昆虫"类。他们联句不仅能道出自己身份，在形式上也更加不拘一格。

以上几篇文章表明，不但神仙和鬼物喜欢联句，连精怪、昆虫也都喜欢联句，尤能凸显唐代联句风气的兴盛程度。

---

① 牛僧孺：《玄怪录》，见《唐五代笔记小说大观》，第370—371页。

五、唐代小说中出现联句诗的文学意义

小说是现实生活的反映,神仙、鬼物、精怪、昆虫的生活,其实也不过是人间社会的变形和曲折反映。在前文论及的九篇唐代小说中,共有十次联句创作。那么,对于文学发展来说,这些唐代小说中对于联句诗的记载又有什么意义呢?

其一,显示出不同阶层参与联句创作的热情。小说中的联句主体,不过是现实社会中各色人等参与创作的反映。《李泌》一文所载参与联句的颍王、信王、益王与肃宗固然皆属帝王,《安守范》与《酉阳杂俎续集》联句诗的作者都是地方或各部官员。这些人的文化修养普遍较高,诗歌内容亦多清雅,题赠神仙也好,吟咏寺庙也好,赞美古画也好,都是志趣高雅的反映。韩愈《石鼎联句》中所记的轩辕弥明属于神仙一类,其骨相奇特,才思俊朗,可能是社会上怀才不遇的知识分子的写照。

比较而言,小说中的鬼物更像是下层知识分子的象征。《中官》写崔常侍将要远行,他的三个朋友为其饯行,并联句为乐,最后凄然告别。四位联句者虽属鬼物,其实不过是几位下层知识分子的反映,诗歌表现的也是朋友间的依依惜别之情。《宣室志》中与梁璟联句的萧中郎、王步兵、诸葛长史等三个鬼物,更像是刚刚学会作诗的文学青年,明明诗句平庸,却又自命不凡,显得颇为滑稽。《成叔弁》一文中将联句作为约定婚姻的标志,其中鬼物田四郎的两句诗固然低俗,出自天曹使者的两句亦未见佳处。

而精怪则接近于社会上的"百工之人"。《元无有》中故杵、烛台、水桶、破铛即便成精了,也仍各司其职。他们参与联句,不过是各述其本职罢了。《滕庭俊》中秃扫帚和大苍蝇也是如此,他们写联句诗也只是去表现自身的特征。这些精怪,似乎是社会上各种手工业者或小商人的化身。他们并非知识分子,更不以诗歌见长,但是又喜欢附庸风雅,于是也学着知识分子的样子去联句,结果写来写去还是"三句话不离本行"。

唐代小说中的联句作者,表面看除了世人外还有神仙、鬼物,甚至精怪和昆虫,但撇开这种荒诞的外形,其所反映的实际上是社会下层各色人等参与联句创作的情况,是唐代联句已经非常普及的写照。

其二,体现了联句诗形式多样的特点。联句创作的历史虽然悠久,但直到唐代才真正发展起来并走向高潮。伴随着联句高潮的出现,联句诗在形式上也走向多样化,不论是古体诗、近体诗,还是五言诗、七言诗甚至杂言诗,都可以为我所用。小说中的联句,不过是现实社会中诗人联句的反映,因此呈现出同样的特色。

1. 古体、近体并存。在十首联句诗中,《酉阳杂俎续集》《石鼎联句》《中官》《元无有》

《滕庭俊》中的五首作品属于古体诗,占总数的一半;《李泌》、《安守范》、《宣室志》(两首)、《成叔弁》中的五首作品属于近体诗,亦占总数的一半。近体诗是唐代发展起来的诗歌新类别,唐人联句古体诗和近体诗两种形式兼用,是很自然的事情。唐代小说中所载的联句诗,古体诗和近体诗各占一半,正是这种情况的反映。

2. 五言、七言并存。在十首联句诗中,《李泌》、《安守范》、《石鼎联句》、《宣室志》(两首)中的五首是五言诗,占总数的一半;《酉阳杂俎续集》《中官》《成叔弁》《元无有》中的四首是七言诗,占总数的五分之二;最有趣的是《滕庭俊》一文中的联句诗,麻大与滕庭俊所写都是五言,和且耶所写则是七言,且"韵又不同",是比较独特的。

说到底,唐代小说中的联句之所以具有形式多样的特征,与当时社会上联句诗的特征是一致的,也是联句创作非常繁荣且成就显著的曲折反映。

其三,形象地展示了唐代联句创作方式的多样化。唐代是中国诗歌的第一个繁荣期,而唐诗之所以走向繁荣,一个至关重要的因素是创作的普及化,即诗歌创作不再像六朝那样成为上流社会的特权,而是上自帝王权贵、下至平民百姓甚至僧人、道士、妓女都可以参与。联句是多人参加的诗歌创作活动,在似乎人人皆可作诗的时代自然容易大行其道。人民群众有无限的创造力。当越来越多的人参与到联句创作之中,势必创作的具体方式会有所突出。唐人联句方式多种多样的情形,亦可在小说中得到进一步展示。本文论及的十首联句诗中,参加者每人一句的有《中官》、《宣室志》(两首)中的三首,约占总数的三分之一;每人两句的有《李泌》《安守范》《成叔弁》《元无有》中的四首,而《石鼎联句诗》前部分也是以每人两句的方式创作出来的,只是到了后来由于刘师服与侯喜已无力创作,轩辕弥明就一连写了八句作为结尾;而每人四句的也有一首,即《滕庭俊》中的那首。《酉阳杂俎续集》中的那首联句方式更奇特,段成式先后写了五句,他的同僚张希复和郑符各自分别写了三句。

其四,既能体现出诗歌对小说的渗透,也有利于进一步扩大联句创作的影响。诗歌与小说原本是两种不同的文体,各自有着不同的发展轨迹。不过,二者在唐代的地位又是不同的。诗歌无疑是当时创作的中心,具有突出的优势。以传奇为代表的小说尽管受到政治家、史学家和散文家的喜爱,其地位毕竟不能与诗歌同日而语。唐人喜欢在小说中加入诗歌成分,说白了不过是借助社会上对诗歌的喜爱来增加小说的吸引力,而这对小说的发展无疑有积极意义。从诗歌的角度看,这也就是诗歌凭借自身的优势地位对小说进行的强力渗透。不过,这种渗透并非没有价值,在推动小说情节发展和塑造艺术形象方面都有突出的作用。小说中那些神仙、鬼物、精怪、昆虫都要去写作联句诗,有时是情节发展的需要。如在薛渔思《成叔弁》一文中,联句与情节发展密不可分。鬼物田四郎企图夺取成叔弁之女兴娘,眼看就要得逞,不料媒人偏要拉着联句。在联句过程中,天曹使者出现,替成叔弁作了两句"天曹使者徒回首,何不从他九族卑",接着将鬼物抓走,成叔弁一家方得太平。在形象塑造方面,有时联句的作用也很突出。如在牛僧孺《元无有》一文几乎没有情节,基本内容就是故杵、烛台、水桶、破铛化成人形出来联句而已。他们的诗句虽然写得呆头呆脑,然皆能"为文以纪平生之事",很好地展示了各自的形象。这些小说中的神仙、鬼物、精怪、昆虫等之所以都要去联句,不就是要借作诗来显示才华,甚至是附庸风雅、装点门面吗?虽然他们的诗歌水平大都不高,个别句子甚至有些恶俗,但并不妨碍他们对联句创作如痴如醉。

换个角度看,那么多小说中的人物参与联句,对进一步扩大和普及联句创作也有好处。在这些作品里,不但皇帝、王子、官吏、文人喜爱联句,就连方外的神仙、异类的鬼物,甚至丑陋的苍蝇,没有生命的水桶、扫帚成精后都能化成人形参与联句,那么一般士人不是有更多的理由去参与创作吗?

唐代是联句诗发展的高潮,不仅出现了韩愈、孟郊、皎然等重要的代表诗人,甚至形成了几个带有地域性的重要创作群体。在这样的背景下,联句进入小说领域,出现了各种各样的参与者,不仅有神仙,有鬼物,甚至还有精怪和昆虫。这些联句诗及其"诗人"的存在,不仅展现了唐代联句诗形式丰富、联句方式多样的特征,而且有利于推动故事情节的发展和艺术形象的塑造。与此同时,唐代小说中出现了这么多联句创作的故事,也有利于进一步扩大联句诗的影响和普及联句诗的发展。

(张明华,文学博士,闽南师范大学文学院教授。出版有《徽宗朝诗歌研究》《西昆体研究》等。)

成都梅林分韵唱和考论

黄楚蓉

提　要：《成都文类》所收的一组梅林分韵诗作，呈现了南宋绍兴年间举行于成都梅林的一次较大规模的分题分韵唱和活动。此次诗歌雅集活动带有游赏宴饮、诗歌酬唱与群体性饯行等多重色彩。本文通过稽考此次分韵唱和活动的参与者构成、唱和活动的背景、过程，以及梅林分韵诗轴形成的始末，综合比照这一组唱和诗作，旁参相关诗文，透视此次分韵唱和如何与当下的时空语境、诗人之间的关系、身份地位等发生缠绕和影响。这些因素的互渗又同步影响到这组分韵诗的构思共性，即为即将入朝应召的黎州知州冯时行送行的主题与梅实和羹典故的融合。对梅林分韵唱和的详细考察，可以还原一幅鲜活的南宋前期巴蜀本籍诗人的交游唱和图景，深化我们对南宋巴蜀本籍诗人交游唱和情况的认知。

关键词：梅林分韵诗　唱和　冯时行　《成都文类》　南宋

关于宋代巴蜀本籍诗人与诗歌的研究，多为巴蜀地域文学史对本籍个案作家的历时性论述，较少关注蜀中诗人的交游与诗歌唱和活动。对于本文拟考论的南宋绍兴年间举行于成都梅林的分韵唱和活动，有学者将之概括为"冯时行诗社"，[①]然而深入此次分韵唱和活动的缘起与全过程，笔者发现将这次诗歌唱和理解为"冯时行诗社"是欠妥的。对于这一梅林分韵活动，已有部分研究便是在"冯时行诗社"作为宋代诗社例证的框架下进行

---

① 欧阳光《宋元诗社研究丛稿》根据参与此次分韵活动中于格的分韵诗作有"今代文章策，缙云主齐盟"句，以及施晋卿的分韵诗作有"深寻烟雨村，共作诗酒社"句，而将此次分韵活动推断为一次诗社活动，将这一诗人群视为一个诗社，认为组织者是冯时行，遂以"冯时行诗社"命名。具体参见欧阳光著：《宋元诗社研究丛稿》，广东高等教育出版社1996年版，第233—234页。按，此次分韵唱和活动的背景主要是这群"西州名俊"为冯时行送行，所以此次唱和具有偶然性，且冯时行非本地诗人，只是在成都短暂停留，将此次唱和活动理解为"冯时行诗社"不太准确。除冯时行以外的诗人群，是否是一个较为稳定的交游唱和圈，已无其他文献可考，即使这些诗人诗歌唱和交游活动之频繁可以被称之为"诗社"，但也不宜以"冯时行诗社"命名。

简要论述。①

  这些研究尚未深入这组分韵唱和组诗的文本，没有对此次分韵唱和活动的背景、过程以及梅林分韵诗轴形成的始末进行详细地勾勒与论析，所以对梅林分韵活动的属性存在一定的误读。本文拟通过综合、比照这一组唱和诗作，旁参相关诗文，厘清此次分韵唱和活动的性质，透视此次唱和如何与当下的时空语境、诗人之间的关系、身份地位等发生缠绕和影响，以及上述这些因素如何同步影响着唱和组诗在主题与艺术构思上的共性与特性，以期还原一幅鲜活的南宋前期巴蜀诗人的交游唱和图景。

一、梅林分韵唱和的过程与分韵诗轴的形成始末

  梅林分韵组诗十五首因南宋袁说友宦蜀时期所组织编纂的《成都文类》而得以留存下来，这组诗呈现了南宋绍兴年间巴蜀本籍诗人的一次规模较大的诗歌唱和活动。绍兴三十年（1160）十二月，时任黎州（今四川汉源北）知州的冯时行因为将要入朝接受召对，离开黎州后在成都作短暂的停留，其间冯时行与当时在成都的十四位诗人于城西锦江边的梅林聚饮游赏，并分韵赋诗唱和。在唱和活动结束后，冯时行将这些分韵诗作编成了一个梅林分韵诗轴。

  这十四位诗人中，包括十一位成都人，其他三位的籍贯为附近州县：李流谦（时三十八岁）为汉州绵竹人，于格为潼川府人，释宝印（时四十二岁）为嘉州人。李流谦时任成都府灵泉县尉，释宝印其时应在成都昭觉寺从圆悟克勤禅师学法，②除了这两位参与者，其他诗人当时在成都的行踪已不可考，应该多为本地或附近州县官吏。冯时行在此次宴集过后不久，应这些友人之请，为这组分韵诗作了序，序文如下：

> 绍兴庚辰十二月既望，缙云冯时行从诸朋旧，凡十有五人，携酒具，出西梅林。林本王建梅苑，树老，其大可庇一亩，中间风雨剥裂，仆地上，屈盘如龙，孙枝丛生直上，尤怪古者凡三四。酒行，以"旧时爱酒陶彭泽，今作梅花树下僧"为韵，分题赋诗。客既占韵，立者倚树，行者环绕，仰者承芳，俯者拾英，吟态不一，皆可图画。

---

① 如马茂军《宋代诗社与诗歌创作关系研究》、周扬波《宋代士绅结社研究》、陈小辉《宋代巴蜀诗社略论》等，在论述宋代诗社时都沿用了"冯时行诗社"这一定位。具体参见马茂军：《宋代诗社与诗歌创作关系研究》，《东方论坛》2006年第1期，第41—42页；周扬波著：《宋代士绅结社研究》，中华书局2008年版，第132页；陈小辉：《宋代巴蜀诗社略论》，《成都师范学院学报》2013年第12期，第49—50页。

② 据陆游《别峰禅师塔铭》，宝印从圆悟克勤归昭觉寺，并学法于此三年。具体参见陆游著，马亚中、涂小马校注：《渭南文集校注》卷四十，浙江古籍出版社2015年版，第206页。

是行也，余被命造朝，行事薄遽，重以大府衣冠谒报，主人馈劳，酬对奔驰，形神为之俱敝。诸公导以斯游，江流如碧玉，平野秀润，竹坞桑畴，连延弥望。民家十十五五，篱落鸡犬，比间相亲，不愁不嗟。余散策其间，盖不知向之疲薾厌苦所在也。昔人谋于野，则获闲暇清旷有爽于精神思虑，游不可废，如此哉！又况所与游皆西州名俊惠事者耶！

　　诗成，次第不以长少，以所得韵之后先联成轴。客十有五，韵止十四，吕义父别以"诗"字为韵；又有首眩诗不成者，缺"树"字一韵，余过沉犀，樊允南监镇税，语允南补之。诸公又属时行为之序。十五人者：成都杨仲约、施子一、吕周辅、义父、智父、泽父、宇文德济、吕默夫、杜少讷、房仕成、杨舜举、绵竹李无变、潼川于伯永，正法宝印老、缙云冯当可。①

此篇诗序记叙、写景、抒情浑融，文字清丽自然，情怀闲旷惬然，记录了此次梅林雅集的时间地点、分韵赋诗的创作动机、背景及经过、与会诗人的名姓等，生动地描绘了当时众诗人赋诗的情态、游赏的自然风光、远眺的田园景致，并叙写了冯时行当时的心境——此次游赏将应酬奔驰事宜带来的疲惫与痛苦顿消。

　　正如上引序文所述，在抵达成都这个月的十六日，一个腊尽春回时节的清晨，冯时行和十四位朋旧，携酒具，出城十里，来到了成都城西沿江的梅林聚饮游赏。林中梅花遍开，相传为王建时期所栽的老梅树，庞大而古老，中间被风雨剥裂的地方仆屈地表，怪枝丛生，诗人们在树下饮酒赏梅，酒酣之际便商量着分韵赋诗，因此情此景而联想到了黄庭坚咏梅诗句"旧时爱酒陶彭泽，今作梅花树下僧"，并以此为题分韵赋诗，之所以选择山谷这一联诗句，除了呼应诗人们在"其大可庇一亩"的老梅树下饮酒赏梅的主题与环境、氛围外，还借以传达一种谐趣，山谷此联出自《出礼部试院，王才元惠梅花三种，皆妙绝，戏答三首》其二，此联诗句乃"山谷自道，言其持律不饮，无复把菊待酒之意"。② 本是诙谐之语，带有一些自嘲之意，冯时行与"诸公"再次借来，贴合当下的雅集情境，或自嘲或他嘲，再次发挥了这联诗句的幽默色彩，且这次唱和诗人群里有一位僧人释宝印，可谓名副其实的"梅花树下僧"，可见这一韵句与当下的聚赏情境有多重的契合点，也产生了多重的诙谐意味。

　　有学者在论及宋代分题分韵酬唱现象时曾指出："这种用前人诗句、词句或其他经典

---

① 袁说友等编，赵晓兰整理：《成都文类》卷一一，中华书局2011年版，第235—236页。以下所引用的这组分韵诗皆出自此书，遂不再注明。按，厉鹗《宋诗纪事》将此诗序误置于吕及之名下。厉鹗辑撰：《宋诗纪事》卷五二，上海古籍出版社2013年版，第1303页。

② 黄庭坚著，任渊、史容、史季温注，黄宝华点校：《山谷诗集注》，上海古籍出版社2003年版，第220页。

语句作为分韵之'韵句',且兼作或点明聚会之主题的做法,在酬唱之风与以才学为诗之风并盛的北宋中期兴起且立即风靡,成为最有意义的酬唱活动样式,也成为此后文人聚会时分题分韵的一个最为常见的活动规则。"[1]这次发生在南宋初期的梅林分韵赋诗,便体现了这一规则与风气的更加成熟,也呈现出其独有的地域和时代特色,本朝山谷的诗句亦被置于前人诗词、经典语句的行列,足见当时这些诗人对山谷诗的熟悉与喜爱。

诗歌赋成之后,冯时行以每韵在山谷此联诗句的先后次第联成了诗轴。因为与会者有十五人,而所分之韵只有十四个,所以让与会诗人中的吕宜之(字义父)以"诗"字为韵赋其诗。而抽取到"树"字韵者,因为当时身体不适("首眩"),没有赋成诗歌。冯时行之后经过沉犀(即犀浦镇[2])的时候,将当日梅林所赋诗拿给了时任此镇监税的樊汉广(字允南)看,并让其以"树"字韵补诗一首,使得每韵皆有诗,从而形成一幅完整的梅林分韵诗轴。将参与者的诗作结集是文人雅集赋诗的一个传统,其目的在于记录当日雅集盛况,传播集会所创作的诗歌。所以,得益于冯时行对此次分韵诗轴强烈的保存意识,我们得以了解此次梅林雅集分韵唱和的全貌。

这次参与梅林宴集游赏的十五人除了冯时行外,其他的十四位诗人分别为杜谨言(字少讷)、李流谦(字无变)、吕及之(字智父)、宇文师献(字德济)、杨大光(字仲约)、于格(字伯永)、释宝印、杨凯(字舜举)、吕商隐(字周辅)、吕凝之(字默夫)、施晋卿(字子一)、吕宜之(字义父)、房仕成(字仕成,名不详)、吕泽父(字泽父,名不详)。考这组分韵诗现存情况及作者署名,房仕成与吕泽父没有分韵诗作留存,冯时行诗序中说到的没有作成"树"字韵诗的那位诗人应该就是房仕成或吕泽父。

现存分韵组诗中"僧"字韵诗,诗题为《冯先生访梅于成都西郊,同游十五人分韵哦诗,而积不与。翊日,先生分僧字,属积作之》,该诗作者为张积,从诗题可看出,张积没有参与当日的梅林分韵唱和,他的这首诗是唱和活动的第二日,冯时行分"僧"字韵而嘱他作的。从中可以推知,张积应该就居住在成都或离成都不远处。所以创作于此次分韵活动当下的那首"僧"字韵诗不知何因没有留存下来,据冯时行序,当时只有"树"字韵诗没有赋成,可见"僧"字韵诗应该是赋成了的,作者也应该是房仕成和吕泽父这两位诗人中的一个。

---

[1] 吕肖奂:《论宋代分题分韵——更有意味和意义的酬唱活动形式》,见吕肖奂著:《宋代诗歌论集》,中国社会科学出版社2017年版,第111页。

[2] 按:此沉犀应为成都府的犀浦镇,冯序中提到友人樊允南当时监此地的镇税。陆游作于淳熙九年(1182)的《成都犀浦国宁观古楠记》有"予在成都,尝以事至沉犀,过国宁观,有古楠四,皆千岁木也",又有"且王建、孟知详父子,专有西南,穷土木之侈,沉犀近在国城数十里间,而四楠不为当时所取",可见沉犀即是离"国城"成都只有数十里的犀浦镇。参见《渭南文集校注》卷一八,第233—234页。

从冯时行让樊汉广和张积这两位友朋补写或续写当日的分韵诗歌来看,冯时行是非常重视这组分韵组诗的创作和保存的,希望这组诗每个韵都完整地创作出来,对于当时已经赋成的"僧"字韵诗,他第二日也乐此不疲地向张积分享这次盛会,并分"僧"字韵让张积继续创作,可见他对此次梅林分韵活动拥有浓厚的眷恋和兴趣。吕宜之在诗中这样描述赏梅宴饮现场的冯时行:"对花有妙想,豪气无百厄。兴来属湛辈,同出春容诗。"①冯时行对梅出神、豪饮放达之际,诗兴腾涌,遂倡议分韵赋诗。可见冯时行是此次唱和活动的发起者,或者说是主要的发起者。

包括上述两位可以算作间接参与了此次分韵唱和的张积和樊汉广,加上参与此次梅林唱和活动现场的十五位诗人,共十七人,其中房仕成和吕泽父无诗歌留存,除了冯时行、李流谦、释宝印、吕宜之②外,其他诗人的现存诗作,皆有且只有这一首分韵诗歌。这些诗人得以留名,不得不归功于《成都文类》对这组分韵唱和诗的保存。这组分韵诗使我们得以全面、详尽地了解当日梅林游赏与诗歌唱和情况,也为我们一窥巴蜀本籍诗人群体唱和活动风貌之一斑,提供了宝贵的文本文献。

正如冯时行在序言中所说"诸公导以斯游",诸公可谓东道主,冯时行是客人,如果从籍贯这一地缘因素来看这次唱和活动中冯时行与"诸公"的关系,可以发现,冯时行是恭州人,恭州在宋代属于夔州路,就巴、蜀文化地理区的界划来说,自古属于巴地,③其他十四位诗人的籍贯皆在蜀地,所以冯时行不仅是途经成都的客人,对于皆为蜀人的诸公来说,冯时行又多了一重巴地客人的身份。

又由于冯时行的年龄(时六十岁)、声望与身份、地位等因素,以及其即将赴朝应召的背景,冯时行成了这群诗人唱和关涉的中心对象。这群"西州名俊"将其视为诗文盟主,如于格在诗中称其"今代文章蘂,缙云主齐盟",释宝印诗中有"发兴访梅花,主盟得诗伯",李流谦诗中有"冒踏众俊场,更从百代师",宇文师献诗中有"平生慕英游,望公真山斗",吕宜之称其"先生羊叔子,到处英名垂",对冯时行的文才、资历、风韵与声望都极为尊崇。

可见,虽然冯时行在此次梅林雅集活动中是以客人的身份参与,但是从唱和成员的关

---

① 《成都文类》作"春容",《宋诗记事》本引的《成都文类》作"舂容",从词意来说,"舂容"更好,郑玄注《礼记·学记》中"善待问者如撞钟,叩之以小者则小鸣,叩之以大者则大鸣;待其从容,然后尽其声"的"从":"'从',读如'富父舂戈'之'舂'。舂容,谓重撞击也。"后来"舂容"也用来称赞诗歌的气势等,所以从吕宜之此诗此词的语境来看,应该为"舂容"。

② 据《全宋诗》,吕宜之只存留两首诗,除了这首梅林分韵诗,另一首诗《题文州安静堂》辑自《方舆胜览》卷七〇。参见《全宋诗》第三十七册,北京大学出版社 1998 年版,第 23372 页。

③ 参见《方舆胜览》"夔州路·重庆府"之"建置沿革"条,北宋崇宁年间,改渝州为恭州,为宋光宗潜藩,后升为重庆府。

系来看,这一个诗人群更像一种主从型的诗人酬唱圈,即主盟者的社会身份或文坛地位较高的酬唱圈。①冯时行虽是客人,但在这次分韵酬唱活动中,具有较强的主盟者色彩。所以此次雅集唱和,"诸公"与冯时行在社交礼仪层面,是主客关系;就诗人的社会身份、德望与地位而言,二者又是一种反过来的主从关系。冯时行既是客人,也有主盟者的意味。

二、分韵组诗的构思共性:送行主题与梅实和羹典故的融合

这位诗文盟主即将被旨造朝,赶赴行在,所以这次梅林宴集除了聚赏游玩的性质,也带有较强的为冯时行送行的色彩。冯时行一生游宦巴蜀各州县,多任县令之类的微官,但却位卑未敢忘忧国,对家国、时局充满了忧患,对抗金与中兴满怀希冀。

冯时行曾于绍兴八年(1138)第一次奉旨入朝,并上呈《请分重兵以镇荆襄》,②反对与金议和、劝高宗加强防备,展现出对整个南宋王朝军事防御部署的高瞻远瞩的认知。这次是时隔二十二年后再次赴朝应召。因为这一送行背景,这一组分韵组诗(包括并未参加当日赋诗活动的张积和樊汉广的诗作)在诗歌内容上以咏梅、叙游和为冯时行送行为主,且皆以冯时行为分韵诗写作的聚焦对象:

> 天公惜梅花,破腊开未就。端待使君来,春风本依旧。一樽既相属,勿辞作诗瘦。明年用和羹,请为使君寿。(杜谨言《得"旧"字》)

> 冒踏众俊场,更从百代师。……羞我木石资,斗公琼琚词。深酌起自劝,滕苴吾封圻。公行对宣温,云雾生攀跻。能来玩墟落,匹马却盖麋。蟠胸万蟠蛛,区众眇毫丝。以兹接群动,白羽坐指挥。笑彼嵾外者,组绂为之鞿。它年驷马还,梅花当十围。……(李流谦《得"时"字》)

> 瑰章妙语今得公,国色天香真有待。归路从公巾倒戴,俗物污人非所爱。我公行向日边归,此段风流入图绘。(吕及之《得"爱"字》)

> 平生慕英游,望公真山斗。一见开心诚,已落诸人后。……惟公对江梅,端若同志友。玉色洗尘沙,幽姿出藜莠。命客花下坐,相与沃醇酎。非公无此客,譬诸草木臭。……念公捧召节,修名当不朽。舣舟未忍去,招寻访林薮。中心甚虚明,外慕厌纷纠。杖屦循古岸,细话犹开诱。再拜诵公诗,一洗刍豢口。(宇文师献《得"酒"字》)

---

① 有学者指出,宋代集群酬唱圈从成员关系上看,有主从型(主盟者的社会身份或文坛地位较高),也有平等型(同僚之间),多是复合型。参见吕肖奂:《宋代诗人酬唱圈研究》,见《宋代诗歌论集》,第122页。

② 参见胡问涛、罗琴著:《冯时行及其〈缙云文集〉研究》,巴蜀书社2002年,第238—239页。

再烦起穷边,国柄行当操。尽期如此花,晓夕幸甄陶。得备和羹用,宁不出伊皋①。百年几春风,勿令心忉忉。(杨大光《得"陶"字》)

今代文章篆,缙云主齐盟。跃马觇春色,觞客江上亭。三嗅韵胜华,霜霰饱曾经。及时剥其实,可用佐大烹。幸因辖轩使,锡贡充广庭。王明倪予烛,和羹登簋铏。(于格《得"彭"字》)

发兴访梅花,主盟得诗伯。……公今日边去,陛下正前席。请看枝头春,中有和羹实。《反骚》试与题,不碍心铁石。(释宝印《得"泽"字》)

宛然如先生,高卧岁月侵。从兹饱薰风,佳实共鼎䰞。正味悦天下,妙用无古今。去去好着鞭,江南春已深。(杨凯《得"今"字》)

更应护攀折,嘉实须若若。终收调鼎功,傅岩真可作。持问缙云老,一尊笑相酢。(吕商隐《得"作"字》)

使君早着鞭,问路②逢耕者。深寻烟雨村,共作诗酒社。……须知羹鼎调,嘉宝系用舍。我欲寿使君,樽罍更倾泻。明朝得楚骚,健甚无屈贾。君今有赐环,诏落九天下。(施晋卿《得"下"字》)

黎州太守和羹手,十里往看车呼登。西江破晓郊路净,合簪者谁金兰朋。……成都胜事多四蜀,我欲问津云水僧。先生功成早丐身,未老重来醉倚藤。(张积《冯先生访梅于成都西郊,同游十五人分韵哦诗,而积不与。翌日,先生分僧字,属积作之》)

先生羊叔子,到处英名垂。对花有妙想,豪气无百卮。兴来属湛辈,同出春容诗。(吕宜之《得"诗"字》)

就诗歌体裁而言,这些诗作皆为古体诗,或五言或七言,以五言居多(五言十一首,七言四首)。就诗歌的内容和情感而言,大部分诗歌都是叙述此次出游的经过、描绘梅林景致与宴饮赋诗的情状,同时抒发对这位即将入朝的"黎州太守"的赞美、祝福和期待,其唱和、对话的对象都指向冯时行,或称其"使君",或称"公""先生"和"缙云老"(冯时行号缙云,人称"缙云先生"),皆流露出对冯时行的敬意和钦慕。

这些诗作多镜头地拍摄下这次梅林赏梅赋诗的现场:一株株梅花在江畔、篱边绽放,梅花花枝的倒影在碧江中摇曳,花瓣雪花般地洒落酒杯,梅花清幽的形态、韵致、色泽与香

---

① 《成都文类》作"咎",《全蜀艺文志》作"皋",作"皋"为是。见杨慎编,刘琳、王晓波点校:《全蜀艺文志》,线装书局2003年版,第500页。

② 《成都文类》作"赂",《全蜀艺文志》作"路",作"路"为是。见《全蜀艺文志》,第505页。

氛遂在诗人们的笔下吐露出来,而梅花所具有的高洁、孤傲的特性自然也成为他们诗歌中的咏叹内容,也有诗人将梅花的高标风韵来夸赞冯时行的雅致风姿,如宇文师献的"惟公对江梅,端若同志友。玉色洗尘沙,幽姿出藜藋",又如杨凯诗中有"西邻访老龙,奇怪尤可钦。宛然如先生,高卧岁月侵。从兹饱薰风,佳实共鼎鬻",以眼前的老梅树来比喻饱经岁月风霜的"冯黎州"。

正如有学者论及北宋文人集会诗歌的人文旨趣时指出:"北宋文人登临游观,吟咏自然时,往往赋自然物以人文精神,如梅、竹、茶、月等自然意象都被赋予人文内涵,成为一种人文符号。"①南宋文人集会诗歌无疑继续发展着这一特色,此次参与梅林分韵的诗人们,赋予眼前的梅花诸多人文内涵,又将其与冯时行的品格气韵作比喻,便是集会诗歌在上述人文旨趣方面的典型体现。

除了梅花的幽雅风致,梅实可以"和羹""调鼎"的内涵更是契合了送别冯时行赴朝、对其抒发祝愿的背景和语境,所以将梅实和羹(或调鼎)的典故和冯时行进行牵合、比喻成为这些诗人们喜用的构思方式。"和羹"的典故出自《尚书·说命下》:"若作和羹,尔惟盐梅。"孔安国传曰:"盐咸梅醋,羹须咸醋以和之。"②"盐"和"梅"是调配羹汤所必需的调味品,所以"盐梅和羹"经常用以比喻大臣辅助君主治国理政,"盐梅"也经常喻指宰相。组诗中另一个与"和羹"的意思相类的语词便是"调鼎",孔颖达疏《春秋左氏传》:"《尚书说命》:云'若作和羹,尔惟盐梅。'是古人调鼎用梅醋也。"③所以"调鼎"也经常用来比喻宰相治理国家,或代指治理国家的才能。

作为此次分韵唱和的中心人物冯时行,虽不是宰相,也算不上大臣,但在这些"诸朋旧"的眼中,这位得以第二次入朝应召的黎州"使君",无疑是位极有影响力的蜀士。所以这群"西州名俊"都希望冯时行此次奉旨入朝可以有所作为,像梅实一样达到和羹、调鼎的功用。这十五首诗中(不包括冯时行诗)有十一首诗都用到了梅实"和羹""调鼎"的典故,可见这一典故和当时的游赏环境、诗人们以冯时行为唱和关涉中心的群体关系、为冯时行送行的特定语境以及冯时行的影响力等因素,都非常的贴合,所以大部分诗人选择了这一构思方式,或者联想到了此典故。这种构思策略也使得这组分韵诗作在构思艺术上,呈现出单一性与程式化,这与"梅实和羹"典故的悠久传统以及这种传统在诗人艺术联想与构思上的固化有关,也与这次唱和诗人群中冯时行与其他诗人因身份、地位等方面的差异而形成的"主从"关系也密切相关。

---

① 熊海英著:《北宋文人集会与诗歌》,中华书局 2008 年版,第 94 页。
② 《尚书正义》卷一〇,见阮元校勘:《十三经注疏》第一册,艺文印书馆 2001 年版,第 142 页。
③ 《春秋左传正义》卷四九,见《十三经注疏》第六册,第 858 页。

关于送冯时行赴召,并期其一展才略与抱负这一主题倾向,这里还值得补充一些内容,此次梅林分韵唱和的参与者之一李流谦,时任成都府灵泉县的县尉,在冯时行抵达成都后不久,作有《用山谷上东坡韵,与冯黎州》二首,诗题后自注:"黎州时将赴召。"其一夸赞冯时行不凡的才华与气概,想象其入朝后超拔众人、游刃有余的情状,"座当百尺楼,余子但庑廊","公有八纮置,就猎庸何伤";其二有"鼓镛作宫庭,缶盎不能声","跪求直指处,遂了不朽计"①,似有求冯时行汲引之意。而在这次梅林唱和活动之后,李流谦又作了一首《用黎州"梅"字韵作诗送之》,继续用分韵唱和中冯时行所分之"梅"字韵作诗为其送行,全篇贯穿着对冯时行瑰伟之才的盛赞,尤其是对其济时拯世、一挽颓波的期待,也再次用到盐梅调鼎的典故,赞誉其才略与影响力:

> 济时策略招讥诙,翳氛卷尽青天开。还如调鼎须盐梅,众星错落环枓魁。欲谈近事树频颏,旗矛委尘枪卧苔。祸生冥冥戒其胎,如公气象天可回。高论疾如破山雷,毋使瓶罄空耻罍。笑渠佩玉救焚煨,往矣急挽波之颓。②

"欲谈"二句表达了他与冯时行在宋金问题上一致的主战立场,③望其以超群的人格气象与高论来扭转局势,诗歌的溢美色彩较为浓厚。由上述李流谦在梅林分韵唱和前后写给冯时行的这一系列诗作可以推断出,李流谦在梅林分韵诗的写作当下,也在对冯时行的盛赞中寄寓了自身渴求汲引的现实动机。以上这首"梅"字韵送行诗在送别主题与盐梅调鼎的意涵方面,延续了分韵组诗的构思模式。将此诗补充到这里,便于更详尽地了解这次分韵赋诗的始末与后续发展。同时,也可见出在不同的社交场合,诗人唱和的内容与表达意向也存在差异。在"一对一"的私人空间为冯时行送行时,李流谦在诗中直抒自己的主战怀抱,且感情激昂;然而在"多对一"的公共空间,即梅林分韵送行的语境中,李流谦的分韵创作则顾及此次游赏宴饮的惬意、祥乐的氛围,内容上极力夸赞冯时行的风神、文采和济世之才,和其他分韵诗作一样,呈现出鲜明的"应酬性"。

---

① 傅璇琮等主编:《全宋诗》第 38 册,北京大学出版社 1998 年版,第 23863 页。
② 《全宋诗》第 38 册,第 23908—23909 页。
③ 李流谦作于同时期的《送冯提刑赴召序》中,盛赞了冯时行第一次赴召时反对议和的态度和风姿,"以孤臣昌言黼座之前,谓敌不可信,和必不久,徒屈帝尊、削国威,非策之便。质难究诘,凛凛如兵在颈,不小挫,陛卫震焉",认为如果朝廷当时采用冯时行的建议,"则无前日卑损凌蔑之辱",而且"以赂戎之力足以养兵,以事戎之勤足以治国,天下庶可为也"。李流谦将当时南宋的偏安局势比作东晋,又称赞"逆知其微""瑰言宏论,切中事机"的冯时行在"绝识悬鉴"上超过东晋的谢安与桓冲,又将其比作扁鹊,望其成救国之功,"天下之卢、扁,非公尚谁属之"。从此文可知,李流谦的主战立场和思想,是比较理想化的。参见曾枣庄、刘琳主编:《全宋文》第 221 册,上海辞书出版社 2006 年版,第 228—229 页。

综上可见,这群"西州名俊"在眼前的梅林景致中,紧密观照同时作为客人与诗文盟主的冯时行即将第二次赴召上朝的语境,出于东道主之仪以及其他的社交目的,紧扣梅花的人文内涵、梅实的调鼎功用,比照、赞美冯时行的高标气韵,为其入朝施展才力抱负给予热切的祝愿。

三、两首摆脱了社交负担的分韵诗

除了上引诗歌流露出鲜明的与被送者冯时行之间酬唱、对话的倾向,在构思上采取送行主题与梅实和羹(调鼎)典故的融合,唱和参与者中也有诗人没有选择这一唱和模式与构思方式,只是纯粹地叙述此次游赏景致、抒发游赏心绪,如吕凝之的分韵诗《得"花"字》:

出郭岂惮远?满城无此花。新枝开玉雪,老树卧龙蛇。临水互葱蒨,傍篱忽横斜。诗声写奇怪,画本出槎牙。老子晋彭泽,诸公贾长沙。不寻龙李盟,来嗅霜露华。杖屦穿茅舍,壶觞倩酒家。饥餐香馥郁,醉藉影参差。月白雁成字,江清鱼可叉。风流一时胜,野意十倍加。只恐天上去,迹陈锦江涯。归来马蹄疾,惊飞满林鸦。

诗歌先交代出游背景,接着描绘了所见梅花之形色、神态,诗人们寻赏梅花、醉饮悠然的情态以及眼前所眺之薄暮江景,最后诗人陶醉于这"风流"和"野意"之中,此时对于诗人来说可谓是良辰美景、赏心乐事兼具,而此次诗酒悠游的欢乐终不能永恒,生命终将消逝,此时此刻这锦江边的风流与沉醉也将被历史之风吹散,宴集结束后诗人们归去的马蹄,惊飞起树林上空无数的归鸦。诗人怡然于赏梅、聚饮、赋诗的"风流"与"野意",也遗憾于生命的有尽,美和欢乐不能恒常,用大量笔墨来写游赏情状与赏心之乐,末了以哀点缀,诗歌以叙述、描写眼前景致收束诗歌,产生了无穷的韵味。

此诗除了"老子晋彭泽,诸公贾长沙"两句有观照到当时赋诗的其他诗人,带有些许酬唱性质,其他诗句则没有背负交际的负担,如同普通的个人性吟咏。如果说"酬唱式的创作可能因为需要适应'合唱合奏'式的'和谐'标准,而会牺牲一点过于突出的个性"的话,吕凝之的这次分韵创作可谓全然没有牺牲自己的个性,而不像普通的酬唱"往往得兼顾对象,体现互动和交际性"。[①] 吕凝之没有在诗中"适应"为冯时行送行(同时赞美冯时行)这一"合唱合奏"式的"和谐"标准,也许和吕凝之的个性或者与两位诗人的关系有关,又或与

---

① 吕肖奂、张剑:《酬唱诗学的三重维度建构》,《北京大学学报(哲学社会科学版)》2012年第2期,第73页。

诗人不喜运用惯常的诗歌构思有关。正如诗中有"不寻龙李盟，来嗅霜露华"，诗人明确表示参与此次游赏不是为了寻求群体的归属感，只是为了来赏花，可知其洒脱不群的个性。因为关于吕凝之的生平及其与冯时行的关系，无其他文献可考，对这一小问题只能作上述推理。

此次分韵唱和所在地梅林，其作为前蜀时期王建梅苑所在地这一信息并没有被诗人们关注，除了冯时行的诗歌，这应该与冯时行作为客人对成都名胜有一种游览意识与记录兴趣有较大关系。冯时行的分韵诗作如下：

> 霜朝马蹄无纤埃，锦城城西江之隈。金兰合沓俱朋来，白沙鳞鳞江水洄。梅花傍江高崔嵬，人言犹是王建栽。豪华过眼浮云哉，下马酹酒聊徘徊。飞英送香来酒杯，酒酣疾呼竹篱开。走寻屋角如龙梅，梅龙虽多此其魁。睡龙屈盘肘承胲，风皴雨皱封苍苔。孙枝迸出谁胚胎？天公抚摩春为回。慎勿变化随风雷，年年开花照尊罍。我欲结茅买芋煨，与梅周旋送衰颓。（《得"梅"字》）

这传说是王建时所栽的老梅树，据当时已有两百四十余年，依然盘屈在诗人眼前，而那往昔的历史繁华早成过眼浮云，诗人接着从历史变幻之感转回到当下的畅饮和游赏，希望这梅树能年年开花，使"我"得以宴饮赏玩其下。梅林美好的景致、眼前这飘洒着梅花的诗酒时光，使诗人想在此地结茅隐居，和梅花日日相伴，度过晚年。

正如上文分析过的这一梅林雅集诗人群体的主客关系与送行语境，绝大部分诗人的诗作在咏物、叙游的基础上，观照作为客人与被送行者的冯时行，以其为对话、关涉的对象，在诗中表达赞美、祝愿之情，都体现出一定程度的酬唱、交际性质。而作为被送行者的冯时行，因为无须观照某一特定的唱和参与者，所以他的分韵诗作在内容的选择、情感的指涉等方面更为自由，所以历史的感慨、对春光永恒的憧憬、对归隐的遐想这些个体性更强的情感被组织在了一起，所以冯时行的这首分韵诗和其他参与者的分韵诗作在这一方面体现出很大的差异性，酬唱、交际色彩较弱，更具个体抒情色彩。

以上两首分韵诗，一首主要是因为诗人的个性，一首是因为诗人在唱和群体中的特殊身份与地位，因而不同于其他分韵诗作，卸下了酬唱、交际的社交负担，也卸下了程式化的构思模式，保有了诗人自身的艺术个性。

综上可知，梅林分韵唱和是南宋绍兴年间发生在成都梅林的一次规模较大的偶然性分题分韵唱和活动，带有游赏宴饮、诗歌酬唱与群体性饯行等多重色彩，而不是严格意义上的诗社或诗社活动。参与者包括作为东道主的十四位在成都宦居或生活的"蜀"地诗人,以及作为客人却具有诗文盟主地位的"巴"地诗人冯时行。梅林分韵活动是北宋中期开始兴起的分题分韵酬唱风气在南宋进一步发展与成熟的体现,参与者选择贴合当下赏梅情境的黄庭坚诗句作为韵句,既反映了当时诗人们对山谷诗的熟悉、喜爱,也是宋代文人集会追求文雅与谐趣的体现。

为了照应冯时行这位有影响力的蜀士即将第二次入朝赴召的语境,诗人们纷纷选择了送行主题与梅实和羹典故相融合的构思模式,这是宋代集会诗歌在人文旨趣上的继续发扬,也体现出宋代群体性诗歌唱和所具有的鲜明的应酬性与交际性。作为十四位"诸朋旧"之一的吕凝之,其分韵诗作抛开了唱和诗歌的应酬负担,如同一首独吟诗歌,这也反过来证明,这类群体性的诗歌分韵活动是如何规范大多数参与者的构思与表达意向的。作为客人与被送行者的冯时行,则因其声望、影响力及其在这次雅集群体中的核心地位,在其分韵诗歌的创作中没有特定的酬唱动机,也无需关涉特定的参与者,所以他的诗作也呈现出独吟诗歌的风貌。

结语

梅林分韵唱和既体现了宋代诗人群体唱和在唱和形式的成熟,也展现出此类唱和所具有的追求集会文雅气质与人文旨趣,以及浓厚应酬性等方面的特质,更表现出独特的时代与地域特色。

这次梅林游赏活动的契机,主要是当时在成都的这群诗人想为即将第二次入朝赴召的冯时行饯行。对于宋金问题,冯时行坚持反对议和的立场,此次赴召也将陈述自己的战略主张。在这一背景下,诗人们在分韵诗作中,纷纷表达了对冯时行才能的赞赏与期其一展抱负的祝福,而没有在诗作中积极地呈现自身的外交立场等。这与集体性诗歌唱和活动的特性有关,因为集体性诗歌唱和一般发生于一个涉及多重社交关系的公共空间,参与者们争相适应唱和活动的主题与主旋律,选取"得体"的唱和内容与情感。作为参与者之一的李流谦,在单独为冯时行送别的诗作中,则鲜明地表达了自己的主战立场,且感情激烈。由此可见,不同的社交场合,决定了诗人们在诗歌内容与情感倾向上的选择。无论是梅林分韵诗作中对冯时行温和的赞美与祝福,还是私人送别空间中更为激烈的情感指向,都为此次梅林分韵唱和打下了鲜明的时代印记。

除了内容上体现出的时空特色,这组分韵诗作,就整体上的语言风格而言,较为浅近畅达,在用典方面也以常见典故为主,明显地区别于讲究"夺胎换骨""点铁成金"的江西诗派,体现出平易畅达的宋代巴蜀诗风,这与南宋巴蜀本籍诗人在诗风上主要受苏轼影响有关。

　　梅林分韵诗作还具有较大的地域文学文献价值,因为南宋巴蜀本籍诗人的诗作,散佚情况比较严重,留存诗作较多的诗人数量较少,而且交往、赠答、唱和类诗作多数只存有单向的诗歌文本,很难清晰地勾勒出本籍诗人的交游全貌,也很难了解到本籍诗人诗歌雅集活动的样貌。所以这组分韵诗为了解当时巴蜀本籍诗人的诗歌唱和活动情况提供了一个宝贵的实例,展示了一幅本籍诗人群体交游唱和的日常图景,使我们得以更细腻、生动地了解这些诗人的个性、当时的情绪和心态等。这组诗也为锦城留下了一卷美丽的诗人赏梅饮酒行吟图,像一张张老照片,定格在南宋绍兴年间成都锦江旁的这群诗人的各种神态上。

　　(黄楚蓉,文学博士,长沙理工大学文学与新闻传播学院讲师。发表论文有《杨万里"去词去意、尚味"说的诗学内涵》等。)

《唐诗鼓吹》以柳宗元七律为首

严正道

摘　要：《唐诗鼓吹》选唐人七律以柳宗元为首，招致后人的诸多质疑，特别是在提倡"诗必盛唐"的时代，对其批评尤甚，甚至怀疑其非元好问所选。根据《唐诗鼓吹》最早版本所附赵孟頫、武乙昌、姚燧序和卢挚跋，以及元好问友人曹之谦《读〈唐诗鼓吹〉》诗，足证其为元好问所选。元好问从自己的诗史观出发，认为柳宗元是继陶、谢以后，唐代风雅诗歌传统的主要继承者，得古之正，又是唐以后风雅精神的开启者，影响了苏轼等宋元诗人的创作，故将柳宗元放在卷首，以引导时人的诗歌创作。从柳宗元与盛唐诗人的七律成就比较来看，柳宗元七律成就不在盛唐王、孟、高、岑之下，又由于不选杜诗，所以元好问把柳宗元置于卷首似乎并无不妥。

关键词：柳宗元　元好问　唐诗鼓吹　七律

在众多的唐诗选本中，《唐诗鼓吹》是一部特色鲜明的选本，其专选唐人七律，却不从初盛唐始，更不选李杜诗，而是"自太白、子美外，柳子厚而下凡九十六家"，[①]以中晚唐为主，并以柳宗元为首。众所周知，柳宗元专工五古，七律虽偶有所作也堪称精绝，却数量极少，仅有12首，相比同时代诗人刘禹锡的181首，白居易的589首，显然不可同日而语，然而该集却选了其中9首，[②]接近全选，足见选辑者对柳宗元七律的重视和偏爱。这也招致后人的诸多质疑，特别是在提倡"诗必盛唐"的时代，对其批评尤甚。但仁者见仁，智者见智，选辑者自然也有其如此编选的理由。下面试分析考论。

---

* 本文系四川省社会科学规划项目"唐宋入蜀文人与巴蜀文学研究"（项目编号：SC20B094）阶段性成果。
① 姚燧：《注唐诗鼓吹序》，见《续修四库全书》第929册《皕宋楼藏书志》卷一一五，上海古籍出版社2005年版，第613页。
② 原选10首，但其中一首有误，《再授连州至衡阳酬赠别梦得》实为刘禹锡《衡阳与梦得分路赠别》诗。

一、元好问是《唐诗鼓吹》的选辑者

要探寻《唐诗鼓吹》选辑者如此编选的个中缘由,就必须先对其选辑者有所了解。关于《唐诗鼓吹》的选辑者,《唐诗鼓吹》的最早版本,元至大元年(1308)刊郝天挺《注唐诗鼓吹》附有赵孟頫、武乙昌、姚燧序和卢挚跋,①皆明确指出是编为元好问所选辑,如赵孟頫序言:"唐人之于诗美矣,非遗山不能尽去取之工;遗山之意深矣,非公(郝天挺)不能发比兴之蕴。……此公画后学之心,而亦遗山裒集是编之初意也耶。"在称赞郝天挺之注最能体现元氏旨趣的同时,也充分肯定其保存元氏遗作之良苦用心。又姚燧序言:"新斋(郝天挺)视为乡先生,自童子时尝亲几杖,得其去取之指归。"知郝天挺早年求学于元好问,得其以《唐诗鼓吹》授学,则元好问在世时此集已宣示众人。这一点也可以从元好问好友曹之谦处得到印证,曹之谦有《读〈唐诗鼓吹〉》诗,云:"杰句雄篇萃若林,细看一一尽精深。才高不似人间语,吟苦定劳天外心。白璧连城无少玷,朱弦三叹有遗音。不经诗老遗山手,谁解披沙拣得金。"②据曹之谦诗意说明元好问对此集颇为用心,或是有意借此表达某种诗学主张,故清人翁方纲《石洲诗话》言:"兑斋(曹之谦)从遗山游,而其言如此,则《鼓吹》之选,信是遗山用意处耶?"③根据以上记载,则《唐诗鼓吹》为元好问所选无疑,且其用意颇深,不但以此教之后学,更宣示众人,以公开宣扬其诗学思想。郝天挺秉承师意为其作注并刊刻出版,或许正是基于这样一种目的。

不过到了明清时期,受"诗必盛唐"观念的影响和人们普遍推崇李杜的心理,不少学者由质疑《唐诗鼓吹》不选李杜而重中晚唐的观念主张进而否定其为元好问所选。这种观点最初由杨慎提出,其《丹铅总录》卷十八云:"《唐诗鼓吹》以宋胡宿诗入唐选……观者不知其误,何耶?《鼓吹》之选,皆晚唐之最下者,或疑非遗山,观此益知其伪也。"④言"皆晚唐之最下者"显然不符合事实,反映其对晚唐诗的偏见。又言"或疑",表明这并非杨慎一人之观点,而误选胡宿诗似乎更印证了这一点。不过,怀疑的证据并没有具体说明,或许只是一种猜测,至于误选,这在选本中并不罕见,如宋洪迈《万首唐人绝句》就误收不少本朝人作品,所以并不能作为其否认元好问选辑的证据。大概是受到杨慎的影响,清人更直接

---

① 至大元年刊本郝天挺《注唐诗鼓吹》原本今已不存,但赵孟頫、武乙昌、姚燧序和卢挚跋有幸皆得以完整保存,见《续修四库全书》第 929 册《皕宋楼藏书志》卷一一五,第 612—615 页。以下所引序跋皆出此,不再注明。
② 房祺编:《河汾诸老诗集》卷八,中华书局 1958 年版,第 53 页。
③ 翁方纲:《石洲诗话》卷五,见郭绍虞编选,富寿荪校点《清诗话续编》下,上海古籍出版社 1983 年版,第 1469—1470 页。
④ 杨慎:《丹铅总录》卷十八,见文渊阁《四库全书》第 855 册,台北商务印书馆 1983 年版,第 543 页。

予以否认,如沈德潜《说诗晬语》卷下云:"《鼓吹》一书,嫁名遗山者,尤为下劣。学者以此等为始基,汩没灵台,后难洗涤。"①又周容《春酒堂诗话》:"家旧有《唐诗鼓吹》一册,俱七言近体,意主绮靡,而魇诗俗调,十居其七,不知定之谁氏。"②更有甚者认为郝注亦为伪作,如罗汝怀《七律流别集述意》云:"明人固以此书为遗山作矣,蒙意则郝注恐亦托名也。"③上述观点都没有举出自己的证据,而是直接以个人喜好否定《唐诗鼓吹》的选诗标准,更为了维护元好问不惜否认前人之说,颇为武断,故而后人多不认可。另外还有一说更别出心裁,清人施国祁在《元遗山诗集笺注》中言:"案是诗原本于金之郝天挺。遗山撰墓志铭云'先生教之作诗',即此本也。遗山复精选之以授元之郝天挺,天挺因加注焉。惟遗山不敢掠师之美,而复嫌门弟子之名,故集中无一语及之,无可疑者。"④此说看似有理,实则经不起推敲。按金郝天挺卒于1217年,若生前将诗选授予元好问,此时距元郝天挺出生(1247)至少有30年,恐怕在元郝天挺从其学前早已精选完成,元好问难道有预知之能,而在集中无一语提及其师?且元好问逝世之时元郝天挺才11岁,元好问又岂能将其承受师命而几乎用尽大半生精力的精选之作授之于一幼学儿童。揆之常理,此说实荒诞之极。总的来说,明清时期质疑或否定元好问选辑《唐诗鼓吹》的说法要么证据不足,要么凭个人好恶妄意揣测,故信服者少。

其实面对一些人的质疑或否定,清初钱谦益依据自己的评判标准对这个问题进行了辨析,颇为中肯,其言:"余谛观此集,探珠搜玉,定出良工哲匠之手。遗山之称诗,主于高华鸿朗,激昂痛快。其指意与此集符合,当是遗山巾箱箧衍吟赏记录。好事者重公之名,缮写流传,名从主人,遂以遗山传也。"⑤钱谦益认为诗选与元好问一贯的论诗主张是一致的,故认为应是元氏所选。无独有偶,清末吴汝纶也通过这种分析比较得出了同样结论:"遗山《题中州集后绝句》云:'陶谢风流到百家,半山老眼净无花。'此选大率亦以《百家》为蓝本,又所选诗多慷慨激昂、豪迈沉着之篇,与遗山所为诗同条共贯,以此推之,其为遗山所选,绝非妄说。况有赵孟𫖯、武乙昌、姚端父诸人为序,岂得尽目为伪撰者哉?"⑥吴汝纶是在批驳前人质疑证据的基础上,通过分析认为诗选风格与元好问创作风格一致,这与钱谦益英雄所见略同,继而又辅以元人的序跋,所以非常肯定其为元好问所选辑。

应该说这些证据,包括诸人的序跋、曹之谦的诗歌,可以证明其为元好问所选,而钱谦

---

① 沈德潜:《说诗晬语》卷下,见王夫之等撰:《清诗话》下册,上海古籍出版社1978年版,第556页。
② 周容:《春酒堂诗话》,见《清诗话续编》上,第103页。
③ 罗汝怀:《七律流别集述意》,见陈伯海主编:《唐诗论评类编》(增订本),上海古籍出版社2015年版,第1502页。
④ 施国祁:《元遗山诗集笺注》卷末《附录·补载》,见《续修四库全书》第1322册,第302页。
⑤ 钱谦益:《牧斋有学集》卷一五《唐诗鼓吹序》,见《续修四库全书》第1391册,第128页。
⑥ 吴汝纶:《评点唐诗鼓吹序》,见《桐城先生评点唐诗鼓吹》卷首,1925年南宫邢之襄刻本。

益和吴汝纶通过分析诗选风格与其生平创作、论诗主张的一致性,又提供了进一步的证据。因而今人普遍比较认同元好问为其选辑者,如傅璇琮、许逸民等主编《中国诗学大辞典》、孙琴安《唐诗选本六百种提要》、陈伯海《唐诗学史稿》、韩成武、贺严、孙微等点校《唐诗鼓吹评注》等。综合以上论述,笔者认为完全可以确认《唐诗鼓吹》为元好问所选辑。

二、柳宗元是唐人风雅传统的继承者

既然《唐诗鼓吹》为元好问所选,那么其将柳宗元置于卷首开篇必然与其对柳宗元的极力揄扬和推崇有关。相比于散文,柳宗元的诗歌在其逝后很长一段时间内没有得到应有的关注,直到苏轼的出现,不但大力学习其诗歌创作艺术,更"以其卓绝的眼光发明了柳诗的艺术风格和地位",①对后世柳诗的接受和评价产生了极大影响,正如范温《潜溪诗眼》所言:"子厚诗尤深远难识,前贤亦未推重。自老坡发明其妙,学者方渐知之。"②元好问正是在苏轼评价的基础上,肯定柳宗元对风雅传统的承继,以此进一步突出和提升柳宗元在诗史上的地位,并针对宋元以来诗坛风雅不彰,杂体盛行的现实,通过柳宗元的范本作用,提供时人学习的方向,以此影响时人的诗歌创作,改变诗坛现状。

苏轼认为柳宗元诗学陶渊明,"发纤浓于简古,寄至味于淡泊",③系出同源,元好问对此并没有全盘接受。对于苏轼论陶渊明风格,元好问基本表示赞同,但对于柳宗元源自陶渊明则表示了不同意见,更强调柳宗元与谢灵运之间的渊源关系。他在《论诗绝句三十首》之四:"一语天然万古新,豪华落尽见真淳。南窗白日羲皇上,未害渊明是晋人。"下自注云:"柳子厚,晋之谢灵运;陶渊明,唐之白乐天。"④从艺术风格分析入手探寻不同时代诗人之间的相互联系,这是元好问论诗时受苏轼影响的明显表现,但除了分析艺术风格,元好问还注重诗人诗风之间内在精神气质的比较,所以他认为唐代诗人中与陶渊明渊源最深的是白居易,而非柳宗元,与柳宗元精神气质上更相通的是谢灵运。这当然不是元好问的一时感悟,他在《论诗绝句三十首》中另有专章对此进行解析,诗言:"谢客风容映古今,发源谁似柳州深?朱弦一拂遗音在,却是当年寂寞心。"元好问认为柳宗元诗不但在艺术上得谢灵运之"风容",更在精神上与其相通,同样蕴含一颗"寂寞心"情怀,甚至表现得更为深厚。所谓"风容"是指其语言辞采富艳丰缛,谢、柳都极为相似,尚永亮等著《中唐元

---

① 尚永亮等著:《中唐元和诗歌传播接受史的文化学考察》,武汉大学出版社2010年版,第397页。
② 吴文治编:《古典文学研究资料汇编·柳宗元卷》,中华书局1964年版,第62页。
③ 苏轼:《书黄子思诗集后》,见《苏轼文集》卷六七,中华书局1986年版,第2124页。
④ 《古典文学研究资料汇编·柳宗元卷》,第186页。

和诗歌传播接受史的文化学考察》一书对二人的山水诗进行了详细的比较,认为具体表现在两方面,一是"对山水景物进行客观的描摹刻画,表现出语言的精刻和工致之美",二是"一字百炼,属对工整,表现出经过诗人锻炼之后凝练精丽的语言风格"。① 这种相似,既是柳宗元有意学习谢灵运的结果,也是山水诗经过历代诗人特别是盛唐王、孟等山水诗人在艺术上不断探索、总结经验后必然会在后世山水诗中呈现出来的结果。所以这只是一种表象,更深层的东西,则是他们在孤独郁结、寂寞幽怀的情感内涵方面也极为相似,正如叶嘉莹先生在《从元遗山论诗绝句谈谢灵运与柳宗元的诗与人》一文中言,"使柳诗与谢诗有着更深一层相似之处的,那便是他们的诗篇,除了外表所写的山水景物的风容之美以外,更同样具有一份寂寞郁结的心怀。那便因为谢灵运的山水诗大都是他出官到永嘉以后的作品,柳宗元的山水诗也大都是他贬官到永州以后的作品;谢灵运对自己的被摈斥既不免常怀郁愤,柳宗元对自己的被贬谪也同样常怀郁愤。这是柳诗与谢诗之所以相似的更深一层原因"。② 所以,两个虽身处不同时代,但理想、境遇、情感都极为相似的诗人,郁结忧愤的情怀结撰成他们幽深孤峭的歌诗,在时空交错中产生共鸣,让多少后人为之叹恨惋惜。不过,二人"寂寞"之心虽同,但就情感的真诚、深厚方面,柳宗元显然更得风骚之旨,司空图就已指出:"今于华下,方得柳诗。味其深搜之致,亦深远矣。"③ 所谓"深搜之致",是指柳宗元的诗歌不但在艺术上深受风雅传统的影响,表现得含蓄蕴藉、深沉哀婉,而且在内容方面也受其哲理散文的影响,在诗中融入了他对于人生、社会以及自我生命历程的沉思与反省。这在谢诗中是很难见到的,所以元好问言"发源谁似柳州深",确实如此。

  元好问对于谢、柳同源关系的深刻阐释,为后世对柳诗的进一步接受奠定了基础,所以清人翁方纲言:"柳诗继谢之说,至此发之。"④ 但元好问的目的并不仅在此,从一定程度上讲,这只是他为抬升柳宗元在诗史上的地位所作的铺垫而已。

  苏轼评价柳宗元在诗史上的地位是"在陶渊明下,韦苏州上"。⑤ 元好问在确立谢、柳的渊源关系后,对于这个观点基本上是接受的,但他在时空观上有所延长,由苏轼的两晋至唐延伸至宋金,这样一来就将包括苏轼在内的宋金诗人也纳入其中进行比较,以突出柳宗元在诗史上的地位。要清楚这一点,需从元好问论诗的基本观念说起。元好问论诗讲究正本清源,辨明正体,别裁伪体,使之泾渭分明,这也是其《论诗绝句三十首》第一首中就

---

① 《中唐元和诗歌传播接受史的文化学考察》,第599—604页。
② 叶嘉莹:《从元遗山论诗绝句谈谢灵运与柳宗元的诗与人》,见《迦陵论诗丛稿》,北京大学出版社2008年版,第225页。
③ 司空图:《题柳柳州集后序》,见董诰等编:《全唐文》卷八〇七,中华书局1983年版,第8488页。
④ 翁方纲:《石洲诗话》卷七,见《清诗话续编》下,第1499页。
⑤ 苏轼:《评韩柳诗》,见苏轼撰,荣维编,孔凡礼点校:《苏轼文集》卷六七,中华书局1986年版,第2109页。

开宗明义提出来的问题,"汉谣魏什久纷纭,正体无人与细论。谁是诗中疏凿手?暂教泾渭各清浑"。元好问以"诗中疏凿手"为己任,提出要区分正伪,廓清诗歌发展方向,并以倡导正体为正道。那么什么是元好问所倡导的正体呢?清人翁方纲释云:"'正体'云者,其发源长矣。由汉、魏以上推其源,实从'三百篇'得之。"①也就是说《诗经》中的风雅,汉代乐府中的民间歌谣,以三曹七子为中心的建安诗歌,它们所形成的风雅传统就是所谓的诗歌正体。而汉魏以后,元好问认为诗风淆乱,能够继承风雅传统,坚守诗歌正体的诗人不多,他在《东坡诗雅引》中言:"五言以来,六朝之陶、谢,唐之陈子昂、韦应物、柳子厚,最为近风雅。自余多以杂体为之,诗之亡久矣。杂体愈备,则去风雅愈远,其理然也。近世苏子瞻,绝爱陶、柳二家,极其诗之所至,诚亦陶、柳之亚;然评者尚以其能似陶、柳而不能不为风俗所移为可恨耳。"②在这段话中元好问清晰地勾勒了汉魏以后至宋金时期五言诗风雅传统延续的主脉络,揭示了这些代表性诗人之间的前后承继关系。而从这张脉络图中可以清楚看出柳宗元五言诗在延续风雅传统,坚守诗歌正体的创作方向中发挥了至关重要的作用,具有承前启后的诗史意义。在元好问看来,两晋南北朝时期,唯有陶渊明、谢灵运五言诗是近风雅、亲正体的代表,而继承谢灵运风雅精神的是柳宗元,柳宗元之后,则是苏轼。不过,苏轼虽极力学陶、柳,却始终有一定的距离,因为他不能完全摆脱时俗观念带来的影响。对此,元好问在《中州集》卷三王庭筠《狱中赋萱》诗下题注有更详细阐释,其云:"柳州怨之愈深,其辞愈缓,得古诗之正。其清新婉丽,六朝辞人少有及者,东坡爱而学之,极形似之工,其怨则不能自掩也。……大都柳出于雅,坡以下皆有骚人之余韵。"③元好问认为柳诗深得风雅之道,为古诗正体,而苏轼学柳,形虽似,但辞情外露,不够雅正。这样一来,柳、苏两人在诗史上的地位高下立判。元好问的这些观点可谓发前人之所未发,非常直接,固然没有得到后人的响应和支持,但其极力揄扬、推崇柳宗元,有意抬升甚至拔高其诗史地位的意图也显现无疑。

因此,从元好问的诗史观来看,柳宗元既是陶、谢以后,唐代风雅诗歌传统的主要继承者,得古诗之正,又是唐以后风雅精神的开启者,影响了苏轼等宋元诗人的创作,以此评判柳宗元的诗史地位必然要比盛唐高、岑、王、孟,以及同时代的元、白、韩、刘要高,后世诗人则更不用说,所以吴汝纶言:"遗山《论诗绝句》以柳州为发源谢客,此选以柳为首,固无足怪。"④但吴汝纶只是看出了元好问崇柳的一面,而元好问最终目的是针对宋元时期风雅

---

① 翁方纲:《石洲诗话》卷六,见《清诗话续编》下,第1495页。
② 元好问:《东坡诗雅引》,见姚奠中主编:《元好问全集》卷三六,山西人民出版社1990年版,第25页。
③ 元好问编:《中州集》卷三,中华书局1959年版,第147页。
④ 吴汝纶:《评点唐诗鼓吹序》,见《桐城先生评点唐诗鼓吹》卷首,1925年南宫邢之襄刻本。

渐亡,杂体盛行的现状,以柳诗为正体和范本,拨乱反正,救偏补弊,引导时人的诗歌创作(其以诗选传授后学就充分证明了这点)。以此理解《唐诗鼓吹》选诗不从初盛唐始,而以柳宗元开篇就比较清楚了。

三、柳宗元七律艺术成就

还有一个问题需要弄清楚,把柳宗元的七律作为卷首是否足以令人信服?对于这个问题,从质疑者的意见来看,主要集中在对晚唐诗的选择上,如明人许学夷认为:"元遗山《唐诗鼓吹》,所选尽七言律,起于柳宗元、刘禹锡,中复参以开元、大历数子,余皆晚唐诗也。然晚唐纤巧者仅十之一,而鄙俗者居十之五,至杜牧、皮、陆怪恶,靡不尽录,盖选诗最陋者。"①许学夷批评《唐诗鼓吹》选晚唐诗太多,且多为鄙俗怪恶之诗,但对于柳宗元、刘禹锡等人的七律诗其实还是认可的,对于置柳为首也并不反对。这类意见在质疑者当中为主流。至于对晚唐诗人的批评是否合理,则不是本文要讨论的范围,故不多言。不过,也有持论比较偏激者,不但激烈反对《唐诗鼓吹》大量选辑晚唐诗,对于置柳宗元诗为首也颇为不满,如明人孙绪就认为:"元遗山编《唐诗鼓吹》,以柳子厚《登柳州城楼》诗置之篇首,此诗果足以压卷欤?李杜无容论矣,高、岑、王、孟而下得意句比此诗,奚啻什百,而遗山去取乃若此。且其中许浑诗入选最多,今人脍炙不厌,无怪乎诗格之日卑也。"②"今人脍炙不厌",说明《唐诗鼓吹》在当时为大多数人所接受,据何焯《唐三体诗·跋》所言:"《鼓吹》《三体》二编,嘉靖以前童儿皆能倒诵,如宋人读郑都官诗也。自王、李盛,而几无能举其名者。"③说明孙绪所言不虚,但在李梦阳等人提出"诗必盛唐"的口号后,《唐诗鼓吹》开始受到冷落。孙绪对《唐诗鼓吹》的批评大概就是受到李梦阳等人的影响。

就孙绪的观点来看,其将"诗格日卑"归罪于《唐诗鼓吹》之流行,实言过其实,带有明显的主观偏见。尤为偏激之处是竟认为柳宗元七言律代表作《登柳州城楼》远逊高、岑、王、孟,这显然是不符合事实的。首先,所谓高、岑、王、孟之得意句比此诗"奚啻什百"之说,实在是夸大不实之词。因为从唐代七言律的发展过程来看,盛唐时期是七言律的成熟期,高、岑、王、孟等人虽有七言律创作,但数量上其实也不多,其中王维20首,岑参11首,高适7首,孟浩然4首,四人总共42首,个人创作上王维比柳宗元多,所以何来"奚啻什

---

① 许学夷著,杜维沫校点:《诗源辩体》卷三六,人民文学出版社1987年版,第362页。
② 孙绪:《沙溪集》卷一二《无用闲谈》,见文渊阁《四库全书》第1264册,第602页。
③ 何焯:《唐三体诗·跋》,见邓邦述撰,金晓东整理:《寒瘦山房鬻存善本书目》,上海古籍出版社2014年版,第515—516页。

百"之说。孙绪此论说明他并不了解盛唐七律的具体情况，而只是想当然。其次，《登柳州城楼》一诗作为柳宗元七律的代表作，元好问将其置于篇首，足以压卷。对于这首诗，后人关注极多，在入选各种唐诗选本的同时，也被诗论家反复品评，而且评价很高。如郝敬《批选唐诗》卷二评其"精工雄畅，有风骨"，从形式和内容两方面予以肯定；沈德潜《唐诗别裁》卷十五评其"灵均遗则，哀怨动人"，又宋宗元《网师园唐诗笺》卷十二亦言其有"楚《骚》遗响也"，①认为其深得风骚之旨；曹毓德《唐七律诗抄》评其"声调高，色泽足，直欲夺少陵之席也"，②赞其可与杜甫七律争锋。诸如此类赞誉，足以说明此诗在艺术上的高度成就及其在后人心目中的突出地位。另外，最新研究成果也提供了有力的证据，由王兆鹏先生领衔的研究团队，运用统计学的方法得出一份唐诗前100名的排行榜，其中《登柳州城楼》位列第六，在七律中排名第二，仅次于崔颢的《黄鹤楼》，③充分说明了这首诗所具有的强大艺术魅力。因此，元好问将其置于篇首压卷不仅没有问题，反而可以见出其独特的眼光。

　　如果进一步就柳宗元与高、岑、王、孟四人的七律艺术成就作比较，将柳宗元排在他们之前是否妥当呢？先看高、岑、王、孟四人的七律，四人中，孟浩然并不擅长七律，只是偶有所作，成就最低，后人论诗也几乎不及其七律，故与柳相比显然在其下。高、岑二人七律成就在伯仲间，他们的七律创作意气挥洒，以情感取胜，不拘泥于对偶声律，各有其特色，但不足处亦比较明显。管世铭《读雪山房唐诗序例·七律凡例》言："高常侍律法稍疏，而弥见古意。岑嘉州始为沉着凝练，稍异于王（维）、李（颀），而将入杜矣。"④王维、李颀以对仗工稳、律法严整著称，管世铭言岑参"稍异于王、李"，即指其不大讲究律法，与高适相似。不仅如此，二人在意境的锤炼方面也时露斧凿之迹，叶燮《原诗》卷四言："高、岑五七律相似，遂为后人应酬活套作俑。如高七律一首中叠用'巫峡啼猿''衡阳归雁''青枫江''白帝城'，岑一首中叠用'云随马''雨洗兵''花迎盖''柳拂旌'，四语一意。高、岑五律，如此尤多。后人行笈中携《广舆记》一部，遂可吟咏遍九州，实高、岑启之也。"⑤这种创作方式后来在大历诗人身上体现得尤为明显，故胡应麟《诗薮》言高适"七言律，虽和平婉厚，然已失盛唐雄赡，渐入中唐矣"。⑥总体来说，高、岑的七律虽自成一格，但终非正体；可称一流，但终非大家。至于王维，陈增杰认为在盛唐七律作手中，最称大家，"他的七律既有严整的

---

① 以上三条引文见陈增杰编著：《唐人律诗笺注集评》，浙江古籍出版社2003年版，第740—741页。
② 曹毓德：《唐七律诗抄》，见陈伯海主编：《唐诗汇评》中，浙江教育出版社1995年版，第1771页。
③ 王兆鹏等著：《唐诗排行榜》，中华书局2011年版，第17—19页。
④ 管世铭：《读雪山房唐诗序例·七律凡例》，见《清诗话续编》下，第1553页。
⑤ 叶燮著，霍松林校注：《原诗》卷四，人民文学出版社1979年版，第65页。
⑥ 胡应麟撰：《诗薮·内篇》卷五，中华书局1958年版，第81页。

一面,又不为法度所局限","章法、情韵二者并美"。①将规范与自由、文辞与情韵结合得十分完美,被视为七律正体。也历来为评家所称赏,如管世铭言"王右丞精深华妙,独出冠时;终唐之世,与少陵分席而坐者,一人而已矣",②高步瀛也言"王摩诘意象超远,词语华妙,堪冠诸家,辅以东川,附以文房,堂堂乎一代宗师矣",③因此,就四人的七律成就而言,王维最高,高适、岑参次之,孟浩然为末。这在《唐诗鼓吹》中也得到比较合理的反映,王维8首,高、岑二人各1首,孟浩然未选。这说明元好问对盛唐七律创作情况是非常熟悉的。

那么柳宗元七律成就又如何?沈德潜《唐诗别裁集·凡例》言:七言律"摩诘、东川,春容大雅,时崔司勋、高散骑、岑补阙诸公,实为同调,而大历十子及刘宾客、柳柳州,其绍述也"。④认为柳宗元七律是王维的继承者,这当然没有问题,因为其七律属对工稳,法度森严,也是七律正体。但同时柳诗又灵活多变,转益多师,不但向王维学习,更取法杜甫,艺术上浑融流转,极为工致,并将表现的内容与自身人生经历结合起来,抒发被贬谪时的幽怨郁结之情,故与杜诗不论在形式还是内容上都有着相似之处。如方回就认为"柳柳州诗精绝工致……此五律诗(指《登柳州城楼》《柳州寄丈人周韶州》《得卢衡州书因以诗寄》《岭南江行》《柳州峒氓》)比老杜则尤工矣。杜诗哀而壮烈,柳诗哀而酸楚,亦同而异也"。⑤自诗人创作七律以来,以杜甫为成就最高,而方回认为柳宗元七律甚至比杜甫更工致有法度,虽然是针对特定的几首七律而言,但也说明柳七律艺术上确有独特成就。至于情感上,柳诗哀怨酸楚,怨而不怒,哀而有节,深得骚人余韵,最为人称道,就连对其评价一般的沈德潜也赞其"哀怨有节,律中骚体"。⑥这也是元好问极其推崇柳宗元七律的原因。以上都是横向的比较,如果从纵向来看待柳宗元对唐代七律发展的重要意义,则更能显示其重要性,如管世铭所言:"十子而降,多成一副面目,未免数见不鲜。至刘、柳出,乃复见诗人本色,观听为之一变。子厚骨耸,梦得气雄,元和二豪也。"⑦管世铭认为在经历了大历以来七律的千篇一律和萎靡不振之后,刘、柳二人以其雄奇孤峭的本色创作提振了中唐七律,令人为之耳目一新。尤为重要的是,他们在元和诸人竞为新奇的风尚背景下,坚持本色创作,为开成以后七律发展指明了方向。从这一点来说,柳宗元对于中晚唐七律发展的重要性不容忽视。

这样看来,柳宗元与高、岑、王、孟四人七律成就的高低也就比较清楚了。从柳宗元七

---

① 陈增杰:《论唐人七律艺术的发展风貌》,《浙江社会科学》1999年第2期,第145页。
②⑦ 管世铭:《读雪山房唐诗序例·七律凡例》,见《清诗话续编》下,第1553页。
③ 高步瀛选注:《唐宋诗举要》卷五,中国书店2011年版,第528页。
④ 沈德潜选注:《唐诗别裁集·凡例》,上海古籍出版社1979年版,第3页。
⑤ 方回选评,李庆甲集评校点:《瀛奎律髓汇评》卷四,上海古籍出版社1986年版,第188页。
⑥ 沈德潜:《说诗晬语》卷上,见《清诗话》下册,第541页。

律坚持正体的本色创作所形成的精致工细的形式和律中骚体的独特风格来看,其七律成就超过高适、岑参、孟浩然应该是没有疑问的。与王维相比,则二人各有千秋,都是七律正体,以讲究法度,构思精严而著称,王维七律胜在辞采、情韵方面,但论技法的纯熟及变化则不及柳宗元。可以说两人都对唐代七律发展产生了重要影响。所以仅从他们七律的成就而言,元好问把柳宗元排在他们四人之前似乎并无不妥。

结语

就诗歌艺术发展史而言,杜甫无疑是将七律艺术推向最高峰者,用空前绝后来形容其成就也不过分,然而元好问《唐诗鼓吹》却不选杜甫七律,按常理来说这是极不正常的,不过在了解了元好问选诗的直接意图后就比较好理解了。卢挚在郝天挺《注唐诗鼓吹序》中言:"(郝天挺)幼受学遗山公,尝以是集教之诗律。"意指元好问曾以《唐诗鼓吹》教郝天挺以诗律,这说明元好问选辑此集的直接意图很可能就是用来指授后学,其性质类似于今天的一些自编教材。而据郝经《遗山先生墓铭》记载,元好问曾"为《杜诗学》《东坡诗雅》《锦机》《诗文自警》等集,指授学者"。① 所谓《杜诗学》,据元好问自言:"乙酉(1225)之夏,自京师还,闲居嵩山,因录先君子所教与闻之师友之间者为一书,名曰《杜诗学》,子美之《传》《志》《年谱》及唐以来论子美者在焉。"②可见元好问不仅仅选辑有《唐诗鼓吹》,还专门汇集杜诗的各种资料为《杜诗学》,以及编集《东坡诗雅》等书以指授后学。这说明元好问《唐诗鼓吹》并不是忽略或看轻杜诗,而是为了避免重复,既然已有《杜诗学》教授后学,则《唐诗鼓吹》就没有必要再选杜诗了。既然不选杜诗,以元好问对柳宗元的推崇及对其七律的认可,《唐诗鼓吹》将其放在卷首开篇也就很自然了。

(严正道,文学博士,西华师范大学文学院教授。出版有《唐五代入蜀诗与巴蜀文化研究》《李绅及其诗歌研究》等。)

---

① 郝经:《遗山先生墓铭》,见《续修四库全书》第 1322 册《元遗山诗集笺注》卷末《附录·补载》,第 286 页。
② 元好问:《杜诗学引》,见姚奠中主编:《元好问全集》卷三六,第 25 页。

论明末诗僧释明河的诗歌创作及其文学史意义*

金建锋

摘　要:释明河既是明末一位著名的佛教史学家,又是一位当之无愧的诗僧。由于释明河的诗歌一直被束之高阁,未得到当时和后世文人的阅览和品评,导致他诗歌的思想内容和艺术价值几乎湮没无闻。释明河的诗歌创作主要可以分为山居诗、佛事诗、赠友诗和咏物诗。释明河诗风形成与明末思想转型相关,又与其自身学识、士僧交游、多居山林寺院有关。释明河诗歌昭示明末诗僧的一种生存状态,是明末居士佛教兴盛背景下僧人诗歌创作的一个缩影,也是明末佛教文学兴盛的典型个案。

关键词:明末　诗僧　释明河　诗歌

释明河(1588—1640),俗姓陈,字汰如,号高松道者,通州(今江苏省南通市)人。释明河不是一位禅师,而是华严宗法师,位列华严宗第二十八世,师承渊源为:雪浪洪恩——一雨通润——汰如明河。①有关释明河的生平事迹可参见钱谦益《牧斋初学集》卷六十九《汰如法师塔铭》、释了德《贤首宗乘》卷六《第二十八世汰如明河法师》、金建锋《〈补续高僧传〉的撰者释明河生平事迹考述》等。释明河是明代著名的佛教史学家,在中国佛教史上具有一定的地位与影响,主要是因为他编撰了《补续高僧传》二十六卷。同时释明河也是明末的一位当之无愧的诗僧,因为释明河所存诗歌颇丰,多达二百二十九首。然而,释明河在当时和后世的地位与影响主要在佛教史学方面,诗歌受关注很少。释明河的诗歌一直被束之高阁,未得到当时和后世的文人阅览和品评,导致他诗歌的思想内容和艺术价值几乎湮没无闻。

---

* 本文系2018年教育部人文社科规划项目"明代汉传佛教史籍研究"(项目编号:18YJAZH036)、2019年广东省普通高校重点社科项目"明末佛教复兴背景下的释明河《补续高僧传》整理和研究"(项目编号:2019WZDXM006)阶段性成果。

① 金建锋:《〈补续高僧传〉的撰者释明河生平事迹考述》,《古籍整理研究学刊》2017年第6期,第79—82页。

释明河的诗歌主要保存在明末清初著名藏书家、出版家毛晋辑录的《华山三高僧》中。三位高僧分别是明末住锡苏州华山寺的释通润(一雨)、释慧浸(巢松)和释明河(汰如)。其中释明河的诗歌分为两部分:《月明庵诗卷》,有六十八题,计一百二十一首;《月明钟》,有一百零八首;总计二百二十九首。但可惜的是,《华山三高僧诗》流传范围有限,因为公私书目不见著录,当时和后世文人提及极少。据笔者所知,此书抄本目前藏于上海图书馆,可谓稀见。就明末以来的有影响的明代诗歌选本来说,钱谦益《列朝诗集》八十一卷,皇皇巨著,辑录有明二百七十八年间一千六百余位诗人,释明河的诗歌在《闰集·第三》,有七首,分别为《山居诗》(五首)(按:五首皆为《月明钟》中诗篇,分别为第四十八首、第十八首、第十四首、第十七首、第四十一首)、《除夜》(按:为《月明钟》第六十八首)、《自皋亭至吴门吊二大护法》(按:《月明庵诗卷》第四十一题),可见不多。朱彝尊《明诗综》一百卷,同样为皇皇巨著,辑录有明时代三千四百余位诗人,释明河的诗歌在卷九十一,仅有一首绝句(按:《月明钟》第四十七首),可见极少。毛晋辑录《明僧弘秀集》,本为一部专门辑录明代僧人诗歌的总集,然而遗憾的是时限截止至正德十六年(1521),①未涉及其后一百多年的时间,实际上是一部不全之总集,殊为可叹。因为按照毛晋的卒年清顺治十六年(1659)来看,他完全能够在有生之年辑录一部完备的明代僧人诗歌总集。就目前学界而言,有关释明河的生平事迹和《补续高僧传》的研究,国内外寥寥可数,更不必说释明河的诗歌研究,关注极少。如孙宇男《明清之际诗僧研究》,②未提及释明河的诗歌;吴光正等《明末清初僧诗研究综述》,③其中也未有提及对释明河诗歌研究的论著。目前仅见祁伟《佛教山居诗研究》在第五章《明代山居诗》中云:"汰如明河,南岳下三十世,一雨通渭法嗣。有《山居杂兴》二十三首《高僧山居诗》录其十九首,皆五古。有山居诗,有寒山之风。"④此说有点过于单一,因为是作者只见到释明河极少部分诗歌所下的结论。

与释明河研究形成鲜明对比的是释苍雪即释读彻,两人实为同门师兄弟,而释苍雪俨然成为明代诗僧的第一人,时人和后世评价和研究颇多。如明末清初吴伟业评论云:"其(苍雪)诗之苍深清老,沉着痛快,当为诗中第一,不徒僧中第一也。"⑤民国王培孙校辑释苍雪《南来堂诗集》,云:"余二十年来暇,每披阅明清间诗,就选本中读苍雪诗而好之。"⑥

---

① 毛晋辑,李玉栓校点:《明僧弘秀集》,安徽师范大学出版社 2015 年版,第 563 页。
② 孙宇男:《明清之际诗僧研究》,吉林大学 2014 年博士学位论文,第 1—34 页。
③ 吴光正等:《明末清初僧诗研究综述》,《贵州社会科学》2018 年第 1 期,第 38—44 页。
④ 祁伟:《佛教山居诗研究》,四川大学 2007 年博士学位论文,第 167 页。
⑤ 王培孙校辑:《南来堂诗集》,见《清代诗文集汇编》第 5 册,上海古籍出版社 2010 年版,第 143 页。
⑥ 王培孙校辑:《南来堂诗集》,见《清代诗文集汇编》第 5 册,第 3 页。

现今学者李舜臣《明季清初滇南诗僧苍雪论略》①等。释苍雪其实对释明河的诗歌是称赞有加的,他在《〈华山三高僧诗〉小引》云:"噫!吾师也,吾友也,僧之高,诗之高,苍然古幽。然秀固已见,于是恍兮有,惚兮无,或未尽,于是吾于此极力模拟不能。佛头著秽,更措一辞,请将质诸海内骚坛、有道以为何如?亦自有三高僧诗者在。"②可见释苍雪不仅对三位高僧的僧品,而且对他们的诗歌水平极为肯定。因此,本文对释明河的诗歌进行研究,具有一定的学术价值和意义。

一、释明河的诗歌创作

文学来源于生活,又高于生活。释明河的诗歌无疑是他现实生活的反映,在风云变幻的明末时代,具有僧人出世和入世生活的内容。由此通过对释明河诗歌的研究,既可以探讨他的内心世界和生活境遇,又可以通过释明河这个明末诗僧的僧诗个案来窥视当时诗歌创作的整体状况。释明河的生平事迹涉及求法、求师、住持寺院、讲法和与士僧交游等,根据笔者对文本的研读,释明河的诗歌创作主要可以分为以下几类:

(一) 僧人居山与山居诗

山居即居山,实为在山林中居住或居住在山林中,山居诗就是僧人居住在山林中创作的与山林有关的诗歌,能够反映出他们特有的思想心态和生活状况。僧人以出世之身,追求解脱的涅槃境界,通过自然环境(不管是优美的还是恶劣的环境)来锤炼心性,辅助感悟修行之道。在许多僧人看来,选择山居生活是有前提的即要识道,唐代永嘉玄觉《答朗禅师书》云:"是以先须识道,后乃居山。若未识道而先居山者,但见其山,必忘其道。若未居山而先识道者,但见其道,必忘其山。忘山道性怡神,忘道山形眩目。是以见道忘山者,人间亦寂也。见山忘道者,山中乃喧也。"③可见,识道与居山的先后关系十分重要,先识道后居山,才是山居有助于识道提升的手段。但是,实际上,也有部分僧人在求道过程中,通过山居的生活来实现对佛法或禅法的领悟,释明河《补续高僧传》卷十六《善真传》载:"因入顶山独栖,以姜叶为衣,野菜为食。适于雪夜负薪,霍然有省,住三年。"④可见山居生活对僧人来说,不失为一种有助于领悟禅法的手段,这无疑是先山居后识道。

---

① 李舜臣:《明季清初滇南诗僧苍雪论略》,《云南师范大学学报》2003年第1期,第58—63页。
② 释读彻:《〈华山三高僧诗〉小引》,见毛晋辑《华山三高僧诗》,上海图书馆清抄本,第1页。
③ 释玄觉:《禅宗永嘉集》,见《大正藏》第48册,新文丰出版公司1983年版,第394页。
④ 释明河:《补续高僧传》,见《高僧传合集》,上海古籍出版社1995年版,第717页。

释明河的诗歌中,山居诗是第一大宗,《月明庵诗卷》中有《山居杂兴》二十三首,皆为五言八句以上古体诗;《月明钟》(按:释明河《月明钟》虽未直言是山居诗,但从内容来看,大多是山居诗)一百零八首,多为五言四句古体诗,少数为五言绝句。两者合计来看,总计有一百三十一首,当然还有一些诗歌未言明是山居诗,但实际上是山居诗的,可见释明河山居诗数量之多,也可说明他的山居生活时间肯定不短。从钱谦益《列朝诗集》、朱彝尊《明诗综》所选释明河的诗歌,也是山居诗为主,可见他的山居诗在一定程度上得到认可。既然僧人的山居与修行相关,那么山居诗自然表现出来的是有关山林景物或与佛理结合的诗意表达。释明河的山居诗并非一时一地之作,所以相对来说呈现出一定的多样性。首先是释明河通过山居表现参悟佛理。如《山居杂兴》廿二首云:"桑鸟叫姑姑,竹鸡啼滑滑。风雨避庵门,寂寞无人答。深山静如此,喧闹想大刹。彼居楼阁崇,笑我茅檐塌。高尻学野狐,急足走炎腊。苟不负如来,天魔皆护法。"①从诗歌中"桑鸟""竹鸡""庵门""茅檐"等景物来看,无疑是诗人山居生活的环境,有如南朝梁诗人王籍"蝉噪林逾静,鸟鸣山更幽"。诗人通过山居和都市修行生活对比,表达出不管哪种修行生活,只要心中有佛,坚定修行,那么天魔即修道障碍反而会成为有助佛法或护佑佛法之力。又如《月明钟》第八十三首云:"眼珠无动摇,心水莫流注。佛是死人成,度人须自度。"②这应当是展现一种山居的禅修生活,许多僧人通过禅定,专注于某一对象,进入身心皆忘的状态,然而在诗人看来,真正的禅修者不是形式上的眼珠不动、身体不动,而是需要禅修者领悟到佛法的解脱在自己,先要自己能够解脱自己才能成就他人。释明河虽然是华严宗僧人,但是明末诸宗融合背景下,禅僧研习教门经典和教门法师参禅悟道是一种常态。

其次是释明河通过山居表现随缘任运的生活。如《月明钟》第四首云:"寻梅不见梅,落落梅花想。何从得一枝,今日非空往。"③咏梅是古代文人和僧人做文章的常用景物,梅花的外表确实不算突出,但是具有坚忍不拔、凌寒独开和自强不息的品质等。诗人明写寻梅花,看到梅花零落,自然想到的是能从哪里获得一枝梅花,从而使自己的山中寻梅之事不是白跑一趟。又第十首云:"燕落当门粪,蛛牵满屋丝。灶寒黄叶烂,正是坐忘时。"④诗人应是走到山中一间小屋,屋前堆积燕子粪,屋内到处是蜘蛛丝。在黄叶腐烂的冬季时节,正是诗人物我相忘之时,又如王维"行到水穷处,坐看云起时"。这类山居诗,多以景物描写来表现诗人的随缘任运的生活,就是一种不去刻意的追求,不执着,顺其自然的心态,

---

① 释明河:《月明庵诗卷》,见毛晋辑:《华山三高僧诗》,上海图书馆清抄本,第8页。
② 释明河:《月明钟》,见《华山三高僧诗》,第44页。
③ 释明河:《月明钟》,见《华山三高僧诗》,第31页。
④ 释明河:《月明钟》,见《华山三高僧诗》,第32页。

超然于物外,也可以说是禅意生活的体现。

再次是释明河通过山居表现山水田园景物的优美。如《山居杂兴》廿一首云:"山前溪水流,谷口白云伫。谁庵杳霭深,略钓无人渡。望望不可亲,行行思欲赴。千山画作图,记取来时路。远林扇清风,高石揭凉露。人满海光西,几个知归处。"①这首诗歌中的景物,诗人触目所见,皆是美不可言,幽不可说。应当是诗人远眺,看见一座庵堂在深山之中,思欲前行,担心回时迷路,故画好地图。远处山林,清风徐来,凉露揭出,此情此景之中,行人不知归。这是一首山居美景引起诗人遐想,而后沉迷美景之中思考的诗歌。又如《月明钟》第四十六首云:"开门喜见山,开窗喜见竹。谁为喜见人,令我开心目。"②这是一首轻松明快的诗歌,可见诗人心情的喜悦,诗人通过触目而见的山、竹甚于见到人来展现,从而表现对山居生活的喜爱。

综上,山居是僧人选择的一种生存状态,故山居诗是山居生活的艺术化表现。上述对释明河山居诗的分类并不一定是绝对的,只不过不同的诗歌具有不同展现思想和内容的侧重性,所以研读释明河的山居诗还是要结合山居和佛理来细细品味,挖掘出诗人通过山居所要表达出来的情思。

(二) 僧人弘修与佛事诗

佛事诗是指诗人创作的与佛事活动有关的诗歌。作为一个僧人,特别是有所成就的僧人,需要经历或从事许多佛教活动,如应讲、举办法会、修行等,那么有了这些体验之后,就会用诗歌的形式表现出来。释明河的佛事诗与他的生平经历紧密相关。释明河是一位华严宗法师或讲师,弘扬《华严经》是他的使命,所以创作了不少应讲诗,既有自己应讲的又有涉及同道应讲的。如《应讲长干寺》(六首)之二云:"兹来非往日,一宿想前因。众在如无事,期终若有神。因知居士用,亦见主人真。自笑何为者,栖栖百病身。"③由诗文可见,释明河不是第一次到长干寺讲经,但此次与以往不一样,他在晚上思考了前因后果。如果信众能够平安无事,那么此次应讲结束也是如有神灵保佑。看到居士们能够虔诚信仰,自己即使百病缠身,也是值得欣慰的。综观此诗,通过自己对应讲的反思,反映了释明河作为一个法师的使命感。还有与应讲相关的诗歌如《应讲频行道开弟子有诗次韵为嘱》《髫生法友罢太平讲席见过黄鹤峰》等。

按照佛教的制度,作为一名佛家弟子,身居寺院,要进行一定的修行活动,这是僧人集

---

① 释明河:《月明庵诗卷》,见《华山三高僧诗》,第7页。
② 释明河:《月明钟》,见《华山三高僧诗》,第38页。
③ 释明河:《月明庵诗卷》,见《华山三高僧诗》,第21页。

中时间锤炼心性和研习佛法,以提升佛教修养所必需的。释明河创作了不少与解制即解夏有关的诗歌。如《皋亭解制》云:"百病摧残志不窒,强扶言说愧零星。诸家注里非无眼,自己胸中亦有经。深夜雨添泉脉壮,半山雷动笋芽醒。菜花黄尽皋亭下,剩有孤钟取次听。"①解夏是就结夏而言的,结夏结束就是解夏,南朝梁宗懔《荆楚岁时记》载:"四月十五日僧尼就禅刹挂搭,谓之结夏,又谓之结制。按,夏乃长养之节,在外行则恐伤草木虫类,故九十日安居。……至七月十五日,应禅寺挂搭,僧尼尽皆散去,谓之解夏。"②可见结夏到解夏的时间是每年的农历四月十五日到七月十五日,应当来说,这期间会有一些有助于修行的佛事活动。释明河此诗的地点是皋亭,乃杭州之皋亭,释明河曾主持此寺。③ 因为释明河是法师,所以此解制诗乃就自己研经而发。虽然自己百病缠身,但还是要抱病讲经。诸家的注解有见地,自己的讲解也有新意。在这个深夜雷雨、黄花落尽的晚夏时节,只有寺院里的钟声相伴。释明河通过对解夏讲经后景物的描写,表达出自己为了佛法,甘于平淡和寂寞的心态。还有如《中峰玄谈期解制二首》《戊寅春开社花山为众说花严别行钞解制偶出四韵》等。

(三) 士僧交游与赠友诗

赠友诗,简单地说是指诗人赠给亲朋好友的诗歌。从广义的范围来说,赠友诗包括唱和诗、赠答诗、寄赠诗、访友诗、投赠诗、题赠诗,甚至悼念诗,因为这些诗歌的主体和对象是诗人和亲朋好友。古人以诗交友,以诗言志,因此常常把诗歌作为朋友之间互相想念和送别等的手段,互相唱和。当其中一方,有所感受,有所表达,有所思念时,就以诗明其情志,所以就有赠友诗,正所谓"君子赠人以诗,小人赠人以物"。释明河作为一个小有名气的僧人,在日常生活交往中,不仅与同道之间有交游,而且与士大夫也有交游,因此他的赠友诗可分为两类即赠僧友诗和赠士大夫诗。

首先看赠僧友诗。一般而言,僧人与僧人之间,既有佛法的交流,又有友情的往来,这其中涉及对前辈老师的尊敬、同辈好友的敬重和晚辈弟子的期许等。如《寄籛庵》云:"皋亭相见竹林边,近住寒山又两年。估客尽传三聚戒,法幢高起一枝莲。快寻自可期秋日,罢讲多应过暑天。对语怕闻泥滑滑,怀人枕上不成眠。"④此诗是一首律诗。首联叙述两人在皋亭相见,现在离别已经两年了。这是生发思念友人的原因,即时间的间隔。颔联前

---

① 释明河:《月明庵诗卷》,见《华山三高僧诗》,第 10 页。
② 宗懔:《荆楚岁时记》,见文渊阁《四库全书》第 589 册,上海古籍出版社 1987 年版,第 21—22 页。
③ 金建锋:《〈补续高僧传〉的撰者释明河生平事迹考述》,《古籍整理研究学刊》2017 年第 6 期,第 81 页。
④ 释明河:《月明庵诗卷》,见《华山三高僧诗》,第 11 页。

句写对方在传授佛教戒律三聚戒即大乘戒律,可见箬庵可能是位律师;后句写箬庵传法使佛法高扬。此联诗人表达了对对方的赞颂。颈联写自己暑天一过,自己的讲法也应结束,我们秋天见面可期。尾联写晚上睡觉怕听到竹鸡的叫声,因为怀念对方更加不成眠。综观此诗,通过叙述两人的交往和各自近期的活动,表现出对同辈友人的思念之情。此类诗歌还有《赠开主》《苍兄自中峰见枉叙旧论感而赋此并谢座下诸友寄言》等。

其次,再看赠士大夫诗。僧人与士大夫之间,也是既有佛法的交流又有友情的往来,这其中涉及对友情的珍重和对人格品德的敬重等。如《己卯孟春毛子晋入山叠韵酬之》云:"西西穷远水,上上出高林。一宿古人在,百年今夜深。讲堂宜送难,天鼓索知音。神骏山灵护,真踪可按寻。"①此诗是一首五律,作于己卯年(1639)。毛子晋即毛晋,与释明河有密切交往,所以毛晋为释明河辑录诗集、刻印出版《补续高僧传》。首联写景,远水和高林,这是山居环境。颔联写"古人"即毛晋入山,故此晚百年难得。颈联写两人在讲堂畅聊,因为是知音之交。在尾联中,"神骏"指毛晋,就是说毛晋像神马一样,值得神灵守护。此诗通过描述诗人与毛晋的交往,表现对毛晋的美好祝愿。根据此诗的明确时间记载,可以补充有关毛晋的生平事迹研究。此类诗歌还有《访程季清南浔宿雨》《寄陈季采》等。

(四) 寺院环境与咏物诗

咏物诗是指通过描写景物寄托一定感情的诗歌。咏物诗是中国传统诗歌的主要题材,而借景抒情、寓情于景,情景交融是常用的手法。咏物诗或流露出诗人的人生态度,或寄托美好愿望,或蕴含一定的哲理,或表现诗人的生活情趣等。就咏物诗与山居诗而言,两者既有相同又有相异。咏物诗的对象是事物或景物,山居诗的对象是一种生活,虽然此生活中的环境多是山水景物,但还是有不少差异。两者表达的感情也是有同有异,需要具体情况具体分析。故本文所界定咏物诗不包含山居诗部分。

由于释明河生活的区域主要是寺院,所以很多景物与寺院相关,故表达出来的情感也与佛教相关。如《少林雪》云:"冷壁迎吾面,何人立雪中。臂如孤脆叶,心即片言空。远引儿孙出,亲传骨肉同。谁令乳味薄,掺水至无穷。"②此诗是一首五律。少林寺是中国禅宗祖庭,禅宗初祖达摩面壁之处,作为僧人的释明河应是知道而且亲自参访过少林寺的。首联围绕初祖达摩面壁和二祖慧可立雪而写。颔联应是指禅宗的直指人心,见性成佛。颈

---

① 释明河:《月明庵诗卷》,见《华山三高僧诗》,第22页。
② 释明河:《月明庵诗卷》,见《华山三高僧诗》,第9页。

联写禅宗的一花五叶,以心传心。尾联感叹禅宗的发展如掺水的牛奶,一代不如一代。此诗的景是少林雪景,只不过此"雪"具有双关,即实景的雪和慧可立雪。此诗的情是感慨禅宗发展的现状,也是诗人对禅宗发展关切的真实感受。此类诗歌还有《地藏雪》《绀泉诗》等。

释明河虽然是一个僧人,"色即是空,空即是色",但实际生活中,很多时候还是一个普通人,自然也具有普通人的情感。如《晚燕》云:"长日难踪迹,知归亦有心。依栖主人乐,游戏夕阳深。未倦犹能远,无聊固异音。曾探王谢屋,旧垒不堪寻。"①此诗是一首五律。吟咏的是晚归的燕子,燕子一般是依房屋搭窝。首联抓住了晚燕的特性,白天在外,晚上归来。颔联写主人即诗人,有晚燕陪伴,生活充满快乐,相与游戏至夕阳西下。颈联写晚燕与主人之间在无聊时无疑是异类知音。尾联化用刘禹锡"旧时王谢堂前燕,飞入寻常百姓家",感慨物是人非,人生无常。由此可见,诗人通过吟咏晚燕,抒发的是人生的生活感悟。此类诗还有《鹤来诗》《阳湖八景》等。

需要言明的是,本文就释明河的诗歌创作分类不是绝对的,而是一种相对宽泛的标准。因为事实上有的诗歌兼具上述分类的两类以上情况,只是从不同的角度而言,如《山居杂兴》二十三首,有的可以理解为是山居诗,也可以是咏物诗,甚至还可以是佛事诗。因此,对诗歌的解读需要根据文本的需要,具体问题具体分析。总的来说,释明河诗歌的内容比较丰富,可以说在一定程度上表现了他的现实生活以及明末诗僧的大致情况。

二、释明河诗歌创作的原因

释明河作为华严宗僧人,先后住持苏州中峰寺、杭州皋亭寺、苏州华山寺和南京长干寺等,毫无疑问,弘法护教为其生活的重心,但是他却创作了为数不少的诗歌,这既有时代背景的原因,又有释明河个人的学识、士僧交游和多居山林寺庙等有关。

(一)时代背景。首先,释明河身处明末思想转型时期的时代大背景下,思想激荡,极大解放了当时民众的思想,嵇文甫《晚明思想史论》云:"一方面是从宋明道学转向清代朴学的枢纽,另一方面又是中西两方文化接触的开端。其内容则先之以王门诸子的道学革新运动,继之以东林派的反狂禅运动,而佛学、西学、古学,错综交织于其间。"②可以说明

---

① 释明河:《月明庵诗卷》,见《华山三高僧诗》,第16页。
② 嵇文甫著:《晚明思想史论》,东方出版社1996年版,第1页。

末思想既有转型,又有新接触,古今中外思想碰撞,当时的知识分子(按:应包括有教育背景的僧人)无不深受影响。其次,释明河身处于明末佛教复兴的时代背景下。受到明末思想的影响,明末佛教思想和发展有了新特点,即三教合一,和诸宗融合更加深入。士大夫居士佛教十分兴盛和四大高僧的出现,均表明明末佛教勃然复兴。正如释圣严所云:"明末佛教,在中国近代的佛教思想史上,有其重要的地位,上承宋元,下启清民,由宗派分张,而汇为全面的统一,不仅对教内主张'性相融会''禅教合一'以及禅净律密的不可分割,也对教外的儒道二教,采取融通的疏导态度。诸家所传的佛教本出同源,渐渐流布而开出大小、性相、显密、禅净、宗教的局面。明末诸大师敞开胸襟,容受一切佛法,等视各宗各派的伟大心量,姑不论性相能否融会,显密是否一源,台贤可否合流,儒释道三教宜否同解,而时代潮流志要求彼此容忍,互相尊重,乃是事实。是故明末诸大师在这一方面的努力,确有先驱思想的功劳。"[①]可见,明末佛教以一种开放的姿态,海纳百川,融通内外,成就了佛教复兴时刻的到来。由此,明末僧人的积极创作和编撰应是对时代背景的一个回应。

(二)博学多识。释读彻《明河传略》载:"习瑜伽教,河不愿。诵大乘诸经,暇耽词翰,足不出关,力穷内外典。……经论庄骚左史,手不停披,口不辍讲者二十余年。"[②]钱谦益《汰如法师塔铭》载:"寺习瑜伽,师究心大乘方等诸经,兼工词翰。"[③]可见释明河在学习佛教大乘经典的同时非常注重诗文的学习,可以说是内外兼修通家。释明河编撰《补续高僧传》二十六卷,并非易事,不仅需要编撰史学撰述的史才、文才,而且需要长久之功,故释读彻《序》云:"吾氏高僧之列十科,犹孔门弟子之推四哲,四哲载记后,既更有弟子。十科立传后,岂竟无高僧?非无高僧,是无传高僧之人也。亦弟子中,非得马迁之笔,而不能传,曰:传者,传也。贵传其神,如见故人,一披图不待问,即知为某某,此无他,盖以神遇,不以言得也。噫,一大部僧史,非一大部高僧之面目也哉。古秀高寒之色,凛凛逼人,皆在阿堵中,非具僧繇画龙点睛之手,虎穴鹰巢参讨之遍,司马董狐良史之才,无乃掯拾人唾,入篮是草,或以乙代甲,或遗大取小,使古人门庭施设,垂手杀活之机,皆莫能辩。"[④]可见释明河有如史学家司马迁、董狐良史之才,才能完成一部传神的高僧传记,而要做到这些,释明河必须具备博学多识。因此释明河就具有了诗歌创作的学识基础。

(三)士僧交游频繁。明末佛教的复兴,居士佛教兴盛是其中的一个方面。明代居士

---

① 圣严法师著:《明末佛教研究》,宗教文化出版社2006年版,第2页。
② 释读彻:《明河传略》,见崇祯《吴县志》,明崇祯刻本,第4125页。
③ 钱谦益著,钱曾笺注,钱仲联标校:《牧斋初学集》卷六九,上海古籍出版社1985年版,第1577页。
④ 释读彻:《〈补续高僧传〉序》,见《高僧传合集》,第603页。

佛教的兴盛是明代政治、经济、文化等综合因素下的结果。明代居士和佛教是一个双向互动的过程，居士信仰佛教，参与修行和支持佛教活动；佛教为压抑和苦闷中的居士提供精神寄托，成为宣泄情感的最好途径。明代高僧与居士互相交游造就了居士佛教的繁荣。明人王元翰《与野愚僧》云："其时京师学道人如林，善知识则有达观、朗目、憨山、月川、雪浪、隐庵、清虚、愚庵诸公；宰官则有黄慎轩、李卓吾、袁中郎、袁小修、王性海、假幻然、陶石篑、蔡五岳、陶不退、蔡承植诸君。声气相求，函盖相合，莫不髯公语语，皆从悟后出，遂更相唱叠，境顺心纵。"①可见当时的士大夫与僧人之间互相交游十分频繁。僧人们以佛学或禅学接引学者，获得居士们的信赖；士大夫则以对佛教的独特理解吸引僧人。钟惺《善权和尚诗序》云："金陵吴越间，衲子多称诗者，今遂以为风。大要谓僧不诗，则其为僧不清；士大夫不与诗僧游，则其为士大夫不雅。"②可见僧人与士大夫交游的前提就是能否作诗，此成为两者身上一个必需的能力。因此，陈垣说："明万历而后，禅风浸盛，士夫无不谈禅，僧亦无不欲与士夫接纳。"③此虽针对明末禅僧而言，实际上扩而言之对明末其他宗派僧人也无不可。

（四）多居山林寺院。作为释明河的生活环境，自然对他的诗歌创作产生影响。释明河一生参访和住持者多为山林寺院，所见青山绿水、明月清风、鸟语花香等山水田园景色，这些是诗人触目所及，发之成诗，往往自成妙趣。钱谦益《华山讲寺新建讲堂记》云："吴郡之西山，连山面湖，精庐错列。华山居其中，鸟道蜿蜒，回旋复抱。诸山如眉目著面，华山其藏府也。晋支公开山以后，名僧大德，息心行道，摇松握麈，蔚为净域。万历间，寺圮复作。贤首嗣汰如河公，唱演《华严疏钞》，鹤舞石鸣，四众响附。"④可见，释明河所住持的华山寺等不是都市寺院，而是比较典型的山林寺院，具有山林景色环境的特色。

三、释明河诗歌的文学史意义

释明河作为明末一位华严宗僧人，以弘扬《华严宗》为己任，同时精通诸宗，善于融通，体现华严学的"事事无碍"的圆融思想，也符合明末诸宗融合的潮流。释明河的一生未进入僧官系统，与上层和地方统治者往来较少，体现了一个山林僧人的特色。虽然释明河的主要贡献是以私修者身份编撰了《补续高僧传》二十六卷，续佛慧命，更显其存史之心，难

---

① 王元翰：《凝翠集》，见《丛书集成续编》147册，新文丰出版公司1989年版，第201页。
② 钟惺著，李先耕等标校：《隐秀轩集》卷一七，上海古籍出版社1992年版，第251—252页。
③ 陈垣著：《明季滇黔佛教考》，河北教育出版社2000年版，第334页。
④ 《牧斋有学集》卷二七，第1015页。

度之大,故名垂僧史。然而释明河仍然创作了二百多首诗歌,释明河的诗歌在艺术上具有一定的佛理意境性、情感性和语言上通俗化等特点,虽然这些诗歌的关注度不高,有着主观和客观的原因,但是其诗歌在明代文学史上还是有重要意义的。

第一,释明河的诗歌创作昭示明末诗僧的一种生存状态,即远离政治,专心弘法,努力创作,因此山居诗和咏物诗是他们的创作主要选择。祁伟在《佛教山居诗研究》第五章《明代山居诗》中云:"山居诗的创作在明代多集中于从万历元年(1573)至崇祯十七年(1644)、明王朝结束的这一段时间。"①可见明末时期,僧人创作山居诗几乎成为一种潮流。包括山居景物在内的僧人触目所及的景物,无疑是他们诗歌创作的吟咏对象。释明河作为其中的一员,具有一定的典型性。通过释明河的山居诗和咏物诗,可以窥视明末僧人们的内心世界,考察他们对宇宙、人生的思考,对自我僧格的坚守,以及闪现出智慧之光。

第二,释明河的诗歌创作是明末居士佛教兴盛背景下僧人诗歌创作的一个缩影。明末居士佛教的发展是僧人和居士共同造就的。僧人兼通儒学,居士兼通佛学,互相吸引,共同推进佛教发展。前文也提及,士僧之间的交游,诗歌是其中的媒介。因此,在当时的时代背景下,僧僧之间、士僧之间的交游,诗歌是最常用的选择。此外,僧人讲学、举办法会和忏仪等佛事活动,也是士僧交游的场合。所以,只要去研读僧人的诗歌,就会发现士僧交游的赠友诗和佛事诗。这些诗歌既是释明河当时与僧人和士大夫交游的反映,又是后人了解士僧交游的第一手文献,也有助于相关僧人和士大夫研究。潘桂明说:"晚明士大夫禅学是中国居士佛教运动的又一高潮。"②禅学确实是主流,但实际上,其他诸宗学也是晚明居士佛教运动很重要的方面。

第三,释明河的诗歌创作是明末佛教文学兴盛的典型个案。李舜臣认为:"明代佛教文学,总体呈现出两头热、中间冷的'马鞍型'的发展态势,即明初(洪武—永乐朝)、明末(万历—崇祯朝)为繁盛期,中期(宣德—嘉靖朝)则相对衰落。……明代佛教文学发展所呈现出的'马鞍型'态势,不仅体现在僧侣作家的阵容上,同样也反映在创作质量之上。"③可见明末佛教文学是兴盛时期,而这不仅体现在僧人作家数量多,而且他们的创作质量较高。释明河作为明末僧人作家群中的一员,创作了为数不少的诗歌,具有明末佛教文学的共性和自己的特性。通过对释明河诗歌的研究,可以窥视明末僧人诗歌创作的整体状况,因此可以说是明末佛教文学兴盛的典型个案。

---

① 祁伟:《佛教山居诗研究》,四川大学 2007 年博士学位论文,第 136 页。
② 潘桂明著:《中国居士佛教史》(下),中国社会科学出版社 2000 年版,第 759 页。
③ 李舜臣:《明代佛教文学史研究刍议》,《学术交流》2013 年第 2 期,第 147 页。

要之,释明河的诗歌如果不予以研究,就只认为他是一位佛教史学家,而不知他也是一位创作颇丰的诗僧。释明河的诗歌如果不予以研究,就只会被束之高阁,湮没无闻。只有经过后世学者的研究,这些诗歌才会散发光芒,艺术价值才会得以显现。如果能如此,诚乃释明河之幸、明代佛教之幸、明代文学之幸。

(金建锋,韶关学院文学与传媒学院教授,广东省社科基地韶关学院禅宗文化研究中心研究员。出版有《弘道与垂范:释赞宁〈宋高僧传〉研究》。)

论清代诗学对"意"范畴的重构

袁济喜　王子珺

摘　要："意"是中国诗学的重要概念与重要范畴。它贯穿于整个中国诗学的发展历程。明代意象之说兴起,但是"意"这个范畴非但没有消解,而且在清代诗学中得到拓展,涉及诗学的本体论、创作论与鉴赏论等方面。通过梳理与分析"意"范畴在清代诗学中的重构,有助于我们对于意象范畴的作用进行全面的认识。

关键词：言意之辨　意的演变　清代诗学　意的重构

清代诗话在中国诗话发展史上具有兼收并蓄、返本归宗的地位与价值。具体说来,就是对于一些重要理论问题作出新的论述,而不重在新学说的推出,清代诗话中的三大流派,如格调说、神韵说、肌理说,都是在前人的基础上,重新阐发。一些重要的概念与范畴,由此而获得新的蕴涵,其中"意"范畴的重释,即是一个明显的现象。

在中国诗学史上,"意"是一个基本的概念和范畴,它涉及本体论与创作论、鉴赏论等多方面的蕴涵,但是由于近年来意象范畴的过度阐述与张大,"意"范畴的原始面貌被忽略,被纳入意象范畴之中,这是极大的误解。事实上,意范畴在中国诗话与文论史上,一直得到阐述与传承,而"意象"则是从中衍生出来的一个范畴与概念,意象概念产生后,意范畴并没有消失,相反得到了传承与拓展。通过考察清代诗学对于"意"范畴的重新阐释与张大,可以纠正人们对此关系的误读。

一、清代诗学中"意"范畴与诗教的结合

为了了解清代诗学中"意"范畴和演变,有必要对中国古代诗学中的"意"范畴作一个大体上的回顾。

---

* 本文系中国人民大学科学研究基金项目持续支持类"集部形态与中国文学"(项目编号:17XNL012)阶段性成果。

中国古代诗学中的"意"范畴来源于先秦时代的"言意之辨"。一般说来，有两支源头。一支是老庄思想。《庄子·秋水篇》中云："可以言论者，物之粗也；可以意致者，物之精焉。"庄子认为人们认识到的只是语言，语言把握的只是事物的皮毛，其中的精粹却难以捕捉。另一支是《周易》中关于言意象三者关系的论述。《周易·系辞上》云："子曰：'书不尽言，言不尽意。然则圣人之意，其不可见乎？'子曰：'圣人立象以尽意，设卦以尽情伪，系辞焉以尽其言。'"①一方面言不尽意，另一方面意又必须通过语言来表述。所以对语言既不能扔弃又不能迷信，这是一个矛盾又无奈的选项。

魏晋以来，"言意之辨"进入文论领域。西晋时陆机自叙作《文赋》的缘由时说："每自属文，尤见其情。恒患意不称物，文不逮意，盖非知之难，能之难也。"②陆机认为自己与周围作家写作时的核心问题乃是"恒患意不称物，文不逮意"，明确将意物文三者的关系作为构思的关键环节。陆机强调构思的第一步是主观之意能否传写出对象，第二步是将形成的意象精妙地写出来。南朝刘宋的范晔在《狱中与诸甥侄书》中说："（文）当以意为主，以文传意。以意为主，则其旨必见；以文传意，则其词不流。"③明确提出了"以意为主"的文学观念。刘勰《文心雕龙》在陆机之后，对于意概念的引入与发挥，大大进了一步。这主要是从构思理论进入文体论、创作论与批评论领域，将意概念组合成一种基本的文论范畴和术语。刘勰关于"神思"的理论，既受陆机《文赋》的影响，又有所创新。他重新构建了创作问题的重心所在。

刘勰《文心雕龙》所论文章范围较为宽泛，相比来说，钟嵘《诗品》专论五言诗，是纯粹的诗体，因而"意"概念用得更为透彻。钟嵘对《诗经》中赋比兴三者作了重新解释："故诗有六义焉：一曰兴，二曰赋，三曰比。文已尽而意有余，兴也；因物喻志，比也；直书其事，寓言写物，赋也。"④东汉经学家郑玄指出"兴，见今之美，嫌于媚谀，取善事以喻劝之"，钟嵘重释了郑玄的说法，强调兴要有深沉的意韵，同时又认为，比兴用得过多，也会产生"意深则词踬"，当然，他更反对的是那些浅薄的比兴之作，"意浮则文散"。可见，钟嵘《诗品》中"意"概念的运用已经自成体系，十分娴熟了。

刘勰、钟嵘之后，"意在言外"的诗学观念越来越受到诗论家的重视。如唐代皎然《诗式》专列《重意诗例》一节，分"一重意""二重意""三重意""四重意"，就是指的"复意"。此节评曰："两重意已上，皆文外之旨。若遇高手，如康乐公，览而察之，但见情性，不睹文字，

---

① 李道平撰，潘雨廷点校：《周易集解纂疏》卷八，中华书局1994年版，第609页。
② 严可均：《全上古三代秦汉三国六朝文》第2册《全晋文》卷九七，中华书局1958年版，第2013页。
③ 沈约撰：《宋书》卷六九《范晔传》，中华书局1974年版，第1830页。
④ 姚思廉撰：《梁书》卷四九《文学传上》，中华书局1973年版，第696页。

盖诣道之极也。"①皎然所说的"文外之旨",即刘勰所说的"隐"。晚唐诗人杜牧在《答庄充书》中指出:"凡为文以意为主,气为辅,以辞彩章句为之兵卫。"②两宋时期,传统诗学中的意范畴进一步获得拓展。北宋欧阳修《六一诗话》中引他的好友梅圣俞云:"诗家虽率意,而造语亦难。若意新语工,得前人所未道者,斯为善也。必能状难写之景,如在目前,含不尽之意,见于言外,然后为至矣。"③梅圣俞列举了温庭筠"鸡声茅店月,人迹板桥霜",贾岛"怪禽啼旷野,落日恐行人"为例,说明"道路辛苦,羁旅愁思,岂不见于言外乎"！可见,意在言外,在宋代诗学中经常讲到。明清诗学以宗唐贬宋为基本特征,"意"成为他们常用的范畴,意象一类概念虽然也得到了发展,但并不是"意"范畴的衍生,"意"范畴也并没因为意象的出现,得到进一步的发展。学界这几年过度鼓吹意象范畴,摒落了"意"范畴的主体作用,出现了反客为主的现象,这并不符合事实。

清代诗学对于"意"范畴的阐发,与上述"意"范畴的演变内容有所不同,它在承续其中诗学涵蕴的同时,对于"意"范畴的重释,首先是从恢复诗教的角度去展开的,带有明显的意识形态色彩。

清代改革了明代的一些弊政,同时也增强了文教领域的意识形态色彩。明代自中叶以来,随着工商市民阶层的兴起,许多文人大力倡导思想解放与发引性灵的文学思想,著名的文士徐渭、李贽、公安三袁、汤显祖等人,对于前后七子的诗学进行了批评,提出了独抒性灵、不拘格套的思想,儒家所倡导的诗教思想产生了前所未有的危机。清代初期,对于诗教的重构,便成了封建专制帝王在强化意识形态方面的重要工作,乾隆皇帝的文学师傅沈德潜在诗学领域倡导温柔敦厚之说,重构诗教理论,他在《说诗晬语》中提出:

> 诗之为道,可以理性情,善伦物,感鬼神,设教邦国,应对诸侯,用如此其重也。秦、汉以来,乐府代兴;六代继之,流衍靡曼。至有唐而声律日工,托兴渐失,徒视为嘲风雪,弄花草,游历燕衎之具,而诗教远矣。学者但知尊唐而不上穷其源,犹望海者指鱼背为海岸,而不自悟其见之小也。今虽不能竟越三唐之格,然必优柔渐渍,仰溯风雅,诗道始尊。④

明代的文士已很少有人公开去提倡诗教,沈德潜的这番话,显然是为了适应清代统治

---

① 释皎然:《诗式》,见何文焕辑:《历代诗话》上,中华书局2004年版,第31页。
② 杜牧撰,吴在庆校注:《杜牧集系年校注》,中华书局2008年版,第884页。
③ 欧阳修:《六一诗话》,见《历代诗话》上,第267页。
④ 沈德潜:《说诗晬语》卷上,见丁福保辑:《清诗话》下,上海古籍出版社2015年版,第537页。

者的政教需要而倡导的。他说:"古人意中有不得不言之隐,借有韵语以传之。如屈原'江潭',伯牙'海上',李陵'河梁',明妃'远嫁',或慷慨吐臆,或沈结含凄,长言短歌,俱成绝调;若胸无感触,漫尔抒词,纵办风华,枵然无有。"①沈德潜强调古人之意,深藏着社会人生的感触,而不是漫尔成咏。对于宋代江西诗派所说的诗法,沈德潜批评道:"不以意运法,转以意从法,则死法矣。试看天地间水流云在,月到风来,何处著得死法!"②沈德潜认为,江西诗派的诗法抛弃了诗意,这样的法显然成了技巧的器具,失却了诗意。

如果说沈德潜是乾隆皇帝的文学老师,曾任礼部官员,他的诗论官方色彩较为浓厚,那么另一些诗论家亦强调"意"范畴在诗学中的主导作用。清代诗论家薛雪在《一瓢诗话》中指出:"诗以道性情,感志意,关风教,通鬼神,伦常物理,无不毕具。"③这里强调诗以道性情,感志意,关风教,而历代诗教日渐沦丧,愈演愈烈,因此,他呼吁要重建诗教。清代袁枚在《续诗品》中批评当时人,对诗意不关注,而专注于语辞,这是弃本逐末,不足以道:"虞舜教夔,曰'诗言志'。何今之人,多辞寡意?意似主人,辞如奴婢。主弱奴强,呼之不至。穿贯无绳,散钱委地。开千枝花,一本所系。"④袁枚指责当时一些诗人多辞寡意,他强调意与辞是主仆关系。可见,与明代好谈意象而不言六义相比,清代诗学表现出强烈的回归意识,这便是将意与道、意与"六义"(风、雅、颂、赋、比、兴)结合。清代吴雷发《说诗菅蒯》也认为:"诗贵寓意之说,人多不得其解。其为庸钝人无论已;即名士论古人诗,往往考其为何年之作,居何地而作,遂搜索其年、其地之事,穿凿附会,谓某句指某人,某句指某事。是束缚古人,苟非为其人、其事而作,便不得成一句矣。"⑤吴雷发指责诗论家评论诗歌作品,专注于考据年代与琐事,而不能知人论世,以意逆志,其源盖出于不懂以意度之。这些观点,也是清代许多诗学家的共同看法。例如,清代王士禛《师友诗传续录》中记载:

问:"萧亭先生论诗,修辞为要。辞佳而意自在其中,未达其旨。"

答:"以意为主,以辞辅之,不可先辞后意。"

问:"王、孟诗假天籁为宫商,寄至味于平淡,格调谐畅,意兴自然,真有无迹可寻之妙。二家亦有互异处否?"

答:"譬之释氏,王是佛语,孟是菩萨语。孟诗有寒俭之态,不及王诗天然而工。

---

① ② 沈德潜:《说诗晬语》卷上,见《清诗话》下,第538页。
③ 薛雪:《一瓢诗话》,见《清诗话》下,第700页。
④ 袁枚:《续诗品·崇意》,见《清诗话》下,第1065页。
⑤ 吴雷发:《说诗菅蒯》,见《清诗话》下,第937页。

惟五古不可优劣。"①

　　这两则记载,说明了清初王士禛诗学力图将神韵说与诗教说相结合的观点。王士禛为清代康熙年间的重臣,他的诗学在某种程度上秉承了清代统治者的意愿。他对诗的内容与形式关系作出了明确的规定,强调"以意为主,以辞辅之,不可先辞后意"。王士禛是清代神韵说的鼓吹者,神韵说的代表人物是王维与孟浩然,王士禛认为,即使这样的人物,他们的作品也是因为"格调谐畅,意兴自然",才能臻于至境。可见,"意"成为清初诗学家的重要概念并非偶然。清代诗论家徐增在《而庵诗话》中也认为:"读唐人诗,须观其如何用意,如何用笔,如何装句,如何成章,如何起,如何结,如何开,如何阖,如何截,如何联,自有得处。"②这又是从鉴诗的角度去说的。

　　六朝时代的"意"概念,大多指个体之意,不含诗教六义,为了使"意"与诗教"六义"相结合,清代一些诗学家可谓煞费苦心。明代诗论家何良俊云:"六义者,既无意象可寻,复非言筌可得。索之于近,则寄在冥邈;求之于远,则不下带衽。"③这可谓击中了"六义"之说的要害,"六义"原为《诗大序》所指出的风雅颂赋比兴,《诗经》的体裁构成与创作手法,其中风雅颂为《诗经》的体裁,赋比兴乃为诗之用,明代诗论家认为,在《诗经》的赋比兴中,找不到意象的踪迹,其实,《诗经》中四言诗的简古,还没有产生五言诗那样的意象,当时只有比兴这样的诗歌因素。南朝刘勰《文心雕龙·比兴篇》指出:"观夫兴之托谕,婉而成章,称名也小,取类也大。关雎有别,故后妃方德;尸鸠贞一,故夫人象义。义取其贞,无从于夷禽;德贵其别,不嫌于鸷鸟;明而未融,故发注而后见也。且何谓为比? 盖写物以附意,飏言以切事者也。故金锡以喻明德,珪璋以譬秀民,螟蛉以类教诲,蜩螗以写号呼,浣衣以拟心忧,席卷以方志固:凡斯切象,皆比义也。"④刘勰列举了《诗经》中的比兴运用例证,以及这两种手法的差别,到了南朝梁代钟嵘《诗品序》论五言诗的写作时,强调"文已尽而意有余,兴也"。

　　六朝的诗意说偏重作者个体的人生遭际与感受,注重诗歌的创作规律与特点,这种诗意说到了清代有所变化,这便是加入了"温柔敦厚"的内容,从沈德潜到叶燮尤为突出。叶燮在《原诗》中指出:

---

① 王士禛:《师友诗传续录》,见《清诗话》上,第153—154页。
② 徐增:《而庵诗话》,见《清诗话》上,第440—441页。
③ 何良俊撰:《四友斋丛说》卷之二十四《诗一》,中华书局1959年版,第213页。
④ 刘勰著,范文澜注:《文心雕龙注》卷八,人民文学出版社1958年版,第601页。

或曰:"温柔敦厚,诗教也,汉魏去古未远,此意犹存,后此者不及也。"不知温柔敦厚,其意也,所以为体也,措之于用则不同;辞者,其文也,所以为用也,返之于体则不异。汉、魏之辞,有汉、魏之温柔敦厚,唐、宋、元之辞,有唐、宋、元之温柔敦厚。譬之一草一木,无不得天地之阳春以发生,草木以亿万计,其发生之情状,亦以亿万计,而未尝有相同一定之形,无不盎然皆具阳春之意,岂得曰:若者得天地之阳春,而若者为不得者哉?且温柔敦厚之旨,亦在作者神而明之。①

叶燮在《原诗》中论意,与他的学生沈德潜有所不同,他重视诗歌的自身创作特点,将"温柔敦厚"的诗教融入具体的诗歌之意中去。叶燮认为诗歌之意乃诗之本体,而文辞则是用的范畴,将意与文视为体用关系,温柔敦厚乃是诗意与诗体的合一,这样,诗意与诗教便融而为一了。从诗歌的发展来说,叶燮强调:"诗始于《三百篇》,而规模体具于汉。自是而魏,而六朝、三唐,历宋、元、明以至昭代,上下三千余年间,诗之质文、体裁、格律、声调、辞句,递嬗升降不同,而要之诗有源必有流,有本必达末;又有因流而溯源,循末以返本,其学无穷,其理日出。乃知诗之为道,未有一日不相续相禅而或息者也。但就一时而论,有盛必有衰;综千古而论,则盛而必至于衰,又必自衰而复盛;非在前者之必居于盛,后者之必居于衰也。"②叶燮强调,温柔敦厚乃诗之根本,而这个根本是永恒不变的,变的则是诗歌形式,这就像一棵大树,花开花落,岁不相同,而树干则是永恒不变的。刘勰《文心雕龙·通变》强调:"夫设文之体有常,变文之数无方,何以明其然耶?凡诗赋书记,名理相因,此有常之体也;文辞气力,通变则久,此无方之数也。名理有常,体必资于故实;通变无方,数必酌于新声;故能骋无穷之路,饮不竭之源。"③刘勰认为,文章的本体是可以相通、永恒不变的,而变的则是其文体形式,所以他提出:"故练青濯绛,必归蓝蒨;矫讹翻浅,还宗经诰。斯斟酌乎质文之间,而櫽括乎雅俗之际,可与言通变矣。"④通变论的复古色彩十分浓厚,而叶燮的观点也同于此,他提出:"吾言后代之诗,有正有变,其正变系乎诗,谓体格、声调、命意、措辞、新故、升降之不同,此以诗言时,诗递变而时随之,故有汉、魏、六朝、唐、宋、元、明之互为盛衰,惟变以救正之衰,故递衰递盛,诗之流也。从其源而论,如百川之发源,各异其所从出,虽万派而皆朝宗于海,无弗同也。"⑤诗有正变,正乃是诗教之本,而变则是由衰微而至于救正,通过正变的递降升变而达到诗歌的发展。

---

① 叶燮:《原诗》卷一《内篇上》,见《清诗话》下,第582页。
② 叶燮:《原诗》卷一《内篇上》,见《清诗话》下,第579页。
③ 《文心雕龙注》卷六,第519页。
④ 《文心雕龙注》卷六,第520页。
⑤ 叶燮:《原诗》卷一《内篇上》,见《清诗话》下,第583页。

叶燮对于诗学批评偏离诗教之本而流于枝节末叶的现象深为不满,尤其是对前后七子中的互相标榜,贬斥他人的现象加以抨击:"窃以为李之斥唐以后之作者,非能深入其人之心而洞伐其髓也;亦仅仿佛皮毛形似之间,但欲高自位置,以立门户,压倒唐以后作者;而不知已饮食之而役隶于其家矣。李与何彼唱予和,互相标榜,而其言如此,亦见诚之不可揜也。由是言之:则凡好为高论大言,故作欺人之语,而终不可以自欺也夫!"①前后七子论意象的议论,正是在这种情况下产生的。明代诗论家王世贞在《艺苑卮言》中指出:"卢骆王杨,号称四杰。词旨华靡,固沿陈隋之遗,翩翩意象,老境超然胜之。"②他在这本诗话中,好谈意象,将自己喜欢的诗歌说成意象高妙等,将不喜欢的诗则贬之为没有意象。这是叶燮所深为厌恶的,明代陆时雍《诗镜总论》中提出:"梁人多妖艳之音,武帝启齿扬芬,其臭如幽兰之喷,诗中得此,亦所称绝代之佳人矣。'东飞伯劳西飞燕',《河中之水歌》,亦古亦新,亦华亦素,此最艳词也。所难能者,在风格浑成,意象独出。"③他强调诗的意象往往是内容刚健、风格浑成,这才是意象独出,而齐梁艳词则难当此誉。

清代诗学论意,将"意"与格调联系起来,这是它的另一个重要特点。"意"在诗歌中既可以指刚健向上之意,即六朝风骨之意,也可以指萎靡不振之意。早在刘勰《文心雕龙》时即专倡风骨说,写有《风骨篇》,而格调则专指儒家文论中的思想与风格范畴。唐代空海著《文镜秘府论》,其中南卷有《论文意》一章,提出:"凡作诗之体,意是格,声是律,意高则格高,声辨则律清,格律全,然后始有调。用意于古人之上,则天地之境,洞焉可观。古文格高,一句见意,则'股肱良哉'是也。其次两句见意,则'关关雎鸠,在河之洲'是也。其次古诗,四句见意,则'青青陵上柏,磊磊涧中石。人生天地间,忽如远行客'是也。又刘公干诗云:'青青陵上松,飊飊谷中风,风弦一何盛,松枝一何劲。'此诗从首至尾,唯论一事,以此不如古人也。"④《文镜秘府论》作者空海强调文意与作者的格调志趣相关。清人论意,亦强调这一点。薛雪《一瓢诗话》中指出:"王右军以书法立极,非文辞名世;兰亭之集,名流毕至,使时手为序,必极力铺写,谀美万端,决无一语稍涉荒凉者。而右军寥寥数语,托意于仰观俯察宇宙品类之感慨而极于死生,则右军之胸襟何如?《昭明文选》不收此序,苏东坡以小儿强作解事斥之,亦属快心。""既有胸襟,必取材于古人,原本《三百篇》、楚《骚》,浸淫乎汉、魏、六朝、唐、宋诸大家,皆能会其指归,得其神理;以是为诗,正不伤庸,奇不伤怪,丽不伤浮,博不伤僻,决无剽窃吞剥之病矣。"⑤薛雪认为王羲之的《兰亭序》,无论是书法

---

① 叶燮:《原诗》卷四《外篇下》,见《清诗话》下,第 623—624 页。
② 王世贞:《艺苑卮言》卷四,见丁福保辑:《历代诗话续编》中,中华书局 2006 年版,第 1003 页。
③ 陆时雍:《诗镜总论》,见《历代诗话续编》下,第 1408 页。
④ 遍照金刚撰,卢盛江校考:《文镜秘府论汇校汇考·文镜秘府论南卷·论文意》,中华书局 2015 年版,第 1231 页。
⑤ 薛雪:《一瓢诗话》,见《清诗话》下,第 700—701 页。

还是文章,都是其胸次人格的彰显,诗歌的格调可以充实意蕴,使意蕴获得升华。

二、清代诗学"意"范畴与创作论的结合

  清代诗学不同于两汉的诗教之说,后者简单地将诗歌的美刺比兴作为阐释诗歌的范畴与途径,忽视诗歌的自身审美特点,清代诗学传承了历代诗学中的审美理论,善于将诗学的政教与审美融为一体,重构诗学中的"意"范畴,这一点,在王夫之身上看得很清楚。明代各家诗论,对于诗的意象问题很重视,而相对冷落传统的诗教说,比如李贽就很反感"发乎情止乎礼义"的思无邪之说,清代诗论诸家欲匡复诗教之说,固然需要纠正这类观点,但是也不能简单回到宋代理学家那里,而是采取了折中调和、兼收并蓄的立场与方法。

  王夫之在《姜斋诗话》中指出:"无论诗歌与长行文字,俱以意为主。意犹帅也。无帅之兵,谓之乌合。李、杜所以称大家者,无意之诗,十不得一二也。烟云泉石,花鸟苔林,金铺锦帐,寓意则灵。若齐、梁绮语,宋人抟合成句之出处,役心向彼掇索,而不恤己情所自发,此之谓小家数,总在圈缋中求活计也。"①王夫之首标立意之说,强调"意犹帅也",这是对前人诗论立意说的传承,更是对诗坛的重张。在立意与意象问题上,明清以来,引起过激烈的争论。唐代皎然《诗式》中指出:"意、立言曰意。"②空海《文镜秘府论》专列《立意》一节。在《论文意》中又说:"意高则格高。"③王昌龄《诗中密旨》中说:"诗有二格:诗意高谓之格高,意下谓之格下。"④他们都强调诗文中立意是作品成功的关键与前提。六朝齐梁文风忽略立意,对于传统的立意说构成了威胁,明代后七子之一谢榛也是"立意"说的激烈反对者。他在《四溟诗话》中用了大量篇幅来讨论这个问题,提出作诗不必先立意:"宋人谓作诗贵先立意。李白斗酒百篇,岂先立许多意思而后措词哉?盖意随笔生,不假布置。"⑤"诗以一句为主,落于某韵,意随字生,岂必先立意哉?杨仲弘所谓'得句意在其中'是也。"⑥"诗有不立意造句,以兴为主,漫然成篇,此诗之入化也。"⑦"作诗不必执于一个意思,或此或彼,无适不可,待语意两工乃定。《文心雕龙》曰:'诗有恒裁,思无定位。'此可见作诗不专于一意也。"⑧谢榛批评宋人以文为诗,淡化了诗与文的区别,以致抹杀了诗歌创

---

① 王夫之:《姜斋诗话》卷下,见《清诗话》上,上海古籍出版社 2015 年版,第 7 页。
② 释皎然:《诗式·辨体一十九字》,见《历代诗话》上,第 36 页。
③ 《文镜秘府论汇校汇考·文镜秘府论南卷·论文意》,第 1231 页。
④ 王昌龄著,胡问涛、罗琴校注:《王昌龄集编年校注》卷六(诗评),巴蜀书社 2000 年版,第 349 页。
⑤ 谢榛:《四溟诗话》卷一,见《历代诗话续编》下,第 1149 页。
⑥ 谢榛:《四溟诗话》卷二,见《历代诗话续编》下,第 1158 页。
⑦ 谢榛:《四溟诗话》卷一,见《历代诗话续编》下,第 1152 页。
⑧ 谢榛:《四溟诗话》卷三,见《历代诗话续编》下,第 1179 页。

作的特殊性，把作文之法移用于作诗，也要求先立意后措辞。他认为苏轼在儋州教人以作文之法，强调了意的统摄作用，对于作文来说无疑是正确的，对于作诗则未必尽然。谢榛还强调诗意流转不定，不存在一成不变的思致与意蕴，这些显然是反对诗教之意的观念。

处于明清之际的王夫之，意识到了传统诗教的危机，针对前后七子的诗论，大力倡导"以意为主"说。他在《姜斋诗话》中指出："故艺苑之士，不原本于《三百篇》之律度，则为刻木之桃李；释经之儒，不证合于汉、魏、唐、宋之正变，抑为株守之兔罝。陶冶性情，别有风旨，不可以典册、简牍、训诂之学与焉也。"①他倡导以意为主，认为作品"寓意则灵"，这些都是有感而发的，目的是为了纠偏。王夫之用主宾关系来强调意与辞之关系，认为无意之诗谓之乌合。不过，王夫之并不赞同宋代江西诗派将意理解成公式概念，他在另一些地方则反对以意为主，他指出："诗之深远广大与夫舍旧趋新，俱不在意。唐人以意为古诗，宋人以意为律诗绝句，而诗遂亡。"②甚至说："故知'以意为主'之说，真腐儒也。'诗言志'，岂志即诗乎。"③可见，王夫之《姜斋诗话》倡导以意为主，其中之意是指作者的审美情意，而不仅仅是理念之意。严羽《沧浪诗话》提出"尚意兴而理在其中"，用以反对江西诗派的以理为诗，王夫之这里的意，有点接近严羽所说的意。康德就论证了审美意象不能用语言来充分表达："我所说的审美意象，就是由想象力所形成的那种表象。它能够引起许多思想，然而，却不可能有任何明确的思想，即概念，与之完全相适应。因此，语言不能充分表达它，使之完全令人理解。很明显，它是和理性观念相对立的。理性观念是一种概念，没有任何的直觉（即想象力所形成的表象）能够与之相适应。"④审美意象是由想象力所形成的表象，是一种直觉，而语言则是理性概念的符号，所以二者是不可能完全相适应的。王夫之《姜斋诗话》中指出："'采采芣苢'，意在言先，亦在言后，从容涵泳，自然生其气象。即五言中，《十九首》犹有得此意者。陶令差能仿佛，下此绝矣。'采菊东篱下，悠然见南山'，'众鸟欣有托，吾亦爱吾庐'，非韦应物'兵卫森画戟，燕寝凝清香'所得而问津也。"⑤从这里可以看出，王夫之说的"意"是"意在言先"与"意在言后"相统一的审美之意，它通过气象即充满生气的形象而彰显，不同于赤裸裸的宣教。清钱泳《履园丛话·谭诗》中指出："诗文家俱有三足，言理足、意足、气足也。盖理足则精神，意足则蕴藉，气足则生动。理与意皆辅气而行，故尤必以气为主，有气即生，无气则死。但气有大小，不能一致，有若看春空

---

① 王夫之：《姜斋诗话》卷上，见《清诗话》上，第3页。
② 王夫之著，周柳燕校点：《明诗评选》卷八"七言绝"，上海古籍出版社2011年版，第324页。
③ 王夫之著，李中华等校点：《古诗评选》卷四"五言古诗一"，上海古籍出版社2011年版，第217页。
④ 康德：《判断力批判》第49节，见蒋孔阳著：《德国古典美学》，商务印书馆1981年版，第113页。
⑤ 王夫之：《姜斋诗话》卷上，见《清诗话》上，第4页。

之云,舒卷无迹者;有若听幽涧之泉,曲折便利者;有若削泰华之峰,苍然而起者;有若勒奔蹶之马,截然而止者。倏忽万变,难以形容,总在作者自得之。"①这也可说是对于意范畴的一种解释。

　　清代诗学将意与比兴、情景问题相联系,传承了包括明代诗学中的相关范畴,并有所推进。"意"范畴如果不能与诗学的具体问题相结合,便有可能成为一种空洞的概念,因此,清代诗学家很重视意概念与诗学具体范畴的贯通。首先来看他们关于意与比兴的联系。在两汉时代,比兴往往与美刺相联系,用以指称诗的政教与实用功能,郑玄等经学家一般持如此看法。到了六朝时代,比兴开始与诗歌创作的特征问题相联系,比如钟嵘《诗品序》提出"文已尽而意有余,兴也",强调所谓"兴"乃是诗歌中的起兴与寄喻,用以抒发作者言不尽意之思想情感。唐代皎然《诗式》中提出:"取象曰比,取义曰兴。义即象下之意。凡禽鱼、草木、人物、名数,万象之中义类同者,尽入比兴,《关雎》即其义也。"②兴即象下之意,也就是说,兴用以寄喻的是诗人隐秘难言的内心世界,意成了比兴的本体与指归,这是从言意之辨的角度去分析比兴问题。从鉴赏的角度去说,诗歌须让人读后产生含不尽之意的效果。欧阳修在《六一诗话》中记载着梅尧臣一段关于诗之意蕴与语言关系的论述:"必能状难写之景,如在目前,含不尽之意,见于言外,然后为至矣。"③梅尧臣与欧阳修的观点是一致的。这就是继承了中国自先秦以来中国古代哲学与文论的言意理论,提出最高的诗境乃是"必能状难写之景,如在目前,含不尽之意,见于言外,然后为至矣",认为这样的诗歌作品才是最好的作品。

　　清代诗话也认同这一点。清吴雷发《说诗菅蒯》中提出:"诗须得言外意,其中含蕴无穷,乃合风人之旨。故意余于词,虽浅而深;辞余于意,虽工亦拙;词尽而意亦尽,皆无当于风人者也。"这是从创作与鉴赏两方面去说的,作者倡导诗须有言外之意。"诗亦有浅深次第,然须在有意无意之间。向见注唐诗者,每首从始至末,必欲强为联络,遂至妄生枝节,而诗之主脑反无由见,诗之生气亦索然矣。"这是批评有的注释唐诗者胶柱鼓瑟,不懂装懂。清代诗学还强调有意无意乃是诗歌的重要美学特点。王夫之《姜斋诗话》中指出:"兴在有意无意之间,比亦不容雕刻。"④叶燮《原诗》指出:"可言之理,人人能言之,又安在诗人之言?可征之事,人人能述之,又安在诗人之述之?必有不可言之理,不可述之事,遇之于默会意象之表,而理与事无不灿然于前者也。"⑤意概念在诗学中的功能进一步被深

---

① 钱泳:《履园丛话·谭诗·总论》,见《清诗话》下,第905页。
② 释皎然:《诗式·用事》,见《历代诗话》上,第30页。
③ 欧阳修:《六一诗话》,见《历代诗话》上,第267页。
④ 王夫之:《姜斋诗话》卷上,见《清诗话》上,第6页。
⑤ 叶燮:《原诗》卷二《内篇下》,见《清诗话》下,上海古籍出版社2015年版,第599页。

化了。

　　与"意"相关的另一个重要范畴是情景范畴。刘勰《文心雕龙·神思》指出诗人创作时"登山则情满于山,观海则意溢于海,我才之多少,将与风云而并驱矣",①意溢于海,则是指主体之意与外物交融,形成情物一体的意象。情物到了宋代至明清诗学中,演变成情景范畴。而情景的汇聚,"意"是其中的决定因素。六朝之后,诗学强调以意范畴的统率下,引入情景互动的思想。主要有这样几个观点:一、情景相依。北宋诗学家范晞文在《对床夜语》中说:"景无情不发,情无景不生。"②明谢榛《四溟诗话》说:"作诗本乎情景,孤不自成,两不相背。"③情和景是构成诗歌的两个要素,其一不足,则会影响到诗的完美。二、情为主,景为宾。清吴乔《围炉诗话》:"夫诗以情为主,景为宾。景物无自生,惟情所化。情哀则景哀,情乐则景乐。"④情、景虽然不可或缺,但有主宾之分。情决定了景,景物受到情的影响而带上感情色彩。是以情造景,而不是以景造情,情是主导方面。明谢榛《四溟诗话》:"景乃诗之媒,情乃诗之胚,合而为诗。"⑤景是媒介,情才是胚胎、主干。三、情景交融。北宋范晞文《对床夜语》言"情景相融",张炎《词源》言"情景交炼",元方回《瀛奎律髓》言"景在情中,情在景中",都认识到了情与景的相互渗透。而讲得最透的是清初的王夫之,他不满于讲求诗法的诗论家,如杨载、方回,只在形式上兜圈子,提出上情下景、下情上景、景起情结、情起景结等句法格式,而突出了情景交融这个根本的美学原理,他从各个不同的角度来反复强调:"情景虽有在心在物之分,而景生情、情生景,哀乐之触,荣悴之迎,互藏其宅。"⑥"情景名为二,而实不可离,神于诗者,妙合无垠。巧者则情中景、景中情。"⑦"不能作景语,又何能作情语耶?……以写景之心理言情,则身心中独喻之微,轻安拈出。"⑧他抨击明代诗学中一虚一实、一情一景之类机械分割情景的说法:"'一虚一实''一情一景'之说生,而诗遂为阱,为梏,为行尸。噫!可畏也哉!"⑨

　　情景论与"意"范畴有着内在的关联。《文镜秘府论》南卷指出:"诗贵销题目中意尽,然看当所见景物与意惬者相兼道。若一向言意,诗中不妙及无味;景语若多,与意相兼不紧,虽理通亦无味。昏旦景色,四时气象,皆以意排之,令有次序,令兼意说之为妙。且日

---

① 《文心雕龙注》卷六,493—494页。
② 范晞文:《对床夜语》卷第二,见《历代诗话续编》上,中华书局2006年版,第417页。
③ 谢榛:《四溟诗话》卷三,见《历代诗话续编》下,第1180页。
④ 吴乔:《围炉诗话》卷之一,见郭绍虞编选:《清诗话续编》,上海古籍出版社2016年版,第463页。
⑤ 谢榛:《四溟诗话》卷三,见《历代诗话续编》下,第1180页。
⑥ 王夫之:《姜斋诗话》卷上,见《清诗话》上,第6页。
⑦ 王夫之:《姜斋诗话》卷下,见《清诗话》上,第10页。
⑧ 王夫之:《姜斋诗话》卷下,见《清诗话》上,第13页。
⑨ 《古诗评选》卷五"五言古诗二",第255页。

出初,河山林嶂涯壁间,宿雾及气霭,皆随日色照著处便开。触物皆发光色者,因雾气湿著处,被日照水光发。至日午,气霭虽尽,阳气正甚,万物蒙蔽,却不堪用。"① 金代诗学家王若虚《滹南诗话》中指出:

> 谢灵运梦见惠连而得"池塘生春草"之句,以为神助。《石林诗话》云:"世多不解此语为工,盖欲以奇求之耳。此语之工,正在无所用意,猝然与景相遇,借以成章,故非常情所能到。"冷斋云:"古人意有所至,则见于情,诗句盖寓也。谢公平生喜见惠连,而梦中得之,此当论意,不当泥句。"张九成云:"灵运平日好雕镌,此句得之自然,故以为奇。"田承君云:"盖是病起忽然见此为可喜而能道之,所以为贵。"予谓天生好语,不待主张。②

王若虚列举了谢灵运等人的山水诗,说明意是黏合情与景的关键。而王夫之则指出:

> 无论诗歌与长行文字,俱以意为主。意犹帅也。无帅之兵,谓之乌合。李、杜所以称大家者,无意之诗,十不得一二也。烟云泉石,花鸟苔林,金铺锦帐,寓意则灵。若齐、梁绮语,宋人捃合成句之出处,役心向彼搜索,而不恤己情所自发,此之谓小家数,总在圈缋中求活计也。③

这说明意是情景交融的关键因素。至此,意概念与意范畴在清代诗学中的构建,达到了一种自觉的地步,具备了兼收并蓄的高度。

余论

在源远流长的中国诗学史中,清代诗学具有兼收并蓄、承续亘延之作用,但却没有沿着明代诗学中解放潮流发展下去,它并不具备继往开来之价值,但是对于传统诗学的阐释却是卓有成效的。清代诗学在对"意"范畴的阐释中,彰显出博厚渊深的学力与心思,可以说是中国封建社会诗学的回光返照。同时也让我们看到,中国诗学的出路仅仅靠内部阐释,已经无法再创辉煌,近现代诗学的重振,需要外来力量的冲击与介入。鲁迅等人在辛

---

① 《文镜秘府论汇校汇考·文镜秘府论南卷·论文意》,第1294页。
② 王若虚:《滹南诗话》卷一,见《历代诗话续编》上,第507页。
③ 王夫之:《姜斋诗话》卷下,见《清诗话》上,第7页。

亥革命前写的《摩罗诗力说》引进西方的近代浪漫主义诗学，对传统诗教说进行了批判与审视，从此，中国诗学开始了新的一页。而传统诗学的生机，也只有在这种中西交汇中获得激活。

（袁济喜，中国人民大学国学院教授、博士生导师；王子珺，河北大学文学院硕士研究生。）

词学研究

朱燮《词体纂论图谱》考论

张文昌

摘　要：《词体纂论图谱》出自清人朱燮的汇编体诗法类著作《古学千金谱》，是一部尚不为学界所知的词谱。考察发现，该书是以《词学全书》中的《填词图谱》为蓝本删削改编而成，在词调和谱式上具有明显的因袭痕迹，就连失误也一脉相承。同时，该书在例词、词题、自度曲、同调异体四个方面表现出独特的设计思路。《词体纂论图谱》的发现，一方面佐证了《填词图谱》在清代词坛的实际影响力，另一方面代表了《词律》《钦定词谱》等典范词谱之外的另一种制谱模式，反映了清代词谱发展的多元生态，其价值不容忽视。

关键词：朱燮　《词体纂论图谱》　《填词图谱》　词谱　词调

清代朱燮撰、杨廷兹编订的《古学千金谱》是一部汇编体诗法类著作，刊刻于乾隆五十五年（1790）。以指示诗法的角度观之，在清代众多同类著作中，此书并不起眼，但参与构成其诗学体系的《词体纂论图谱》部分乃是一部典型的词谱。江合友《明清词谱史》网罗两朝词谱文献，著录有清一代词谱五十余种，①却对此书只字未提。谭新红《清词话考述》下编著录了此书，②但把关注点放在了书前作为引言的"词体纂论"上，整体归入"词话"的范畴，似未能攫住要害。实际上，此书不循《词律》《钦定词谱》开辟的道路继续前行，却以饱受诟病的《填词图谱》为宗，在清中后期词谱类著作中具有样本价值，可以借此窥见当时的词谱发展生态，在词体学研究日益受到重视的当下，应予以充分地关注。本文初步介绍这一长期湮没无闻的著作，或对词谱史的细化梳理不无助益。

---

* 本文为国家社会科学基金重大项目"明清词谱研究与《词律》《钦定词谱》修订"（项目编号：18ZDA253）阶段性成果。
① 江合友著：《明清词谱史》，上海古籍出版社2008年版，第298—333页。
② 谭新红著：《清词话考述》，武汉大学出版社2009年版，第269页。

一、《古学千金谱》的版本、作者及其他

《古学千金谱》，乾隆五十五年(1790)闽中治怒斋刻本，国家图书馆、天津图书馆、上海图书馆等皆藏。左右双边，单黑鱼尾，花口，版心刻书名、卷次、页数等。书名页中间题"古学千金谱"，右上题"王阮亭先生秘本，朱饮山先生增释"，左下题"治怒斋藏版"。前有乾隆三十三年孟秋金牲序、五十五年冬月王有光序、三十六年春月汪谟序及三十七年春月杨廷兹序，次附丛编总目，次正文，书末有程均、杨廷兰二跋。正文每卷卷端皆标注："泪水薪瓢杨廷兹右文编辑，同怀弟廷芮尧瑞、廷茭揭士参订，男鸣鹿宾臣、鸣鳖饮三，婿汪篦仲应仝校。"从金牲的序来看，此书在乾隆三十三年前已基本成书。据汪谟序，朱氏曾阅前人所撰作诗之法，并向乡先辈高明之士请教，奈何解人难索，静坐细思三月余，始通其妙而著成《古学千金谱》。后其为杨廷兹家西席，感杨氏礼遇之厚，遂出所著以付，廷兹"惧其久而是谱仍没"，故为之刊行。此书书名取"千金易得，一诀难求"之意，共二十九卷，与《三韵易知》十卷合刊，凡三十九卷，分甲至癸十集。甲集之前冠以《名论四则》，分论诗、词、歌、赋，附习平仄之法，是为卷一，次则为《试帖纂论图谱》七卷；乙集为《近体纂论图谱》，共四卷；丙集为《绝句纂论图谱》四卷，附《拗体纂论图谱》一卷；丁集为《古风纂论图谱》二卷，附《乐府纂论图谱》一卷；戊集为《歌体纂论图谱》，共二卷；己集为《词体纂论图谱》，共三卷；庚、辛二集合为《赋体纂论图谱》，共四卷；壬、癸二集合为《饮山三韵易知》，包括今韵五卷、古韵四卷、词韵一卷。

关于此书的版本，目前有两种说法：一种认为此书初刻于乾隆三十七年，重印于乾隆五十五年，以张寅彭《新订清人诗学书目》、[①]吴宏一主编《清代词话考述》[②]和谭新红《清词话考述》为代表；一种认为实际并无乾隆三十七年本，以蒋寅《清诗话考》为代表，称"此书乾隆三十三年戊子即撰成，杨廷兹编纂并付梓应即在作序之乾隆三十七年，以世少知音而未印行，延至乾隆五十年方益以王序而印刷行世也"。[③] 笔者考察国内各大图书馆，尚未发现所谓的初刻本，诸家著录似是皆就乾隆三十七年杨廷兹的序文推测而来，则蒋寅的说法或不无道理。此书尚有一删节改编本，道光九年(1829)光山余丙照辑，名《千金谱录要》，又名《诗法纂论》，共十卷，后传至日本，有明治十四年(1881)东京乐善堂岸田吟香刻本。由于《词体纂论图谱》恰在删削之列，此本也就不在讨论范围之内了。

---

① 张寅彭著：《新订清人诗学书目》，上海古籍出版社 2003 年版，第 56 页。
② 吴宏一主编：《清代诗话考述》，"中央研究院·中国文哲研究所"2006 年版，第 853—856 页。
③ 蒋寅撰：《清诗话考》，中华书局 2005 年版，第 378 页。

朱燮,字鼎和,一字云和,号饮山,洎阳(今江西乐平)人。其人仕宦不达,声名不显,故而生平资料较为匮乏。同治九年《乐平县志》卷八《人物志》载:"朱燮,字云和,万全乡库前村人,肆力古今体诗,著有《千金谱》《三韵易知》《太上感应篇诗》锓版行世。"①《饶州府志》所载与此大同小异,这是目前仅能找到的直接史料。但综合《古学千金谱》中的内容来看,还是能够发现一些与其生平、家世、交游相关的线索。

首先,书前序文多为朱氏师友所撰,从其侧面描述中可窥得一鳞半爪。据豫章督学金甡序中"适有门生朱燮因公谒见""然燮生以惠后学为务"云云,朱燮向他呈谒《千金谱》时的身份应是秀才。杨廷兹序云:"家大人随园夙闻其好古,特以西宾礼罗而致之,命二弟执经受业,风雨晦明,余因得以乐数晨夕,亲聆其谈论。"可知朱燮是受杨氏之父随园先生之聘而至杨家担任西席。另据王有光序,朱燮有一弟,名锳元,字斧成;朱燮与杨家不仅是塾师与雇主的关系,还有一层远亲关系。其次,朱燮在《词体纂论图谱》中留有数首作品充当例词,其中也隐含着不少信息。如据《训招凤·思女》一词自注,朱燮有一女,女婿名程均,字肇初,系出安定程氏,曾官按察司经历。据《意难望》之词题"过外祖盛卯公墓",朱燮之母家为盛氏。此外还有《菩萨蛮慢·思父母》一调,署名"朱锦元",据词中小注"母盛氏""弟名锳元","锦元"应即朱燮之另名。此词经参校者杨鸣鹿注释,对了解朱氏颇为重要,故移录如下:

菩萨蛮慢　　思父母(先生父名士严,母盛氏,后学杨鸣鹿填讳)
南山乔茂。为儿辈日日走红尘道。思欲把先业增新,不知发皤头白年将耄。九叶家传(天才传子网、细妹、祖魁、应斗、祚礼、绍略、士俨,至先生为九世),至今数蹇力徒耗。痛心神俱惫,中夜自思罔极谁报。　愧兄弟多不肖(兄名锟元,弟名锳元)。叹瓶罍馨耻甘旨焉靠。怅望北堂更添那悲伤,觉雨苦风凄,离别何早(先生十七岁丧母)。静想劬劳,只对夜台空嗟悼。看飞禽,岂如反哺犹能尽孝。

词中有两点值得注意:其一,"不知发皤头白年将耄"一句透露了朱燮的大致年龄,假定这首词作于该书成书前不久,从乾隆三十三年(1768)往前推算,朱氏出生在康熙后期的可能性很大;其二,注释中较详细地提示了朱氏的父母、兄弟名讳和家族传承情况,可供进一步考索。而词中叹老嗟悲的凄凉意绪,似乎足以表明:朱燮终生都没有取得什么功名成就,是一位生活困顿的下层士人。

---

① 董萼荣等修:《乐平县志》,清同治九年(1870)翥山书院刻本。

欲明《古学千金谱》一书的性质，当首先推究作者的用心所在。结合书名页"王阮亭先生秘本"的署名以及书前序文来看，此书之撰当与乾隆时期风行的古诗声调学有关。古诗声调学是研究古体诗声律规则的学说，为诗律学的一门分支，其滥觞于明代，正式立名则始于清初赵执信的《声调谱》。该书于乾隆初刊行以后，王士禛的弟子又公布其师遗稿，使得声调研究风气大开，陆续出现了一系列续补之作，如宋弼《声调汇说》、李锳《诗法易简录》、吴邵溁《声调谱说》、洪范《四声调法指掌》等。① 据赵执信门人仲是保称，声调之学始于冯班，钱牧斋和程孟阳与之应和，吴梅村从程孟阳处得闻此说，而王士禛又在吴梅村那里有所领会。② 今观汪谟序云："岁丁亥，幸遇饮山朱先生，学问有本，始本吾虞冯氏递传、程孟阳、吴梅村，私淑王阮亭司寇，俱属囫囵，即获真璞，未经口诀，亦终茫然，旋以碔砆弃之，世所以罕传闻。"与前者所道合若符契，可见《古学千金谱》也是这股风潮影响之下的产物，只不过其所涉的内容更为全面和详尽而已。总体上看，这是一部以发明古诗声调学为核心而兼及其他诗体的诗法类著作，应无疑义。为何诗法类著作中，会有词谱的存在呢？这要结合朱燮的文体观念来看待。《古学千金谱》卷二三至卷二五为《词体纂论图谱》，卷前有"词体纂论"，多引前人词论，其中引徐伯鲁之语云："诗余者，古乐府之流派，后世歌曲之所由起也。"又引何良俊之语云："诗亡，而后有乐府。乐府阕，而后有诗余。诗余废，而后有歌曲。"对于后者，朱氏评价曰："真知言哉。夫乐府、诗余同被管弦，特乐府以简洁扬厉为工，诗余以婉丽流畅为美，此其不同耳。"显然，朱氏是认同词为"古乐府之苗裔"的说法的，在他看来，词与乐府都是诗歌之一体，差异仅在于风格。《古学千金谱》既求其"全"，对诗体的关注自然会投射到词体上来。

二、《词体纂论图谱》与《填词图谱》之关系

《词体纂论图谱》没有序跋和凡例说明，但卷前的"词体纂论"中有两处与词谱有关。一处云："词始六朝，显唐盛宋。有单调双调，小令、中调、长调之不同，字字照谱填之，独黑白兼半者，平仄两用。"另一处云："其调有定格，字有定数，韵有定声，至于句之长短，虽可损益，然非谙于声律者，亦不当率意为之。譬如医人加减古方，亦不过因其方而稍损益之，苟或太远，则本方之意失矣，此《太和正音》及今《图谱》之所由作也。"看似朱氏本人之论，

---

① 关于清代古诗声调学说，可参蒋寅《赵执信与清初诗学之终结》[载《华中师范大学学报（人文社会科学版）》2011年第6期]、《王渔洋与清代古诗声调论》（载《王渔洋与康熙诗坛》，凤凰出版社2013年版）、《乾隆时期诗歌声律学的精密化》[载《复旦学报（社会科学版）》2018年第1期]等文。
② 仲是保：《声调谱拾遗序》，见翟翚撰：《声调谱拾遗》，光绪十一年（1885）长沙玉尺山房《谈艺珠丛》本。

其实不过是辑录他人之语。只要对词谱史比较熟悉,不难察觉前者所述词调三分法和"黑白兼半"的符号设计都出自明代张綖的《诗余图谱》,后者则出自徐师曾《文体明辨》附录卷之三的《诗余序》。联想到此书卷帙如此浩繁,朱燮所长又在于古诗,要编成这样一部词谱必有所本,那么该书的文献来源就成了一个关键问题。

将《古学千金谱》中涉及词的内容统合在一起,主要可分为三个部分:一是甲集之前《名论四则》中包含的"词总论"一则,二即为《词体纂论图谱》,三为《饮山三韵易知》中的词韵。综合考察之后发现,此书与清代查继超等所编《词学全书》关系极为密切。《词学全书》汇集了四种著作,分别为:毛先舒《填词名解》四卷,王又华《古今词论》一卷,赖以邠《填词图谱》六卷、续集一卷,仲恒《词韵》二卷附《古韵通略》。它初刻于康熙十八年(1679),由于繁简适中,实用性强,自问世之后大受欢迎,一再版行,为当时案头常备之书。以通行的《词学全书》鸿宝堂刻本①为参照,对读可知:《古学千金谱》中的"词总论"基本是自王又华《古今词论》抄撮而来,但由原来的 26 家删减为 11 家;词韵部分虽与仲恒之作颇有差异,但其"词韵纂论"亦有直接采自仲氏《词韵论略》者;作为主体的《词体纂论图谱》,则在很大程度上因袭了《填词图谱》的内容。关于后一点,兹详述如次:

其一,从选录的词调来看。据吴熊和先生统计,《填词图谱》共收 545 调,679 体。②《词体纂论图谱》规模上要小一些,其卷二三收小令 69 调(末三调《思姑娘南调》《外孙曲》《薪瓢吟》皆为自度曲,其中《思姑娘南调》共 61 字,应归入中调);卷二四收中调 47 调(其中《示贡放慢》《训招凤》为自度曲,前者 95 字,后者 116 字,应归入长调);卷二五收长调 54 调,全书合共 170 调。除五种自度曲外,其他所有词调都能在《填词图谱》中找到。《填词图谱》的调名标注颇有特点,在《文体明辨》《啸余谱》的基础上更进一步,直接将词调名与"第某体"连书,如《返方怨第一体》《罗衣湿第二体》等,《词体纂论图谱》亦同。《填词图谱》中存在部分明清自度曲,为一般词谱所不载,如明代徐渭的《鹊踏花翻》、清代顾贞观的《踏莎美人》,《词体纂论图谱》也一并收入。不仅如此,就连词调排列的顺序也大致相同,很难相信这些都是一种巧合。

其二,从谱式的安排来看。《填词图谱》于各调调名之下标明该调段数、句数、字数与叶韵情况,如《浣溪沙第一体》为"前段三句,后段三句,共四十二字五韵"。每调先列图后列谱,彼此印证。双调之词,若后段同前,只图前段,如《长相思》《鹊桥仙》等;形式为七言绝句者,不具图谱,如《卖花声第一体》。关于平仄符号的设置,《填词图谱》凡例云:"图圈

---

① 此即《四库全书存目丛书补编》第七九册所收北京大学图书馆藏清康熙十八年(1679)刻本,下文所引《填词图谱》均此版本。

② 查继超辑,吴熊和点校:《词学全书》,书目文献出版社 1986 年版,第 6 页。

即是谱词字面,○为平,●为仄,谱平而可仄者用◐,谱仄而可平者用◑。大约上半为现谱之音,下半为通用之法。"采用了由《诗余图谱》开创的黑白图圈体例。在这些方面,《词体纂论图谱》与其几乎完全一致。二者仅有几处细微的差异:《填词图谱》图式与例词之间统一以"词"字隔开,《词体纂论图谱》则代之以不同的词题;《填词图谱》不标作者朝代,《词体纂论图谱》除少数例外,均予标明;例词断句之处,《填词图谱》于句末字右下角以"。"标示,《词体纂论图谱》则标于字右,部分例词旁还有圈点标记。

  其三,从失误的角度来看。《填词图谱》虽然流传甚广,但存在很多缺陷,清人万树在《词律》中多有驳正。其中有乱立调名者,如《罗衣湿》一调,①《词律》以《中兴乐》为正名,其下按语云:"此调因此词尾三字,好异者遂名为《湿罗衣》,已为可厌,《选声》即以《湿罗衣》立名,至《图谱》则又讹为《罗衣湿》,且并前毛司徒词,亦谓之《罗衣湿》矣,岂不大误!"②辨析甚明,而《词体纂论图谱》一仍其误,收《罗衣湿第二体》。有不辨同调异名者,如既收《太平时》,又收《贺圣朝影》,《词律》于《太平时》调下云:"此调一名《贺圣朝影》,因原名《太平时》,故列于此,不附《贺圣朝》之后,勿谓例有不同也。《图谱》方收《贺圣朝影》于前,旋收《太平时》于后,岂不一玩其腔调平仄耶?"批评良是,而《词体纂论图谱》亦一调两收。有韵叶标注不当者,如《遐方怨第一体》,第三句标"四字叶",其实并不叶韵。又《如梦令》一调,第五句应分为两个二字句,添一叠韵,而《填词图谱》未标,《词体纂论图谱》皆同。此外,《填词图谱》中还有作者误题、不分句读、不辨四声乃至字词错漏等种种失误,《词体纂论图谱》也往往照搬,充分反映了编者之粗疏。

  为了进一步说明问题,取《词体纂论图谱》中除自度曲之外的小令部分为样本,与《填词图谱》的相同之调进行了详细的比勘,单就图式与例词而言,结果可分为六种情况:(一)图式与例词全同者,如《十六字令》《醉太平》等,共7调;(二)图式全同,例词微异者,即《天仙子第一体》《太平时》2调;(三)图式微异,例词全同者,如《江南春》《遐方怨第一体》等,共7调;(四)图式微异,例词亦微异者,如《菩萨蛮》《忆汉月》等,共6调;(五)图式微异,例词不同者,如《桂殿秋》《一叶落》等,共26调;(六)图式全同,例词不同者,如《如梦令》《甘州子》等,共19调。这里的"微异"是指图式中的个别符号或例词中的个别字句有所不同。以《忆汉月》一调为例,就图式而言,《词体纂论图谱》第一句第一字和第六句第一字皆作"◐",而《填词图谱》皆作"◑";就例词而言,都选择了欧阳修的"红艳几枝轻袅"一词,《词体纂论图谱》第二句第一字作"早",第八句第五字作"人",而《填词图谱》则分别作

---

① 《填词图谱》于《罗衣湿》一调共收二体,分别称《罗衣湿第一体》《罗衣湿第二体》。
② 万树编著:《词律》卷三,清康熙二十六年(1687)堆絮园刻本。以下所引均此版本,不再说明。

"新"和"春"字。细微的文本差异,表明朱燮还是做了一些文献核校工作,可能参考了当时的一些词总集、选集和别集。总的来看,二者的图式大体一致,例词也有相当数量的重合,其渊源关系已十分明朗,基本上可以确定,《词体纂论图谱》就是以《填词图谱》为蓝本改编而成。

三、《词体纂论图谱》的特点与价值

如上所述,《词体纂论图谱》在很大程度上因袭了《填词图谱》,然而"因袭"毕竟不是"抄袭",朱燮在编纂过程中也加入了一些自己的设计。具体来说,"改编"主要体现在以下四个方面:

(一)替换例词。经统计,《词体纂论图谱》共收例词 179 首,其中与《填词图谱》重合的仅 55 首。也就是说,朱氏以其他文献为依托,对例词进行了大量的改换。在二者相同的 165 个词调中,《填词图谱》所选作品的时代分布情况为:唐五代 27 调,宋代 131 调,元代 3 调,明代 2 调,清代 1 调;《词体纂论图谱》为:唐五代 17 调,宋代 80 调,元代 7 调,明代 3 调,清代 58 调。① 两相比较,《填词图谱》尤其强调宋词的地位,与其凡例中"每调之词,宋不可得方取唐,唐不可得方及元明"的选词原则基本吻合。《词体纂论图谱》虽然同样重视宋词,却更加突出了清词的地位,与清人眼中"词兴于唐,盛于宋,衰于元,亡于明,而再振于我国初,大畅厥旨于乾嘉以还也"②的词史发展脉络惊人一致。这或许是由于编者时代不同所造成,赖以邠等人生当顺康时期,其时立国不久,填词虽盛,尚未有定论,故对同代之作着墨不多,到了朱燮生活的乾隆朝,清词的演进已近百年,其间名家辈出,不少作品逐渐实现了经典化,加上词集纷涌,人们也比较容易获取。但更深层的原因,应在于两位编者对其著作的定位有所不同,《填词图谱》偏重于"谱"的一面,以格律规范为先,自然趋向于宋,《词体纂论图谱》则偏重于"选"的一面,以内容和风格为先,取便摹仿,是词谱与词选的结合。值得一提的是,由于朱燮的塾师身份,《词体纂论图谱》中选录了数位杨氏族人的作品,盖出于标榜,至于以己作为例词,更易贻人口实,并不足取。

(二)增添词题。在调整例词的同时,《词体纂论图谱》为所选的每首词作都配上了词题。③ 其中少部分是沿用原作之题,大部分当为朱氏自拟。或据词意补撰,如寇准《江南

---

① 按:《词体纂论图谱》中例词作者虽标明时代,然间有误处,其《十六字令》所选为元代周玉晨词,却归于宋代周邦彦;《风中柳》所选为元代刘因词,却归于宋代。此处数据按实际情况统计。
② 陈廷焯:《白雨斋词话》卷一,见唐圭璋编:《词话丛编》,中华书局 1986 年版,第 3775 页。
③ 《更漏子》一调为唐代温庭筠作,原文漏标,乃无心之误。

春》（波渺渺）词，原并无词题，朱氏依词中"江南春尽离肠断"之意，题为"春怀"；或删繁就简，如苏轼《水调歌头》（明月几时有）词，原有小序云："丙辰中秋，欢饮达旦，大醉，作此篇，兼怀子由。"朱氏从中拈出"中秋"二字代之。又姜夔《长亭怨慢》（渐吹近）词，原有六十字小序，朱氏尽数删削，而从作品最后一句提取"离愁"二字为题。从词史来看，早期词作大多无题，词题和词序是比较后出的现象。分类本《草堂诗余》出于应歌的需要，为集中作品一一立题，张綖《诗余图谱》也继承下来。这种做法引起了后世很多人的不满，如朱彝尊就曾批评道："宋人词集大约无题，自《花庵》《草堂》增入闺情、闺思、四时景等题，深为可憎。"①王国维甚至断言："诗有题而诗亡，词有题而词亡。"②但也应该看到，简明的词题可以揭示词旨，让读者迅速领会词的情感基调和适用场合，自有其积极意义。这或许也正是朱燮《词体纂论图谱》、钱裕《有真意斋词谱》、舒梦兰《白香词谱》等均予采纳的用意所在。

（三）嵌入自度曲。"自度曲"之名首见于《汉书·元帝纪》，本意为"自制曲"，其后含义有所扩大，不仅指自制的词调曲调，还包括对旧有词曲的改编。唐宋时期，自度曲的现象比较常见，不少词坛名家精擅此道，如周邦彦、姜夔、吴文英、张炎等，他们具有深厚的音乐素养，所制之曲通常能够入乐歌唱。到了明清时期，词乐失坠，歌法失传，"倚声填词"变成了依字声填词或依格律谱填词，然而自度曲的创制却并未停止，王世贞、徐渭、沈谦、丁澎等人皆有所作，毛先舒在《填词名解》之末附录自度曲名十五种，可见当时风气之一斑。《词体纂论图谱》中的五种自度曲——《思姑娘南调》《示贡放慢》《训招凤》《外孙曲》《薪瓢吟》，就是这种创作传统的延续。对于明清自度曲，后人多持贬斥态度，万树《词律·发凡》云："能深明词理，方可制腔，若明人则于律吕无所授受，其所自度，窃恐未能协律，故如王太仓之《怨朱弦》……今俱不收，至今日顾梁汾所犯《踏莎美人》非不谐婉，亦不敢收，盖意在尊古辍新焉耳。"这种主张受到了张德瀛和杜文澜等人的高度赞赏。其实对于今人而言，自度曲的音乐声响既难以究诘，若其词作本身可传，亦无不可。但就《词体纂论图谱》所选这几首来看，作者分别为朱燮、杨廷兹二人，③内容多为亲朋之间寄赠之作，格调平庸，用语陋劣，对于一部词谱来说，当属败笔。

（四）精简调体。与《填词图谱》相比，《词体纂论图谱》不仅词调数量大为减少，体式也随之缩减，基本上一调一体，除《卖花声第一体》和《思姑娘南调外》外，每体仅对应一首例词。《填词图谱》中的词调大致按照字数由少到多排列，其异体并未类从于同一词调之下，而是以字数分散在不同的词调之间，如《何满子》共收三体，前二体皆在卷一，中间隔有

---

① 朱彝尊、汪森编，李庆甲校点：《词综·发凡》，上海古籍出版社1978年版，第15页。
② 王国维：《人间词话》，见《词话丛编》，第4252页。
③ 《思姑娘南调》作者署名"太平叟"，从题为《赠杨纫兰》的这首例词来判断，应也是朱燮之别号。

五调,第三体却在卷四。个别词调收录的异体较多,如《酒泉子》收十三体,《河传》收十二体,《念奴娇》收八体。《词体纂论图谱》通常的做法是只取其中的第一体,包括《遐方怨第一体》《天仙子第一体》《风流子第一体》等,少数取第二体,如《感皇恩第二体》《风入松第二体》等,①取第三体者仅有一调,即《荷叶杯第三体》。"同调异体"是词中的客观现象,其在明代词谱中已被发现和关注,到乾隆时期应是词坛共识。《词体纂论图谱》既沿用"第某体"之名,却在编纂中删去大量异体,只能说是有意而为。这与后世流行的《白香词谱》等小型词谱颇为类似,代表了一种实用主义的纂谱理念,即不追求词谱的学理性和普适性,旨在为初学者提供一种方便研习的工具书罢了。

诚然,从整体上看,《词体纂论图谱》质量不高,难惬人意。但在词谱发展史上,一部有缺陷的词谱并不代表没有价值,它往往能够反映当时的词学生态,即使失败之作,也会为后来的词谱编纂提供经验,明代词谱初生期的《词学筌蹄》《诗余图谱》《啸余谱》等莫不如此。事实上,如果以今天的标准来衡量,包括《词律》《钦定词谱》在内的所有词谱都存在不足之处。因此,应以辩证的眼光来看待《词体纂论图谱》。

《词体纂论图谱》进一步佐证了《填词图谱》在词学史上的影响力。自万树《词律》对《填词图谱》进行了全方位批评之后,作为官方著作的《四库全书总目》也评价道:"是编踵张綖之书而作,亦取古词为谱……为图颠倒错乱,罅漏百出,为万树《词律》所驳者不能缕数。"②这给人一种印象,似乎《填词图谱》的作用极为有限,不值一提。然而,据近来的考察,《填词图谱》的历史版本相当丰富,目前已知有十三种之多。最早的是康熙十八年鸿宝堂初刻本,现藏于上海图书馆(线普长 608383—90),其书版经多次修订,每版略有不同。随后,此书版又辗转入宝旭斋、世德堂、致和堂等,加以重印或重刻。此外,《填词图谱》还有多种缩略本和抄本,包括《词镜》《词学辨体图谱全书》、台北"国家图书馆"藏聚顺堂抄本、哈佛图书馆藏抄本等。其中《词镜》比较引人注目,原刻本为乾隆四十八年由林栖梧刊刻,后来续有再版。此书从《填词图谱》中节录出小令 88 调、中调 62 调,长调 32 调,内容微有异处,如用《谒金门》调名替换《花自落》,将《一络索》的作者由朱希真换为黄鲁直等。形式上也稍有变化:图形部分采用朱墨套印,注于例词字左,谱词映照;句读标注方面,于字下以"。"表示句,以"平""仄""叶"表示韵叶。从某种程度上说,《词镜》也可以视为《填词图谱》的一种改编本,只不过改编的幅度没有《词体纂论图谱》那么大而已。《词体纂论图谱》和《词镜》等诸多版本的存在,说明《填词图谱》在清代受众之广泛,远超如今的认知,其

---

① 《望海潮》一调图式取第一体,例词选用的第二体,却在调名上无所体现。
② 永瑢等著:《四库全书总目》卷二〇〇,中华书局 1965 年版,第 1835 页。

价值有待于重新评估。

《词体纂论图谱》代表着一种非主流的词谱类型，彰显了清代词谱制作的多元路径。就词谱制作的历程来说，康熙二十六年(1687)堪称一个关键的时间节点。这一年，万树的巨著《词律》出版，集中考订前代词谱之疏误，广备调体，开创了随谱附注、同调词互校、严辨四声等新的体例，极大地推进了词谱学的研究进程，几乎以一书之力，结束了词谱的幼稚阶段。康熙五十四年，由官方主持修撰的《钦定词谱》问世，较之《词律》，此书搜罗更广，考证更加精严，是集大成式的成果。二书交相辉映，清代众多词体学著作皆受其沾溉。然而，吊诡之处在于，刊刻于乾隆时期的这部《词体纂论图谱》对《词律》和《钦定词谱》没有任何提及，也丝毫看不出受到影响的迹象。我们只能认为，身为下层文士的朱燮，并未接触到这两部著作，对于时代前沿的学术进展一无所知，才会以饱受非议的《填词图谱》为宗。此种现象在词谱史上并不鲜见，例如康熙五十一年郭巩刊行的《诗余谱式》，承袭的是《啸余谱》的制谱思路；乾隆四十年尉泉所刊的《词谱钞略》，乃就张綖的《诗余图谱》摘调配词。另外还有不少谱式简单、词体知识陈旧的著作。它们共同昭示着更加真实的清代词学生态，即在《词律》《钦定词谱》等典范性词谱之外，还流行着其他的词谱制作模式。这种模式具有其内在理路，呈现出个性化、私人化的特点和倾向，若加以整理研究，有助于深化对词学史的把握和对词体的认识。从这个角度来看，《词体纂论图谱》具有一定的样本价值，还有继续挖掘的必要。

（张文昌，华东师范大学中文系中国古代文学专业博士生。发表论文有《现代文艺专刊与民国旧体词的创作——以四种民国刊物为例》等。）

近代词话的编撰历程

程 诚

摘 要：近代词话的编撰历程大致划分为三个时期，其起讫时间依次为1840年前后—1874年，1874—1900年，1900—1919年左右。1840年前后—1874年是其编撰的前期，主要呈现出浙西、常州以及非宗浙常而自成一家的"三家争鸣"的局面。1874年—1900年是其编撰的中期，已由前期"三家争鸣"的局面变为常派"一家独大"的状态。1900—1919年左右是其编撰的后期，既有对近代前中期的继承，又有发展新变，逐步向现代词论专著形式及现代词学过渡。通过对近代词话编撰历程进行梳理，有助于进一步探究近代词学理论及词学史的发展流变。

关键词：近代 词话 编撰历程

词话学[1]是词学的一个重要组成部分，主要包含对词话的文本研究、理论研究以及对词话史的研究。以往的研究者在词话学研究领域虽取得了丰硕的研究成果，但多着力于对历代词话的文献整理与考述、名家个案研究，或是集中在对宋金元时期的词话史进行梳理，如朱崇才《词话史》作为词话史研究的开拓之作即在论述上"稍详于宋金元词话，而稍略于明清词话"。[2] 因此，明清时期尤其是近代部分的断代词话史研究尚需进一步加强。本文对近代词话的编撰历程进行梳理，以期进一步推动近代词话史、近代词话学的相关研究。

近代词话的编撰历程可依照代表性词话文献与词学观两个核心因素而大致划分为三个时期，其起讫时间依次为1840年前后—1874年，1874—1900年，1900—1919年左右。

---

* 本文为安徽师范大学博士科研启动金项目"近代词学史研究"（项目编号：903/752096）阶段性成果。
[1] 关于词话学概念的具体内涵参见朱崇才著：《词话学·绪论》，文津出版社1995年版。
[2] 朱崇才著：《词话史》，中华书局2006年版，第5页。

一、争鸣期(1840年前后—1874年)

1840年前后—1874年是近代词话编撰的前期,亦可将其称为"争鸣"期。从代表性词话文献与词学观来看,此时期词话的编撰主要呈现出浙西、常州以及非宗浙常而自成一家的"三家争鸣"的局面。

浙西派词话主要以"雅正""清空"为论词之旨,在此理论基础上或品评历代词人词作、记录词事,或探讨词之声律与读词之法。如陈廷焯《词坛丛话》即为此时期浙派词话的代表,反映了陈氏前期的词学宗尚。《词坛丛话》以"雅正"为旨,论述了词史的发展并品评了其《云韶集》中所录历代词人词作,认为汉乐府乃"词之祖",清词的成就更在两宋词之上,关于历代词人则推崇"五圣"与"三绝","五圣"即北宋贺铸、周邦彦,南宋姜夔,清代朱彝尊、陈维崧;"三绝"即清代朱彝尊、陈维崧和厉鹗。又如孙兆溎《片玉山房词话》记录了唐宋明清时期的词人词事,并认为"词以蕴蓄缠绵、波折俏丽为工,故以南宋为词宗……今人谈词家,动以苏、辛为不足学,抑知檀板红牙不可无铜琶铁拨,各得其宜,始为持平之论"。① 可见《片玉山房词话》在词旨上虽偏向浙派,但又主张词风多元,折中而论。谢元淮《填词浅说》论词亦近浙派,尊易安"别是一家"说,作词法上尤为注重词之声律。值得一提的还有钱裴仲《雨华庵词话》,论词近浙派,以"清空"为旨,推崇姜、张与厉鹗,但不满朱彝尊词堆砌故实而失旨趣。钱氏为女性词学家,故其论词多以女性视角切入,如其认为读词应心细如发、专心致志,无有杂念,细细品味,方可得其意;又认为词主言情,"迷离惝恍,若近若远,若隐若见,此善言情者也"。② 但情语并非亵语,正所谓"好为亵语者,不足与言情",③故她批评柳词"舞馆魂迷,歌楼肠断,无一毫清气"。④

常州派词话主要以"意内言外""比兴寄托"为论词之旨,在此理论基础上多论学词之法以及品评词人词作、记录本事。此时期常州派正处于蓬勃发展中,相对于浙派,其词学观逐渐展露优势。张惠言《张惠言论词》以尊词体、重比兴为旨,批评阳羡末流的粗浅与浙西末流的空虚。他还简述词史的发展流变,并区分正变,推崇以温庭筠为代表的唐五代、北宋词。周济《介存斋论词杂著》《宋四家词选目录序论》继承并修正了张惠言的词学批评,通过为世人学词"示范门径",构建起完整而又成熟的常州派词学理论体系。一方面,周济修正了张惠言《词选》选词宗尚以温庭筠为代表的唐五代、北宋词的偏颇以及其从经

---

① 孙兆溎:《片玉山房花笺录》,清咸丰二年(1852)刻本。
②③④ 钱裴仲:《雨华庵词话》,见唐圭璋编:《词话丛编》,中华书局1986年版,第3012页。

学、赋学而非文学本位来评词的牵强附会等不足之处;另一方面,周济又对张惠言词学的核心理念进行了继承与发扬,如在张氏"尊体"说基础上上升为"诗有史,词亦有史,庶乎自树一帜矣"①的"词史"说,又如在张氏"比兴寄托"说基础上升华为"非寄托不入,专寄托不出"②的"寄托出入"说等。此外,周氏还客观分析、融汇了南北宋词各自的优势,并创造性地提出了"问途碧山,历梦窗、稼轩,以还清真之浑化"③的学词主张,从而开创了常州派词学由初学入门到"浑化"这个至高境界的完整师法体系。此时期论词接近常派的词话代表还有如黄苏《蓼园词评》、邓廷桢《双砚斋词话》、孙麟趾《词径》、蒋敦复《芬陀利室词话》、杨希闵《词轨》等。黄苏《蓼园词评》论词主"比兴寄托",从文学本位出发以"知人论世"的方法来评词。邓廷桢《双砚斋词话》论词亦主寄托,但多有折中之论,如其亦同样推崇姜、张,并认为柳词有其高明之处,不可一味抹杀。孙麟趾《词径》论词重旨趣,认为"词之高妙在气味,不在字句也",④由此提出"作词十六字诀",并尤为推崇最后一诀"浑",其云:"词至浑,功候十分矣。"⑤可见《词径》偏向常派词旨。蒋敦复《芬陀利室词话》在周济"无厚入有间"理论基础上发挥为论词以"有厚入无间"为旨,反映在作词法上提倡"渲染",即考炼辞意;在学词门径上主张从张炎着手,再配合学习梦窗。杨希闵《词轨》在常派"浑化"说基础上论词主"浑成",并从时人笔记、词话中搜辑诸多词之本事,具有一定的文献价值。

此时期还有论词非宗浙常而自成一家者,杰出代表是刘熙载《艺概·词曲概》。刘熙载《艺概·词曲概》论词兼主"雅正"和"意蕴",其云:"故知词也者,言有尽而音意无穷也。"⑥又,"词乐章也,雅郑不辨,更何论焉"。⑦ 在此融合浙常的理论基础上,他提出了"词品"说。刘氏论词非宗浙常二派,而是以基于人品的词品为第一位,强调词作应反映词人高尚的思想品格,词品与人品合一,正所谓"论词莫先于品"。⑧ 他认为,词本为声学,起于南梁,而"导源于古诗,故亦兼具六义",⑨"词尚风流儒雅",⑩词如果能做到"雅正"便能具有与诗一样的社会功能,以此来尊体。他亦推崇"清新"之词,批评作词"拾古人牙慧"。刘氏在吸收浙常二派词论的基础上主张将"清空"与"沉厚"有机结合起来,正所谓"清空中有沉厚,才见本领"。⑪ 这就显示了其理论批评超越宗派之见的成熟。此外,值得一提的还

---

① 周济:《介存斋论词杂著》,见《词话丛编》,第1630页。
②③ 周济:《宋四家词选目录序论》,见《词话丛编》,第1643页。
④ 孙麟趾:《词径》,见《词话丛编》,第2554页。
⑤ 孙麟趾:《词径》,见《词话丛编》,第2556页。
⑥⑨ 刘熙载:《艺概·词概》,见《词话丛编》,中华书局1986年版,第3687页。
⑦ 刘熙载:《艺概·词概》,见《词话丛编》,第3688页。
⑧ 刘熙载:《艺概·词概》,见《词话丛编》,第3692页。
⑩ 刘熙载:《艺概·词概》,见《词话丛编》,第3709页。
⑪ 刘熙载:《艺概·词概》,见《词话丛编》,第3706页。

有陆蓥《问花楼词话》。陆氏论词独辟蹊径,以被浙常二派所批判的《花间》《草堂》为依据,多沿袭杨慎、王士祯等人的词论,故在此时期亦自成一家之言。

二、独大期(1874年—1900年)

1874年—1900年是近代词话编撰的中期,亦可将其称为"独大"期。从代表性词话文献与词学观来看,这一时期词话的编撰已由前期"三家争鸣"的局面变为常派"一家独大"的状态。

中期的词话大多以常派词论为基调,在此基础上对其词旨进一步推衍发扬或与别派词学观进行折中修正,内容上也更加丰富、包罗万象,广涉词的起源、发展、风格、流派、声律、词艺、作词法、词人词事等,理论性与学术性都得到了增强。杰出代表如陈廷焯《白雨斋词话》、谭献《复堂词话》。陈廷焯《白雨斋词话》是其后期改宗常派后词学思想的集中体现。陈氏借鉴了儒家诗教的"温柔敦厚"说,论词源于"风骚"而归于"沉郁"之本,正所谓"本原何在,沉郁之谓也,不本诸风骚,焉得沉郁"?① 因此,他极为推崇常派词学,云:"皋文《词选》,精于竹垞《词综》十倍……轮扶大雅,卓乎不可磨灭。古今选本,以此为最。"② 在"沉郁"说的基础上,他还试图调和浙派,如其对浙派推崇的姜夔词进行了重新阐释,云:"感慨全在虚处,无迹可寻,人自不察耳……即比兴中,亦须含蓄不露,斯为沉郁,斯为忠厚。"③继而他还对其前期《词坛丛话》中提出的"五圣"与"三绝"说进行了修正,改为"三绝"与"四圣"。"三绝"即周邦彦、姜夔与王沂孙,"四圣"在"三绝"基础上又增加了秦观。谭献《复堂词话》以推衍常派词学为旨,论词批评浙西、阳羡而崇常州,如其评浙派云:"巧构形似之言,渐忘古意,竹垞、樊榭不得辞其过。"④评阳羡云:"朱伤于碎,陈厌其率,流弊亦百年而渐变。"⑤评常派云:"茗柯《词选》出,倚声之学,日趋正鹄。"⑥又,"以有寄托入,以无寄托出,千古辞章之能事尽,岂独填词为然"?⑦ 在这个基础上,他又能认识到常派有"不无皮傅"之弊,因此试图调和诸家理论以补常派不足,正所谓"千金一冶,殊呻共吟:以表填词正变,无取刻画二窗,皮傅姜、张也"。⑧ 为了达到这个目的,谭献一方面将常派"寄

---

① 陈廷焯:《白雨斋词话》,见《词话丛编》,第3854页。
② 陈廷焯:《白雨斋词话》,见《词话丛编》,第3889页。
③ 陈廷焯:《白雨斋词话》,见《词话丛编》,第3797页。
④⑤ 谭献:《复堂词话》,见《词话丛编》,第4008页。
⑥ 谭献:《复堂词话》,见《词话丛编》,第4009页。
⑦ 谭献:《复堂词话》,见《词话丛编》,第3998页。
⑧ 谭献:《复堂词话》,见《词话丛编》,第3996页。

托"说推衍至读词领域,提出"作者之用心未必然,而读者之用心何必不然"①的阐释学新理论。另一方面,他在品评历代词人时又试图构建一个全新的标准体系,如其云:"《水云楼词》……流别甚正,家数颇大,与成容若、项莲生二百年中,分鼎三足……阮亭、葆酚一流,为才人之词。宛邻、止庵一派,为学人之词。惟三家是词人之词。与朱厉同工异曲。其他则旁流羽翼而已。"②

  这一时期以常派词论为基调进行理论推衍或折中的词话值得一提的还有丁绍仪《听秋声馆词话》、冯煦《蒿庵论词》、沈祥龙《论词随笔》等。丁绍仪《听秋声馆词话》论词主"比兴寄托",近于常派,然又有所发扬,认为"自来诗家,或主性灵,或矜才学,或讲格调,往往是丹非素。词则三者缺一不可"。③ 在此理论基础上,丁氏辑录了大量历代词人词作,尤以清代最多。与此同时,他还对《词综》《词律》等多部前代著作进行了校勘,辨讹误、补缺漏,故而具有重要的文献价值。冯煦《蒿庵论词》论词兼主"比兴寄托"与"婉约",并尤为推崇周济之说"初学词求空,空则灵气往来;既成格调求实,实则精力弥满"。④ 在此理论基础上,他重新评价柳词,云:"曲处能直,密处能疏,奡处能平,状难状之景,达难达之情,而出之以自然,自是北宋巨手。"⑤这对于近代重新认识柳词及提高其地位有着重要的启示意义。沈祥龙《论词随笔》以上溯"风骚"的理路来尊词体,云:"词者诗之余,当发乎情,止乎礼义。国风好色而不淫,小雅怨悱而不乱,离骚之旨,即词旨也。"⑥因此,沈氏论词主"比兴寄托"。与此同时,他认为词言情若无真情实感,易堕淫靡之中,故他论词亦注重"情真"。在此基础上,《论词随笔》主要言及词风、词律、词派、作词法等理论性内容,几无品评词人词作、记录本事等。如沈氏论词风强调"清空""自然""含蓄",即是"情真"说的体现。

  虽然常派独占优势,但此时期依然存在别派词话,从而延续该派词论。如此时期浙派词话的代表有江顺诒《词学集成》、胡元仪《词旨畅》。江顺诒《词学集成》"可看作是第一部系统整理、研究前人词话且具有一定理论色彩的词话专著,在一定程度上弥补了清代汇编体词话'搜采多而论断少'的缺陷"。⑦ 江氏论词主要基于浙派词论而又欲融合常派以自成一家。一方面,江氏十分注重词之声律,其《词学集成》在内容上以词源、词体与音韵为纲,继而论及词派、词境以及作词法等问题。与此同时,品评历代词人极崇姜、张,而贬周

---

① 谭献:《复堂词录序》,见《词话丛编》,第3987页。
② 谭献:《复堂词话》,见《词话丛编》,第4013页。
③ 丁绍仪:《听秋声馆词话》,见《词话丛编》,第2575页。
④ 周济:《介存斋论词杂著》,见《词话丛编》,第1630页。
⑤ 冯煦:《蒿庵论词》,见《词话丛编》,第3585页。
⑥ 沈祥龙:《论词随笔》,见《词话丛编》,第4047页。
⑦ 《词话史》,第302页。

邦彦。另一方面,他对常派也有所肯定,如其认为张惠言"高出流辈,发前人所未发"。[1]又云:"今谓词亦道性情,即上薄风骚之意,作者勿认为闺帷儿女之情。"[2]胡元仪《词旨畅》以张炎《词源》为底本,对论述张炎词旨的陆辅之《词旨》进行校勘与笺注,使其更为明白晓畅,对浙派词论有推广之功。又如杜文澜《憩园词话》是此时期吴中词派的词话代表。吴中词派论词专注声律,以此为基础试图融合浙常二派理论,这在《憩园词话》中得到了充分体现。杜氏云:"余则谓词仍当以韵律为主,未可越戈氏之范围。"[3]以此为基础,他多探讨词之声律以及品评前人著述,并对浙常二派都予以肯定,如其云周济《介存斋论词杂著》"持论极高,阅之自增见地",[4]《宋四家词选》"抉择极精……其论深得词中三昧";[5]又云张炎《词源》"审音释律,深抉本原",[6]杨守斋《作词五要》乃"词源中最妙者"。[7]

这一时期还有自成一家或不囿于门户之见而专注于词学研究的词话,大多具有理论性较强、持论较为公允或文献价值较大的特点,如沈曾植《菌阁琐谈》、王闿运《湘绮楼评词》、刘烜年《寄渔词话》、许增《白石道人诗词评论》、朱彦臣《片玉山庄词略》、文廷式《纯常子词话》、郑文焯《绝妙好词校录》以及谢章铤《赌棋山庄词话》等。沈曾植《菌阁琐谈》内容上主要评述前人词话,其论不囿于门户之见,往往较为公允。与此同时,亦对历代词人有所品评,并别出心裁尤为推崇董晋卿。此外,沈氏对于词体声律问题亦多有研究。王闿运《湘绮楼评词》以"词趣"说为主旨,论词不重词之寄托,不论词之流派与名气,而是专注于从词品及词艺中挖掘词之意趣。刘烜年《寄渔词话》多录前人论词话语及词人词事,尤以记录清代词人及历代女性词人为多;许增《白石道人诗词评论》专门辑录前人论及姜夔诗词、书法以及生平事迹等方面的话语,此两种词话皆具有一定的文献价值与"存史"意义。朱彦臣《片玉山庄词略》在精心择录前人论词精要的基础上加以己意,对词体声律问题进行了提纲挈领式研究。文廷式《纯常子词话》主要品评宋代及清代词人,并论及词之声律问题,还有校勘字句。郑文焯《绝妙好词校录》亦对词的字句、音律问题进行校勘,并考证词之本事。谢章铤《赌棋山庄词话》是近代自撰型词话的代表作,其论词之语多且精,内容包罗万象。谢氏论词融合浙常,认为词既不可"漫无寄托"又"贵清空",在此基础上以"情真"说为论词之旨,正所谓"当于性中求情之用,若徒求柔求曲,则词格未工,而心术或先病

---

[1] 江顺诒:《词学集成》,见《词话丛编》,第 3222 页。
[2] 江顺诒:《词学集成》,见《词话丛编》,第 3226—3227 页。
[3][4][7] 杜文澜:《憩园词话》,见《词话丛编》,第 2857 页。
[5] 杜文澜:《憩园词话》,见《词话丛编》,第 2853 页。
[6] 杜文澜:《憩园词话》,见《词话丛编》,第 2854 页。

矣"。① 其词旨反映在词风上主要尚"雅趣",认为"词宜雅矣,而尤贵得趣"。② 反映在立意上,则要求有"大意义",能够描绘社会现实,而非无病呻吟,从而在理论上继续了周济"词史"说。谢氏品评词人亦无门户之见,而是以其"情真"说及周氏"词史"说为准绳,如其云:"晏、秦之妙丽,源于李太白、温飞卿;姜、史之清真,源于张志和、白香山;惟苏、辛在词中,则藩篱独辟矣。"③又,"容若以情胜"。④ 此外,谢章铤还对前人词话多有品评,并对时人词集进行搜辑,亦有"存史"之功。值得注意的是,谢氏已开始研究地域词学,在《赌棋山庄词话》中多有论及闽词人、闽词社以及闽词史等内容,如其云:"闽中词学,宋代林立,元明稍衰,然明人此道本少专家,昧昧者盖不独一隅。"⑤

三、继变期(1900年—1919年左右)

1900年—1919年左右是近代词话编撰的后期,亦可将其称为"继变"期。所谓"继变",是指此时期词话编撰既有对近代前中期的继承,又有发展新变,逐步向现代词论专著形式及现代词学过渡。

这一时期的部分词话依然承继着浙常二派的词论,常派词话依然占据绝对的优势,此外也依然有欲融合浙常者。浙派词话的代表如李佳继昌《左庵词话》、张祥龄《词论》。李佳继昌《左庵词话》论词近浙派,以张炎"清空"说为旨,如其云:"余谓词,最宜清空,一气转折,方足陶冶性灵。"⑥但他同时也对浙派的"典丽幽涩"表示不满。在此理论基础上,他对历代词人词作进行了品评,并辑录了一些清代词人词事,具有一定的文献价值。张祥龄《词论》论词尚"雅正",如其评黄庭坚和柳永云:"山谷之村野,屯田之脱放,则伤雅矣。"⑦与此同时,他对常派刻意求寄托以致穿凿附会的现象表示不满,如其云:"所谓国风好色而不淫,小雅怨悱而不乱。此固有之,但不必如张皋文胶柱鼓瑟耳。"⑧《词论》在内容上除了品评历代词人之外,其对于词风嬗变的论述颇有价值,如其云:"词至白石,疏宕极矣。梦窗辈起,以密丽争之。至梦窗而密丽又尽矣,白云以疏宕争之。三王之道若循环,皆图自

---

① 谢章铤:《赌棋山庄词话》,见《词话丛编》,第3532页。
② 谢章铤:《赌棋山庄词话》,见《词话丛编》,第3461页。
③ 谢章铤:《赌棋山庄词话》,见《词话丛编》,第3444页。
④ 谢章铤:《赌棋山庄词话》,见《词话丛编》,第3472页。
⑤ 谢章铤:《赌棋山庄词话》,见《词话丛编》,第3363页。
⑥ 李佳继昌:《左庵词话》,见《词话丛编》,第3109页。
⑦⑧ 张祥龄:《词论》,见《词话丛编》,第4213页。

树之方,非有优劣。"①常派词话的代表如陈锐《袌碧斋词话》、况周颐《香海棠馆词话》《餐樱庑词话》、胡薇元《岁寒居词话》、张德瀛《词征》等。陈锐《袌碧斋词话》对常派词选极为推崇,如其云:"本朝词选,周止庵最精,张皋文最约。若冯梦华之《六十一家词选例言》,可谓囊括先民之矩矱,开通后学之津梁,字字可宝矣。"②其论词以"词贵清空,尤贵质实"为旨,体现出融合浙常的意味,如其品评词人同时将姜夔与吴文英并举。此外,陈氏还多有论及词律、作词法等问题,并对《词律》《御选历代诗余》等前人论著中的讹误进行考订。况周颐《香海棠馆词话》《餐樱庑词话》是其名著《蕙风词话》的前身或基础,况氏词论之精要如"重拙大"说等内容已显现其中。与此同时,值得注意的是况周颐之妻况卜娱《织余琐述》,其中有不少论词内容被《餐樱庑词话》及之后的《蕙风词话》所收录,如《餐樱庑词话》云:"清如撰《织余琐述》,间亦助余甄采。"③胡薇元《岁寒居词话》论词近常派,其《自序》云:"辨缘情造端意内言外之正变源流,盖亦有深造自得,非寻常移宫换羽者之所知矣。跂翁之论词,大旨盖如是,遂抪髦而自为之序。"④其内容主要为品评词人、记录词事以及对词作字句进行考证。张德瀛《词征》以常派词论为论词之旨,其云:"词有与风诗意义相近者,自唐迄宋,前人巨制,多寓微旨。"⑤其内容广涉品评历代词人词作、词律、作词法、词籍及词事考证等。融合浙常的词话如沈泽棠《忏庵词话》,其《自识》云:"窃思词虽小道,然言外而意内,无论长阕小令,其抑扬顿挫、微窈纡曲处,皆如蛛丝马迹,最耐寻绎;又当如张叔夏所云,以雅正为宗旨。"⑥以此为词旨,其内容多品评词人词作及论作词法。

  这一时期还有部分词话继承了中期不囿于门户之见而专注于词学研究的学术传统,或进行词学文献整理,或品评词人、总结得失。文献整理类词话如冒广生《小三吾亭词话》、秦国璋《淮海先生诗词丛话》、杨钟羲《雪桥词话》、王蕴章《然脂余韵》、碧痕《竹雨绿窗词话》、方廷楷《习静斋词话》等,具有重要的文献价值及"存史"意义。冒广生《小三吾亭词话》主要品评清末词人及记录本事。秦国璋《淮海先生诗词丛话》从众多前人诗话、笔记等著述中广泛辑录有关秦观的诗词、家世、生平轶事等文献资料,意欲弥补《淮海先生年谱》的不足。杨钟羲《雪桥词话》注重搜辑乡邦文献,于清代掌故多有详录,品评词人尤重满洲八旗文人。王蕴章《然脂余韵》辑录了清代至近代的文人及其诗词、本事,并尤为注重辑录女性文人,此外还录有一些海外文人及其作品。碧痕《竹雨绿窗词话》所记词人词事多为

---

① 张祥龄:《词论》,见《词话丛编》,第4211页。
② 陈锐:《袌碧斋词话》,见《词话丛编》,第4200页。
③ 况周颐:《餐樱庑词话》,《小说月报》1920年第10期。
④ 胡薇元:《岁寒居词话·自序》,见《词话丛编》,第4023页。
⑤ 张德瀛:《词征》,见《词话丛编》,第4079页。
⑥ 沈泽棠著,刘庆云整理:《忏庵词话》,《中国韵文学刊》1995年第1期。

其亲身经历,大多为人所不知。方廷楷《习静斋词话》以记录、简评南社文人及其诗词为主。学术总结类词话如徐珂《近词丛话》是其杰出代表。徐珂《近词丛话》简述了清代词史的发展,并总结了浙常二派的得失,对清代词学研究做出了贡献。此外,徐氏对近代词人亦多品评,尤其值得注意的是,受近代社会新思潮的影响,徐氏以大篇幅记录女性词人词作,并将女性词人至于篇首,这在一定程度上已显露出词话学的新变。

除了对传统词话编撰的继承之外,此时期的词话在形式、内容及理论等方面还呈现出体系化、刊物化、学术化等新变,预示着向现代词论专著形式及现代词学转型。如王国维《人间词话》最早即以刊物化形式问世,于1908年陆续发表在《国粹学报》上。《人间词话》的逻辑结构十分缜密,内在拥有一套完整的理论体系,即以"词以境界为最上"为总论点,下分"造境"与"写境"、"有我之境"与"无我之境"等多个分论点,从不同层面进一步阐释"境界"说,再从这些层面着手按时间顺序去具体品评历代词人词作,反过来对"境界"说进行补充与完善,从而一改前代词话多为漫谈随录式,逻辑不够缜密、结构不成体系的缺陷。与此同时,王氏以"境界"说论词,并非继承前人上溯"风骚"以尊词体的经学功利理路,而是在融汇西学理论的基础上从"人"的角度以"审美"的超功利眼光来评词,反对传统的"比兴寄托"说,从而呈现出现代学术品格。又如梁启超《饮冰室评词》虽然主体上依然是受常派词论的影响,但亦有理论新变,即他强调词的音乐性与社会批评,意欲通过词体改良来达到他"改造国民之品质"的政治目的。如其长女梁令娴《艺蘅馆词选》云:"令娴闻诸家大人曰:凡诗歌之文学,以能入乐者贵……以入乐论,则长短句最便。"①又云:"后有作者,就词曲而改良之,斯其选也。然则兹编之作,其亦可以免玩物丧志之消欤!"②与此同时,他还以西方进化论阐释词体发展,如其云:"故吾国韵文,由四言而五七言,由五七言而长短句,实进化之轨辙使然也。"③此外,值得一提的还有陈锐《词比》。陈氏云其撰写目的是"使党人得志,开词学堂,其必以此为初级教科书矣"。④故该词话在结构上分字句、韵协、律调等多个章节进行论述,接近于现代词论专著或教科书形式,有别于传统条目式词话,在此时期词话形式上具有革新意义。

值得注意的是,这一时期刊物型词话数量激增,因此词话的刊物化新变还值得进一步探究。首先,从原因来看,主要有三点。一是词话这种词学批评形式本身符合报刊的内在需求。报刊的本质是大众传媒,具有大众化与普及性的特点。词话虽然涉及词学理论,但它本质上是一种漫谈札记或随笔闲话,不论篇幅与形式均较为自由、随意,内容上也不局

---

① ② ③ 梁令娴编,刘逸生校点:《艺蘅馆词选·自序》,广东人民出版社1981年版。
④ 陈锐:《词比·自序》,见张璋等编:《历代词话续编》,大象出版社2005年版,第141页。

限于纯粹的理论研究,从而有别于专业化的现代学术专著或学术论文。故词话的普及性更强,更契合报刊的需求。二是此时期许多学人认识到了报刊对于学术交流的重要性,遂主动将其学术成果多通过报刊先行传播,后或以学术专著的形式问世,或与学术专著相互配合,起到宣传与补充的作用,由此引发了他们的投稿积极性。三是随着 1905 年国粹运动的兴起,国粹派人士大量借助报刊来传播和保存诗词等国粹,如前文所述《国粹学报》即是其中的杰出代表,有力地推动了词话的刊物化发展。其次,从报刊的普及性来看,多数刊物型词话的内容亦不可避免地会受到普及性的影响,主要涉及作词法、词人词事、简明词史等基础性知识,理论性一般不会很强。如周太玄《倚琴楼词话》、刘哲庐《红藕花馆词话》、闻宥《恤簃词话》、章星园《星园词话》、严既澄《月崦阁词话》等主要谈论作词法,以教读者填词;于右任《剥果词话》、狄葆贤《平等阁诗话·词话》、俊琦《藏天室词话》、王蕴章《梅魂菊影室词话》、作茧生《俪嘤室诗词谈》等基本上是品评词人词作及记录本事,尤其是近人近事;陈小栩《古今词曲品》、冯秋雪《冰簃词话》、公刘《词谈》、张庆霖《固红谈词》等对通代或断代简明词史有所言及。值得一提的是,若涉及抽象概念,报刊词话也会有一些处理办法来提高其普及性。如闻宥《恤簃词话》多数篇幅皆以"喻象"法行文论述,使其理论变得生动形象、浅显明了,易于理解。再次,从报刊的针对性来看,报刊的办刊特色亦决定着其对于特色词话的选载。如《妇女时报》刊载的周瘦鹃《绿蘼芜馆诗话·词话》、杨全荫《绾春楼词话》,《女子杂志》刊载的陈去病《镜台词话》,《莺花杂志》刊载的胡无闷《香艳词话》等,这些皆为谈论历代女性词人的闺秀词话;又如《最新滑稽杂志》刊载的《滑稽词话》,内容上多讲述一些奇闻趣事及记录与之相关的滑稽诗词,更是具有鲜明的大众娱乐性。

综合上述,近代词话的数量极为丰富,具有很高的文献价值与学术价值。通过对近代词话编撰历程进行梳理,有助于进一步探究近代词学理论及词学史的发展流变。

(程诚,文学博士,安徽师范大学中国诗学研究中心助理研究员。发表论文有《梁令娴〈艺蘅馆词选〉的词学史意义》等。)

民国小罗浮社考论*

伏蒙蒙

摘　要：小罗浮社，又名小罗浮吟社，是1916年施赞唐、杨芃械等人在上海宝山创立的地域性的诗词社团，后金其照在南京又设白门消寒分会。小罗浮社以唱和潘履祥探梅诗为倡社之始，与蜕尘吟社一脉相承，又对其后罗溪吟社产生了影响。成员以耆旧为主，作品诗词皆有，诗歌多咏物抒怀，追求风雅兴寄。词多为同调和韵词，词调多取《百字令》《浣溪沙》《蝶恋花》。社集中以朱祖谋、郑文焯、刘炳照并称"词中三大家"。世事巨变、老病衰飒带来的孤寂与幻灭感使得病与梦成为作品中的关键词。小罗浮社许多成员都是地方志编纂的重要成员，结社时间与地方志的编写时间相契合，可见其地方志编纂与文学结社的关系。

关键词：小罗浮社　蜕尘吟社　罗溪吟社　诗词唱和　词中三大家

小罗浮社以施赞唐为社长，成员大多来自今上海地区，尤以宝山籍居多。唱和活动集中于1916年至1917年间，位于宝山县内的小罗浮是其主要活动地，除社团雅集之外，亦与外埠亲友相互寄和。小罗浮社虽然活动时间较短，但成员众多，集会频繁，并结集《小罗浮社唱和诗存》四卷，末附《小罗浮社白门消寒分会诗》一卷。该社有着明确社名、社团成员姓氏录、文学旨趣、社集地点和聚会主题，是民国初年上海地区的重要诗词社团之一。本文以小罗浮社为中心，梳理小罗浮社与蜕尘吟社、罗溪吟社之间的关系，考量民国前期上海宝山地区文人的结社情况、成员特征与文学创作特点，管窥清亡之后文人的社会生活、文学旨趣与孤寂心态。

一、小罗浮社与蜕尘吟社、罗溪吟社

1916年，施赞唐、杨芃械、王鼎梅等人于小罗浮集饮消夏，席间用潘履祥探梅诗韵互

---

* 本文为浙江省哲学社会科学规划课题"以词调为中心的明清词谱词选研究"（项目编号22NDQN254YB）阶段性成果。

相唱和,并由此重联诗社。社址设在潘履祥等所建的小罗浮,因而名为小罗浮社,大多数的唱和活动亦在此展开。小罗浮社以唱和潘履祥探梅诗为倡社之始,与蜕尘吟社一脉相承,并下启罗溪吟社。

小罗浮社与潘履祥渊源颇深。社址小罗浮乃是一处景观,位于今上海市宝山区罗店镇境内城隍行宫东、花神堂后,是潘履祥等人所建。民国《宝山县续志》中载潘履祥《城隍行宫东偏新筑小亭跋》云:"斯地旧为吕祖师殿,庚申毁于寇,鞠为茂草者,垂三十载矣。今年春,同人议筑亭其上,爰即所存,重建大殿,余款庀材而鸠工焉,未一月而成。隔溪有数弓地,植梅数十株,因以'罗浮'额之。"①(卷十六)小罗浮建成后,潘履祥、周时亮、朱诒泰、杨应环等人时常在此酬唱。光绪乙巳(1905)年,潘履祥、朱诒泰等人重游泮宫,并于小罗浮处赏梅,觞咏其间,施赞唐也参与其中,其于《小罗浮社唱和诗存·小罗浮题壁》中便谓:"座中惟陈雨香羽士、杨少京表兄为十年前同饮常醉花下者。"②此次聚会中诸人相互唱和,《小罗浮社唱和诗存》卷首所收《补录春生、钦甫、少卿、相玉四先生唱和旧稿》即为彼时所作。其中唱和潘履祥的小罗浮探梅诗韵,几成小罗浮社及白门消寒分会入社的社课。

1912年,施赞唐与钱衡璋、杨芃栻、王鼎梅等人结蜕尘吟社,为小罗浮社的成立奠定了基础,是小罗浮社之先声。辛亥革命不仅改变了历史的发展进程,更深刻地影响了文化环境与文人心态,民国《宝山县再续志》云施赞唐于"辛亥后易名槁蟬,作诗五篇以见志,并颜其室曰蜕尘"③(卷十四),蜕尘吟社由此而得名。该社以施赞唐为盟主,王鼎梅云:"忽丁世变,遂噤寒蝉。顷者狼烽小戢,蛰处无聊,君与杨君瑟民倡结诗社于乡间,推吾槁蟬师为盟主。"④辑有《蜕尘吟社唱和诗第一集》一卷,以唱和施赞唐所作《槁蟬篇》为主题。该社成员的唱和活动似又不局限于唱和《槁蟬篇》,1914年王鼎梅于《蜕尘吟社唱和诗》卷末跋曰:

> 吾师《槁蟬篇》作于辛亥九月,当时未尝示人。明年夏,聊复轩诗存续出,始得读之。……正拟集社联吟以消长夏,适阳湖刘君语石及无锡孙君颂陀先后以诗订交,健将飞来,一军生色。吾师兴到笔随,略无停缀。自夏徂秋,同声之作,无虑数百篇。最

---

① 上海市地方志办公室、上海市宝山区地方志办公室编:《上海府县旧志丛书·宝山县卷》(下),上海古籍出版社2012年版,第1092页。
② 杨芃栻等辑:《小罗浮社唱和诗存》1918年铅印本,见南江涛选编:《清末民国旧体诗词结社文献汇编》第一册,国家图书馆出版社2013年版,第47页。
③ 《上海府县旧志丛书·宝山县卷》(下),第1279页。
④ 施赞唐等辑:《蜕尘吟社唱和诗第一集》1915年铅印本,见《清末民国旧体诗词结社文献汇编》第十六册,第40页。

多为《吴门纪游》诗,吾师独得一百一十首,瑟民、颂陀、梦鸥、韵庵合得百首,已由吾师编次付印。次为《同和颂陀罗溪访友韵》诗,亦不下百首,由颂陀汇并赠图,装潢成册。次为《和百老吟韵》,则由太仓钱君听邠辑入《续编》付梓矣。是篇诗虽不多,而实为旧雨新知旗鼓初交之发轫,雪泥鸿爪,思有以存之。①

蜕尘吟社将唱和所得之作编纂成册,足见往来酬唱之频繁。蜕尘吟社的成员与小罗浮社联系极为密切,如周时亮、杨应环等人本是1905年潘履祥等小罗浮探梅唱和的成员,杨芃械、王鼎梅、刘炳照、孙肇圻、于渐逵、钱衡璋、徐公辅、徐公修、李钟瀚、杨敷庆等过半成员后来成为小罗浮社的中坚力量。蜕尘吟社虽无严格的集会形式,但蜕尘吟社是施赞唐等人由往来酬唱向有组织(社集)、有主题(社课)的小罗浮社过渡的重要阶段,实为小罗浮社之先声。

1916年,施赞唐、杨芃械、王鼎梅等人于小罗浮聚饮,席间念及潘履祥等人在小罗浮唱和之往事,施赞唐感怀于"小罗浮梅花溪畔,昔尝与里中诸名宿觞咏其间,自潘春生、朱涤轩两孝廉暨周钦甫、杨相玉表兄先后凋谢,遂无问津者"(卷一),因而追和潘履祥诗,并以此倡社,成立小罗浮社。该社以施赞唐为社长,除了即席组织和潘履祥探梅韵诗的活动之外,施赞唐等还将和潘氏之作品寄给外埠的亲朋好友以求继和。成立之后该社成员又于小罗浮多次集会,至1917年春,共得诗词四卷。1917年冬,在唱和诗词集付梓前,施赞唐将稿件寄予身处南京的金其照并嘱其斟勘,彼时金其照在门帘桥附近寓所邀请同乡好友聚饮消寒,因而"借集中探梅倡社元韵,口占一律邀同座即席次和,共得若干首,编附卷末,以广同声之应"(《小罗浮社白门消寒分会诗附录》),遂为白门消寒分会。

在小罗浮社后,原小罗浮社成员朱世贤、杨芃械、王鼎梅等倡结罗溪吟社。该社有《罗溪吟社诗存》一卷,杨芃械《过小罗浮吊老梅》便谓"我所思兮种汝者,树未成荫人去也;我所思兮咏汝人,至今还有几吟身",②又王鼎梅《九月廿二日同瑟老小罗浮看菊》以及该社宗旨都展现出罗溪吟社与小罗浮社之间的深厚渊源。

小罗浮社以1905年潘履祥等人于小罗浮唱和之诗韵为倡社之始,上承蜕尘吟社,下启罗溪吟社。这种文人唱和集会活动频繁,体现出宝山地区尤其是罗店镇文脉之昌盛。

---

① 施赞唐等辑:《蜕尘吟社唱和诗第一集》1915年铅印本,见《清末民国旧体诗词结社文献汇编》第十六册,第43页。
② 朱世贤等撰:《罗溪吟社诗存》1928年铅印本,见《清末民国旧体诗词结社文献汇编》第二十六册,第163页。

二、成员特征与诗词创作

　　小罗浮社社员共 71 人,以亲缘、学缘、友缘为核心组成方式。小罗浮社自 1916 年夏成立,至 1917 年春唱和集付梓,不到一年的时间内,集会相当频繁。其唱和内容结集为《小罗浮社唱和诗存》,以诗词为主,主题内容从节序祝寿到怀人,从咏物到纪事,涉猎广泛。

　　小罗浮社以耆旧为主,许多成员年岁较长,民国《宝山县再续志》载施赞唐:"倡结小罗浮吟社,与诸耆旧怡情诗酒,不问世事。"①杨芃械在《小罗浮社唱和诗存》中也提到"哦松堂赏菊,芝丈居首,座六十岁以上者合坐一席,凡六百九十三岁"(卷二),刘炳照作《丙辰除夕七十告存诗》时年已七十,黄敬熙也有"严冬风雪满山家,七十遗民感岁华"。即便是小罗浮社的中坚力量杨芃械、朱世贤、于渐逵、徐公辅等人也已年过五十。这种景迫桑榆、人事推迁的遗民心态,使他们"匆匆劫火人间世,独倚危楼眼倦看",因而"为避尘嚣消昼永,重联诗社戒盟寒",也奠定了小罗浮社作品的基调。在人员构成方面,首先,小罗浮社的社团成员以今上海地区的文人为主,尤其以宝山籍居多,具有强烈的地域特色。《小罗浮社唱和诗存》依照来稿的先后顺序列有《小罗浮社唱和诗存姓氏录》,共 57 人,其中有 33 人来自宝山。集末附《小罗浮社白门消寒分会姓氏录》,共 14 人,一半为宝山人。另有部分社员来自嘉定、青浦、奉贤等地,彰显出小罗浮社鲜明的沪地色彩。其次,该社的核心成员以血缘关系为纽带。小罗浮社与杨氏家族有着很深的渊源,从杨应环至杨芃械、杨芃禾、杨芃朴,再至杨敷庆,杨氏三代均与小罗浮社密不可分。杨应环是 1905 年小罗浮集会的参与者,蜕尘吟社、小罗浮社乃得益于杨应环之子杨芃械的倡导才得以成立,杨芃械的子侄杨敷庆等也成为小罗浮社的成员。而杨应环、杨寿昌为施赞唐之表兄,施赞唐之子施同人亦参与到小罗浮社的集会与酬唱中。再如潘履祥为王鼎梅从舅,钱衡璋为金恩沛妹夫,这种紧密的亲缘关系为小罗浮社的组建与活动提供了可靠保障。最后,师生纽带也是小罗浮社成员重要组成关系之一,施赞唐为"全邑人士所矜式",又曾创立罗阳两等小学并任校长,他的学生也积极参与到了小罗浮社的唱和中,其中以王鼎梅、金其堡二人最为活跃,尤其王鼎梅为蜕尘吟社、小罗浮社唱和诗词集付梓做出了突出的贡献。小罗浮社成立之后,本地与外埠的亲朋好友来往唱和,诗词创作与集会十分频繁,一定程度上展现出该地区诗词创作的整体水平。

---

① 《上海府县旧志丛书·宝山县卷》(下),第 1279 页。

小罗浮社一些成员有海外游学背景,在清亡前也曾积极参与地方自治,还有一些在民国政府担任职务。个体复杂的经历背景决定他们在面对庙堂倾颓、兵燹之灾时做出或行或藏的选择,也揭橥从晚清走到民国的一批文人身上常常体现出守旧与革新的矛盾性。小罗浮社中的部分成员有着海外游学经历,相对开阔的视野与开明的思想使他们在清亡前积极参与宝山新政的建设与工作中。《光绪三十年宝山县劝学职员表》中载施赞唐为"廪贡生,游历日本",吴邦珍为"附生,日本弘文师范毕业",王钟琦为"举人,候选同知,游历日本"。① 他们在清末宝山县劝学所、清丈局中发挥着重要作用。清末为进行社会变革开展地方自治,1907 年施赞唐发起成立宝山地方自治会,1909 年清政府颁布《城镇乡地方自治章程》后,宝山县成立筹备自治公所,王钟琦、吴邦珍等人也积极参与了自治公所的工作。② 小罗浮社成员旧乡绅李钟瀚、曾任兵部郎中的朱诒烈等"在清末立宪运动和地方自治等社会改革事业中……都在地方改革和自治中给予理解、真诚合作,不少人还在自治团体中担任力所能及的职务"。③ 部分小罗浮社成员在清亡后仍然致力于政治,他们加入革命党,在民国时期的政府部门中担任职务。据 1912 年第 1 期《宝山共和杂志》表册《共和党宝山分部职员名单》,小罗浮社成员金其堡、吴邦珍、王钟琦、钱衡璋、杨芃棫、金其源、金其照等人都是共和党成员。④ 1912 年成立的临时县议会,选举毕业于日本早稻田大学政治经济科的金其堡为副议长,拔贡出身的钱衡璋、举人出身的王钟琦为参议员。⑤ 杨芃棫民国初年在金坛县署任职,孙肇圻是举人出身,辛亥后任江苏省第一届省议会议员等职。1916 年秋,于渐逵写成《辛亥鄂城纪略》《丙辰石城纪略》二卷,是了解辛亥革命情况的参考。

  小罗浮社集会较为频繁,有着丰富的社团生活,当时诸如谭鑫培的唱片、哈同与罗迦陵夫妇在爱俪园设办的耆老大会等都成为诗词书写内容。小罗浮社唱和集《小罗浮社唱和诗存》四卷,以夏、秋、冬、春节序为次,卷一为《丙辰消夏集》,卷二为《餐英集》,卷三为《丙辰消寒集》,卷四是《仓喈集》。《小罗浮社唱和诗存》中虽未标明雅集次数,但仅赏菊一事便有"初次赏菊在钱三持先生祠""第二次赏菊在南邱庄""赏菊在哦松堂"等,消寒亦有三次咏物集会并除夕辞岁之宴,足见小罗浮社时常聚会。该社以消夏、赏秋、消寒、饯春为主线,他如赏梅、荷、菊、芍药花,赏月,下棋,作画,度曲,行击鼓催花酒令等都是小罗浮社的常见活动。如白门消寒分会王钟琦谓"席间听蓄音器谭鑫培唱片",反映出彼时文人的

---

① 高俊著:《清末劝学所研究——以宝山县为中心》,上海辞书出版社 2013 年版,第 34 页。
② 周松青著:《上海地方自治研究(1905—1927)》,上海社会科学院出版社 2005 年版,第 75 页。
③ 杨立强著:《清末民初资产阶级与社会变动》,上海人民出版社 2003 年版,第 165 页。
④ 《共和党宝山分部职员名单》,《宝山共和杂志》1912 年第 1 期。
⑤ 《清末民初资产阶级与社会变动》,第 186 页。

文化生活较前代更为丰富。该社除常聚于小罗浮外，聚会地点也偶有变动，如红楼等曾留有小罗浮社聚饮的身影。王承霖《阑干》"五平五仄体，限六语韵，应小说社征诗作"，施槁蟬《山居杂兴》"每首限用一药名，应小说社征诗作"，也可看出小罗浮社与其他社团的交流。

丰富的活动大大激发社员创作的热情，作品体裁以诗词为主，主题内容多为记咏日常生活，是了解地域文人生活和风土人情的一道窗口。《小罗浮社唱和诗存》每卷先列诗，后列词。卷一至卷四分附5、6、14、12首共37首词，词作者有钱衡璋、施赞唐、王承霖、刘炳照、王鼎梅、汪渊、吴承烜、孙肇圻、程松生、杨芃械等，多为同调和韵词，词调多取《百字令》《浣溪沙》《蝶恋花》。从内容上看，有咏物者，如卷三《消寒第二集分咏食品》分咏冰豆腐、糟笋干、辣椒酱、雪蕻齑、煨山芋、炒米花、酒脚饼、摊面衣等食品，《消寒第三集戏咏五虫》分咏应声虫、寒号虫、寄居虫、叩头虫、可怜虫等五虫。有吟咏春光的主题作品，如卷四《仓喈集》中分吟《春痕》《春思》《春声》《春梦》，其下成员亦有《春情》《春魂》《春意》等。祝寿是诗词唱和中的常见题材，如王鼎梅《水调歌头·中秋前一日小罗浮赏月，兼寿钱丈南屿生日，并谢惠画竹，用东坡丙辰中秋韵》。由于小罗浮社的成员以耆旧为主，年岁较长，悼念故人也成为小罗浮社不可避免的主题，结社期间如刘炳照、钱溯耆、陈观圻等成员相继故去，集中也记录了小罗浮社其他成员的挽作，如施赞唐挽刘语石、听邨老人，朱诒烈有《挽陈起霞先生》，同社成员亦多有纪念之作。纪事也是小罗浮社诗歌的重要主题，清末民国上海地区外国人集聚，哈同与罗迦陵夫妇是当时上海地区的风流人物，他们在爱俪园举办过耆老大会，施赞唐《泰西欧司爱哈同君暨罗迦陵女士开耆老大会，于爱俪园行释奠仓圣礼并展览金石书画，侑以故乐，作诗纪之》便是载其参与大会之事。也有歌咏花神堂集会、纪念文帝诞辰等当地习俗与地域风光的相关作品。集中还有一些怀古之作，如王鼎梅《五月初五相传为屈原自沉日，世多为诗吊之，戏反其意》。此外，又有朱世贤《文昌诞日集同社称祝漫赋》，丰富了小罗浮社作品体裁。小罗浮社的作品内容不拘泥于一时一类，取材广泛，从上海地区的本地社团来看，小罗浮社是了解宝山地区特别是罗店镇本地文人文化生活的一个途径，展现出宝山县罗店镇文化底蕴深厚。

小罗浮社有着明确的文学旨趣，标榜正始之音，追求风雅兴寄。于渐逵在《小罗浮社唱和诗存·弁言》中云："诸君子独于举世不为之事，抱残守缺，出入风雅，此亦正始之音也……以求有当于三百篇温柔敦厚之教。"[①]小罗浮社诗词文辞冲淡平和，并无夸饰铺张，以骚雅的审美品位为旨。对于汉代乐府歌谣尝有衍作，秉持汉魏六朝诗风，如施赞唐据汉

---

① 杨芃械等辑：《小罗浮社唱和诗存》1918年铅印本，见《清末民国旧体诗词结社文献汇编》第一册，第6—7页。

谚"灶上养,中郎将。烂羊胃,骑都尉。烂羊头,关内侯"敷衍出《演汉谚》,王承霖据"燕飞来""啄皇孙""井水溢,灭灶烟""直如弦,死道边""举秀才,不知书"等汉代歌谣而写的《演汉谣》,还有如施赞唐依乐府古题而作的《将进酒·同吴珥卿、金蛏圃作》,正如程廷祚"汉儒言诗,不过美刺二端"(《诗论十三再论刺诗》)所说,这些衍作也展现出讽喻时事的特色。对汉魏美学追求也体现在小罗浮社诸人对陶渊明、葛洪、林逋等隐逸之风的赞赏上,如王鼎梅有"最宜和靖配渊明",曹其藻有"稚川仙侣情偏洽,和靖当年迹已寒"。儒家诗学向来重视《诗经》以降讽喻、美刺的功能,自蜕尘吟社始,施赞唐等人便标举"因物托讽,源溯风骚",极具文化意蕴的梅、竹、菊成为其所喜咏、喜画之物,如朱世贤云陈起霞"性爱菊,有慕陶兼爱菊之句",王鼎梅有"饶屋疏梅三径菊,不烦詹尹卜行藏",刘炳照云"任寄讴善养菊,径冬不凋,余合松竹梅,称为四逸谱《霜花腴》词记之"。小罗浮社热衷对梅、竹、菊等物的讴歌,也是借物喻志,肯定其高尚的审美品格。小罗浮社对作品体式也相当重视,谨守格律,力求工整,杨芃棫云"德惟食旧无伤雅,诗不求工易写愁",薛钟斗也谓"拈律严于楚汉分"。也须指出的是小罗浮社立社对汉魏六朝格调之拟摹并未贯穿始终,也未在每一位成员身上得以体现,这也是清末民初通过诗词唱和这一形式结社的必然特征。

小罗浮社体制较成熟,作品内容主题丰富,反映出民国初期文人多样的文化生活。世情维艰,使小罗浮社成员借诗词愉悦性情,抒发己志。

三、小罗浮社的价值及意义

民国以来结社之风盛行,尤以上海地区最炽。陈三立《清故江苏候补道庞君墓志铭》便云:"当国变,上海号外裔所庇地,健儿游士群聚耦语,睥睨指画,造端流毒倚为渊薮。而四方士大夫雅儒故老,亦往往寄命其间,喘息定,类摅其忧悲愤怨托诸歌诗,或稍缘以为名,市矜宠。"[①]在四方文人涌入上海的情况下,小罗浮社成员籍贯多为今上海地区,该社成员的作品反映出了民国前期上海本地文人结社生活。小罗浮社对汉魏六朝诗的宗尚也折射出在前所未有的文化冲击下,士人借拟古以发今思的思想。世事巨变与疾病缠身的处境,使小罗浮社成员诗词中常常流露出看似寄情诗酒实则幽愤苦闷的挣扎矛盾的心态。该社成员与宝山、罗店的地方志编纂联系密切,体现出地方志编纂与文学结社之间的关系。

---

① 陈三立著,李开年校点:《散原精舍诗文集》(下册),上海古籍出版社2003年版,第986页。

该社许多往来唱和者在当时闻名于文坛,这使小罗浮社成为民国前期今上海地区颇有影响的社团,而汪渊在《小罗浮社唱和诗存》指出刘炳照"与古微、叔闻并为词中三大家"之说可为晚清四大家之说提供思考。小罗浮社虽然活动时间较短,但是参与人员达71人,一些成员在诗、词、曲等创作方面都有不俗的成就。如刘炳照词学造诣甚高,刘炳照是谭献之后的词坛名宿,先后组织并参与了鸥隐词社、寒碧词社等众多词社,与郑文焯、缪荃孙、俞樾、谭献、冒广生等人多有往来。谭献评其《留云借月庵词》:"细意熨帖,情文相生,完篇雅制,美不胜录。……光珊自道,有轨循姜、史,制规秦、柳,源溯冯、韦语,既撼心得,亦表正宗,庶乎不愧。"①郑文焯评其词:"深美闳约,小令酷似二晏,切情附物,则不亚碧山,诚足以造端比兴,极命风谣,岂近世朱厉雕琢曼辞,衍为浙派,所可同日语哉?"②冒广生云刘炳照:"'一寸词肠,七分是血,三分是泪'为时所诵。……其所著《留云借月庵词》,亦斐然今之作者也。"③众所周知王鹏运、郑文焯、况周颐、朱祖谋被称为"清末四大词家",此说学界多举1932年张尔田撰写的《彊村丛书序》,④1939年至1941年间蔡嵩云所作的《柯亭词论》⑤为佐证,实际上1925年徐珂在《复堂词话》附记便云:"时犹未尽知王佑遐、郑叔问、朱古微、况夔笙四先生也。"⑥但清末四大词家经典地位的确立也经过了一定的过程,四家之说略有差异,如1931年龙榆生《清季四大词人》一文认为以"造诣之深",当推王、文、郑、况四家。⑦ 1936年叶恭绰《清名家词序》中则列王、文、郑、朱四家。⑧ 但无论为何,汪渊将刘炳照与朱祖谋、郑文焯并提,早于上述清末四家之说的时间,可见刘炳照在彼时词坛之地位。现今刘炳照的研究成果与其成就并不相符,或是因其藏书曾一度遭难,"于甲辰年浔寓被灾藏书悉毁,近刊无长物斋诗词集补之"(施赞唐语)。俞樾据刘炳照事心生感慨:"欧阳公有言:诗必穷而后工。余谓词亦有然。君尝出涌金门,登望云楼,慷慨悲歌。以杜老穷愁、贾生痛哭自比,其亦有不得于中者乎? 其自题《秋窗填词图》有云:'一寸词肠,七分是血,三分是泪。'读者勿徒赏其字句之工、音律之细也。"⑨对于这样一位诸家称颂的词人,应当细加考索,给予其应有的评价。此外,如周庆云也为彼时上海诗词界之风云人物,创立、参与了淞滨吟社、超社、希社等多个诗词社团。洪炳文、薛钟斗等

---

① 唐圭璋编:《词话丛编》,中华书局1986年版,第4020页。
② 冯乾编校:《清词序跋汇编》第4册,凤凰出版社2013年版,第1743页。
③ 《词话丛编》,第4695—4696页。
④ 张尔田:《〈彊村丛书〉序》,《词学季刊》1933年创刊号。
⑤ 《词话丛编》,第4901页。
⑥ 《词话丛编》,第4020页。
⑦ 龙榆生:《清季四大词人》,《暨大文学院集刊》1931年第1期。
⑧ 叶恭绰:《清名家词序》,《词学季刊》1936年第3卷第2期。
⑨ 《清词序跋汇编》第4册,第1738页。

不仅能作诗词,在戏曲创作与研究方面也有较高的成就。民国前期文人也常常参加多个社团,小罗浮社成员也不例外,如汪煦又为淞滨吟社中的成员,徐公修还参加了鸣社,洪炳文也是南社的重要成员。透过小罗浮社,民国前期上海地区旧体文学创作之盛可见一斑。

小罗浮社一些仿似汉魏、追溯风雅的文学尝试与汉魏六朝派相类,这也反映出小罗浮社的文学选择。晚清民国时期的政治、文化、社会生活等各个方面都兴起革新与复古两种思潮,诗词界亦概莫能外。小罗浮社在"由人百口谈新学"的时候选择"尚友千秋缔古欢"。钱仲联将清末诗学分为"瓣香北宋,私淑西江"的同光体、"远规两汉、旁绍六朝"的汉魏六朝派、"无分唐宋,并咀英华"的中晚唐派、"驱役新意,供我篇章"的诗界革命派[1]及后补的西昆派等五派。从一些作品风貌与旨趣来看,小罗浮社与汉魏六朝诗派主张相类。以王闿运为首的汉魏六朝派崛起于湘中,在清末为一时所重,除湖湘之地,在江浙的章太炎、刘师培等人也同声相应。王闿运的诗学理论提倡从模拟中学习,其谓"于全篇模拟中,能自运一两句",久之"则自成家数"(《论文法·答张正旸问》),[2]认为应当"以词掩意,托物起兴"(《论诗文体式·答陈复心问》)。[3] 这种诗法亦在小罗浮社中可寻踪迹。小罗浮社并不单纯是以文学侍弄余生,而是带有关切时事的意味。正如钱仲联谓王闿运所倡的"拟古,内容亦关涉时事",[4]复古的实质,是想要通过对传统诗歌风格乃至主题的模拟,表现自身的思考与时代意识。但是畏于"纷纷世局似棋盘,造劫何曾一着宽"的多变时势,而不能直言,这正是小罗浮社诸人"噤若寒蝉"的原因。

辛亥革命对施槁蟬等人产生了巨大的冲击,姚鹓雏《梦湘阁说觚》谓:"吴月庵挽施槁蟬云:'厌世在七年以前,谁堪告语,别有伤心,俯仰人间,都是无聊岁月;论诗为一乡之长,把酒销愁,长歌当哭,凄凉身世,只余不朽名山。'"[5]对于施槁蟬在辛亥后改其字号,刘炳照悲愤地写道:"天丧斯文,将共案萤枯死,蟬乎蟬乎,吾知无生趣矣。将死言哀,姑妄听之。"[6]除了施槁蟬在辛亥后改字号外,杨应环也改号蠹衲:"天造草昧,陵谷变迁,我当垂尽之年,君抱迷阳之戚,夒蚿相怜欤?駏蛩相倚欤?宜君之剩稿曰槁蟬,余亦更号曰蠹衲也。"(《次四红词人槁蟬篇韵》)[7]耆旧们在辛亥革命后纷纷自改字号,展现出自身对待时

---

[1] 钱仲联著,周秦等编校:《梦苕盦诗文集》下,黄山书社2008年版,第511页。
[2] 王闿运著:《湘绮楼诗文集》第二册,岳麓书社2008年版,第42页。
[3] 《湘绮楼诗文集》,第46页。
[4] 钱仲联:《论近体诗四十首》,《社会科学战线》1983年第2期。
[5] 姚鹓雏:《梦湘阁说觚》,《小说月报》1919年第10卷第11号。
[6] 施赞唐等辑:《蜕尘吟社唱和诗第一集》1915年铅印本,见《清末民国旧体诗词结社文献汇编》第十六册,第3页。
[7] 施赞唐等辑:《蜕尘吟社唱和诗第一集》1915年铅印本,见《清末民国旧体诗词结社文献汇编》第十六册,第29页。

局满怀悲愤的心情。在世事巨变的打击之下,自1916年至1917年短短不到一年的时间里,小罗浮社成员刘炳照、陈观圻等人纷纷逝去,1918年施赞唐也去世。老友故去的悲痛与生命即将走到尽头的惶惑,常常盘旋在这些耆老的心头,对疾病与年华逝去的描写也流露在他们的笔下。汪渊"病魔深恨缠己"(《百字令·和韵庵槁蟬九日登高韵》)、王承霖"今我扶病酬诗"(《百字令·尾更以赏菊诗索和,拈蟬丈九日登高韵酬之》)、陈观圻"自怜病骨支离甚,欲乞刀圭驻岁年"等俱是如此。忧时忧己的心态一方面催生出他们对时局的担忧,如钱衡璋诗"故乡剩有园林好,大地何堪兵革忧",徐公修"幸有小山容隐遁,恨无广厦庇孤寒",徐公辅"家风寒素米盐累,国是纷更将帅骄";一方面催生出孤寂与幻灭感,使小罗浮社诸人的作品常常陷于一种远离俗事作壁上观的姿态,如杨芃朴"但求安且吉,莫管是与非",杨芃槭"德惟食旧无伤雅,诗不求工易写愁。世事触蛮观壁上,朋情莺燕语枝头"。梦成为作品中的关键词,如黄敬熙"尘梦已醒失蕉鹿,疑团莫释误杯蛇",李钟瀚"三十年来沧海事,罗浮幻梦等闲看",钱衡璋"明知幻梦尽罗浮,但得狂吟亦写愁",这成为成员间的共同情绪。

作为一个带有地域色彩的本土社团,小罗浮社相当多的成员都是地方志编撰的重要成员,结社时间也与地方志的编写联系密切。中国自古对修方志都十分重视,光绪丙子(1876)年,宝山县开始着手重修《宝山县志》,其间《宝山县志》的编写过程曾一度受阻,这激发了潘履祥编修《罗店镇志》的决心,潘氏在《罗店镇志》序中谓:"丙子、丁丑间,各省檄修州县志,余亦应邑侯梁公之聘溢等局中。事甫半而经费支绌,遂中止。己卯杜门家居,长夏无事,因蹶然起曰:县志之成不成责在上,里志之成不成责在下。"①该志于光绪五年(1879)撰成,光绪十五年(1889)增订铅印。《罗店镇志》以潘履祥等任总纂,朱诒泰等任总阅,杨均等为总校,周时亮、杨应环、施赞唐、钱衡同、杨寿昌等人为分校,编撰人员多为小罗浮社成员或与小罗浮社密切相关。潘履祥《城隍行宫东偏新筑小亭跋》云:"斯地旧为吕祖师殿,庚申毁于寇,鞠为茂草者,垂三十载矣。"《小罗浮唱和诗存》载潘履祥"卒年八十有六",其1905年仍健在,生年当在1819年后。所谓的庚申当指1860年,则潘氏修小罗浮当近1890年,此时正是增订《罗店镇志》之时。在《罗店镇志》的增订付梓前后,潘履祥等人修筑小罗浮,并于此聚饮唱和。此外,《宝山县续志》编写人员与小罗浮社成员多有重叠。1916年《宝山县续志》的编写被提上日程,钱淦《宝山县续志》序云:"吾邑续修县志之议,发起于民国元年……迨五年冬,省中有续修通志之议,令饬各县同时修志。"②该志自

---

① 潘履祥总纂,杨军益标点:《罗店镇志》,上海社会科学院出版社2006年版,第4页。
② 《上海府县旧志丛书·宝山县卷》(下),第751页。

1917年4月开始采访，1918年1月着手编写，至1920年方完成。1916年，施赞唐等人结小罗浮社消夏，其后不久便开始《宝山县续志》编写。1917年春结集，正是在《宝山县续志》开始采访之时。据《续修宝山县志题名录》，王钟琦、金其堡为协纂，二人辞职之后施赞唐、王钟瓒继任，前后两任协纂除王钟瓒俱为小罗浮社成员。名誉纂修三人之中，钱衡璋为小罗浮社成员，吴邦珍为白门消寒分会成员。总校金其源、王树榛，参阅沈世楷，分纂钱衡同、杨芃械，采访员李钟瀚等为小罗浮社成员。小罗浮社的缘起和结束与地方志的编写时间紧密相连，这在地域型社团中是值得注意的现象。其后的罗溪吟社也是如此，在该社社集的同一年，江苏省通志局颁布重修县志命令，《宝山县再续志》的编写被提上日程。编纂成员中如主任编纂王钟琦，编纂金其源、施同人等为旧小罗浮社成员，小罗浮社成员在当地的重要影响可见一斑。

在数千年未有之大变局中，小罗浮社文人面对山川故国连遭兵燹之厄，充满了无力与幻灭感，病与梦成为重要书写内容。以往诗词结社多将地方志与族谱视为发掘诗词结社的资料支撑，鲜少注意地方志的修纂与文人诗词结社之间的关系。地域性社团的组成人员大多是当地较有文化和社会地位的乡绅，地方志的编写必须依托这一集体。由于民国初编纂地方志的命令指导，一批文人受编写地方志影响，进行结社唱和活动以作消遣娱乐也在情理之中。

（伏蒙蒙，文学博士，浙江财经大学人文与传播学院讲师。发表论文有《纳兰词：从晚清的再发现到民国的经典化》等。）

吴湖帆与现代"学人之词"的实践

赵家晨

摘　要：活跃在民国艺坛的吴湖帆以其精心撰述的词作彰显出现代考古学、美术学和书学的知识，其词一改传统"学人之词"以含括经史为主的面目，堪称现代"学人之词"典范。究其因由在于现代学科体系的建立、现代学术范式的推衍以及学堂教育的普及促使成长于民初的吴湖帆完成了由传统之"士"向现代知识分子身份的转型，其价值观念、知识结构、生活方式以及社交模式与古人完全不同。吴氏《佞宋词痕》所开创的现代"学人之词"折射出的现代知识虽不如王国维"哲思词"、饶宗颐"形上词"那般精深，然代表了"学人之词"这一类型词作在中国社会现代转型后新的发展趋向，在现当代引发巨大回响。

关键词：吴湖帆　现代"学人之词"　实践

出身于苏州"富吴"家族的吴湖帆作为现代海派画家已为广大民众所熟悉，然作为诗词家的吴湖帆却鲜有人问津。近十数年来除了梁颖《词人吴湖帆》（《中国书法》2016年第11期）一文揭橥吴湖帆以词题画、搜罗词籍的逸事以及简略介绍吴湖帆词学渊源和词集《佞宋词痕》内容外，再无其他。事实上作为文学家的吴湖帆曾于民国二十八年（1939）出版过二卷本《梅景书屋词集》，民国三十七年（1948）年出版过集宋人词句而成的词集《联珠集》（一卷，60阕）。新中国成立后也刊印过《佞宋词痕》（五卷）及《佞宋词痕外篇和小山词》（一卷，74阕）。21世纪以来上海书店出版社曾刊印过十卷本的《佞宋词痕》，收录词作560阕。且这些并非吴湖帆词学著述的全部，其稿本《广宋词三百首》《续广宋词三百首》《起词草稿》等词学著述尚未整理面世。至于其散轶的唱和词、题咏词数量到底有多少尚未可知。可见，作为词家的吴湖帆是一座十足的"富矿"有待学界深入开采。

吴湖帆秉承家学，精于金石文献搜罗和考订，填词与治词并非其所长，其填词的机缘

---

* 本文为江西省教育厅高校人文社科青年项目"近百年（1840—1949）江西词史研究"（项目编号：ZGW19207）阶段性成果。

得益于与当时词坛大家吴梅的一次交游。吴氏自云"幼年从未习词章,及脱离学校后廿五岁时,获董文敏《戏鸿堂法书》十卷于常熟翁氏。吴瞿安先生见之,甚激赏!为余题《南北合套曲》十首,因此而爱好词曲"。① 嗣后,吴湖帆花费大量精力搜罗宋元词籍、以书画延请词坛名家题词、校订并刊印前贤词集、参与时人倡导的词社唱和等,并在与朱祖谋、夏敬观、吴梅、叶恭绰、冒广生、龙榆生、张大千、冯超然、沈剑知、陈巨来等人的交游中完成了词与艺的交融。检索吴氏《佞宋词痕》(上海书店 2010 年版)不难发现其有相当一部分词作是题咏词,或题画或题金石拓片,或题诗词文稿。龙榆生曾说《佞宋词痕》"中多有关金石书画之作,考订绝精";②冒广生亦云"集中所题金石文字若齐侯壶、郑钟、吴季子剑、孙吴大泉以至《汉沙南侯获碑》《魏石门铭》《梁萧敷敬太妃双志》《隋常丑奴墓志》《董美人墓志》《怀素圣母帖》《王居士砖塔铭》《苏书大江东去词》《蜀先主庙碑》《七姬权厝志》,太半宋金元明旧拓,改跋尾为倚声,几使明诚《金石录》与《漱玉词》合而为一",③冒氏除介绍吴氏词作考订之具体名物外,更是对吴氏词作能融合金石考据而不失词体本色赞叹有加。冒广生评"吴君湖帆之于词,其亦诗家之覃溪矣",④"至翁覃溪乃一发之于诗,而或者讥之以为学人之诗,非诗人之诗也"。⑤不同于古代金石学之"著录、摹写、考释、评述"四端,吴氏的金石题咏词作更多地展现出现代考古学、文物学、美术学、书学方面的知识,可以说吴氏词作是现代"学人之词"的典范,并在现当代产生巨大回响。

一、《佞宋词痕》与现代"学人之词"的实践

吴湖帆《佞宋词痕》中的题咏词几近二百余阕,题咏对象有金石拓片、青铜古器物、画卷画册、书法卷轴等,涉及考古、绘画、书法等现代学科内的知识。吴氏题咏词或结合地质学、人类学以及古物形态、色泽、花纹表征对古器物进行断代分析,或从美术史、书学史进行通代考察以判定所吟咏之物价值意义,已非传统金石学只考录文字以证经补史,更非传统画学、书学只言片语零散杂乱地进行学术阐释。

众所周知,苏州吴氏家族为金石收藏大家,吴湖帆祖父吴大澂经眼、收藏金石玉器数以千计,著有《愙斋集古录》《古玉图考》《十六金符斋印存》《恒轩所见所藏吉金录》等著作,对古代青铜器、古玺及官私印章、古玉等进行系统拓印、甄选、考释。吴氏姻亲苏州潘家亦

---

① 吴湖帆:《联珠集自序》,见张春记编著:《吴湖帆》,西泠印社出版社 2005 年版,第 121 页。
② 龙榆生:《石湖仙·依白石声韵奉题》附识,见《龙榆生全集》第 4 卷,上海古籍出版社 2015 年版,第 203 页。
③ 冒广生:《佞宋词痕序》,见吴湖帆著:《佞宋词痕》,上海书店出版社 2010 年版,第 1—2 页。
④⑤ 冒广生:《佞宋词痕序》,见《佞宋词痕》,第 1 页。

是金石古器鉴藏大家,潘祖荫即为杰出代表,潘氏为存放青铜器和碑刻特修建攀古楼,并著有两部金石目录《汉沙南侯获刻石》《攀古楼彝器款识》等。而吴湖帆的梅景书屋则汇聚了吴湖帆祖父吴大澂愙斋、外祖父沈树镛宝董室、岳家潘氏攀古楼三宗收藏,计有文物1400余件。良好的家学熏染以及坐拥大量珍贵的金石古器,吴湖帆本应走上成为金石学家之路。然接受现代教育的熏染及现代学术训练,吴氏更侧重以现代考古学知识来研究这些金石古器,涉及"考古学史及考古学理论""古代文字与铭刻"等二级学科知识。如《满江红·魏毋丘俭纪功刻石》,词云:

> 一角残碑,是正始、三年镌刻。出土在、板石岭南,辑安县北。曾著观堂金石录,遍传海国声名籍。忆毋丘、当日纪功辞,三题壁。朝鲜境,难搜觅。不耐畔(不耐城),成陈迹。祗丸都山下,片琼未蚀。密韵称尊清秘阁,访碑好继蓬莱屐。赋归来、千里话辽东,歌生色。(石藏吴兴蒋氏密韵楼。)①

现代考古学强调现场发掘,强调结合纸质文献以及地层学、人类学来判定出土文物的年代、用途。梁启超云现代考古学"第一个方向是发掘……第二个方向是方法进步……'旧方法的改良'……'新方法的引用'",②其已明确提出现场发掘以及现代考古方法"考古类型学""地质学""人类学"的重要性。1928年的殷墟考古"不囿于一隅的文字或器物考订,而关注殷墟的整体面貌,为解决其他问题张本。重视实物证据,由实物产生问题,因问题求证实物,更趋近科学"。③ 用实践证明了现代考古学与传统金石学的差异。④ 对标现代考古学的知识来解析吴湖帆此词,词句"一角残碑,是正始、三年镌刻"直接断定出该碑刻铸的年代;词句"出土在、板石岭南,辑安县北"介绍该残碑的出土地点;词句"曾著观堂金石录,遍传海国声名籍"则对该碑刻研究的学术史作梳理,介绍该碑得到王国维的精准考释、解读并名扬海内外。该碑的出土有什么样的价值贡献呢?词句"忆毋丘、当日纪

---

① 《佞宋词痕》卷二,第8页。
② 梁启超:《中国考古学之过去及将来》,见《中国历史研究法:另一种中国历史研究法补编》,中国书籍出版社2017年版,第311—313页。
③ 肖宇:《20世纪上半叶知识界对考古学与金石学关系的认识》,《博物院》2020年第3期,第85页。
④ 金石学与考古学的根本不同之处,一是闭门著书,大多研究传世和采集的金石之器,而很少与田野调查和发掘相联系;二是偏重于文字著录和研究,对于没有文字的古代遗物不感兴趣;三是与西方近代建立在自然科学基础上的实证方法不同,金石学偏重于孤立地研究某一个问题,以达到证经补史的目的。而对器物本身的形制、花纹等特征的变化、断代,由器物推论古代文化,由款识考证古代史迹等方面则多有忽略,即使分类,由于没有近代科学的归纳法,也多有幼稚可笑之处。[参见陈星灿:《中国古代金石学及其向近代考古学的过渡》,《河南师范大学学报(哲学社会科学版)》1992年第3期。]

功辞,三题壁。朝鲜境,难搜觅"表明了吴氏认为此碑有补益正史的贡献,证明毋丘俭讨伐高句丽确有其事,以实物证实了纸质文献的真实性;此外,该词句还表明了该残碑的用途是纪功的。词句"不耐畔(不耐城),成陈迹。祗丸都山下,片琼未蚀"亦印证了《三国志》中的"丸都山"即今吉林省集安县板石岭。总之,吴氏此词利用现代考古学之"考古学地层学""标准器断代法""考古类型学"等专业知识来解读此残碑的,对该碑的年代、用途、价值以及流传递藏情况和相关研究学术史都作了详细的叙述。活脱脱一篇现代考古学专业论文。

吴氏题咏词除了折射出现代考古学知识外,还有对现代美术学知识的反映。吴湖帆作为海派的代表性画家,其在绘画创作与美术研究方面皆与传统文人画、士夫画有显著差异。金丹元先生认为近代海派画家在时代文化情境下孕育出了一些基本特征,主要体现在"一是传统在自身线性框架中的救赎与拓展,二是逐渐融汇到城市市民文化之中而形成的'创新',三是在西学东渐、文化融合的文化情境中日益凸显出其对现代性的认同"。① 事实上20世纪以来"中国画在创作的功能观、价值取向、语言图式及艺术趣味等方面与传统绘画相比都发生了诸多的变革与转换"。② 以吴湖帆为代表的20世纪三四十年代的海派画家对"现代性"的体认集中地反映出立足传统、融汇中西,精英文化与大众文化的融合,关注自我意识、关注时代风貌、体现现代人文关怀等方面。诸如词作《江南春·宋人画汉宫春晓图》上阕云:

> 金谷秾华,红楼浅醉,晴晖犹媚人色。莺啼燕语,似笑迎、骄马芳陌。佳景浑无迹。风流仗、赵王画籍。试暗想、双钩柳绿,没骨山青,湖天粉黛描出。③

词句"金谷秾华,红楼浅醉,晴晖犹媚人色。莺啼燕语,似笑迎、骄马芳陌。佳景浑无迹"则把宋人《汉宫春晓图》卷面热闹春光勾勒出来,风和日丽、莺歌笑语、游人如织,处处一派春光荡漾之景。紧接着吴氏遥想这热闹场面画家是如何绘制的呢?词句"试暗想、双钩柳绿,没骨山青,湖天粉黛描出"点明画家用"双钩"法以线条勾勒出柳枝的轮廓,又用"没骨"法以彩色绘制青山,一片桃红柳绿、青山隐隐的春景即生成了。

"双钩""没骨"等绘画技法在明清以文人画为主的画坛本已式微,然吴湖帆为迎合资本市场之需求,迎合普通民众对通俗画的接受,又重新钩沉并推进此类技法走向圆融。

---

① 金丹元、宋眉:《从传统到转向现代:中国"海派"绘画的现代性取向》,《艺术百家》2012年第5期。
② 黄宗贤:《延绵与拓展——中国传统绘画现代转型的语境与内涵》,《中国书画》2017年第1期。
③ 《佞宋词痕》卷二,第5页。

"现代性"不仅体现在价值观念、科学技术、社会结构、社交模式、生活方式等方面,同时也与"资本""市场"等概念密切联系。"对于艺术而言,这种演进促成了两大转变,即文人画家向职业画家的身份转变和艺术功能由'自娱'向'消费'的转变(同时也是艺术由精英向大众化的转变)。"①这就使得作为职业画家的吴湖帆必须在画作中表现近代市民阶层的通俗文化,体现大众审美情趣。"正是这种'通俗性',形成了其雅俗共赏的特色,也促成了中国画史上已渐衰微的人物画的复兴以及勾花点叶、没骨法、宋元丘壑及描法等传统图式和技法的进一步发展。"②

与此同时,吴氏题咏词还有大量关涉现代书学的知识。③ 吴湖帆家藏古代著名碑帖真迹或拓本数量颇巨,其"少年时曾学篆书,并临习家藏先秦铭文,后转学汉魏碑版石刻,又学唐宋楷书、行书,尤其崇尚欧体,而后再入赵孟頫、董其昌门庭,在此期间也学过薛曜和瘦金体",④转益多师,书风屡经变化,在晚年最终奠定其清雅冷峭的书风。正是因为吴氏本身即为一流书法家,并与现代书法大家沈尹默密切交游,故而他能在词作中以现代书学知识对前人书法作品作精准品评。如词作《谢池春慢·赵松雪书急就章册,次李端叔韵》,云:

> 挥毫驰阵,横扫继,征西后。狂素肯头低,颠旭应眉皱。俨荡吴生带,如飔公孙袖。笑杨风,夸寝昼。墨花飞溅,豪拼千钟酒。沤波秘省,看小印,银钩瘦。北宋麝烟浓,蠹纸南唐旧。试问曾藏处,天籁清箱守。金错体,堪并偶。矫鹰吻厉,休话诚悬柳。⑤

此词针对元代书法家赵孟頫临摹三国吴皇象的章草作品《急就章》作评点,涉及书法本体、书法理论、书法史、书法作品鉴藏等专业知识。吴湖帆以词句"狂素肯头低,颠旭应眉皱。俨荡吴生带,如飔公孙袖"来描绘赵氏此幅作品给人的整体美感,认为赵氏所临文字令草书史最有名的张旭、怀素为之折服,笔走龙蛇、飘逸自然,恰若画圣吴道子、舞剑的公孙大娘,皆能得其神韵。文字欣赏完毕后,吴氏又观册上印鉴,发现印章文字笔画媚若

---

① ② 金丹元、宋眉:《从传统到转向现代:中国"海派"绘画的现代性取向》,《艺术百家》2012年第5期。
③ 现代书学有以下几个特征:一、承认书学的独立,并从学科整合分化角度将书学独立出来,成为一门单独之学问;二、现代书学强调严密的逻辑体系、精微的思辨,是专家之学,非传统通人之学,并产生大量的专门的研究机构;三、现代书学在研究方法上是考据、实验、逻辑的,并借用现代学术著述轨范表达出来;四、积极谋求与国际社会的交流和对话。(参见丁正:《从传统到现代:近百年书学略论》,《书法之友》1998年第4期。)
④ 王国红:《试论吴湖帆的书法分期及审美特征》,《书法》2019年第12期。
⑤ 《佞宋词痕》卷二,第5—6页。

银钩、纤细柔美。至于该书册所用的纸张吴氏鉴定为五代之南唐时期的,近嗅此册,还能闻到浓郁的麝香烟熏味。紧接着吴氏把此书册的递藏情况告诉读者,在明为天籁(项元汴有"天籁阁"印记),在清为清箧(励宗万的藏书室名"清箧堂")。此词书学专有术语较多,如"银钩"典出唐欧阳询《用笔论》("徘徊俯仰,容与风流,刚则铁画,媚若银钩。"),指的是书写时的笔画;"金错体"则是篆书的书体之一,又称"金错刀"。此词对赵孟頫所临《急就章》从书法审美趣旨、笔法、印鉴、纸墨以及鉴藏情况都做了详细解说,堪称书画鉴赏学实训课程。又如词作《金缕曲·徐文长春雨帖草书卷》上阕云:

> 醉态诗中省。想当初、信手挥毫,墨花飞凝。倘尔虺蛇惊座笔,对此也须目瞪。诧狂比、张颠尤横。毕竟书生多胆气,仗锦心、辣手豪情逞。天斗大,我光顶。①

词句对徐渭草书艺术成就没有细致描述,只说徐氏书法令草书之祖的张旭也为之惊诧,可见徐渭草书水平之高妙。吴湖帆曾为其收藏徐渭《草书春雨帖七古二章》卷作跋,称:"天池之书,自米法上溯,几欲夺旭、素之席,所谓天马行空,不可羁勒矣!学之者往往狂诞过甚,遂入邪魔,如板桥一流。天池则任狂任放,总不脱'二王'藩篱即其好处,故能横绝千古而不磨者也。"②从这一段跋文中不难看出吴湖帆是站在通代书学史的高度来判定徐渭书法的价值,认为他的书法导源于宋代米芾并上溯唐代怀素、张旭,实则不脱东晋王羲之、王献之父子书法藩篱,并对清代郑燮等书家有极深影响。可见吴湖帆是从现代书学角度经过系统考察书法史、在严密论证分析后才对徐渭在书史的价值作判断的。

清末民初随着中国教育由书院走向学堂后,带来了现代学科知识体系和现代学术研究轨范,也促使了"学人之词"概念发生新变。"以传统学术视野来看,所谓'学人之词'是指深谙经史的经学家所填的、其中有观照经史之内容的词作;当代学者则认为,'学人之词'是指精通现代学科范围内某一领域之专家所填的,其中有反映现代学科范围内的知识的词作。"③吴湖帆的词作则对现代美术学、书学、考古学的知识有较为集中的反映,堪称现代"学人之词"典型。众所周知,晚清民初正是中国逐步走向现代社会的转型期,众多由晚清跨入民国的学者尚未完成从"士"向现代知识分子身份的转变,如罗振玉被称为"活在近代的古人",④何以吴湖帆能成为现代人?能在词作中折射现代知识?

---

① 《佞宋词痕》卷二,第 10 页。
② 吴湖帆著,梁颖编校,吴元京审定:《吴湖帆文稿》,中国美术学院出版社 2004 年版,第 438—439 页。
③ 赵家晨:《学术转型与"学人之词"概念新变》,《中国社会科学报》2021 年 3 月 15 日。
④ 查品才:《罗振玉:活在近代的古人》,《北京晚报》2020 年 8 月 28 日。

二、作为现代人的吴湖帆

晚清民国面临三千年未有之大变局，随着西方现代文明介入中国，中国由传统文明被迫走入现代文明，晚清诞生的"器物—制度—思想"现代化进阶模式在当时深入人心。迄至民国，社会现代化范围更加明晰，体现在经济生产方式、社会结构、社会关系模式、社会组织管理模式、政权组织形式以及人的生活方式、思想观念的变迁等方面。吴湖帆身处由旧入新的转折时代，其已完成人的现代化，无论是在接受新式教育、转变思想观念上，还是在创办学术机构、运营现代杂志报纸以及维系社会关系模式等方面，吴湖帆已然是现代人。其对绘画的感知、文物收藏的鉴赏以及文物的考古发掘过程等无不蕴藏在其词作中。

一个人的现代化程度有多深体现在其接受教育形式、思想观念、社会关系模式以及日常生活等方方面面。"现代性"关涉到现代社会生活中最重要的也是最抽象、最深刻的层面应当是价值观念层面，"作为现代社会的价值体系，'现代性'体现为以下的主导性价值：独立、自由、民主、平等、正义、个人本位、主体意识、总体性、认同感、中心主义、崇尚理性、追求真理、征服自然等"。① 对民主、自由、正义的追求，对家国的认同感以及自我主体意识的崇扬正是吴湖帆极力追求的。如20世纪三四十年代面对日本侵略和奴役，为追求民族独立、民主自由，吴湖帆与艺术界友人发起反帝抗日团体，先后成立"中国画会""甲午同庚千龄会"，目的在于抵制日本的非道义行为。又如面对国民政府的倒行逆施，吴湖帆作诗讽之，云"民主羊头挂狗皮，独夫专制肆淫威"(《孙阁》)，"人道倒施天道逆，小民长夜不安眠"(《冬至夜天奇热》)，这些诗作不无展现出现代民主、自由、正义意识深入骨髓的吴湖帆对国民党违背现代政治制度行为的不满。可见，在价值观念上，吴湖帆已经摆脱了以儒家纲常伦理所维系的那一套价值体系。

作为现代人的吴湖帆在接受教育、社交方式及知识谱系方面也与古人大为不同。交游、参与社会活动等直接日常经验的累积，以及教育、阅读等间接知识的积淀对人的知识结构塑形起着决定性的作用，而一个人的知识谱系又可通过其遗留的文字、遗物窥见一斑。梳理吴湖帆的日常生活细节以及检视其著述不难发现吴湖帆无论从知识结构、思想观念还是社会关系模式皆已完成向现代的转型。吴氏自1905年十二岁始在上海吴淞中国公学就读，1907年后又转入苏州草桥中学直至1912年毕业。可以说在人的思想观念养成最为关键的青春期吴氏接受的正是新式教育的熏陶，这对其今后融通中西开放式办

---

① 俞吾金：《现代性现象学》(续)，《江海学刊》2003年第2期。

学有着直接的影响。1935年吴氏又常派梅景书屋弟子王季迁、董慕节去张充仁的"充仁画室"学习素描等西洋画技巧,走"中西画互相借鉴融合"①之路。中华人民共和国成立后,吴氏又参与创办上海中国画院并被聘为教授山水画的画师。除教育之外,吴氏还积极参与国内外画展活动,早在1924年吴氏就曾参与江苏省第一届美术展览会展品审查工作,1928年又出任国民政府教育部第一次全国美术展览会总务委员,1929年吴湖帆成为"中日绘画展览会出品会"委员并于1931年亲赴日本上野参加中日第四次绘画展览会。在参办画展外,吴氏还作为文物收藏鉴定大家担任与此相关一系列社会兼职,1933年吴氏被聘为故宫博物院专门委员,1934年作为通信专门委员参与指导故宫留平及存沪文物审定清点工作,1935年更是直接参与故宫留沪文物清点编目工作,1960年又被聘为上海文物图书鉴别委员会成员。值得一提的是吴湖帆在1933年中国考古会首次理事会上被推举为考古会常务理事,可见其不单只在文物鉴藏方面有所长,更对文博考古、田野发掘有所涉及。在书画创作、文物、展览、鉴定、保存外,吴氏还参与现代学术机构,借助现代期刊对书画、金石古器进行研究、推广。1926年吴氏参与黄宾虹发起了"中国金石书画艺观学会"。该会宗旨"对待于传统中国画艺术讨论之,整理之,以培养吾国之国性,发扬吾国之国光",②为当时美术家"反西化"的重要力量。1930年吴氏又与郑孝胥、叶恭绰、朱祖谋、赵尊岳、徐志摩等18人发起成立观海艺社,以"研究国画、西画、书法、篆刻、诗文、词章"③为宗旨。1948年冬,吴湖帆与黄宾虹、冯超然、郑午昌、陈定山等又成立"艺舟社",该社以"阐扬中国固有艺术,间介西土菁华"④为宗旨。可见吴湖帆的艺术研究范围不局限在中国固有之艺术,还涉及西方艺术。

至于研究成果及艺术推广途径,吴湖帆则充分利用现代传媒,以报纸杂志为载体发表其艺术创作作品及学术研究成果。吴湖帆热衷参与艺术及文学类杂志运营工作,1929年《美展》创刊,吴湖帆即作为特约撰稿人。1930年"东方美术会"刊物《东方》创刊,吴湖帆又被聘为名誉会员,并为该杂志题封面。1959年上海人民美术出版社出版《中国名画选》,吴湖帆又被聘为编辑委员会委员,负责名画的选编工作。运营之余,吴氏也有大量美术作品及学术文字是通过现代报刊刊载的。1934年《良友》杂志第八十四期选刊吴湖帆《烟岚云瀑》图,1957年人民美术出版社《中国画》第二期刊载吴湖帆《庚桑古洞》图,1962年吴湖帆与江寒汀、谢稚柳、贺天健等人合作的《占得东风万种春》又刊载在《新民晚报》

---

① 王叔重、陈含素编著:《吴湖帆年谱》,东方出版中心2017年版,第202页。
② 《吴湖帆年谱》,第57页。
③ 《观海谈艺社简章》卷首,《观海艺刊》,上海观海谈艺社,民国十九年(1930)二月。
④ 许志浩著:《中国美术期刊过眼录》(1911—1949),上海书画出版社1992年版,第244页。

上。此外，吴氏又曾于1939年在《国光艺刊》、1944年在《古今》杂志上分别发表《丑簃谈艺录》《梅景书屋杂记》等文章谈及对古代画家绘画风格、画作观感、绘画技法、绘画载体及材料等看法，涉及鉴伪、评点、画学源流等。虽然吴氏并非以现代学术论文方式来表达自己的画学见解，然这并不妨碍其文章中的内容是现代艺术学学科体系下的知识。

除在学术、社交、教育、思想方面吴氏具有现代性一面，其在生活方式上也与古人相去甚远。仅以其娱乐而言，吴氏喜看电影，据其日记载录单在1933年1月底至2月上旬短短半个月时间，吴氏或其家人就曾观赏过《东北义勇军大战记》《空中之王》《荒岛怪人》三部电影。观影作为新的生活方式在远东第一大都市的上海也不过寥寥二十余年，吴氏能在短短半月之内三次踏入影院观影足见其对现代生活的热忱。总之，成长于晚清民国之际的吴湖帆在民国时期已经从知识谱系的建构到思想观念的转变，以及生活、社交方式的变迁等方面完成了向现代转型。这对其《佞宋词痕》以词作叙写现代学科体系内考古、美术、文物鉴藏、文学等诸多知识奠定了坚实的基础。

三、民国以来现代"学人之词"之递嬗

吴湖帆以现代学科体系内的知识融入词作，为"学人之词"开拓词境。事实上在清末已有人尝试过以现代学科知识入词，诸如沈曾植、王国维、吕碧城等，或以现代宗教学之佛道入词，或以西方哲学、美学知识入词。入民国后，"有一部分词家，或本身是学人而无词学理论；或只喜创作而极少论词，又非专业学者，前者如马一浮、庞俊、胡士莹、徐震堮、苏渊雷等；后者如徐定戡、孔凡章、寇梦碧、曹大铁、刘蘅、吕碧城、陈翠娜等，但无不学殖深厚，或博通中西，或熟谙经史，词皆典雅深醇，绝少浅薄空疏之病，具有明显的学者化特色"。① 可以说，自清初诞生的"学人之词"入民国后虽内涵发生了质变，然依旧得到大量词家的偏爱，蔚为大观。

光宣以来部分学人将现代宗教学的知识入词，表现出悲天悯人情怀，寄寓内心之情志。沈曾植词作"佛典僻典满纸"，②沈氏用佛禅等宗教知识入词寄寓的是作为清遗民内心之哀痛，尚未脱离统治阶级功利层级，词旨终未阔大。稍晚其后的吕碧城"词中体现对人间万物的博爱关怀，对战争、杀伐的沉痛谴责……并显示出愿为拯救人类苦难而不惜牺牲自己的决心"。③ 吕氏以西文翻译大量佛教经籍之余，在词作中刻意大量运用佛典以

---

① 刘梦芙著：《二十世纪名家词述评》，安徽文艺出版社2006年版，第28页。
② 钱仲联选注：《清词三百首》，岳麓书社1992年版，第313页。
③ 《二十世纪名家词述评》，第17页。

"阐扬佛门义理,并抒发心灵慧悟"。① 刘梦芙先生认为其词"表现自由之精神、独立之人格,既关怀国家民族之命运,又博爱宇宙万物,这一圣洁崇高的思想境界,固已超越古人,同时及后来的词家亦未易企及"。② 这一论断与沈轶刘先生对吕词判断"陆离炫幻,具炳天烛地之观。其词积中驭西,膏润滂沛,为万籁激越之音;寓情搴虚,伤于物者深,结于中者固,日出日入之际,奇哀刻骨,有不可语者在"③可谓一致。能达此境界皆源自吕氏学养深、阅历厚。马一浮词"多化用经史及佛道二藏中语,吐纳万象,霞彩氤氲",④其词非似其诗枯槁槎枒、艰深难解,"其'学''理'的成分在词中非但不冲淡'词味',且别增一种舒卷摇曳之致"。⑤ 可见,同样是以佛禅道藏入词,不同词家有不同的处理方法,马氏能"以学化情,以理融情,用学问提升一己的胸襟修养、人生境界",⑥沈氏则刻意追求深涩渊奥词境。

清末民初现代学术转型时期,王国维用西方美学、哲学分析《红楼梦》外,又以词作熔铸西方美学、哲学知识,开创"哲理词",并吸引大量词人续写。王国维《浣溪沙》(天末同云黯四垂)、《蝶恋花》(昨夜梦中多少恨)、《蝶恋花》(百尺朱楼临大道)、《点绛唇》(厚地高天)、《浣溪沙》(山寺微茫背夕曛)等词无不以词述学,将其对西方哲学的思考真切理性地呈现在读者面前。缪钺云:"王静安诗词中多发抒哲理……清邃渊永,耐人寻味。"⑦叶嘉莹先生讲得精辟:"王氏之以思力来安排喻象以表现抽象之哲思的写作方式,确乎是为小词开拓出了一种极新之意境。如果延拟着我们对于词之演进所提出的歌辞之词、诗化之词、赋化之词而言,则王氏所开拓的词境或者可以称之为一种'哲化'之词。"⑧那么王国维的词到底表现了什么样的哲思呢?"一言以蔽之曰:极深之悲观主义。"⑨这是对哲学领域"我是谁?""我将往何处去?"等终极命题进行回答。彭玉平认为王氏词作"或写生命之无力、飘忽、迷茫,或写理想与欲望在现实面前的困顿,宇宙悠悠,自然永恒,而人生短暂,且悲欢无据。这其实正是王国维当时从哲学高度借填词而表达出来的人生感悟",⑩可谓精妙。又如王氏私淑弟子顾随词作"往往表现出一种对于苦难之担荷及战斗的精神……表

---

① 《二十世纪名家词述评》,第60页。
② 《二十世纪名家词述评》,第6页。
③ 沈轶刘著:《繁霜榭续集》,萧山文联印刷厂1995年版,第12页。
④ 《二十世纪名家词述评》,第25页。
⑤ 马大勇:《"活人剑,涂毒鼓,祖师禅":论马一浮词》,《古典文学知识》2019年第3期。
⑥ 沙先一:《推尊词体与开拓词境:论清代的学人之词》,《江海学刊》2004年第3期。
⑦ 缪钺著:《冰茧庵丛稿·王静安诗词述评》,上海古籍出版社1985年版,第230页。
⑧ 叶嘉莹著:《王国维及其文学批评》,广东人民出版社1982年版,第498页。
⑨ 缪钺著:《诗词散论》,上海古籍出版社1982年版,第107页。
⑩ 彭玉平:《以哲人之思别开词史新境——王国维词四首并释》,《文史知识》2017年第4期。

现有一种富于哲理之思致",[①]刘梦芙先生认为其词"堪为王观堂后劲,每寄天人玄想与宇宙悲悯情怀于形象之中",[②]叶、刘二先生对顾词的判定是一致的,皆认为其以词来承载西方悲剧哲学内容,寄寓词人对全人类命运的关切。

中华人民共和国成立以后,"学人之词"的发展进一步走向深入,涌现出沈轶刘、孔凡章、苏渊雷、饶宗颐等名家,尤其以饶宗颐开创的"形上词"[③]堪称现代"学人之词极则"。沈轶刘先生《叶流词》"多用辟调、涩调,喜押窄韵、险韵,琢语奇峭,隶事生僻。藻采密丽,托意遥深,有似诗中李商隐;而笔力雄鸷,缒幽凿险,又似韩昌黎。……即如沈曾植、马一浮、沈轶刘三家皆属通儒,词皆古香古色,而别开异境之处,则前无古人"。[④] 轶刘先生接踵乙庵、湛翁,皆为博古通今之大儒,其词作亦似《曼陀罗寱词》《芳杜词剩》,在守律峭拔之余,词意艰深晦涩。方东美《俘天阁诗余》"意境广袤而深邃,时时融入哲理思维,形成瑰异杰特之风格,为词坛另辟一重天地"。[⑤]饶宗颐先生独创"形上词",更是追求诗人、学人、真人三境界中的第三重——真人境界,这种境界"是一种超越的境界。里头有些是道家的,以道家来讲是相当高的一个地步。但其中体现神的观念,也可说带有宗教味道。这并不是每人都能达到的境界,也并不是每个人都愿意到达的境界"。[⑥] 其词作《六丑·睡》《蕙兰芳引》《玉烛新》等词"歌咏睡、影、神,展示形上词创作的方法与途径,将落想、设色、定型与西方意识流技巧相联系,为现代主义手法的中国化进行一次有益的尝试",[⑦]实现了从诗词到哲学的超越。饶翁试图以词来载"道","选堂形上词中之'道',乃宇宙人生之哲理",[⑧]而非古文之"道"关涉儒学道统、内圣外王的世间功利之义理。

进入21世纪后,随着网络诗词的崛起,现代"学人之词"从内容、主旨、意境、形式、语

---

① 叶嘉莹:《谈羡季先生对古典诗歌之教学与创作》,见赵林涛、顾之京编:《驼庵学记:顾随的生平与学术》,生活·读书·新知三联书店2016年版,第29—30页。

② 刘梦芙:《冷翠轩词话》,见刘梦芙编选:《二十世纪中华词选》,黄山书社2008年版,第530页。

③ 何谓"形上词"? 饶宗颐先生自答曰:"西洋形上诗(Meta Physical),代表形而上。这是与形而下相对立的。Meta Physical 在上面,带有物以上的意思。这是看不见的。对此,中国人谓之为道,而形而下,则谓之为器。我所作形上词(Meta PhysicalTzu),就是从这里来的。重视道,重视讲道理,这是形上诗的特征,也是形上词的特征。如果为形上词立定义,是否可以说,所谓形上词,就是用词体原型以再现形而上旨意的新词体。"(施议对:《为二十一世纪开拓新词境,创造新词体——饶宗颐形上词访谈录》,《文学遗产》1999年第5期。)简而言之,"所谓'形上词',即词人思想超越家国兴亡、人事纷扰之一切世俗羁绊,着重抒写于宇宙、人生之思考与体悟,以达天人合一之境界。选堂早年词中之'形上'意识尚不多,至中、晚年学问日趋广大,词笔随之共进,遂饱涵哲理,深蕴玄机。"(刘梦芙:《论选堂乐府》,见《二十世纪名家词述评》,第108页。)

④ 《二十世纪名家词述评》,第25页。

⑤ 《二十世纪名家词述评》,第177页。

⑥ 施议对:《为二十一世纪开拓新词境,创造新词体—饶宗颐形上词访谈录》,《文学遗产》1999年第5期。

⑦ 施议对:《论饶宗颐的形上词》,《江苏师范大学学报》2015年第5期。

⑧ 《二十世纪名家词述评》,第113页。

言等走向了更为宽博的境地。现代"学人之词"有一非常显著的特征即有着自由深邃的思想取向,这种思想取向"理应包括而且重点关注20世纪以来大规模输入华夏的西方哲学思想"。① 事实上网络词坛涌现出大量的现代"学人之词"恰从思想内容方面展现出当代人对世界及人类本质"形而上"的思考。诸如魏新河《水调歌头·初晨自京赴邕机上》,词云:

> 乘我白云走,银汉度残星。最高层上天色,不改旧时青。足下神州一把,窗外乾坤一抱,万古只蒙蒙。四万八千岁,未见有真灵。　日在后,风在下,徙南溟。疾行逃影,贻笑东海鲁连卿。我欲何从何去,我类何存何化,回首问长庚。龙汉无穷劫,何处可重生。②

词人在机上眺望苍穹顿感苍天永恒、万古长青,反观人类、反观小我,词人不禁拷问人类命运的未来走向在哪里? 事实上这已然是对哲学终极命题"我是谁?""我将往何处去?"的本质作出了判断。周向东评点此词云:"中有万古鸿蒙之气,千载行藏之思,当下人生之惑。从开篇实写点题,举重若轻,一势下旋,终入哲境。"③这哲境即是:与永生的苍天相比,人类永远无法摆脱世俗的羁绊,获得纯粹意义上的永生。网络词坛中此类表现对人类命运、对世界本质的思考的词作尚有发初覆眉《减兰·我》(我生如魇,我合无光珠蚌敛),碰壁斋主《生查子·秋夜》(古亦在吾中,后不后于我),李子《绮罗香》(死死生生,生生死死),李子《踏莎行》(黑洞妖瞳,恒星豆火,周天寒彻人寰坐),张力夫《齐天乐·夜读海德格尔存在论志感》(偶为尘境蜉蝣客),象皮《清平乐》(什么是爱,为什么存在)等,以词体承载思想意蕴古已有之,"在表达宇宙、人生、历史等'超重量级话题'面,西方哲学思想对于当代人有着更多的适应性",④这也是为什么当代网络词多陈述西方哲学知识。

结语

现代"学人之词"是建立在中国社会现代转型以及人的"现代化"转变基础之上的。现代"学人之词"除了以词体承载现代学科体系内的知识外,更应当体现"现代性",这种现代性反映在词作的表达方式、审美价值、思想意蕴等方面。吴湖帆的《佞宋词痕》以词展述现

---

① ④ 马大勇:《种子推翻泥土,溪流洗亮星辰——网络诗词平议》,《文学评论》2013年第4期。
② 魏新河:《水调歌头·初晨自京赴邕机上》,《中华诗词》2016年第7期。
③ 周向东:《周向东推荐、点评〈水调歌头·初晨自京赴邕机上〉》,《诗潮》2017年第1期。

代考古学、美术学以及书学知识之余,更彰显出民国时期新型知识分子收藏、品鉴、把玩、研究古器物的审美情趣,是那一时代新型学人精神面貌、生活品位以及价值观念的缩影。

然现代"学人之词"亦有不足之处。王国维"哲学词"不足处有二:"一来专长令词且'微嫌摹多创少',长调极少且'未离小令气味,不免力弱',成就不高。总体风格较为单一;二来'用力过重,终欠自然'有深狭之病,于词体本身之美越发不足。"① 尤其是第二点"用力过重,终欠自然"几乎是现代以来所有"学人之词"的弊病。沈曾植词"古奥难解,象西藏曼荼罗画那样光怪陆离,越到晚年,这种趋向越显著";② 马一浮词"多化用经史及佛道二藏中语,吐纳万象,霞彩氤氲,词中境界,浅人辄难索解",③ 哪怕被当代学人推崇备至的饶氏"形上词"连"当代词圣"施议对先生也须"一步一步、慢慢有所领悟"。④ 可见现代"学人之词"着力过重,凸显学问力度远胜前人,终非词体柔美婉约、杳渺宜修之本色。

(赵家晨,文学博士,江西师范大学文学院讲师。发表论文有《学术转型与"学人之词"概念新变》等。)

---

① 马大勇:《"偶开天眼觑红尘":论王国维词——兼谈20世纪哲理词的递嬗》,《文艺争鸣》2013年第1期。
② 《清词三百首》,第313页。
③ 《二十世纪名家词述评》,第25页。
④ 施议对:《为二十一世纪开拓新词境,创造新词体——饶宗颐形上词访谈录》,《文学遗产》1999年第5期。

诗学文献研究

韩偓作于福州沙县的两首诗解读

吴在庆

摘　要：唐末诗人韩偓流寓福州和沙县时，作了《故都》等两首诗歌。这两首诗歌，深深地寄寓着诗人怀念唐昭宗的李唐王朝，誓不向篡夺李唐政权的朱全忠妥协的意志。本文即对两诗之语词、诗句、诗旨做深入解读。

关键词：韩偓　故都　两首诗　解读

韩偓入闽后，在福州和沙县都赋诗多首。其中作于福州之《故都》，作于沙县之《余寓汀州沙县病中闻前郑左丞璘随外镇举荐赴洛兼云继有急征旋见脂辖因作七言四韵戏以赠之或冀其感悟也》诗，均颇能见其家国情怀与士人气节。然两诗或采用比拟寓意，或以典故说事明志，或暗用当时人物事迹以抒情表意，以此颇有艰深难明诗旨之处。故今作此两诗之解读，或有助于明了两诗之意蕴诗旨。

一

韩偓《故都》云：

> 故都遥想草萋萋，上帝深疑亦自迷。
> 塞雁已侵池籞宿，宫鸦犹恋女墙啼。
> 天涯烈士空垂涕，地下强魂必噬脐。
> 掩鼻计成终不觉，冯驩无路敩鸣鸡。①

---

① 韩偓撰，吴在庆校注：《韩偓集系年校注》，中华书局2015年版，第209页。又，此文所涉及语词、典故等颇多，解释它们所引用之典籍亦夥，为免繁冗，除另出注外，余多据《汉语大辞典》所引。

这首诗的题目在王安石《唐百家诗选》本题作"忆故都",从这一题目看,此诗乃韩偓离开故都后之作。这里的"故都",指的是唐代的京都长安。韩偓离开长安是他从朝中被贬濮州司马时。考《资治通鉴》卷二六四天复三年(1903)二月载:昭宗欲用韩偓为宰相,而偓荐赵崇、王赞自代,朱全忠入见帝,曰:"'赵崇轻薄之魁,王赞无才用,韩偓何得妄荐为相!'上见全忠怒甚,不得已,癸未,贬偓濮州司马。上密与偓泣别,偓曰:'是人非复前来之比,臣得远贬及死乃幸耳,不忍见篡弑之辱!'"①据此可知此诗必作于天复三年二月贬官之后。又《韩偓集》此部分诗作基本是按时间先后编排的。此诗前八首《荔枝三首》下小注谓"丙寅年秋到福州,自此后并福州作"。②又《感事三十四韵》诗题下有"丁卯已后"小注,③《故都》在其后,且诗句中又有"塞雁已侵池籞宿"句,推知《故都》应作于丙寅即天祐三年(906)秋深在福州时。

    故都遥想草萋萋,上帝深疑亦自迷。

此诗的"故都",《瀛奎律髓汇评》卷三怀古类无名氏(甲):"故都,指西安。昭宗本都长安,被朱温劫迁,而长安遂墟,乃称'故都'云。"④此说是。据新旧《唐书·昭宗纪》以及《资治通鉴》载,天祐元年朱全忠逼唐昭宗迁都洛阳,并于同年八月弑昭宗,另立新帝。本诗乃天祐三年,诗人避难于福州时作。其时因迁都洛阳,长安已非唐都城,故称长安为故都。又"草萋萋",萋萋为草木茂盛貌。《诗·周南·葛覃》:"葛之覃兮,施于中谷,维叶萋萋。"毛传:"萋萋,茂盛貌。"《楚辞·招隐士》:"春草生兮萋萋,王孙游兮不归。"按此处"草萋萋",指故都长安已经成为一座荒草茂盛的旧都城了。诗人此处所写故都荒芜景象虽是"遥想",但确实为其时长安之真实景象。《旧唐书·昭宗纪》记朱全忠天祐元年逼迁都洛阳,毁坏长安事云:"己酉,全忠率师屯河中,遣牙将寇彦卿奉表请车驾迁都洛阳。全忠令长安居人按籍迁居,彻屋木,自渭浮河而下,连甍号哭,月余不息。秦人大骂于路曰:'国贼崔胤,召朱温倾覆社稷,俾我及此,天乎!天乎!'"⑤《资治通鉴》卷二百六十四亦记此事谓:"己酉,全忠引兵屯河中。丁巳,上御延喜楼,朱全忠遣牙将寇彦卿奉表,称邠、岐兵逼畿甸,请上迁都洛阳;及下楼,裴枢已得全忠移书,促百官东行。戊午,驱徙士民,号哭满路,骂曰:'贼臣崔胤召朱温来倾覆社稷,使我曹流离至此!'老幼襁属,月余不绝。壬戌,车

---

① 司马光编著,胡三省音注:《资治通鉴》卷二六四,中华书局1956年版,第8604页。
② 《韩偓集系年校注》卷一,第183页。
③ 《韩偓集系年校注》卷二,第235页。
④ 方回选评,李庆甲集评校点:《瀛奎律髓汇评》,上海古籍出版社1986年版,第113页。
⑤ 刘昫等撰:《旧唐书》卷二〇上,中华书局1975年版,第778页。

驾发长安,全忠以其将张廷范为御营使,毁长安宫室百司及民间庐舍,取其材,浮渭河而下,长安自此遂丘墟矣。"①从上述文词之解读,可知首句乃韩偓在闽地,悬想长安故都之破败荒墟景象,寄寓其哀伤故国之深切情衷。而第二句"上帝深疑亦自迷",则转换至"上帝",以其眼光以对故都。此处"上帝",虽亦可释为如《诗·大雅·大明》"昭事上帝,聿怀多福",《周礼·司服》"昊天上帝"之上帝、天帝;亦可谓帝王,如《诗·大雅·荡》:"荡荡上帝,下民之辟。"毛传:"上帝,以托君王也。"孔颖达疏:"王称天称帝,《诗》之通义。"《后汉书·党锢列传·李膺》:"顷闻上帝震怒,贬黜鼎臣。"李贤注:"上帝谓天子,鼎臣即陈蕃。"②但此处实际上指唐昭宗。盖此时唐昭宗已被朱全忠所弑杀,以上面两种称谓称之均可。故"上帝深疑亦自迷"句,乃谓迁都洛阳后,故都长安已荒废太甚,连本熟谙长安风貌之昭宗,亦疑而迷惑,几乎未能认出长安。诗人以此寄慨遥深,感慨莫名;同时也寄寓对唐昭宗的深切缅怀之情。

塞雁已侵池籞宿,宫鸦犹恋女墙啼。

按:"塞雁",即塞鸿,塞外的鸿雁。塞鸿秋季南来,春季北去。唐白居易《赠江客》诗:"江柳影寒新雨地,塞鸿声急欲霜天。""池籞",指帝王的园林。汉桓宽《盐铁论·园池》:"先帝之开苑囿池籞,可赋归之于民,县官租税而已。"《汉书·宣帝纪》:"池籞未御幸者,假与贫民。"颜师古注:"苏林曰:'折竹以绳绵连禁御,使人不得往来,律名为籞。'……应劭曰:'池者,陂池也。籞者,禁苑也。'"③故"塞雁已侵池籞宿"句,不仅表明诗人赋此诗时乃在深秋时季,以显故都之萧瑟凄凉氛围,同时衬托出自身"摇落深知宋玉悲"之意绪。而此悲慨乃是源于原不应栖息于皇家园林之"塞雁",此时则已经侵占窃据于此矣。值得深究的是,这两句诗既是实写,也是以比喻言事抒情。无论"塞雁",或是"宫鸦",均有寓托之意。先说"塞雁"之寓托。唐朝建都长安,唐昭宗时仍都于此。然天祐元年,朱全忠逼迫唐昭宗迁都洛阳,随后即弑杀昭宗。长安都城原非朱全忠所控制,但在东迁前后,朱全忠势力即掌控长安都城。《资治通鉴》卷二六四天祐元年记:"三月,丁未,以朱全忠兼判左、右神策及六军诸卫事。癸丑,全忠置酒私第,邀上临幸。乙卯,全忠辞上,先赴洛阳督修宫室。上与之宴群臣,既罢,上独留全忠及忠武节度使韩建饮,皇后出,自捧玉卮以饮全忠,晋国夫人可证附上耳语。建蹑全忠足,全忠以为图己,不饮,阳醉而出。全忠奏以长安为

---

① 《资治通鉴》卷二六四,第8626页。
② 范晔撰,李贤等注:《后汉书》卷六七,中华书局1965版,第2195—2196页。
③ 班固撰,颜师古注:《汉书》卷六〇上,中华书局1962年版,第249页。

佑国军,以韩建为佑国节度使,以郑州刺史刘知俊为匡国节度使。丁巳,上复遣间使以绢诏告急于王建、杨行密、李克用等,令纠帅藩镇以图匡复,曰:'朕至洛阳,则为所幽闭,诏敕皆出其手,朕意不复得通矣!'"①据此可见,此时唐昭宗以及都城长安,已被朱全忠及其爪牙所控制。稍后,唐昭宗即使在长安附近的行宫,其左右也多是朱全忠的人马。《资治通鉴》天祐元年闰四月即记:"癸卯,上憩于谷水。自崔胤之死,六军散亡俱尽,所余击球供奉、内园小儿共二百余人,从上而东。全忠犹忌之,为设食于趯,尽缢杀之。豫选二百余人大小相类者,衣其衣服,代之侍卫。上初不觉,累日乃寤。自是上之左右职掌使令皆全忠之人矣。"②即使至韩偓赋此诗时之故都,也是掌控在朱全忠一帮人手中,《资治通鉴》卷二六五天祐三年六月即记:"朱全忠以长安邻于邠、岐,数有战争,奏徙佑国节度使韩建于淄青,以淄青节度使长社王重师为佑国节度使。"③又《新唐书》卷二一八亦载:天祐"四年……是时汴将王重师守长安"。④ 此王重师不仅为"汴将",且为朱全忠所爱惜倚重之勇猛战将。《旧五代史·王重师传》即载:"太祖(按,指朱全忠)攻濮州……重师然后率精锐,持短兵突入……重师为剑槊所伤,身被八九创。……太祖惊惜尤甚,曰:'虽得濮垒,而失重师,奈何!'亟命以奇药疗之,弥月始愈。寻知平卢军留后,加检校司徒。"⑤以此史载以读"塞雁"句,诗中"塞雁"用以比喻窃据旧都的朱全忠之流,即若暗中观火矣。

又"宫鸦犹恋女墙啼"句之"女墙",乃与"宫鸦"相关,则此"女墙"乃特指皇宫城墙上呈凹凸形的小墙,在此处亦可指代宫城,也即"故都"长安城。即此可见,诗人紧扣诗题赋诗之艺术功力。如前所释,上句"塞雁"乃用以借喻朱全忠之流,那么此句之"宫鸦"亦相同,只是所喻不同而已。那么"宫鸦"何所指呢?检初唐李义府有《咏乌》诗:"日里飏朝彩,琴中伴夜啼。上林如许树,不借一枝栖。"《隋唐嘉话》卷中载此事云:"李义府始召见,太宗试令咏乌,其末句云:'上林多许树,不借一枝栖。'帝曰:'吾将全树借汝,岂惟一枝。'"⑥据《旧唐书》卷八二《李义府》本传,李义府"高宗嗣位,迁中书舍人。……擢拜中书侍郎、同中书门下三品,监修国史"。⑦ 李义府因《咏乌》而得到唐太宗赏识,终任朝中重臣的故事,与韩偓自身受唐昭宗器重宠任的经历颇有相似之处,故韩偓对于李义府《咏鸦》故事及其受奖拔之经历当是了然于心的。而且他也有相似的受唐昭宗器重的际遇,《新唐书·韩偓

---

① 《资治通鉴》卷二六四,第 8629 页。
② 《资治通鉴》卷二六四,第 8631 页。
③ 《资治通鉴》卷二六五,第 8659 页。
④ 欧阳修等撰:《新唐书》二一八,中华书局 1975 年版,第 6165 页。
⑤ 薛居正等撰:《旧五代史》卷一九,中华书局 1976 年版,第 258 页。
⑥ 刘餗撰:《隋唐嘉话》,中华书局 1979 年版,第 19 页。
⑦ 《旧唐书》卷八二,第 2766 页。

传》即记:"帝反正,励精政事,偓处可机密,率与帝意合,欲相者三四,让不敢当。"①他的"宫鸦犹恋女墙啼"句,盖亦櫽栝镕裁李义府《咏乌》诗,以及受赏识跻身重臣之故事,并以"宫鸦"自拟其受昭宗器重。读此句,诗人"犹恋"当年唐昭宗对他之器重宠爱之深情油然可见;且其伤悼故国与唐昭宗之情愫,亦久久萦绕心曲,历久弥深。

  天涯烈士空垂涕,地下强魂必噬脐。

  "烈士",指有气节有壮志之人。《韩非子·诡使》:"而好名义不仕进者,世谓之烈士。"三国魏曹操《步出夏门行》:"老骥伏枥,志在千里;烈士暮年,壮心不已。"此句"天涯烈士空垂涕"之"天涯烈士"究竟指谁?高步瀛《唐宋诗举要》本诗注评引《新五代史·唐六臣传》曰:"左仆射裴枢独孤损、右仆射崔远、守太保致仕赵崇、兵部侍郎王赞、工部尚书王溥、吏部尚书陆扆皆以无罪贬,同日赐死于白马驿。凡搢绅之士与唐而不与梁者,皆诬以朋党,坐贬死者数百人,而朝廷为之一空。"②所说恐未谛。盖所举诸人,皆已在韩偓赋此诗前的天祐二年六月被朱全忠之流"赐死",而此句之"天涯烈士"乃与下句之"地下强魂"一生一死并举成对,生者为"天涯烈士",死者为"地下强魂",此意颇为显然,故此时"空垂泪"者必非上举诸人,而是诗人自谓。其时韩偓在远离"故都"千里之闽地,故自称如此。而"空垂涕",则深叹一己虽存挽狂澜于既倒之心,然而只手难于补苍天,不禁空垂志士之血泪而已!此情犹如晋陆机《辩亡论》所谓"虽忠臣孤愤,烈士死节,将奚救哉"!诗人乃忠于李唐之志士,此时远离长安,避难福州,故自叹如此。

  "噬脐",自啮腹脐。喻后悔不及。《左传·庄公六年》:"亡邓国者,必此人也。若不早图,后君噬齐。"杜预注:"若啮腹齐,喻不可及也。"汉扬雄《太玄赋》:"岂恃宠以冒灾兮,将噬脐之不及。"按:齐,脐之通借字。那么"地下强魂"之"强魂"又何谓?吴汝纶谓"地下强魂,盖指当时贬死诸人",③所说亦未谛。其实考之于当时史事,应是指宰相崔胤。崔胤当时与中尉韩全诲争权夺利,为了铲除宫中宦官,引强藩朱全忠入朝,最后反而被朱全忠所杀。此事过程《新唐书·崔胤传》有较详记载,阅读下面引文即可明了事情原委:"天复元年,全忠已取河中,进逼同、华。中尉韩全诲以胤与全忠善,恐导之剪除君侧,乃白罢政事,未及免,仓卒挟帝幸凤翔。胤怨帝见废,不肯从,召全忠以兵迎天子,令太子太师卢渥率群臣迎全忠。始,全忠至华,遣幕府裴铸奏事,帝不得已,听来朝。至是胤为之谋,乃以兵迫

---

① 《新唐书》卷一八三,第5389页。
② 高步瀛选注:《唐宋诗举要》,上海古籍出版社1978年版,第634页。
③ 吴汝纶译注:《韩翰林集》卷一,台北学生书局1967年版,第28页。

行在。帝下诏趣还镇,因诏遣渥等俱西。全忠上表具言:'向书诏皆出宰相,乃今知非陛下意,为所诖误。师业入关,请得与李茂贞约释憾以迎乘舆。'茂贞劾奏:'胤畜死士,用度支使榷利,令亲信陈班与京兆府募兵保所居坊。天子出次,遣使者五辈往召,安卧不动,一奉表陈谢。'时帝见全忠表,亦大恚,因下诏显责之,以工部尚书罢知政事,胤出居华州。……自凤翔还,揣全忠将篡夺,顾己宰相,恐一日及祸,欲握兵自固,谬谓全忠曰:'京师迫茂贞,不可无备,须募军以守。今左右龙武、羽林、神策,播幸之余,无见兵。请军置四步将,将二百五十;一骑将,将百人。使番休递侍。'以京兆尹郑元规为六军诸卫副使,陈班为威远军使,募卒于市。全忠知其意,阳相然许。胤乃毁浮图,取铜铁为兵仗。全忠阴令汴人数百应募,以其子友伦入宿卫。会为球戏,坠马死,全忠疑胤阴计,大怒。时传胤将挟帝幸荆、襄,而全忠方谋胁乘舆都洛,惧其异议,密表胤专权乱国,请诛之。即罢为太子少傅。全忠令其子友谅以兵围开化坊第,杀胤,汴士皆突出,市人争投瓦砾击其尸,年五十一,元规、陈班等皆死,实天复四年正月。胤罢凡三日死,死十日,全忠胁帝迁洛。"①

掩鼻计成终不觉,冯驩无路敩鸣鸡。

这两句运用三个典故,先看其出处及原意。其一"掩鼻计成",此乃用《韩非子·内储说下》典:"魏王遗荆王美人,荆王甚悦之。夫人郑袖知王悦爱之也……因为(谓)新人曰:'王甚悦爱子,然恶子之鼻。子见王常掩鼻,则王长幸子矣。'于是新人从之。每见王,常掩鼻。王谓夫人曰:'新人见寡人常掩鼻,何也?'对曰:'不已知也。'王强问之,对曰:'顷尝言恶闻王臭。'王怒曰:'劓之。'"②其二"冯驩无路敩鸣鸡"典,乃包含两个故事。其一"冯驩"事出于《战国策·齐策四》:"齐人有冯谖者,贫乏不能自存,使人属孟尝君,愿寄食门下。……孟尝君笑而受之曰:'诺。'左右以君贱之也,食以草具。居有顷,倚柱弹其剑,歌曰:'长铗归来乎!食无鱼。'左右以告。孟尝君曰:'食之,比门下之客。'……后有顷,复弹其剑铗,歌曰:'长铗归来乎!无以为家。'左右皆恶之,以为贪而不知足。孟尝君问:'冯公有亲乎?'对曰:'有老母。'孟尝君使人给其食用,无使乏。于是冯谖不复歌。"③其二"敩鸣鸡",乃出于《史记·孟尝君列传》:"齐愍王二十五年,复卒使孟尝君入秦,昭王即以孟尝君为秦相。人或说秦昭王曰:'孟尝君贤,而又齐族也,今相秦,必先齐而后秦,秦其危矣。'于是秦昭王乃止。囚孟尝君,谋欲杀之。孟尝君使人抵昭王幸姬求解。幸姬曰:'妾愿得君狐白

---

① 《新唐书》卷二二三,第 6356—6358 页。
② 王先慎撰,钟哲点校:《韩非子集解》,中华书局 1998 年版,第 250 页。
③ 刘向集录:《战国策》卷一一,上海古籍出版社 1985 年版,第 395—396 页。

裘。'此时孟尝君有一狐白裘,直千金,天下无双,入秦献之昭王,更无他裘。孟尝君患之,遍问客,莫能对。最下坐有能为狗盗者,曰:'臣能得狐白裘。'乃夜为狗,以入秦宫臧中,取所献狐白裘至,以献秦王幸姬。幸姬为言昭王,昭王释孟尝君。孟尝君得出,即驰去,更封传,变名姓以出关。夜半至函谷关。秦昭王后悔出孟尝君,求之已去,即使人驰传逐之。孟尝君至关,关法鸡鸣而出客,孟尝君恐追至,客之居下坐者有能为鸡鸣,而鸡齐鸣,遂发传出。出如食顷,秦追果至关,已后孟尝君出,乃还。"①

那么这两句诗,韩偓用了这三个故事要表明什么?前代学者对"掩鼻计成终不觉"句已有如下阐释。高步瀛《唐宋诗举要》谓"掩鼻句,盖讥朱梁以狐媚取天下也"。② 而陈寅恪以为"'掩鼻计'者,即郑元规之谋及传(崔)胤欲挟帝幸荆襄之说,于全忠之类是也。"③ 今按,细读深思全诗以及"掩鼻计成终不觉"句,结合当时史事,以为"盖讥朱梁以狐媚取天下也"之说恐不确,而陈寅恪之说,亦不甚契合。此句乃指崔胤而言,即是说"掩鼻计"者乃崔胤,而"终不觉"者亦为崔胤。其具体史事,即如上文解读"地下强魂必噬脐"句所引《新唐书·崔胤传》之记载,也如陈寅恪先生解释此句所述《旧唐书·崔胤传》谓:"《旧传》云:初,全忠虽窃有河南方镇,惮河朔、河东,未萌问鼎之志。及得胤为向导,乃电击潼关,始谋移国。自古与盗合从,覆亡宗社,无如胤之甚也。又云:其年(天复三年)十月,全忠子友伦宿卫京师,因击鞠坠马而卒。全忠爱之,杀会鞠者十余人,而疑胤阴谋,由是怒胤。初,天子还宫,全忠东归,胤以事权在己,虑全忠急于篡代,乃与郑元规谋招致兵甲,以捍茂贞为辞。全忠知其意,从之。胤毁城外木浮图,取铜铁为兵仗。全忠令汴州军人入关,应募者数百人。及友伦死,全忠怒,遣其子宿卫军使友谅诛胤,而应募者突然而出。四年正月初,贬太子宾客,寻为汴军所杀。"④结合上述史事以读"终不觉"三字,其意思即"终不醒悟""终不明白"。而所谓"终不觉"者乃崔胤。故此句之意乃谓崔胤为了清除朝中韩全诲等宦官,引朱全忠入朝勤王,结果如引狼入室,不仅自己反遭朱全忠杀戮,而且导致唐昭宗被迫迁都洛阳,惨遭弑杀。崔胤这一弄巧成拙之惨剧,是他完全没有醒悟到的。

又"冯骧无路敎鸣鸡"句,乃诗人以冯骧自况,慨叹未能如孟尝君之门客,敎鸡鸣以解困局,破除危难。此诚如陈寅恪先生所说:"胤本与朱全忠表里相结,卒倾唐室,而胤亦为全忠所杀,韩公曾为胤宾僚,故以冯骧自况。新传云:时传胤将挟帝幸荆襄,而全忠方谋胁乘舆都洛,惧其异议,密表胤专权乱国,请诛之。全忠令其子友谅以兵围开化坊第,杀

---

① 司马迁撰,裴骃集解,司马贞索隐,张守节正义:《史记》卷七五,中华书局1959年版,第2354—2355页。
② 《唐宋诗举要》,第634页。
③ 陈寅恪著,陈美延编:《读书札记二集·韩翰林集之部》,生活·读书·新知三联书店2001年版,第205页。
④ 《读书札记二集·韩翰林集之部》,第205—206页。

胤。"①可见诗人之深沉慨叹,与无力挽狂澜于既倒之悲恨,于此句中隐然可见!

解罢此诗之意旨,再引用几位前贤与今人某些评骘,以概述此诗之主要意蕴及其艺术造诣。吴汝纶曰:"此国亡后作,慷慨欲报之意,情见乎词,至意旨之悲哀抑郁,与《离骚》《招魂》异曲同工矣。"②邓小军《韩偓年谱》亦谓:"前年天祐元年朱全忠劫昭宗迁都洛阳,毁长安宫室百司民舍为丘墟,并弑昭宗于洛阳,诗题《故都》,实哀唐之亡。前半想象长安毁弃之荒凉,极天荒地老之悲。'天涯烈士'自谓,'地下强魂'指崔胤,胤召全忠勤王凤翔,致引狼入室,速唐之亡,且胤亦身死其手,故地下魂魄必悔恨莫及。'掩鼻计成'句,谓胤召全忠勤王,反中全忠奸计,而胤始终不悟。……全诗机杼略同杜甫《春望》,而悲恸过之。"③吴汝纶曰:"提笔挺起作大顿挫,凡小家作感愤诗,后半每不能撑起,大家气魄所争在此。"④"塞雁已侵池籞宿,宫鸦犹恋女墙啼"一联确为"妙极",盖其既为景物实写,又寓比兴深意,真乃妥帖神妙也。陈伯海《韩偓生平及其诗简论》亦谓:"本诗写于迁都之后,通过遥想故都的衰败,寄寓家国将亡的哀痛。……诗的前半写景,后半抒情,前半悲凉,后半激愤,哀感沉绵之中自有一股慷慨抑塞之气,跌宕起伏,动人心魄。"⑤所说诚是。

二

韩偓《余寓汀州沙县病中闻前郑左丞璘随外镇举荐赴洛兼云继有急征旋见脂辖因作七言四韵戏以赠之或冀其感悟也》诗云:

> 莫恨当年入用迟,通材何处不逢知。
> 桑田变后新舟楫,华表归来旧路岐。
> 公干寂寥甘坐废,子牟欢抃促行期。
> 移都已改侯王第,惆怅沙堤别筑基。⑥

解读这首题目相当长的诗歌的具体诗句诗旨前,有必要对诗人作此诗的时间、地点,以及诗题所提供的有关背景、语词等先行解释说明。韩偓作此诗的时间,据此诗诗题下

---

① 《读书札记二集·韩翰林集之部》,第205页。
② 《唐宋诗举要》,第634页。本诗诗末注评引。
③ 邓小军著:《诗史释证》,中华书局2004年版,第287页。
④ 《唐宋诗举要》,第634页。本诗"地下强魂"句下注评引。
⑤ 陈伯海:《韩偓生平及其诗简论》,见钱伯城主编:《中华文史论丛》1981年第4辑,第129页。
⑥ 《韩偓集系年校注》卷二,第280页。

"己巳年"小注,可知诗乃作于己巳年,即后梁开平三年(909)。据诗题,知其时诗人乃在闽中汀州沙县,时在病中。对韩偓天复三年(903)初遭遇贬官后,于天祐三年(906)秋流寓至福州,后又转至沙县时。诗题的"前郑左丞璘",即曾经在唐朝任尚书左丞(正四品上)的郑璘。此人为郑州荥阳人,字华圣,乃唐名臣郑从谠子。昭宗大顺中,他以考功员外郎充史馆修撰。乾宁中任翰林学士,累官尚书左丞。唐末乱,南入闽依泉州刺史王审邽。又"外镇",指京城外设长官督守的要镇,亦指镇抚地方的官员。《晋书·张华传》:"华名重一世,众所推服……而荀勖自以大族,恃帝恩深,憎疾之,每伺间隙,欲出华外镇。"①《宋书·自序传》:"窃惟此既内藩,事殊外镇,抚莅之宜,无系早晚。"②诗中此处指藩镇,具体来说就是指其时的闽国王审知政权。王审知虽为闽国主,但唐亡后的开平元年(907)已经归附朱梁政权,故此时实际上如同朱梁政权的一个外镇。诗人这里所说的"随外镇举荐赴洛",实际上是说郑璘这一次因闽国主王审知举荐赴洛阳任官。此时乃朱全忠之后梁,洛阳时为后梁西都,因此郑璘这次将要到朱全忠后梁政权的西都洛阳任官。又,"兼云继有急征"。这里所谓的"兼云",意思是诗人除了听说郑璘上述被举荐将赴洛阳任官外,还听说"继有急征",也就是将还有紧急之征召。又"旋见脂辖","脂辖",即脂车,多谓准备驾车远行。《左传·哀公三年》:"校人乘马,巾车脂辖。"杨伯峻注:"辖为车轴两头之键,涂之以脂。古无机油,以动物脂肪代之,使车行滑利也。"《晋书·张轨传》:"欲遣主簿尉髦奉表诣阙,使速脂辖,将归老宜阳。"③此处指脂车。需要辨析的是,此处之"脂辖",并非有研究者所以为的指梁朝使臣所为,据诗意应指"或冀其感悟"之"其",即指将赴洛阳任官的郑璘。正因为郑璘正在准备驾车远行,而诗人以为此举不妥,所以才作此诗讽以大义,希冀他能有所感悟,不赴洛阳任官。

  其实,这首诗的作诗缘起、主旨,韩偓在这一如诗序似的诗题中,已简略说明了。而以下八句诗,则围绕这一主旨,以具体事、理申明之,只不过有些诗句的表达比较婉转含蓄,意蕴内藏,今人要明白内中意蕴,需要做些解读阐明。以下即具体解读这四联诗句。首联"莫恨当年入用迟,通材何处不逢知"。这一联是直接对郑璘的劝导,因此首句是就郑璘的过往经历说的。从"当年入用迟",大致知道郑璘当初的"入用",即为唐朝廷所任用的经历并不如意。至于此事究竟怎样,现已无从得知。但从句首的"莫恨"两字,可以感到在韩偓眼里,郑璘对早年的这一"入用迟"是颇为耿耿于怀的,也许这也是他现在要应荐举赴任的原因之一吧。但尽管郑璘有早年"入用迟"的失意,但在韩偓看来,这也不能作为当今赴朱

---

① 房玄龄等撰:《晋书》卷三六,中华书局1974年版,第1070页。
② 沈约撰:《宋书》卷一〇〇,中华书局1974年版,第2451页。
③ 《晋书》卷八六,第2224页。

梁政权之任的理由,起码是"通材何处不逢知"。所谓"通材",即是学识广博兼备多种才能的人。因此"通材何处不逢知"句,既是一般的道理,但也是有针对性的劝勉。从诗题所标明的郑璘"左丞"身份,郑璘任官至正四品上之尚书左丞,已经可算中高阶的官员了,不可谓不通达了。那么韩偓这句诗的内中之意,实际上还包含两层意思:一,尽管你是"通材",并曾遭遇"任用迟",但你不是终于"逢知",而官至尚书左丞了吗?二,既然如此,你还有什么可遗憾的,以致非要应这一次荐举,远赴伪朱梁政权之官任呢?明白了上述句意,不难明白,诗人这两句诗,是从人生的穷达角度来开通劝勉对方的,这应该是较为温婉的劝告。然而下面的"桑田变后新舟楫,华表归来旧路岐"两句诗,就转从国家政权这一有关士人气节的是非角度以开导郑璘。而这一意旨是借用两个典故以明之的。"桑田",即沧海桑田,大海变成农田,农田变成大海。语本晋葛洪《神仙传·王远》:"麻姑自说:'接待以来,已见东海三为桑田。'"①后以"沧海桑田"比喻世事变化巨大。如唐储光羲《献八舅东归》诗:"独往不可群,沧海成桑田。"此处"桑田变后",实际指朱全忠篡夺了李唐政权,新建了后梁。"新舟楫",也就是后梁新政权。"华表归来"句则运用了陶潜《搜神后记》卷一所载故事:"丁令威,本辽东人,学道于灵虚山。后化鹤归辽,集城门华表柱。时有少年,举弓欲射之。鹤乃飞,徘徊空中而言曰:'有鸟有鸟丁令威,去家千年今始归。城郭如故人民非,何不学仙冢累累。'遂高上冲天。今辽东诸丁云其先世有升仙者,但不知名字耳。"②此句以丁令威归来"城郭如故人民非"之故事,比喻世道沧桑,已经不是李唐的天下了。其言下之意也就是说,现在你想去任职的官府,已非你以前所任官的李唐所有,而是为篡夺李唐政权的后梁伪政权所占有的了。在这一江山易色的政局下,你何去何从,当审慎考虑选择了。这就从士人的政权认同、政治气节品质的高度上来规劝郑璘,应该说已是颇具大义凛然的说辞。

再析腹联"公干寂寥甘坐废,子牟欢抃促行期"两句。这两句乃诗人将刘桢和子牟这两个对地位名利,具有决然不同态度的古人,展现给郑璘,使其好自为之,有所正确之取则。先释"公干"句。"公干",是建安七子之一刘桢的表字。"寂寥",寂寞,冷落。"坐废",因某事被认为有罪而被废去不用。《汉书·文三王传》:"有司奏(刘)年淫乱,年坐废为庶人。"③《汉书·外戚列传·孝成许皇后传》:"事发觉,太后大怒,下吏考问,谒等诛死,许后坐废处昭台宫。"④关于"公干寂寥甘坐废"之事,《三国志·魏志·王粲传》载:"粲与……

---

① 葛洪撰,胡守为校释:《神仙传》卷三,中华书局2010年版,第94页。
② 陶潜:《搜神后记》卷一,见《汉魏六朝笔记小说大观》,上海古籍出版社1999年版,第442页。
③ 《汉书》卷四十七,第2212页。
④ 《汉书》卷九七下,第3982页。

东平刘桢字公干并见友善。干为司空军谋祭酒掾属,五官将文学。"裴松之注引《先贤行状》曰:"干清玄体道,六行修备,聪识洽闻,操翰成章。轻官忽禄,不耽世荣。建安中,太祖特加旌命,以疾休息。后除上艾长,又以疾不行。"①又同上书记"桢以不敬被刑,刑竟署吏"。裴松之引《典略》曰:"其后太子(指曹丕)尝请诸文学,酒酣坐欢,命夫人甄氏出拜。坐中众咸伏,而桢独平视。太祖闻之,乃收桢,减死输作。"②此句诗人以刘桢甘心坐废寂寥,用以讽劝郑璘要轻官忽禄,不耽世荣,不为朱全忠效劳。再释"子牟欢抃"句。《庄子·让王》载:"中山公子牟谓瞻子曰:'身在江海之上,心居乎魏阙之下,奈何?'瞻子曰:'重生,重生则利轻。'中山公子牟曰:'虽知之,未能自胜也。'瞻子曰:'不能自胜则从,神无恶乎?不能自胜而强不从者,此之谓重伤,重伤之人,无寿类矣。'魏牟,万乘之公子也。其隐岩穴也,难为于布衣之士。虽未至乎道,可谓有其意矣!"③又"欢抃",抃,鼓掌;拍手表示欢欣。《吕氏春秋·古乐》:"帝喾乃令人抃。"高诱注:"两手相击曰抃。"《北史·崔暹传》:"于是文襄亦催暹酒,神武亲为之抃。"④"促",推动,催促。《晋书·宣帝纪》:"达与魏兴太守申仪有隙,亮欲促其事,乃遣郭模诈降,过仪,因漏泄其谋。"⑤宋周邦彦《早梅芳近·别恨》词:"去难留,话未了。早促登长道。"按,此句以子牟身在江海之上,却心居乎魏阙之下,暗讽郑璘欢欣于为外镇举荐,急急忙忙将赶赴洛阳,为朱全忠效劳。

最后,再解读尾联"移都已改侯王第,惆怅沙堤别筑基"两句。首先"移都"句,乃谓现在长安都城已被朱全忠逼迁到洛阳,李唐皇朝已为后梁政权所取代,昔日侯王宅第也变换了主人。"惆怅"句中的"沙堤",是指唐朝时专为宰相通行车马所铺筑的沙面大路。唐李肇《唐国史补》卷下记:"凡拜相,礼绝班行,府县载沙填路,自私第至于子城东街,名曰沙堤。"⑥如唐白居易《官牛》诗:"一石沙,几斤重?朝载暮载将何用?载向五门官道西,绿槐阴下铺沙堤。昨日新拜右丞相,恐怕泥途污马蹄。"后来用为典实,指中枢大臣所行之路。"别筑基",此处意为为新宰相别筑新沙堤。亦即谓现在李唐沦替,新宰相已是后梁之人了。这正如吴汝纶所谓"是时唐亡已三年矣,故诗欲感悟之。是年梁迁都洛"。⑦解读至此,末句的"惆怅"二字,应值得特别品味。因为这两个字已经明确地表明诗人对"移都""沙堤别筑基"的鲜明态度,也让郑璘更清楚自己是鄙视"促行期"的子牟,而要效学"寂寥

---

① 陈寿撰,裴松之注:《三国志》卷二一,中华书局1959年版,第599页。
② 《三国志》卷二一,第601—602页。
③ 王先谦撰,沈啸寰点校:《庄子集解》卷八,中华书局1954年版,第192页。
④ 李延寿撰:《北史》卷三二,中华书局1974年版,第1188—1189页。
⑤ 《晋书》卷一,第5页。
⑥ 李肇:《唐国史补》卷下,见《唐五代笔记小说大观》,上海古籍出版社2000年版,第188页。
⑦ 《韩翰林集》卷二,第36页。

甘坐废"之公干,从而更具有讽劝之力,达到"或冀其感悟"之目的。因此如果说此诗的中间两联,乃借古事古人以表明,在江山易色之际,士人应如何面对,以讽喻郑璘,那么尾联则将眼前面对的江山易色的严酷现实,摆在郑璘面前,让这位作为唐王朝名臣之子与旧臣的被举荐者,可以冷静地思考该何去何从。

综观全诗,作为李唐王朝忠诚旧臣的诗人韩偓,其对唐昭宗王朝的忠恳挚爱,可谓海枯石烂不变心;而对篡夺李唐江山的后梁政权之痛恨,亦可谓天荒地老而弥坚。这两种决然对立的情感,均浸透于这一首律诗中。

(吴在庆,厦门大学人文学院教授,博士生导师。出版有《唐五代文学编年史·晚唐卷》《杜牧集系年校注》等。)

关于宋代戏谑诗文献整理的几点思考*

张福清

摘　要：两宋诗歌中今共存录4270首戏谑诗，这是学界关注较少的一部分诗歌，有必要对其文献进行全面整理，为"戏谑诗"正名。戏谑诗的文献整理可补充已有笺释校注成果之不足、纠正其误以及为《全宋诗》辑佚，让读者更加清晰地认识戏谑诗的存在价值。

关键词：宋代　戏谑诗　文献整理　辑佚　价值

宋代是中国古代文化高度繁荣的时代，宋诗所达到的与唐诗并驾齐驱的高度，就是这一文化空前繁荣的表征之一。宋人对自己创造的文化有高度的自信。朱熹有言："国朝文明之盛，前世莫及。"[①]王国维言："天水一朝人智之活动与文化之多方面，前之汉唐，后之元明，皆所不逮也。"[②]陈寅恪说："华夏民族之文化，历数千载之演进，造极开赵宋之世。"[③]邓广铭亦说："宋代的文化，在中国整个封建社会历史时期之内，载至明清之际的西学东渐的时期为止，可以说，已经达到了登峰造极的高度。"[④]从宋代到现代的这些著名学者有一个共同结论，那就是在整个封建社会时期，宋代文化是最高度繁荣的。而以诗文建构为主体大厦的宋代文化，弥漫着一股浓重的戏谑之风，但历来少有人关注。

我们从断代总集《全宋诗》《全宋诗订补》《全宋诗辑补》[⑤]中共辑录4270首戏谑诗。这些具有戏谑之风的诗歌，北宋有1660首6联4句，其中10首以上诗歌的有44位诗人。他们是王禹偁（20首）、释智圆（15首）、宋庠（10首）、梅尧臣（40首）、文彦博（13首）、欧阳

---

* 本文为广东省哲学社会科学"十三五"规划2020年一般项目"宋代戏谑诗研究"（项目编号GD20CZW02）、2020年韩山师范学院重点社科项目"宋代戏谑诗文献整理与研究"（项目编号XS202007）的阶段性成果。本文作为前言，已经发表在《北宋戏谑诗校注》《南宋戏谑诗校注》二书，并分别由暨南大学出版社和花木兰文化事业有限公司出版。

① 朱熹集注：《楚辞集注》之《楚辞后语》卷六《服胡麻赋》，上海古籍出版社1979年版，第300页。
② 王国维：《王国维遗书》第五册，上海古籍书店1983年版，第70页。
③ 陈寅恪著：《金明馆丛稿二编》，上海古籍出版社1980年版，第245页。
④ 邓广铭著：《邓广铭学术论著自选集》，首都师范大学出版社1994年版，第162页。
⑤ 傅璇琮等主编：《全宋诗》第1—72册，北京大学出版社1991—1998年版。陈新、张如安等补正：《全宋诗订补》，大象出版社2005年版。汤华泉辑撰：《全宋诗辑补》，黄山书社2016年版。

修(30首)、韩琦(13首)、文同(17首)、刘敞(42首)、司马光(33首)、王安石(27首)、郑獬(10首)、强至(22首)、刘攽(14首)、沈遘(10首)、徐积(10首)、程颢(12首)、韦骧(12首)、苏轼(110首3联1句)、苏辙(42首)、彭汝砺(15首)、孔平仲(43首)、李之仪(11首)、黄庭坚(187首1断句)、米芾(10首)、陈师道(13首)、晁补之(12首)、张耒(28首)、晁说之(35首)、邹浩(33首)、毛滂(12首)、洪朋(11首)、饶节(33首)、谢逸(27首)、赵鼎臣(30首)、唐庚(11首)、释德洪(41首)、葛胜仲(11首)、李彭(56首)、张扩(19首)、程俱(66首)、李光(38首)、韩驹(25首)、周紫芝(41首)。排名前10位的分别是黄庭坚、苏轼、程俱、李彭、孔平仲、苏辙、刘敞、释德洪、周紫芝、梅尧臣,其中大部分是当时著名诗人。南宋戏谑诗一共有2610首39联3句,其中10首以上诗歌的有56位诗人:他们是李纲(70首)、张纲(10首)、张守(20首)、吕本中(34首)、曾几(20首)、郭印(17首)、王洋(43首)、郑刚中(41首)、李弥逊(21首)、陈与义(12首)、释慧空(12首)、欧阳澈(22首)、朱松(20首)、刘子翚(10首)、陈棣(20首)、黄公度(14首)、王十朋(67首)、洪适(17首)、周麟之(11首)、韩元吉(27首)、李流谦(17首)、姜特立(16首)、陆游(500首)、范成大(94首)、杨万里(99首)、周必大(69首)、朱熹(58首)、陈造(23首)、虞俦(30首)、薛季宣(12首)、周孚(11首)、陈傅良(11首)、杨冠卿(10首)、张镃(24首)、陈文蔚(16首)、韩淲(19首)、刘宰(12首)、戴复古(15首)、度正(10首)、华岳(12首)、郑清之(42首)、岳珂(15首)、王迈(13首)、刘克庄(37首)、张侃(15首)、林希逸(21首)、白玉蟾(14首)、吴潜(29首)、释绍嵩(27首)、萧立之(10首)、舒岳祥(22首)、方回(46首)、牟巘(13首)、徐瑞(11首)、汪永昶(11首)、李擢(15首)。其中排名前10位的是南宋著名诗人陆游、杨万里、范成大、周必大、李纲、王十朋、朱熹、方回、郑刚中、郑清之。这些两宋诗人之中,前贤已有校注或笺注整理成果的只有黄庭坚、苏轼、周紫芝、梅尧臣、陆游、杨万里、范成大、朱熹等少数大家、名家,其余基本无人笺释校注,而那些中小诗人乃至无名诗人的诗歌更是无人问津。因此,还留有很大的研究空间,有必要对戏谑诗进行全面的文献梳理。

一、"戏谑诗"的命名缘由

为什么目为"戏谑诗"?第一,《诗经·卫风·淇奥》曰:"善戏谑兮,不为虐兮。"[①]"戏谑"一词最早出现在《诗经》中,比出现在汉代典籍中的"俳谐"一词要早。第二,六朝时期文论之集大成的刘勰《文心雕龙》文体分类中有"谐隐",即诙谐、戏谑之意。其赞曰:"古之

---

① 程俊英译注:《诗经译注》,上海古籍出版社2014年版,第74页。

嘲隐,振危释惫;虽有丝麻,无弃菅蒯。会义适时,颇益讽诫;空戏滑稽,德音大坏。"①虽然对"戏谑"一类评价不高,但"谐隐""嘲隐""空戏滑稽"之意与"戏谑"一词最为接近。第三,唐白居易原本、宋孔传续撰《白孔六帖》目录分类有"寝、游侠、故旧、恤孤、戏谑、笑、喜、怒"等,"戏谑"类下又分"滑稽好戏、频伸谐戏、诏学士嘲之"等②,也持"戏谑"之目。第四,更多的宋代文献皆以"戏谑"作为分类标准。宋赵希弁撰《郡斋读书志附志》云:"《能改斋漫录》二十卷。右吴曾虎臣所纂也。曰事始、曰辨误、曰事实、曰沿袭、曰地理、曰议论、曰纪诗、曰纪事、曰记文、曰类对、曰方物、曰乐府、曰神仙诡怪、曰诙谐戏谑,一一载之。"③虽然现在已看不到"诙谐戏谑"类,但从《四库全书总目》提要中可窥一斑:"而诸家传本或分卷各殊,或次序颠倒,或并为十五卷,或以第十一卷分作两卷而并第九卷入第八卷内,或无谨正一类而并入记事类中,或多类对一门、诙谐戏谑一门,盖辗转缮录,不免意为改窜,故参错百出,莫知孰为原帙也。"④余嘉锡亦云:《能改斋漫录》"赵希弁《读书附志》又作二十卷,云:'吴曾虎臣所纂也,曰事始……曰神仙诡怪,曰谈谐戏谑,一一载之。'以此考之,则此书在宋时自有三本,多寡各异。《读书附志》所纪门类,较之《四库》本,无谨正一类,而有类对及诙谐、戏谑二门,与《提要》所言他家传本合。"⑤徐度《却扫编》、曾慥《高斋漫录》、无名氏《滑稽小传》、陈日华《谈谐》,还有王钦若等撰《册府元龟》"总录部"分"诙谐、庾词"、《渊鉴类函》"人部五十八"分"嘲戏"五部分、宋祝穆撰《古今事文类聚》别集"性行部"分滑稽(嘲谑同)等,均可看出宋人心目中是以"诙谐""嘲戏""戏谑""滑稽"为同一体类。《渊鉴类函》中曰:"宋程子《遗书》曰:'戏谑不唯害事,兼亦志为气所动,不戏谑是持志之一端。'张横渠《东铭》曰:'戏言出于思也,戏动作于谋也,发于声见于四支,谓非己心不明也,欲他人已从不能也。'"理学大家朱熹《诗序》卷上云:"《山有扶苏》刺忽也,所美非美。"《序辨》曰:"然此下四诗(按:《捧兮》《狡童》《褰裳》《丰》)及《扬之水》,皆男女戏谑之词。序之者不得其说而例以为刺忽,殊无情理。"⑥理学家朱熹、张载所言皆为"戏谑"。这在诗话中也有反映,《许彦周诗话》云:"黄鲁直爱与郭功甫戏谑嘲调,虽不当尽信。至如曰公做诗费许多气力做甚,此语切当大有益于学诗者,不可不知也。"⑦但"戏谑诗"的地位一直不高,正如戴复古

---

① 刘勰著,范文澜注:《文心雕龙注》,人民文学出版社1958年版,第272页。
② 白居易原本,孔传续撰:《白孔六帖》(外三种),上海古籍出版社1992年版。
③ 吴曾撰:《能改斋漫录》(上、下),中华书局1960年,第596页。
④ 纪昀等:《四库全书总目》,中华书局1965年版,第1018页。
⑤ 余嘉锡:《四库提要辩证》(2),湖南教育出版社2009年版,第759页。
⑥ 朱熹:《诗集传》,见朱熹撰,朱杰人等主编:《朱子全书》,上海古籍出版社,安徽教育出版社,2002年,第364页。
⑦ 许顗撰:《许彦周诗话》,商务印书馆1939年版,第12—13页。

《戏题诗稿》所云"时把文章供戏谑,不知此体误人多",①往往被人认为非正体,不被学者所重视。明吴讷《文章辨体序题·杂体》说得更明白:"昔柳柳州读退之《毛颖传》有曰'善戏谑兮,不为虐兮',学者终日讨说习复,则罢惫而废乱,故有息焉游焉之说,譬诸饮食,既'荐味之至者,而奇异苦咸酸辛之物,虽蜇吻裂鼻,缩舌涩齿,而咸有笃好之者,独文异乎'?予于是而知杂体之诗盖类是也。然其为体,虽各不同,今总谓之杂者,以其终非诗体之正焉。"②正因为其为非正体,历来诗评家们很少把它纳入诗学研究的范畴来观照。第五,戏谑与俳谐不是同一个概念,它们是有区别的。清代编纂《全唐诗》,其中专设"谐谑诗"类,辑有近二百首诗歌。诗题中大多含有有"戏""嘲""诮""谑"等字样,但并未收杜甫的《戏作俳谐体遣闷二首》与李商隐的《俳谐》诗,足见编者对"戏谑"与"俳谐"有严格的区分。李静对"俳谐词"与"戏作"词所作的明确界定应该为我们提供了参考。其云:"俳谐词的核心是诙谐、幽默,而与诙谐、幽默相表里的,应该是在语言风格上,俳谐词常与浅近通俗甚或俚俗的语言相伴,而在手法上则以隐喻、反讽等为介质。……所谓的'戏作',其核心在于'戏',所谓的'戏',即游戏或戏弄,究其实质,则是一种和严肃、认真相对的态度,即戏弄或开玩笑。而俳谐词则不同,俳谐词在展现其诙谐幽默的同时,有时还带有讽喻、讥刺的意味。"③这里的"戏作"便是"戏谑"中的一种。基于以上五点认识,我们取"戏谑诗"的概念,应该是比较符合宋代文学乃至整个古代文学的时代特征与历史氛围的。

二、宋代戏谑诗文献整理的价值

(一) 补充已有笺释校注之不足

宋代戏谑诗文献整理应该在吸收最新笺释校注成果基础上,重新梳理宋代诗人的交游及生平事迹基础文献,让无人关注的问题得到关注,让模糊的问题变得更加清晰,为专业研究者提供参考。在欧阳修的30余首戏谑诗中,有一首《戏石唐山隐者》,原本题注:"熙宁□年。"留下了一个空格。《欧阳修集编年笺注》此诗"编年"云:"熙宁元年知青州时作。"④丁功谊则认为"此诗作于熙宁五年初秋,时退居颍州"。⑤ 王水照、崔铭著《欧阳修

---

① 戴复古著,吴茂云校注:《戴复古全集校注》,中国文史出版社2008年版,第272页。
② 吴讷著,凌郁之疏证:《文章辨体序题疏证》,人民文学出版社2016年版,第313页。
③ 李静:《宋代"戏作"词的体类及其嬗变》,《北京大学学报(哲学社会科学版)》2014年第5期,第70—77页。
④ 欧阳修著,李之亮笺注:《欧阳修集编年笺注》第1册,巴蜀书社2007年版,第366页。
⑤ 丁功谊、刘德清编著:《欧阳修诗评注》,江西人民出版社2012年版,第325页。

传》附录一《欧阳修生平创作年表》亦作"熙宁五年",是诗人临终前的作品。① 诗歌编年上就出现了不同的年代,那么此诗到底作于何年,隐者为谁?经文献梳理,石唐山隐者,即嵩山少室缑氏岭石唐山紫云洞道士许昌龄。治平四年秋,欧阳修知亳州时,结识了嵩山道士许昌龄,作有《赠隐者》诗。宋葛立方《韵语阳秋》卷一二:"(欧)公集中载许道人、石唐山隐者,皆昌龄也。""所谓《石唐山人》诗,乃公临终寄许之作也。"②通过文献梳理,诗歌创作的时间和人物就基本清晰明了。再如韩琦《使回戏成》:"专对惭非出使才,拭圭申好敛旌回。礼烦偏苦元正拜,户大犹轻永寿杯。敧枕顿无归梦扰,据鞍潜觉旅怀开。明朝便是侵星去,不怕东风拂面来。"作于宝元二年(1039)。《辽史·兴宗纪》:"(重熙)八年春正月壬辰朔,宋遣韩琦、王从益来贺。"重熙八年为宋宝元二年。其中"礼烦"句有自注:"虏(原作虚,据四库本改)廷元日拜礼最烦。"《辽史·礼志》四则有详细记载:"宋使见皇帝仪:宋使贺生辰、正旦。至日,臣僚昧爽入朝,使者至幕次,奏'班齐',声警,皇帝升殿坐。宣徽使押殿前班起居毕,卷班出,契丹臣僚班起居毕,引应坐臣僚上殿,就位立;其余臣僚不应坐者,并退于北面侍立。次引汉人臣僚北洞门入,面殿鞠躬。舍人鞠躬,通某官某以下起居,皆七拜毕,引应坐臣僚上殿,就位立。引首相南阶上殿,奏宋使并从人榜子,就位立。臣僚并退于南面侍立。教坊入,起居毕,引南使副北洞门入,丹墀内面殿立。阁使北阶下殿,受书匣,使人捧书匣者跪,阁使缙笏立,受于北阶。上殿,栏内鞠躬,奏'封全'讫,授枢密开封。宰相对皇帝读讫,舍人引使副北阶上殿,栏内立。揖生辰大使少前,俯伏跪,附起居。俯伏兴,复位立。大使俯伏跪,奏讫,俯伏兴,退;引北阶下殿,揖使副北方,南面鞠躬。舍人鞠躬,通南朝国信使某官某以下祗候见,起居,七拜毕;揖班首出班,谢面天颜,舞蹈,五拜毕;出班,谢远接、御筵、抚问、汤药、舞蹈,五拜毕,赞各祗候。引出,归幕次。阁使传宣赐对衣、金带。勾从人以下入见。舍人赞班首姓名以下,再拜;不出班,奏'圣躬万福',赞再拜,称'万岁'。赞各祗候。引出。舍人传宣赐衣。使副并从人服赐衣毕,舍人引使副入,丹墀内面殿鞠躬。舍人赞谢恩,拜,舞蹈,五拜毕,赞上殿祗候。引使副南阶上殿,就位立。勾从人入,赞谢恩,拜,称'万岁'。赞'有敕赐宴',再拜,称'万岁'。赞各祗候。承受官引北廊下立。御床入,大臣进酒,皇帝饮酒。契丹舍人、汉人阁使齐赞拜,应坐并侍立臣僚皆拜,称'万岁'。赞各祗候。卒饮,赞拜,应坐臣僚皆拜,称'万岁'。赞各就坐行酒,亲王、使相、使副共乐曲。若宣令饮尽,并起立饮讫。放盏,就位谢。赞拜,并随拜,称'万岁'。赞各就坐。次行方茵地坐臣僚等官酒。若宣令饮尽,赞谢如初。殿上酒一行毕,赞廊下从人

---

① 王水照、崔铭著:《欧阳修传》,天津人民出版社2013年版,第373页。
② 葛立方撰:《韵语阳秋》,中华书局1985年版,第93—94页。

拜,称'万岁'。赞各就坐。若传宣令饮尽,并拜,称'万岁'。赞各就坐。殿上酒三行,行茶、行肴、行膳。酒五行,候曲终,揖廊下从人起,赞拜,称'万岁'。赞各祗候,引出。曲破,臣僚并使副并起,鞠躬。赞拜,应坐臣僚并使副皆拜,称'万岁'。赞各祗候。引使副南阶下殿,丹墀内舞蹈,五拜毕,赞各祗候。引出,次日众臣僚下殿出毕,报阁门无事。皇帝起,声跸。"①诗歌与这些历史文献就有了相互印证,可为研究宋辽两国历史提供翔实可靠的佐证材料。又如祖无择《诮王安石乞分司西京避谗而去因以述怀》:"割断攀缘宰相权,忧危争似我身全。试观竿上抛生体,且拟波中戏钓船。名利不求还独乐,是非莫辨只高眠。何当对景幽堂坐,更得闲吟度百年。"其标题注释云:《宋史·祖无择传》:"寻复光禄卿、秘书监、集贤院学士,主管西京御史台,移知信阳军,卒。"祖无择起复在熙宁八年十一月。《续资治通鉴长编》卷二七〇云:熙宁八年"十一月己未朔,复光禄卿、提举崇福宫祖无择为秘书监、集贤院学士"。《龙学始末》云:"不幸值安石专政,司马君实坚辞求出,公慨然乞分司提举西京御史台。"熙宁三年王安石专政时,司马光、富弼均坚辞求出。祖无择也慨然祈分司西京御史台,并作《诮王安石乞分司西京避谗而去因以述怀》以明志。②通过这些材料的梳理,我们可知祖无择与王安石之间的微妙关系,为研究北宋诗人提供了不可或缺的资料。

杨万里《戏作司花谣呈詹进卿大监郎中》,根据于北山《杨万里年谱》,诗题中的"詹进卿"注云:"《宋史》《万姓统谱》《两浙名贤录》《宋史翼》《会稽续志》《绍兴府志》《浙江通志》均无传。《宋诗纪事》亦仅著里贯科名。事迹不详。按:《南宋馆阁续录》卷八:'詹骙,字晋卿。会稽人。淳熙二年进士及第。治诗赋。(淳熙)九年六月除(著作郎);十年四月为将作少监。'按:《宁国府志》(嘉庆十二年、民国石印本)卷二《职官表》:知淳熙十三年曾知宁国府。亦无传。"③薛瑞生《诚斋诗集笺证》:"詹进卿,詹骙,字晋卿,会稽人,一作遂安人。淳熙二年进士第一,官至中书舍人,龙图阁学士知宁国府。有文声。宋人名字所用字常常同音混写,且诗中有句'鳌头',此卷后《送詹晋卿大监出宣城》诗中又有'今代稽山贺子真'句,籍里、仕履完全相同,为詹骙无疑。"④通过梳理,知詹骙,字晋卿,詹林宗子。杨万里将"晋"误写为"进"。其人历中书舍人,仕至龙图阁学士、知宁国府。再如南宋诗文大家周必大《小诗戏王驹甫请来早转乔布威德源得善彦和志伯西美粹夫及愚卿兄弟共不托一杯已有定例不设他味》,诗题自注:"己未九月二十八日。"即庆元五年(1199)。诗题中人名无

---

① 脱脱等撰:《辽史》,中华书局1974年版,第847—848页。
② 傅璇琮主编,祝尚书本卷主编:《宋才子传笺证》(北宋前期卷),辽海出版社,2011年版,第576页。
③ 于北山著,于蕴生整理:《杨万里年谱》,上海古籍出版社2006年版,第289—290页。
④ 杨万里著,薛瑞生笺证:《诚斋诗集笺证》,三秦出版社2011年版,第1335页。

注,今可补注:王驹甫,一作王驹父,王伯刍(1132—1201),吉州庐陵(治今江西吉安)人,字驹父,号率斋。喜藏书,博洽工文辞。屡试科举不利,遂绝弃功名。曾任县学教谕、州学学录,工于诗文,杨万里称其为"淮海文士",晚与丞相周必大相邻,把酒论文无虚日。喜藏书,六经诸史,日夜校勘。古今文集,遍览成诵。著有《史法杂著》十卷、诗词十卷,五代咏史诗二百篇,杂记一篇等。周必大《周文忠公集》卷七十三《率斋王居士伯刍墓志铭》(嘉泰元年)有详细记载,可参见。《江西通志》卷七十六《人物十一·吉安府仁》载:"王伯刍,字驹父,庐陵人。博洽工文词,日夜校雠,笺训经史,凡前贤世系出处,必推见本末。家故贫,一介不取诸人,杨万里目为'淮海文士'。"伯威,欧阳铁字,号寓庵,庐陵县永和(今吉安县永和镇)人。其族与欧阳修同系,欧阳珣为其祖。欧阳铁力承家学,博通古文,善属文,尤长于诗词。宋赵与虤《娱书堂诗话》卷下载:"庐陵欧阳伯威铁少与周益公同场屋,连战不利,遂笃意于诗。"周必大"爱其文行,称之曰'奇士'"(杨万里《欧阳伯威脞辞集序》),拜右相后,几次邀他出仕,他谢曰:"使我数口无饥,差可卒岁,奈何以虚名自烦苦乎?"遂以诗文自娱,以授徒为业,老于乡里。王庭珪、杨万里等对其诗极为推崇。胡铨曾对其所作《遇逸词》《蜂螯蜘蛛赋》赞不绝口,惜今已不传。德源,葛溁字,其高祖葛咏从常州迁至庐陵。其叔祖是著名学者葛敏修。葛溁四岁而孤,十一岁母亡,随伯父生活,也曾与周必大一同参加过吉州解试,但未能中第,其后在庐陵授徒著书。周必大退休后与欧阳铁、葛溁过从甚密。得善:即李少育。彦和,李靓(1110—1140)字,吉州龙泉(今江西遂川)人,绍兴初,走淮南,以策干都督张浚。张浚奇之,使隶淮西总管孙晖麾下,后累功授承信郎。金归宋河南、陕西之地,乃随孙晖进驻西京洛阳。绍兴十年(1140),金将翟将军率军攻西京,李靓挥师迎敌,俘翟将军,遂乘胜逐北。遭遇金军主力,战死。周必大亦有《忠义李君传》明确记载三十一岁战死。此彦和比周必大(1126—1202)大16岁,从周必大诗题自注"己未"年来看,周必大一生经历了两个己未年,一是1139年己未年,一是1199年己未年,很明显,1139年周必大才14岁,不可能写下此诗,所以诗题中的"彦和"不是李靓,应该另有其人,但不详其姓。徐浩,字志伯,朱熹知旧门人,与朱熹书信往来问答。西美,江璆。此条注将文献所载的人物均注明,文献不载者则用不详说明。再如陈棣《使君馈食戏少蒙教授》诗题中的"少蒙教授"今可补注为:少蒙,尤著(1105—?)字,无锡(今江苏无锡)人,辉子。年二十八,登绍兴二年进士第。历太学录、博士、宗正簿、兵礼二部郎中、太子詹事,官至权工部侍郎。致仕后徙居鹅湖西僖里,因号西僖居士。见《万柳溪边旧话》。冯山《戏谢赵良弼寄薏苡山药》一诗中的"赵良弼":一般未作注释。胡宿《文恭集》卷十八有《赵良弼自丰州刺史除抚州刺史制》,疑其当为冯山所谢之人,但不知为何人。经文献考察,"赵衮(生卒年不详),字良弼,籍贯不详。冯山有《和果倅赵衮良弼平江亭》《送赵良弼知广安军》等诗。

诗云'楚人自古多材雄,江陵故都当其胸。人物萧爽驰英风,良弼崛起声其中',推知其为江陵人。又有'拿舟向蜀防涪潼,嘉陵一曲城古充'句,可知曾宦果州、广安军等蜀地"。①知赵良弼,即赵衮,江陵人。曾知果州,广安军。可补注释文献之不足。如此等等,凡是可弄清的人物,吸收最新研究成果,一一注释清楚,为专业研究阅读者提供方便。

另外,在戏谑诗文献梳理中还可补《全宋诗》小传之不足。曹辅、洪朋、赵鼎臣、张继先《全宋诗》小传均无生卒年。根据相关文献,可补曹辅"1034—1092";洪朋"1072—1109";赵鼎臣"1071—1124";张继先"1092—1127",又字道正,号翛然子。

(二) 纠正已有校注笺注之误

宋代戏谑诗文献整理应该在吸收现今笺释校注成果的基础上,纠正以往笺释校注中的错误。如从《全宋诗辑补》第 611 页辑录的李觏《嘲蔡君谟妓宴上陈烈逃席》:"七闽山水掌中窥,乘兴登临到落晖。谁在画帘沽酒处,几多鸣橹趁潮归。晴来海色依稀见,醉后乡心积渐微。山鸟不知红粉乐,一声檀板便惊飞。"李觏诗在《全宋诗》第 4291 页。按此诗:《宋诗纪事》卷一九李觏题作《望海亭席上作》,内容全同,只是标题不一样。在注释时标示出来,可避免混淆。再如《司马温公集编年笺注》卷四有《宝鉴贻开叔》,卷一二有《和任开叔观福严院旧题名》,卷一三有《又和开叔》。其中,作于熙宁六年末在洛阳提举嵩山崇福宫时的《又和开叔》诗:"寒梅犯雪荣,大隐久专名。异种生江渚,何年到洛城?色如虚室白,香似主人清。向使吴儿见,不思菰菜羹。"而《司马温公集编年笺注》云:"姓任,任布居于洛阳时,其子任达随侍,或是任达的字,亦或是温公在洛阳结识的退居旧吏。"②其笺注有误。这在邵雍戏谑诗《依韵和王安之少卿见戏安之非是弃尧夫吟》:"安之殊不弃尧夫,亦恐傍人有厚诬。开叔当初言得罪,希淳在后说无辜。悄然情意都如旧,划地杯盘又见呼。始信岁寒心未替,安之殊不弃尧夫。"诗中的人名"开叔"注云:"任逵,字开叔。"③其还可从《巴蜀佛教碑文集成》"宋千佛崖题名七则"中得到证实,其中第四则:"本路转运使、光禄卿杨宁道卿,转运判官、太常少卿石辂君乘,提点刑狱、尚书祠部郎中任逵开叔。治平四年丁未四月十九日,会别利州大云寺。"④这样,司马光集笺注中存在的问题就得到纠正。

南宋杨万里《问涂有日戏题郡圃》:"今年郡圃放游人,懊恼游人作挞春。到得老夫来

---

① 伍联群:《略论蜀人冯山的交游及其诗歌》,《绵阳师范学院学报》2018 年第 4 期,第 77 页。
② 司马光著,李之亮笺注:《司马温公集编年笺注》第 2 册,巴蜀书社 2009 年版,第 394 页。
③ 魏崇周著:《邵雍文学思想研究》,中州古籍出版社 2009 年版,第 209 页。
④ 龙显昭主编:《巴蜀佛教碑文集成》,巴蜀书社 2004 年版,第 91 页。

散策,乱吹花片总成尘。商量岁后牢关锁,拘管风光属病身。造物嗔侬先遣去,遣侬侬去不须嗔。"诗中"挞春"一词今人误注为"踏春",其实,"挞春"就是立春。立春亦称之"打春""挞春",是因为立春祀典中有一项鞭打春牛的重要民俗活动。《海城县志》:"旧俗:先立春一日,守土官率属迎春于东郊,颁分时刻,公服祭勾芒神。……翌日清晨,县官复率属至东郊春庙前,鞭牛三匝,名曰'打春'。"《滦州志》:"立春时,诣神行礼毕,鼓吹以鞭土牛,遂磔焉。俗谓之'挞春'。"《诚斋诗集笺证》的误注通过民俗学文献的梳理可以还原"'挞春',就是'立春'。"再如周必大《十月十七日大椿堂小集胡从周季怀以予目疾皆许送白酒弥旬不至戏成长韵》诗题中的"胡从周季怀",一般注者认为是同一人,季怀是胡从周之字。其实,胡从周见于周必大《奏事录》,云:"(乾道六年)己亥,早赴清都观、正法寺,开启天申节。清都本甘真人之旧宅云。递中接收闽宪信札。午后,胡从周参议来自隆兴。晚,赴李令会。清拟堂旧有华亭,今存遗址。"周必大《归庐陵日记》:"李仪之、马君寿永之、胡从周镐皆致来禽,其致羊酒者皆却之。巳时赴州会,退而解舟。聂赣县诏宽之及丞簿尉送别数里外。丞即从周,簿姓曾,名三复,皆吉州人。"以上文献可知,胡镐(生卒不详),字从周,号文冈,吉州(今水田乡孔家巷村)人。胡铨从弟。靖康元年(1126)乡试中举,十九年后,即绍兴十五年(1145)中进士,受朝奉郎。历任朝列大夫、湖南参议。赐金鱼袋。《全宋文》卷四三三一胡铨《饶州进士胡镐母李氏墓志铭》题后注云:"按:此胡镐非胡铨从弟胡镐。"《新宋学》之《论宋代吉州地域文化的发展》一文云:"四世胡仔、胡宗古、胡铨、胡镐、胡铸;五世胡昌龄(长彦)、胡箕(斗南)、胡籍(季文)、胡泳、胡瀚、胡浃、胡浯、胡冲、湖浼(季享)、胡从周(季怀)。"四世的"胡镐"与五世的"胡从周(季怀)"实为同一人,而误以为胡从周,字季怀,其实,季怀是胡维宁之字。这应该是从周必大诗题"胡从周季怀"实胡镐、胡维宁两人,而长期误以为一人而导致的结果。朱熹有一首《戏赠胜私老友》诗,题中的"胜私"注为:胜私:陈克己,字胜私。此诗末自注:"胜私先侍讲尝著《农书》三卷。"即陈胜私之父著《农书》三卷。今考《朱文公文集》卷九《诗送碧崖甘叔怀游庐阜(三首)》跋文称"有陈胜私在九叠屏下田舍"云云,则知其人陈姓。时隐居庐山农耕。其父北宋末或南宋初曾任"侍讲"。检点校本《朱熹集》人名索引,知此人乃陈克己。核束景南《朱熹年谱长编》卷上略同,并注出陈克己字胜私的史料依据,皆是。但有注者未注意朱子诗注中"先侍讲"三字,误断为"胜私"又名"胜私先"。楼钥(1137—1213)《攻愧集》卷六十二《回陈胜私先辈(屺)启》亦云:"父书素读,天分更高。""古事今事,问无不知;儒家道家,应皆如响。"可见其为饱学之士,年龄比楼钥略大,又称其人乃陈秀公(升之)裔孙而侍讲之子。其父侍讲与楼钥仲舅30余年前为交游,而与楼钥则失之交臂,缘悭一面。今幸与其哲嗣胜私定交,两人也堪称世交,故以"先辈"称之。显然,楼钥文中的陈胜私与朱熹诗文中所及乃同一人无疑。但令人费解的是其名却为陈屺,当然古书竖写,有可能"屺"乃"克己"两字之形近而讹;另一种可能是其原名克己,后改名为屺。因书阙有间,已难确考。关键在于其父"先侍讲"之名,虽两宋之际陈姓为侍讲者有10余人之多,但却无一可确证为胜私之父。楼钥称胜私乃陈升之(1011—1079)裔孙,今考升之有二子:闶、闳,则此侍讲应为闶、闳之子孙,其生活的年代似应在南宋初。① 韦骧《戏呈吴伯固同年》一诗中的"吴伯固",一般文献载:"即吴处厚,字伯固,邵武(今属福建)人。皇祐五年进士及第,授汀州司理参军。嘉祐中,为诸暨主簿。熙宁中,任定武管勾机宣文字。元丰四年,擢将作监丞。王珪荐为大理寺丞。元祐四年,知汉阳军,笺疏蔡确《车盖亭》诗奏上,蔡确贬,擢知卫州。未几卒。著有《青箱杂记》十卷。"其中的"任定武管勾机宣文字",《中国文学家大辞典》《中国古代文体学史》等均误,应作"管勾机宜文字",此为北宋都督、招讨使、宣抚使、经略安抚使属官原名,后避高宗赵构名讳改"掌管机要文书"。

另外,还可纠正《全宋诗》小传及相关文献之误。释净端(《全宋诗》第12册),字表明,据《全宋诗辑补》应作"明表"。谢举廉,《全宋诗》小传云:"字民师,新淦(今江西新干)人。神宗元丰八年(1085)与从父懋、岐、世充同第进士,时称四谢。"据《诚斋集》卷一百二十一《议大夫谢公神道碑》载:谢民师"与其父懋、叔岐、弟世充同第进士,时称四谢"。《全宋诗》小传全部误为其叔父。释行持,《全宋诗》《全宋诗辑补》皆作"释持",录诗10首,《宋代禅僧诗辑考》作"释行持",是。廖刚,字用中,《全宋诗》小传误作"中用",诸如此类,不一一指出。

(三) 为《全宋诗》辑佚

宋代戏谑诗文献整理的衍生品材料还可为《全宋诗》辑佚。文献整理材料不仅解决了戏谑诗本身的许多问题,其还为《全宋诗》辑佚提供了有价值的资料。司马光《和张伯常贺迁资政》:"不驾使车开汉关,不栖岩穴炼金丹。岂无开径三人友,分着垂绥五寸冠。坐饱太仓犹自愧,谬跻秘殿益难安。愿同野老嬉尧壤,长守先生苜蓿盘。"此诗为司马光元丰七年在洛阳提举嵩山崇福宫时作。题中之"张伯常",原本题下注云:"徽,字伯常。"张徽,字伯常,湖北竟陵人。司马光、范纯仁皆与友善。宋神宗熙宁初为福建转运使兼知福州。以上柱国致仕。又以诗名,著有《沧浪集》,已佚。《全宋诗》及《全宋诗订补》录诗10首。张徽曾游柏山,于柏山摩崖石刻题《游参村山》诗:"未穷双佛刹,先到一渔家。山雨已残叶,

---

① 方健:《南宋农书考》,见范立舟、曹家齐主编:《张其凡教授荣开六秩纪念文集》,上海人民出版社2009年版,第679—680页。

溪风犹落花。汲泉沙脉动,敲火石痕斜。应是佳公子,竹间曾煮茶。"①《全宋诗》《全宋诗订补》未收录,即可补入。黄庭坚《戏赠高述六言》:"江湖心计不浅,翰墨风流有余。相期乃千载事,要须读五车书。"标题中"高述",生卒年不详。字季明,宋哲宗时丹阳(今属江苏镇江)人。元祐三年(1088)李常宁榜进士,曾为江南西路转运判官。能文,其风声气格见于笔墨间,时作苏轼笔或能乱真。据《图绘宝鉴》载:"宋高述学东坡书及竹、石,皆逼真"。同见明陶宗仪《书史会要》。《历代笔记小说大观》有"代笔"条云:"古书名家,皆有代笔。苏子瞻代笔,丹阳人高述。赵松雪代笔,京口人郭天锡。董华亭代笔,门下士吴楚侯。山舟学士书名噪海内,而从无代笔。汤昼人庶常(锡蕃)、沈友三明经(益)颇肖公书,尝为人作字,署学士名,实非代笔也。"②《至顺镇江志》载两宋镇江府进士234人,其中北宋118人,南宋116人,北宋部分就有高述其人。③ 高述《全宋诗》录其诗三首。但无《南源寺》一首,其云:"行县忘崎岖,得景如期集。溪声风雨响,山润云烟湿。基址真隐藏,安抱自朝揖。抠衣造方丈,步屦登棐笈。供目有霜林,青红皆可拾。"可补入。南源寺,在今萍乡市上栗区杨岐乡境内,距城约五十里,旧时又称万安院。④ 赵嵘《云叟道人自夫子林骤款段先我而归口占一诗戏之》:"道人乘款段,辄尔驰山川。翻然两角巾,似与风争颠。左手不停勒,右手复争鞭。乌裙拍马腋,欲拟鹤升天。释耕观者人,莫知所以然。定疑云路阔,坠落骑鹿仙。"标题中的"云叟道人",据明清县志载,宋人,姓侍其,名瑀,号云叟,"住钓鱼台,隐居不仕,乡里推为经师"。在上元县祈泽寺中旧时有四块碑刻,刻有"云叟道人"的三首《招隐诗》。其中两首为七绝,一首为五绝。前两首是:"官南官北添身累,年去年来换鬓青。何日归来闲岁月,扫山庐墓过余龄。""云窗云暗春灯小,松柳无风春悄悄。子规枝上叫梦回,清磬一声山月小。"后一首是:"美绿三千盏,娇红一万枝。家山归未得,更听鹧鸪词。"⑤据缪荃孙《江苏金石记》"季季梵仙诗刻(在上元祈泽寺)"条记载,前二首诗顺序刚好相反,文字上也有差异。其一"虚窗云暗青灯小,松桧无风春悄悄。子规枝上叫梦回,清磬一声山月晓"。其二与上诗第一首完全相同。下落款"大观戊子暮春季季","季"下著二点,似是其人之字。刻石模糊,缪荃孙误为"季季",其实,此二诗应该归属云叟道人。⑥ 这三首《全宋诗》《全宋诗订补》《全宋诗辑补》均未收录,亦可补入。

---

① 黄荣春主编:《福州十邑摩崖石刻》,福建美术出版社2008年版,第171页。
② 梁绍壬撰,庄葳校点:《两般秋雨盦随笔》,上海古籍出版社,2012年版,第16页。
③ 严其林著:《镇江进士研究》,复旦大学出版社,2014年版,第59页。
④ 政协萍乡市城关区文史资料研究委员会:《萍乡城关文史资料》第2辑,1990年版,第246页。
⑤ 江宁县政协文史委员会编印:《江宁胜迹》,1995年版,第78页。
⑥ 缪荃孙:《缪荃孙全集·金石二·江苏金石记》上册,凤凰出版社2014年版,第312页。

三、宋代戏谑诗文献整理的意义

宋代戏谑诗的文献整理,是从游戏、幽默的角度去审视宋代诗歌。既可全面地了解宋代士人在政治、经济、文化、历史等因素影响下而形成的社会心理、个体心理及创新意识,又可看到宋人的精神面貌。正如胡晓明先生所说:"智力活动的多方面展开和创新表现,是为宋代士大夫生活形态与精神面貌之第一特征。""玩赏与研究之兴味与智力活动本身之创造性,有机交织,此即宋人形态与精神面貌又一特征。"[①]

宋代戏谑诗的文献整理有助于对宋型文化全面而深入地认识和把握。戏谑诗作为一种文化和游戏之产物,它的创作是在诗人完全放松和开怀的状态下完成的,因此它能更清晰地展示诗人所处的环境与空间状态。而长期以来,学界对戏谑诗都抱着一种不屑态度,很少纳入文学史研究范畴。因此对宋代戏谑诗进行深入研究,有助于全面、准确地认识宋代文化的特征。

宋代戏谑诗的文献整理还可为专业研究者提供一条新的认识宋代诗歌的途径,可通过戏谑诗重新审视宋代著名诗人乃至普通诗人或无名诗人的审美心理及精神面貌。两宋王安石、苏轼、黄庭坚、司马光、陆游、杨万里、范成大、周必大、李纲、王十朋、朱熹等许多诗人都创作了数量不少的戏谑诗,对其文献进行整理,既可为专业研究者提供戏谑诗阅读理解之方便,又可通过戏谑诗从另一个侧面了解诗人们的审美心理和精神面貌,诚如王兆鹏先生对"诚斋体"诗谐趣的评价"他在诗歌创作中才能赋予自然万物、江山风云以生命灵性、情意知觉,建构出一个别具一格的灵性自然"。[②] 这些都为宋代诗歌纵深和全面研究提供了新的路径。

(张福清,韩山师范学院文学与新闻传播学院教授,研究方向为唐宋文学。出版专著有《宋代集句诗校注》《宋代集句诗研究》等。)

[①] 胡晓明:《尚意的诗学与宋代人文精神》,《文学遗产》1991年第2期,第90页。
[②] 王兆鹏:《建构灵性的自然——杨万里"诚斋体"别解》,《文学遗产》1992年第6期,第77页。

《续修四库全书》所收宋人别集与《全宋诗》补辑

——以幸元龙、何希之二家为例*

赵 昱

摘 要:《全宋诗》荟萃有宋一代诗人诗作,首先立足于传世宋人诗集,调查版本,梳理源流,进而确定整理底本,考辨剔择,以期呈现两宋诗歌的基本状貌。然而由于编纂期间的条件所限,尚有个别宋集未及关注和利用。其中,《续修四库全书》收录的《重编古筠洪城幸清节公松垣文集》十一卷、《何希之先生鸡肋集》二卷,分别可资辑补宋人幸元龙诗10首、何希之诗26首,对于研究二人生平事迹、交游往来等情况亦有助益。

关键词: 幸元龙 何希之 《全宋诗》 辑补 《续修四库全书》

两宋三百年间,崇文尚儒的时代风气和雕版印刷技术的普及发展,极大地推动了宋代文人著书立说、编纂文集并将之付梓行世的积极性,催生了有宋一朝文学繁荣的现实面貌。《宋史·艺文志》著录宋人别集651家1824部23604卷,虽然尚未尽括当时的全部数量,但是基本反映了宋集问世、流传之盛况。元、明、清各朝,宋人别集在代有刊刻和屡经散亡的消长之间更加获得持续增长:明钞明刻宋集既多见善本佳本,又有由于宋元旧本久佚而成为今日存世之祖的大量情况,明人对宋集的编刻传存做出了重要贡献;受此影响,清代学者不仅继续有意识地从事收藏、整理、抄录、刊刻等事业,更在《四库全书》编修期间,从《永乐大典》中重新辑出130种已佚宋人别集,于宋代诗文的保存、传播功不可没,当然其间挂一漏万的疏错亦并非少数。① 时至今日,现存宋人别集多达741家,② 较之万曼

---

* 本文为教育部人文社会科学重点研究基地北京大学中国古文献研究中心"十三五"重大项目《全宋诗》失收诗人诗作及专卷汇编(项目编号16JJD750004)暨国家社会科学基金后期资助项目"稀见文献与宋元诗文辑佚"(项目编号20FZWB008)阶段性成果。

① 关于元、明、清各朝保存、整理宋人别集的实绩,参见巩本栋著:《宋集传播考论》"综论篇"《论明人整理宋人别集的成绩》《论清人整理宋人别集的贡献》二章,中华书局2009年版,第31—76页。

② 沈治宏:《现存宋人别集版本目录·编例》,巴蜀书社1990年版,第1页。

《唐集叙录》收录的113家唐人别集,超过其六倍有余,却仍有遗漏。而正赖这七百余家现存宋集及其重要版本,《全宋诗》的编纂才具备了先决性条件和基础性资料。

1986年,《全宋诗》编纂工作启动,首先全面调查了现存宋人诗集以及传世版本;在这一过程中,又与负责《全宋文》编纂的四川大学古籍整理研究所合作,分工收集各大图书馆所藏宋人别集的目录卡片,互通有无。1998年,《全宋诗》(七十二册)正式出版,荟萃赵宋一代诗歌,"长篇短制,细大不捐,断章残句,在所必录"(《全宋诗·凡例》),力求囊括目前传世的宋人诗集和主要根据第一批书目的辑佚所得,是为正编。① 而对于这些宋人诗集的版本选择,《全宋诗》编者强调"从实际情况出发,具体对待,不盲目信古。譬如一般以为四库本多有问题,但也不尽然",② 在有更早版本流传不废的情况下,经过细致的源流考索与认真的文字校勘,明确地采用了向来饱受删改诟病的《四库全书》本宋人别集作为整理底本,客观地凸显了《四库全书》在古籍整理方面的应有价值。③

作为中国古代规模最大的一部丛书,《四库全书》修成于清代乾隆中期。可惜一方面,四库馆臣人为地制造了抄入之书与存目之书的区别,对后者多有主观讥评,不利于典籍的长久流传;另一方面,乾隆中期直至清末,还有数量众多的清人著述,同样属于中国古代思想学术、历史文化的优秀遗产。有鉴于此,晚清、民国时期,不断有学者提出续修《四库全书》的动议。直至21世纪初,《续修四库全书》(1800册)终于问世,"其收录范围,包括《四库全书》以外的现存中国古籍,即补辑乾隆以前有价值的而为《四库全书》所未收的著述,以及系统辑集乾隆以后至民国元年(1912)前各类有代表性的著作",④ 总计5213种。

以《续修四库全书·集部》收录的宋人别集视之,自范仲淹《范文正公文集》二十卷至

---

① 关于《全宋诗》分为正编、补编两大部分的设想以及各自所据文献范围,《全宋诗·编纂说明》进行了详细的介绍:"从大的格局而言,我们拟将这部《全宋诗》分成正、补两编。正编包括:(甲)目前传世的诗集,(乙)第一批书目的辑集所得。所谓第一批书目,主要是:(一)现存宋元诗话、笔记及其他史籍。(二)现存宋元类书、总集,以及《永乐大典》和《诗渊》的残存本。(三)宋元方志,以及近年来集中印行的若干重要方志,如影印天一阁藏明代方志。(四)《宋诗纪事》《宋诗纪事补遗》已引用到的书。(五)敦煌遗书。我们估计,这样紧缩范围,集中搜集,则宋代散佚诗人及作品,不致有太多的遗漏。……补编辑集范围主要是上述正编以及之外的明、清时期的各类书籍,以及书画题跋和散存各地的石刻、拓片、手迹、抄本等等。补编工作计划在正编基本完稿后进行,我们希望能在正编出版后的数年内努力完成。"(傅璇琮、孙钦善等主编,北京大学古文献研究所编:《全宋诗》第1册,北京大学出版社1998年版,第9页。)

② 《全宋诗》第1册《编纂说明》,第16—17页。

③ 漆永祥《乾嘉考据学研究》(增订本)第十三章《从〈全宋诗〉的编纂看〈四库全书〉的文献价值》,具体列举了杨亿、赵抃、王令、程颢、李之仪、杨时、张耒、周紫芝、李纲、汪应辰、王炎、黄干、陈文蔚、刘宰、杜范、戴昺、林希逸、刘黻、何梦桂、汪梦斗等20位诗人,《全宋诗》以影印文渊阁《四库全书》本作为底本,而以其他宋、明、清朝的刻本、钞本等作为参校本,说明《四库全书》在《全宋诗》整理中重要的版本价值。见[漆永祥著:《乾嘉考据学研究》(增订本),北京大学出版社2020年版,第382—385页。]

④ 《续修四库全书编纂缘起》,见《续修四库全书》第1册,上海古籍出版社2002年版,第1页。

李彝《剪绡集》二卷,凡53种,另有方回《桐江集》、戴表元《剡源逸稿》、仇远《山村遗稿》《山村杂著》等,作者身处易代之际,或宋或元,未必一定;只是赵偕虽为赵宋宗室、入元不仕,但据《宋元学案》卷九三《静明宝峰学案》"元之乱也,方国珍据浙东,逼先生仕,不起"①及《赵宝峰先生文集》卷首《门人祭宝峰先生文》《友祭宝峰先生文》"至正二十六年岁次丙午十二月戊申朔越十(有)二日"②等表述,其主要生活经历在于入元以后,且又卒于元末,或不宜归入宋人。而与《全宋诗》所收宋人诗集相较,幸元龙《重编古筠洪城幸清节公松垣文集》十一卷、何希之《何希之先生鸡肋集》二卷、俞琰《林屋山人漫稿》一卷《附录》一卷、戴表元《剡源遗稿》七卷,这四种皆未涉及,可资拾遗补阙。其中,汤华泉《〈全宋诗〉〈全宋文〉未收宋遗民别集二种跋》已经指出俞书"整集遗漏",③具体作品另见于《全宋诗辑补》之俞琰名下;④笔者在参与"《全宋诗》补正"项目期间也曾选用《续修四库全书》影印清缪荃孙瀛香簃抄校本《剡源逸稿》为底本,校以中国国家图书馆藏清抄本及孙锵刻本《剡源佚诗》,并附《剡源佚诗》多出之诗及集外诗,整理戴表元诗稿。⑤ 兹就幸元龙、何希之二家别集所见佚作,掇拾如次。

一、《重编古筠洪城幸清节公松垣文集》

幸元龙(1169—1232),字震甫,号松垣,高安(今属江西)人。宁宗庆元五年(1199)进士。历京山县丞、随州州学教授、当阳县令、鄀州通判。理宗宝庆二年(1226),应诏上书、忤史弥远而致仕。绍定五年卒,年六十四。⑥ 著有《桂岩松垣集》,已佚。明万历四十四年(1616),裔孙幸鸣鹤"因《松垣文集》散乱阙略,仅存什一,窃恐其久而靡传,因遍搜遗稿,编汇成帙,考释订正,付诸剞劂氏,公之海内,以垂不朽云",⑦成《重编古筠洪城幸清节公松垣文集》十一卷。可是,四库馆臣认为:"诗文各系以评语,间有注释,亦颇疏略。元龙事迹

---

① 黄宗羲原撰,全祖望补修,陈金生、梁运华点校:《宋元学案》第4册,中华书局1986年版,第3098页。
② 赵偕:《赵宝峰先生文集》,见《续修四库全书》第1321册影印明嘉靖二十二年赵文华刻本,第124、125页。"至正二十六年岁次丙午十二月戊申",恰好已进入公元1367年1月。
③ 汤华泉著:《唐宋文学文献研究丛稿》,安徽大学出版社2008年版,第432页。
④ 汤华泉著:《全宋诗辑补》第8册,黄山书社2016年版,第3618—3649页。
⑤ 《《全宋诗》补正》项目组:《《全宋诗》杂考(五)》,见《北京大学中国古文献研究中心集刊》(第十七辑),北京大学出版社2018年版,第351—352页。
⑥ 刘琳《幸元龙与〈松垣文集〉》根据幸元龙别集及吴潜《乞褒万顷幸元龙遗泽表》、清雍正《江西通志》、《宋史翼》等文献记载,勾勒幸氏生平仕履,补充了《全宋诗》幸元龙小传缺载之生年。[见刘琳:《幸元龙与〈松垣文集〉》,《四川大学学报》(哲学社会科学版)1999年第1期,第65—66页。]
⑦ 幸鸣鹤:《编释幸清节公松垣文集序》,见《续修四库全书》第1320册影印南京图书馆藏清赵氏小山堂抄本,第2页。

无考，其题曰'幸清节公'，亦莫详其得谥之由。首篇《论国是疏》内自引所作与陈晐、刘之杰二律，而终之曰'二诗之意切矣'，殊非臣子对君之体。他文亦多鄙浅，而诗谓一篇为一韵，尤古无是例，殆出依托。"①将之归于存目。而刘琳通过与《宋史》记载的印证，指出"此书决非伪书，不但作者实有其人，其书中所涉及的众多事实、制度、人物、年代等都与史吻合，于史可征，绝未见有抵牾可疑之处"，②否定了馆臣的论断。

是书十一卷，分体编排：卷一奏疏，卷二书，卷三、卷四记，卷五寺院记，卷六宫观记，卷七序，卷八赋，卷九行状、墓铭，卷十诗，卷十一事迹。万历四十四年幸鸣鹤重编原本无存，中国国家图书馆、北京大学图书馆、南京图书馆、上海图书馆、辽宁图书馆、中山大学图书馆等皆藏清抄本。③

幸元龙诗，《全宋诗》册 55 卷 2863 页 34195 仅据清雍正《江西通志》卷一五三录《游越山》一首。今以《续修四库全书》影印南京图书馆藏清赵氏小山堂抄本为底本，校以中国国家图书馆藏清抄本（简称"国图本"）、北京大学图书馆藏清抄本（简称"北大本"）、④南京图书馆藏清抄本（简称"南图本"），录诗 10 首：

赞龙虎二字七言四句诗二首

十年局促池中住，一夕风云掀玉鳞。飞上九天苏宇宙，举飘甘雨泽斯民。

十载啸风岩谷间，从渠藜藿长青山。一朝飞步龙门去，不放狼狐入九关。

上制置使陈晐七言八句诗一律

长淮尾大应难掉，全蜀支伤未易经。欲合山河大世界，须凭湖汉小朝廷。一人智虑怕居井，四海才能宜在庭。清荡南阳卷梁汴，齐秦拱手拜威灵。

上制参刘之杰五言八句诗一律

元幕刘国图本作"留"。朝望，边头局未终。只须驾降卒，自可殄残戎。增减非元气，赢输总隽北大本、南图本作"骏"。功。蓄养徒坐食，深恐饱扬空。

---

① 永瑢等撰：《四库全书总目》卷一七四，中华书局 1965 年版，第 1542 页。
② 刘琳：《幸元龙与〈松垣文集〉》，《四川大学学报》（哲学社会科学版）1999 年第 1 期，第 67 页。
③ 《中国古籍总目·集部》第 1 册，中华书局 2012 年版，第 359 页。
④ 中国国家图书馆、北京大学图书馆两处所藏清抄本中的异文，由北京大学中文系古典文献专业博士研究生邱明、陈启远代为查校，谨向他们表示诚挚谢意！

时复任鄂州倅上书乞斩权相史弥远制使陈晐强愎自用每事辄抑公公为之逼_{国图本、北大本、南图本作益}困乃逢迎朝旨劾奏公以小臣讪上令速致仕公遂弃官归乡伏阙上七言八句诗一律

渊明篱下菊花黄，采菊见山滋味长。陈乞挂冠何待勒，_{国图本作"劾"。}辨明折槛不妨狂。此归风节乾坤响，_{所注国图本旁书作"往"。}江山草木香。多谢清朝用宽典，乘流遇坎听沧浪。

归寓舟中题七言四句诗一首

平生事可对人言，今日囊无半点钱。寄语江神明着眼，好分风力送归船。

挽涂运干五言八句诗一律

椿桂薰和气，四时春满堂。坤宫鱼变化，天府鹗横翔。荆渚风波地，萧滩剑戟场。不如归去好，香光_{南图本作"气"。}老蓬方。

又思涂君乔梓五言八句诗一律

父子桂椿立，兄弟兰玉森。诗书结隆好，桑梓借清阴。滂处宗资幕，参承曾点心。月随星陨去，行路一_{国图本、北大本、南图本作"亦"。}沾襟。

宦归伤元直致政

善俗多贤德，明伦有著书。几倾少陵酒，屡访子云庐。游宦渠为贱，归来人已墟。钟灵旧乡井，犹有典刑余。

先君与陈化夫涂原直皆一乡善士称三长者不善者以三枯度目之二十年间善者子孙兴荣而不善_{南图本善下有"者"字}替悴矣宝庆丁亥七月前二日陈化夫来访因追思古昔感伤时事聊赋长风古韵一篇以寓怀耳

先君洪城居，元直云石舍。化夫家尉山，乡称三长者。鲠朴先君性，元直尚宽假。淡静多化夫，贤淑相匹亚。善积_{国图本作"积善"。}流庆长，月评香榆社。先君多子孙，雁塔鼎趾写。一荐三重科，骎骎方啖蔗。元直有冢子，发策争先鬻。姓名天府出，兰玉森庭下。化夫生鳞玉，凌雪赋脍炙。游试春宫闱，龙头政须夸。三君杂野狐，未有认为麝。恶人恣相凌，务_{国图本、北大本、南图本作"矜"。}持腐鼠吓。天理久乃定，稔恶天不贳。_{北大本、南图本作"贷"。}回首顾三君，粪缶与琼斝。先君二十年，寒泉悲浚下。元

直亦高冢,墓木拱楸槚。化夫独无恙,冰染老疏雅。策杖来相过,踉跄出门舍。芙蕖^{北大本、南图本作"蓉"}朝露鲜,木华秋风卸。樽酒道畴昔,光阴叹代谢。凄怆蓼莪思,迸血泪飞洒。涂君亦谢世,寥寥已长夜。典刑惟陈君,具与尽情话。人生寿几何,万事俱土苴。汲汲涉危机,不如乐清暇。 以上《重编古筠洪城幸清节公松垣文集》卷一〇。

二、《何希之先生鸡肋集》

何希之,①字周佐,乐安(今属江西)人。度宗咸淳十年(1274)进士。宋亡不仕,遁迹以终。著有《鸡肋集》,于史无征,仅见于《四库全书总目》卷一七四:"此本首冠以廷试、省试策二篇,后附以诗文五十余篇,皆其子孙搜辑而成,故体制舛错,编次殊为无法,文格亦多平衍。盖阙帙之余,其菁华已不复存矣。"②现存中国国家图书馆藏清康熙五十八年(1719)刻本,殆《续修四库全书》据以影印之本。

是书卷首为熊朋来、周天凤题诗,③次《鸡肋集·目次》。正文未标卷次,然省试策《问复元祐之文及濂洛诸书》之后,另页首行顶格书"何希之《鸡肋集》"六字,版心页码亦重新标识,《续修四库全书》由此分作二卷。

何希之诗,《全宋诗》册70卷3656页43919仅据清曾燠《江西诗征》卷二三录《送乐安教谕周亦山》组诗二首及明弘治《抚州府志》卷二二录残句一联,未及《鸡肋集》。今辑录26首:

---

① 何希之生卒年不详。祝尚书据《丁丑夏五偶书》"年已六十矣"(《续修四库全书》第1320册影印清刻本,第199页),认为"丁丑"即端宗景炎二年(1277),则当生于宁宗嘉定十一年(1218)。(见祝尚书:《宋人别集叙录》(增订本),中华书局2020年版,第1431页。)但是,根据何希之为其兄何霖所作《故郴州宜章知县潜心先生墓志铭》,何霖"生于端平乙未六月,得年四十三而没"(《续修四库全书》第1320册影印清刻本,第186页),即生于南宋理宗端平二年(1235),卒于端宗景炎二年、元世祖至元十四年(1277),享寿四十三。因此,何希之的生年,不可能早至公元1218年,而应当在公元1235年之后。

② 《四库全书总目》卷一七四,第1543页。

③ 熊朋来题诗:"浮丘山上三双鹤,俯吞湖汉拟衡霍。何家庭前四株桂,四时长花春蔽荟。杖下金鱼剩香泽,却忆四子同坐席。一子独拥瑟,忽如老师唤曾皙,尚似师旷歌无射。铿然舍瑟诵君文,四坐泠泠雅乐闻。我不及识旴江李,后人亟称似孟子。大集流传二百年,能以六经为根柢。又不见,眉山苏,盛壮闭门方读书。万言不用一难字,涛波万里行纡徐。知君不是曹吉利,矫揉木强挫初锐。书生生无食肉相,隽永鸡肋八珍味。邯郸梦短炊未熟,与君同梦俱蕉鹿。度寸之珠度尺玉,鲸锦卷还重致祝。祝君眉寿寿斯文,抱瑟听诗吾亦足。"周天凤题诗:"稀星殿落月,硕果标霜珠。明发耿瘩慨,惠然靓长裾。长裾映古貌,视我瑛瑶瑜。下言轶屈贾,上言溯黄虞。洪源导六籍,众漱随萦纡。向来二三策,乃与屠龙俱。绪余托鸡肋,清隽味益腴。庶羞集方丈,此品超熊鱼。安得正始音,置之东石渠。范世返淳雅,千秋垂令图。"以上并见《续修四库全书》第1320册影印清刻本,第167页。《全元诗》第13册熊朋来名下失收此诗,又失收周天凤其人,可补。(见杨镰主编:《全元诗》,中华书局2013年版。)

书瑞州高安刘氏爱敬堂

周公与管蔡,恨不茅屋三间,此诗人激昂之言,意谓骨肉伦纪之际,处羁穷之地者,情好易洽,席富盛之势者,嫌隙易开。此周公所以愧于二陆也。然则万石君家,上堂甘旨,倡予和女,光霁一团,如高安刘氏爱敬堂者,岂非人间之至足、千载之美谈哉?彭城漂泊,夜雨凄然,那得有此。溯风望断,想象而为之赋。

机云落寞东西屋,轼辙飘零风雨床。何似高堂潘奉母,光风吹拂到虞唐。

书瑞阳况道山《杜甫骑驴觅句图》

子美吟边寒日晚,尧夫花外小车迟。行窝春色无人画,却画骑驴欲雪时。

《何希之先生鸡肋集》:诗穷而后工,故少陵酸辛之迹,好事者喜称之,至绘而为之图。虽然,岂盛世事哉!邵先生从容洛下,大寒大暑不出,微吟半醉,肺腑皆春。若描画得此意出,天地间气象活动,都在目前。道山试深思之,当信吾言有味。

书永丰郭友仁《佩觿集》

自诗派法席盛行,诸解者如禅宗棒喝,头头皆是穿穴细碎,搜猎瑰奇,破雕斫觚,支分缕解,而气机割裂,终未能佩六合之大全。刘宾客大音不完之论谓此。《佩觿集》镕古今话头为一块,通南北文章为一家,拾河洛之英,抉词源之秘,此过江以来所未有也。昔人云,不见此二百年矣。夹漈郑氏尝恨梵音行乎中国,宣尼书不能过跋提河。今郑之微言绪论,且与河东诸人同传,四方文献,霱然成章,兹非文轨会同之候,二百年来郁结颏积之一大快乎?觿虽小技,而此集聚天地山川混全之英,泄文人志士割裂之愤,见者解颐,听者释冰,其为觿也大矣。虽则佩觿,容兮遂兮,如圭如璧,如金如锡,终不可谖兮。赞曰:

诗通南北史,气涵天地先。九原宁复恨,书带亦欣然。

书艾樵村诗集 临川人,弧山其叔,癸酉同升

予昔与艾公弧山为同升,时流中惟此公落落有逸气。霜朝月夕,神交莫逆,而亦二十年别矣。别人不一见,而见其犹子樵村,于竹风萧瑟间,触目琳琅,恍如梦对,且不鄙以《樵歌》惠予。空山得此奇事,樵村朴被走万里,持一笑而归,正自可念。抑予读《樵歌》竟,为之击节曰:"樵君所论著非诗也,庶几所谓行秘书者,世有如此人而长不偶者乎?"为之歌弧山韵而归之。

昔昔吟鞭厌马蹄,新来宇宙觉清奇。当年墨客骚人咏,此日《生民》《清庙》诗。郡国兴贤闻汉诏,元和颂德欠韩碑。君归应共弧公语,吾道将行亲见之。

赠彭海月庐陵人，能观星画龙

　　海月从来山公泛重湖，涉鲸波，迢迢走万里。晋挹黄河、泰、华，极宇宙瑰奇盛丽之观，鱼龙所官，巨蟹所家，析木天街、北岳间所分野。缤纷俯仰，如览画图，落笔横纵，神会天出，奥理冥造，非世俗星翁画师浅焉管窥天、蠡测海也。天阳注视目不倾，蛟龙造次欲手揽。兹事奇崛，昌黎以此属无本，犹疑其未必然，海月然之矣。

　　海阔虬龙舞，月澄星纬斓。凌虚恣吞吐，身世蓬莱山。

赠江海客张相士南丰人

　　燕颔食肉而封，班生领侯封如拾券。见柳恽者，谓其形夭贱，宜易业。后乃确守素学，堂堂为贞元名臣。验不验易置乃如此。荀卿子、皮日休辈反覆此事，未尝不为之阙然。抑相士而失癯，此特未识坡公所谓天趣尔。张负识曲逆侯奇骨，得于糠籺不饱之时。张璟藏觅魏元忠贵气不可得，一怒即知其为卿相。拥地画灰，冥搜缓察，此意何可语人。张君客游江海，其负、璟之嫡孙行乎？何其说相之辄验也。一再过我，遂以二十八字壮其行。

　　祭酒布衣侯万里，浮屠缓死掇朝绅。凭君拂拭轩辕镜，照取真形说似人。

赠喻云卿

　　孔老本同学，宇宙皆吾人，人生受用处，亦有自然之分存焉。云卿既欲逃儒而之老，又欲舍外而之乡，自谋亦多事矣，而俱未免乎有待。平明视清老之镜，轻舟泛蜀公之装，此可易言乎哉？敬赋二十四字以安之。

　　行住坐卧是道，东西南北吾家。翛然无心任运，脚跟到处生涯。

诗送乐安教谕涂所志南昌人

　　所志光霁倾怀，亭亭恰好，抗志清高而非矫，与物为徒而非随。非特衿佩喜之，为朝阳前一辈行，倾竭莫逆，非特杏坛花雨，浓绿成荫。北来仕宦诸公，若军，若民，若僚吏，若征官，时时入馆，执经问难，听讲如诸生。吾教有此，非世之麒麟瑞芝耶？秩满戒行，既相与祖帐郊外，以华其去，复以小诗赘别。欲控竭极言，而终不得其所以言，别愁深处，政自难为言尔。

　　一团霁色拥皋比，黉舍如舟屈此奇。自北自南尊雅望，不夷不惠见襟期。杏阴摇荡山深处，燕语呢喃春去时。鳌水萦洄独无语，交情深厚若为诗。

送乐安县尉民安答儿字守一

　　守一苦硬清修，以梅隐命其读书之所。日与学士大夫讲学穷理，政最赫然，于是三年矣。而又茸桥梁于邑治之东，力赞鳌溪书堂之役而集于成。翛然一尉，所树立磊落卓绝，真宇宙间伟人。瓜未及而去之,白云在念,归鞍带月,邑中人士、深山耄倪,皆不忍其去而不能留也。为之诗以识别。

独醒看众醉,晚日似初时。晓气梅花迥,春波鹓鹭随。书堂间太极,江渚化通逵。天理源头活,何官不可为。

竞读《远游赋》,谁歌《归去词》。轩裳聊戏剧,甘旨足娱嬉。令伯陈情苦,溧阳归思驰。冥鸿云外去,梅隐论心谁。

送周山长高冈

予昔与高冈为同等。高冈方乘万里风,阔步燕台,而予坐疏懒,几三十年不入城府。山中睡意正酣,冥鸿天际,极目酸然。

昔日槐秋诧两雄,君今健翼更培风。知公合在云霄里,老我只宜丘壑中。从古真儒能益国,方当盛汉好收功。诸贤错落阳和调,赢得林间自在翁。

按:尾联已见《全宋诗》册70卷3656页43919,题作《句》,出明杨渊弘治《抚州府志》卷二二,今补全诗。

挽盱江程总管

勋业还诸季,惟公独隐沦。烂柯移世运,挥麈静风尘。燕颔宁无相,凤毛殊有人。九京谁复识,哀些泪沾巾。

挽清江皮充斋 尝请举由清江府判得南雄不置

桃浪飘残梦,棠阴换劫灰。西江苏涸辙,南国讯寒梅。雨散云归岫,春浓客满台。堂堂原上去,风旐袅余哀。

挽故国史宫讲致政黎公

教父乡闾望,名儿天下师。已荣秦国养,犹效老莱嬉。清颍驰泷梦,善和隔楚累。哀荣终始盛,俯仰古今谁?

挽黎司业所寄

殿庐惊昔别,几夕望魁躔。道脉诸儒后,家声三代前。蓼莪悲彻讲,薤露溢哀弦。楚些聊鸡絮,泷阡想大篇。

赘管总管壬寅

俗吏嘐嘐期会间,天将绝学寄侯藩。扶持气脉形神复,湔拂衣冠面目存。不遣孔徒悲旷野,应教他郡羡平原。拟歌乐职传新句,师帅宣风妙莫言。

代赘路宣差

凝香清处识郎君,又见朱幡拥后尘。桃李托根恩再世,藻芹生色喜重春。鲁侯善缵周公绪,文守能培蜀士醇。千载棠阴看壁记,行提化笔转洪钧。

赘赵理庵山长宣差之师,为涧堂取回僧田

曾提文印照湖湑,手取龟阴却幻尘。太守泰山称弟子,令君安邑免门人。诗书衣被蒙千里,肺腑真醇护一贫。理学世间成梦境,此庵子立欲谁邻。

遇①乐安主簿胡润甫寓庐陵,先尝理吾邑

漳溪守一飞凫迥,日断疑无结辈人。岂意胡威清绝世,尚怜黄霸旧遗民。枌榆接迹江河润,葵藿倾心雨露新。看取梅花消息动,河阳应放十分春。

寿李主簿

清于鳌水涵秋月,散作河阳万玉花。深谷嬉游称佛子,公庭严静类仙家。从渠嗤笑寒如许,似此安闲味尽嘉。一掬心香无量寿,耄倪长倚活生涯。

题周县尹牡丹画

姚魏春娇溢翠寒,风姨呼雨遣花残。何如巧绘真真面,长与诗人带笑看。

送吴士英并序

士英吴君,少而驰骛于场屋,壮而汩没于风涛,世故所婴熟矣。年逾五十,解鞍放辔,退焉自怃以老。皆山名其斋,漾波名其亭,水光山色,悠扬缱绻,善乎能自宽者也。书生襟怀,世界夐别,逍遥丘壑,以宇宙风月为苑囿,雕绘入诗,山川如画。

人世无穷事,物禁太盛时。要做十分尽,称意古为谁。至人游方外,落魄常若痴。不曳权门履,恐为诏子嗤。青山呈爽气,流水溶令姿。是中有真我,与我俱如如。范

---

① "遇",原作"通",据卷首目录改。

蠡重湖月，谢安别墅棋。英雄一转首，世上皆小儿。吴君恬晚节，占胜贪两奇。叠巘供色笑，片碧含清漪。微波漾明镜，天宇浮修眉。山水真薄相，晨暮相娱嬉。能赋俱词手，描画光陆离。走也乃末至，迎我索新诗。樽俎衣冠侣，笑语色丝辞。心斋坐忘日，新亭湖上期。尘意顿一洗，妙境巧相随。花柳相媚妩，鸥鹭自因依。掬水月在手，寻梅香满枝。清风华岁晏，幽光温翠微。流俗那能解，深心只自知。是为赤壁笛，是为商山芝。

和酬邹悦道甲戌第

人间异宇宙，何地不嵌崎。苍茫天一壑，嵼屼棘重围。乐哉桃源春，瑞露湿霏微。引睇不可望，习习好风吹。五侯列珍膳，满座论襟期。吕梁从迅急，云梦自透迟。人言武陵幻，乃今亲见之。姻朋叩诗坛，切切复怡怡。归来詫凤毛，挺之有此儿。阿咸荷料理，好善等缁衣。亦欲乱丹鼎，飞升继肉芝。常疑世俗人，惊见汉官仪。以故啖菜根，札定脚不移。岂意山中来，绨章遗色丝。落笔羡君壮，缩手笑予衰。长歌俱绝倒，万象解寒羁。乃知同袍子，自有会心时。惠诗能几月，驱车已再驰。勿隔同年面，慰此长相思。寒花晚更好，春意满南枝。

题杨补之墨梅须溪有跋与诗

须老毫端突兀，补翁墨意离披。此画此诗俱似，芒寒沁入野枝。

题陈桂溪道山山居并序

昔人谓秘书省为木天，以蓬莱道山乃人间风月不到处也。桂溪筑居溪边，而仍其旧，曰道山书院，客遂以道山山居命之。盖其读书山间，散策尘外，俨然身世之在蓬莱，想其风味，其鉴湖一曲、秘书外监之贺知章乎？极目烟霞，系之以诗，庶他日非道山座上生客。

一片书声碧落边，蓬山缥缈漾溪前。凭栏不隔沧波水，隐几时萦湖曲烟。檐外鹰声陪笑语，云间桂影舞婵娟。匆匆却笑陈无己，一饷崎岖上木天。

哭友梅外舅墓地名鹤薮岭，在屋之近。寒梅匝眼，古木参天。嘉定辛巳生

龙盘鹤岭护堂堂，揽结乾坤秀气藏。木老尚摇嘉定雨，梅寒几见至元霜。梦魂留恋家山近，莫飨依稀彩侍旁。墓下轮回曾有约，从来书种味偏长。　　以上《何希之先生鸡肋集》卷二。

何希之文章,《全宋文》册359卷8323据清康熙《西江志》卷一九六录《书永丰郭友仁〈佩觿集〉后》一篇。① 《何希之先生鸡肋集》卷二收录的《沁园春·词送李主簿》《木兰花慢·赞廉车郭西野（小字注：和西野武昌）》《临江仙·和陈简斋》等三首词作,则见于近年出版的《全元词》。②

（赵昱,文学博士,武汉大学文学院特聘副研究员。发表论文有《北京大学图书馆藏〈格斋虞韵宋贤诗〉文献价值初探》等。）

---

① 曾枣庄、刘琳主编：《全宋文》第359册,上海辞书出版社、安徽教育出版社2006年版,第270页。
② 杨镰主编：《全元词》,中华书局2019年版,第489—490页。

王端淑生平及著作谳疑*

滕小艳

摘　要： 王端淑是明末清初著名女性作家，其相关研究是明清女性文学及女性文学批评研究的重要环节。目前，学界对王端淑生卒年、定亲时间、成婚过程及其著作《名媛诗纬初编》的起编和刊刻时间等尚未定论，且部分研究成果有讹误之处。通过对史料的梳理和考证，可确定王端淑当生于明天启二年（1622）；其订婚时间约在天启四年（1624）冬至天启六年（1626）间；完婚年十六，其时，丁圣肇自燕京入赘王家，夫妇二人在山阴居住二年后方北上还京；《名媛诗纬初编》的编撰时间不早于清顺治十一年（1654），最早刊刻于康熙六年（1667）。

关键字： 王端淑　《名媛诗纬初编》　丁圣肇

明末清初著名才女王端淑字玉映，号映然子、青芜子，浙江山阴（今绍兴）人，父为明礼部侍郎、晚明文学家王思任，母姚氏善吟咏，夫为钱塘贡士丁圣肇。王端淑目前存世的作品主要为《映然子吟红集》和《名媛诗纬初编》。《名媛诗纬初编》不仅因记录、保留了古代女性作家作品而具有重要的史料价值，还因对女性创作的诗词曲进行批评，展现了明末清初女性的文学批评样式而具有批评史的意义。研究明清女性文学及其批评，王端淑是不可绕开的重要女作家。

目前，除了王端淑的词学思想外，学界对王端淑其人、其诗、其诗学思想的研究较为成熟，也取得了丰硕的成果。遗憾的是，在对王端淑文学及思想进行研究的过程中，研究者往往忽略了对其生平事迹的梳理和考证，甚至产生了一些讹误。基于前人研究基础，本文试图对王端淑的生平事迹、著作刊刻时间等问题谳疑。

---

* 本文系广西教育厅"2018年广西高校中青年教师基础能力提升项目"（项目编号：2018KY0312）阶段性成果。

一、王端淑生平概述

　　王端淑三十岁前的生平事迹大致可从《名媛诗纬初编》卷首王猷定所著《王端淑传》和孟称舜所作《丁夫人传》勾勒而出，后半生的生活轨迹则需从其诗词等文学作品中梳理得出。

　　根据王猷定的《王端淑传》，王端淑为母亲姚氏在辛酉年感梦而生，她自幼聪颖，"生而容姿婉丽，性聪慧"，"四岁观剧演善财，效之，以母为观音，叩拜不已"，"喜为丈夫妆，常剪纸为旗，以母为帅，列姊为兵将，自行队伍中拔帜为戏"，王思任戏爱女言"汝曷不为女状元"。王端淑博闻强记，幼年时，王思任为其讲授忠孝贤媛事；随后她又随兄弟受《外传》《四书》《毛诗》等，"过目成诵"，她还自书孔子位，饭前必先拜祭。此外，王端淑"读书自经史及《阴符》、老庄、内典、稗官之书无不浏览"，加上甲戌（1634）随父之九江署的外游经历，使她自小就具备了较为深厚的文学素养。王端淑对母亲极为孝顺，其母姚氏患头疯，又常心痛，她遍求良方，并取嫁资焚香祈祷。母病殁，寸步不肯离母棺，"勺浆不入口，公泣劝，乃强食"。① 才德貌兼俱的王端淑深受父亲王思任的喜爱，王思任曾感叹言"身有八男，不易一女"。②

　　《丁夫人传》是孟称舜在王端淑三十岁生日时受丁圣肇之邀而作的生日贺礼，《传》云："夫人以七月八日生，岁在戊戌，当甲子之半……卧云子客游金陵，不及以诗寿，归而丁子以诗示之并令为传。卧云子曰：上寿百岁，中寿八十岁，下寿六十岁。今夫人年方及下寿之半……"《丁夫人传》亦记录了王端淑生平中的重要经历，《传》云"状貌颀皙，亭亭有玉树当风之致"，"甫四龄偕诸昆弟就《外传》，过目辄成诵"，"丁公自豫章典试返越，为其第五子睿子圣肇委禽焉。丁公报命入都，中为魏瑄所构，身毙"，"先生得解绶归里，丁子自北来结缡。两人皆弱鬻，而夫人讲宾敬礼甚。至丁子有两母俱在北都，欲偕夫人北去……"③

　　王端淑的丈夫丁圣肇为明代忠臣丁乾学第五子，自小性格疏散，"喜游冶，雠父书，孺人对之泣，不饮食，圣肇拜杖乃已"。④ 直到崇祯十五年（1642），他才谋得一官半职，担任军前监纪，与岳父王思任同朝为官。崇祯十六年（1643）二月，丁圣肇被题定为浙江衢州府推官。其时正值鼎革之际，夫妻二人与众多明朝子民一样，陷入颠沛流离之中。崇祯十七

---

① 以上引自王猷定：《王端淑传》，见王端淑撰：《名媛诗纬初编》卷首，清康熙山阴王氏清音堂刻本。
② 陈维崧：《妇人集》，见王英志主编：《清代闺秀诗话丛刊》，凤凰出版社2010年版，第19页。按：梁绍壬《两般秋雨盫随笔》记云："身有八男，不及一女。"见该书上海古籍出版社2012年版，第110页。
③ 孟称舜：《丁夫人传》，见《名媛诗纬初编》卷首。
④ 王思任著，蒋金德点校：《文饭小品·赠孺人丁母李氏墓志铭》，岳麓书社1989年版，第478页。

年(1644),即清顺治元年三月,清兵入关,明朝政权颠覆,夫妻二人滞留于衢州。是年春,王端淑主动出资为丁圣肇纳才女陈素霞为妾。《名媛诗纬初编》卷十七"陈素霞"条云:"字轻烟,南京人,甲申春归夫子,予脱簪珥为聘。"陈素霞性好咏诗,颇有文才,且敬顺端谨,八年如一日,可惜"子息不禄,欷歔成疾",卒时年仅二十八。① 关于王端淑主动为丁圣肇纳妾的经过和原因,高幽真《素霞传》有载。《传》言陈素霞幼年失怙后归山阴宦族,通晓诗书、女红,才色双全,被目为苏惠、左芬,"豪门贵族争欲得媛",然而宦族"坚拒不纳","必欲有才色者方许之"。王端淑夫妇自燕至吴,盘桓山水,与文人唱和,"每遇游玩,夫人则披织罗之锦、雾縠之裳,羽翠葳蕤,明珠的皪,飘飘然若月殿中人也",尽管王端淑姿色出众,无奈"怯弱多病,不禁摧折,乃为散人作纳妾计"。② 纳妾后,丁圣肇对新人的宠爱一度使他们的夫妻关系受到影响,王端淑作《甲申春,予脱簪珥为睿子纳姬,昵甚,与予反目》记录了当时的心灵感受。③ 而对身有才华且为丁圣肇育有两子的陈素霞,王端淑秉承爱才的心理,将其作品收入《名媛诗纬初编》中,在其离世后为其作悼亡词。④

"王师渡江,丁子解官,归隐彭山之阳"⑤,丁圣肇解官后,家中失去经济来源,且丁圣肇生性落拓,不善经营,家庭生活陷入困顿。重压之下,王端淑不得不走出闺闱,任"闺塾师"并鬻字画谋生。闺秀的这一举动,自然招致家族的诘难,《出门难》云:

> 长兄诘小妹:"匆匆何负笈?昆弟无所求,但问诸友执。且父海内名,
> 如何人檐立。兄等制衣装,各弟出供给。舍此去倚谁?"声悲气亦唈。⑥

当然,王端淑随后的一番言语,令假意帮助她的兄弟们面红耳赤:

> "所论无长策。阿翁作文苑,遗子惟圈籍。汝妹病且庸,无能理刀尺。上衣不蔽
> 身,朝餐不及夕。静思今日言,犹忆去年昔。"兄弟闻予一篇言,面赤各各相偷觑。

---

① 注:《名媛诗纬初编》卷首有"山阴女弟子高幽真撰"《素霞传》,对丁圣肇妾室陈素霞作生平概述:"陈素霞生于甲子年十月十六日,卒于辛卯年十二月二十九日,时年仅廿八。"郭玲《王端淑研究》言"陈素霞应当生于崇祯甲子年(1624),卒于顺治壬辰年(1652)",显然有误。(郭玲《王端淑研究》,中南大学2009年硕士论文,第7页。)
② 高幽真:《素霞传》,见《名媛诗纬初编》卷首。
③ 王端淑:《映然子吟红集》卷九,见李雷主编:《清代闺阁诗集萃编》第1册,中华书局2015年版,第98页。
④ 注:王端淑《悼姬》有"小引"云:"姬姓陈氏,行六,金陵人,归睿子八载,未三十而逝,君望、君卿俱所出也。代睿子伤之。"(王端淑《映然子吟红集》卷四,见《清代闺阁诗集萃编》第1册,第78页。)
⑤ 孟称舜:《丁夫人传》,见《名媛诗纬初编》卷首。
⑥ 王端淑:《映然子吟红集》卷二,见《清代闺阁诗集萃编》第1册,第67页。

顺治癸巳(1653)后,王端淑主要生活在山阴,其间曾旅居萧山、虎林(今属杭州)一带。在山阴,王端淑曾徙于徐渭故宅——青藤书屋。当时时局转稳,王端淑一家虽居贫,却甘之如饴,又开始了以诗会友的生活。王端淑的诗歌对集会应酬之事多有记录,如顺治甲午(1654)日,丁圣肇、王端淑与王泰然将军、吴奉璋别驾、李枚臣明府、孙天印中翰、赵戎法参戎等齐聚草堂,丁圣肇请众人阅览王端淑集子并留饮吟诗,王端淑的才学亦得到众人的称扬。① 其时,王端淑"与四方名流相唱和,对客挥毫,同堂角尘,所不吝也"。②

王端淑曾作《酒癖散人传》为丁圣肇立传,叙述明亡后丁圣肇的生活状态,侧面反映出夫妻二人的乱后生活和遗民心态。丁圣肇不肯屈从新朝、远避尘世,过着"往来无白丁"的幽居生活,以典衣沽酒、抚琴吟诗度日。《传》文较长,但因可展现夫妻二人的生活和心理状态甚至是大部分遗民的感受,兹录如下:

> 酒癖散人者,自甲申变乱之后,侨居余乡会稽之东隅。不言姓氏,余虽朝夕与之缔诗酒交,最称知契,然亦不知其何许人也。其人傲癖而甘贫,放诞而无稽,以酒癖散人为号,恒自曰:"予世受国恩,曾叨民牧,头可折,义不可改。今即不死者,以先忠遗骸尚未卜葬故耳。"乃携妻子迁居池东,片椽地僻,颓垣荒径,乱冢枯树之傍。每遭疾风暴雨,瓦砾皆飞,怪鸟哀号,饥蛇盘绕,寒气透骨,四壁荧荧。或冷月窥窗,或败絮共拥,里人为之酸鼻,行人睹之欲泪。亲者耻之,知者怜之,而散人自若也。尝思富贵浮云,不因炎凉态度存念。日止典衣沽酒,夜即抱琴酣咏。或衣穷乏质,即以茗代酒,唱和不辍。近与衲子梵林为禅友,石匮生为论史友,鹅池子为酒友,谁何子、清淮子及予为诗友。凡晤会之时,终夜忘返,越城内外稍有一技之能,靡有不与之游者。或曰:"古人言君子当择交令,散人交滥矣,何也?"散人曰:"昔白乐天为醉吟先生作传,或有识先生者,先生应曰:'凡人之性,鲜得中,必有所偏好。'吾非中者也。若营利贾祸,一掷破家,烧炼无成,皆有损无益。今吾幸不好彼,而适于杯觞讽咏之间,放则放矣,庸何伤乎?"然散人直朴不苟,一介硁硁,非理不取,非言不齿,好客愈于夙昔,渐至妻孥冻馁,而其兴犹然自若。况其故戚满朝,世谊当路,若肯屈志往从,想已显名于世。且散人田园宅舍俱在燕地,屋之壮丽华美与公侯相等,今悉弃之不取,独携至戚数口及残卷数帙而来此败屋颓垣之中,岂无意而然哉?③

---

① 王端淑:《映然子吟红集》卷九,见《清代闺阁诗集》第1册,第99页。
② 阮元撰:《两浙輶轩录》卷四十,清嘉庆刻本。
③ 王端淑:《映然子吟红集》卷二十,见《清代诗文集汇编》第82册,上海古籍出版社2010年版,第87—88页。

此文模式沿袭陶渊明的《五柳先生传》,王端淑并不责怪丈夫不擅营生、性好嗜酒而导致家贫如洗,相反,她为丈夫"无意而然"的淡泊、守节精神而感到宽慰甚至自喜。她与丁圣肇既是夫妻,又是诗友,更是精神契合的伴侣,二人皆能承父志,甘平凡而守贞节。《酒癖散人传》记叙了王端淑人生中的一个段落,亦昭示了其精神世界的富足和安定,为丁圣肇作传,其实亦是表达自身心声。

二、王端淑生平事迹疑点辨析

王端淑清标玉映,贤孝性成,学业上得到父母和兄弟的教诲,自然好学,博览群书,幼年与丁圣肇订下婚约,这是其前半生大致的轨迹。然而,在一些细节问题的考证上,当前研究还存在疑点。

(一) 王端淑生卒年辨析

王端淑生于农历七月八日,几乎是定论。王猷定《王端淑传》云:"姚孺人生二子皆夭折,越三年生女静淑,不怿祷于东岳之神,辛酉秋七月八日感神梦诞端淑。"①孟称舜《丁夫人传》言:"夫人以七月八日生。"②王端淑《映然子吟红集》卷一二《自寿三十呈真姊》云:"王母家徒四壁,寿星慌张避出。众仙空到瑶池,负荆准在初十。"③此诗意在说明自己家境困顿,不便接待拜寿之客,并许诺初十登"真姊"门谢罪,从而可推,王端淑生日确实在初十之前且靠近初十日,丁、孟二论可信。

关于王端淑的生年,学界莫衷一是。王思任所撰《王季重先生自叙年谱》并未对家中生女一事进行记录,使真相更难于呈现。当前,学界主要有两种说法,一为天启元年(1621),一为天启二年(1622)。加拿大学者方秀洁持王端淑生于天启元年(1621)、卒于康熙四十五年(1706)的观点,④钟慧玲言王端淑"生于明天启辛酉元年七月八日,约卒于清康熙四十五年左右,年八十余",⑤即生于1621年、卒于1706年,二人观点一致,但皆不涉任何考证。郭玲硕士论文《王端淑研究》从钟说,并言"南京师范大学的张敏在其硕士学位

---

① 王猷定:《王端淑传》,见《名媛诗纬初编》卷首。
② 孟称舜:《丁夫人传》,见《名媛诗纬初编》卷首。
③ 王端淑:《映然子吟红集》卷一二,见《清代闺阁诗集》第1册,第112页。
④ [加]方秀洁著,聂时佳译:《性别与经典的缺失:论晚明女性诗歌选本》,《南阳师范学院学报(社会科学版)》2010年第2期。
⑤ 钟慧玲著:《清代女诗人研究》,里仁书局2000年版,第360页。

论文中得出王端淑生于年天启二年的结论。笔者通过考证,与钟慧玲教授持相同看法……"①周淑舫言"生卒年不可确考,活动于明末清初",②在另一篇文章中其又注明"王端淑(1621—1701年?)",③不涉说明和考据。白优优《中国古代女子文学批评实践研究》言王端淑生于天启二年(1622),卒年约为康熙四十一年(1702)。④

方秀洁、钟慧玲对王端淑生年判断的依据当为王猷定所撰《王端淑传》。从前文所引的孟称舜《丁夫人传》和王猷定《王端淑传》的文字来看,二人对王端淑生平的表述不尽相同,那么,谁的论述更接近事实呢?当事人王端淑诗文中呈现出的关于生年的蛛丝马迹将有助于问题的解决。

首先,王端淑《名媛诗纬初编》卷十九"陈非妆"条记:"非妆姿容绝丽,余十龄从先大夫白门曾见之。"⑤《王季重先生自叙年谱》与"白门"相关的记载为"崇祯四年辛未先生五十七岁"条:"二月升南工部营缮司主事。出京之日,索题卷书扇者趾相错……六月至白下……"⑥崇祯四年(1631),王端淑十岁。按照传统,古人计算年龄以出生当年为一岁,那么其生年当在1622年。其次,《映然子吟红集》卷二十七《映然子小像赞》中有"庚寅季末,辛卯岁始,花甲之半"⑦之言,辛卯年为顺治八年(1651),王端淑三十岁,由此推之,王端淑当生于天启二年(1622)。⑧再次,孟称舜《丁夫人传》尚有一条旁证可资参考,《丁夫人传》云:"夫人以七月八日生,岁在戊戌,当甲子之半……"⑨"戊戌"为清顺治十五年(1658),不论王端淑生于天启元年(1621)还是天启二年(1622),她的三十岁生辰都当在顺治七年(1650)或者顺治八年(1651),"戊戌"年即顺治十五年(1658)与之相差甚远,显然不切实际。值得注意的是,1622年为"壬戌"年,孟称舜之"戊戌"或为"壬戌"之笔误,这一条,亦可作为王端淑生于天启二年(1622)的参考。

相较孟称舜《丁夫人传》笼统的概述方式而言,王猷定的《王端淑传》对王端淑生平的梳理甚为详细。以《王端淑传》"甲戌随父之九江"条为例,查《王季重自叙年谱》,王思任确

---

① 郭玲:《王端淑研究》,中南大学2009年硕士论文。
② 周淑舫:《林下风致——论明末清初山阴才女王端淑》,《绍兴文理学院学报(哲学社会科学版)》2012年第5期。
③ 周淑舫:《山阴才媛王端淑与女性文学传播——从〈伊人思〉〈名媛诗纬初编〉两部辑集比较谈起》,《绍兴文理学院学报(哲学社会科学版)》2015年第2期。
④ 白优优:《中国古代女子文学批评实践研究》,辽宁大学2012年硕士论文。
⑤ 王端淑:《名媛诗纬初编》卷一九。
⑥ 王思任:《王季重先生自叙年谱》,见《北京图书馆藏珍本年谱丛刊》第57册,北京图书馆出版社1999年版,第384页。
⑦ 王端淑:《映然子吟红集》卷二七,见《清代诗文集汇编》第82册,第107页。
⑧ 按:张敏《王端淑研究》亦持此说法,见南京师范大学2007年硕士论文,第1—2页。
⑨ 孟称舜:《丁夫人传》,见《名媛诗纬初编》卷首。

实于崇祯六年(1634)到九江为官。且王猷定和王、丁二人关系非常密切,对王端淑的身世经历应该更为熟悉。王猷定(1598—1662),字于一,号轸石,江西南昌人,明末清初诗人,散文大家,著《四照堂集》十六卷。《名媛诗纬初编》卷五"梅生"条记:"家于一兄曰:'梅生奇才,惜为才所累。'"卷九"周庚"条言:"家轸石兄言其作诗甚富,全体皆学景陵,余未之见也",王端淑称王猷定为家兄,可见二人之亲近。此外,顺治辛丑年许兆祥为《名媛诗纬初编》所作序言即是由王猷定代书,可见二人交往之密切。然而,王猷定的叙述也不尽准确,下文将有进一步论述。

王猷定的《王端淑传》、孟称舜的《丁夫人传》都是王端淑在世时就已经撰写而成的文稿,然三者的论述存在龃龉之处。照理来说,王、孟二人的传记都应当经王端淑、丁圣肇眼目,为何没有纠正和修订,这恐怕是一个难解之谜。三者不同,当以作者自述为准,王端淑之言当更为可信,其生年定于天启二年(1622)也更为可靠。

相对于生年,王端淑的卒年几乎没有有价值的线索,因此该问题悬而未解,甚至无从讨论。目前存现资料皆无详细记载,唯有几处零星的概述。《国朝画征录》言:"王端淑……博学工诗文,善书画,长于花草,疏落苍秀。顺治中,欲援曹大家故事延入禁中,教诸妃主,映然子力辞之。卒年八十余。著有《吟红集》。"①"八十余"的跨度难以把握,因此多数研究者或取八十为整,将其卒年定为康熙四十一年(1702);或取八十五为中,将其卒年定为康熙四十五年(1706)。因无翔实的资料,本文暂不对其卒年进行讨论,存疑待考。

(二) 王端淑定亲时间辨析

王端淑嫁明臣丁乾学之子丁圣肇为妻,关于二人何时订婚、何时完婚,在前期研究中也多有出入。王猷定言王端淑七岁时许聘,孟称舜认为在天启四年甲子(1624)后,张敏和郭玲等认为在王端淑两岁左右。

张敏《王端淑研究》言"订婚年月应该就在天启二年左右",②"于是命名后不久,丁乾学就来为孩子求亲",③所凭依据为王思任《文饭小品》的两条资料:

> 未几,乘间而言:"后辈欲有所恳,吾贰又举一子,未知所名,先生命之?"问何生,

---

① 张庚:《国朝画征录》,浙江人民美术出版社2011年版,第109页。《清代闺阁诗人征略》从《国朝画征录》说,言其"卒年八十余"。(施淑仪《清代闺阁诗人征略》,见周骏富辑《清代传记丛刊》第25册"学林类"第34,明文书局1985年版,第38页。)《初月楼续闻见录》《国朝画识》《清画家诗史补编》《清代画史增编》《国朝书画家笔录》《国朝诗人辑略》《书林藻鉴》等亦载王端淑生平简介。

②③ 张敏:《王端淑研究》,南京师范大学2007年硕士论文。

则曰:"天启元年生。"予曰:"名之圣肇,可乎?"则拜谢去。①

既而频数来,以为:"不揣妄求得附乔木,可否唯命?"予曰:"亦无不可,但吾有一女,不欲远嫁耳。"②

郭玲《王端淑研究》言"两家订下秦晋之盟。其时丁圣肇、王端淑二人大概两岁左右",③其凭据与张敏一致,认为王思任为丁圣肇命名后不久,丁乾学前来求亲。如若按照张敏、郭玲二人的思路,即使认为二人在一岁时候就定亲,亦无不可。这样认定,似乎过于随意。况且,王思任的这两条记录,并未明确二人的订婚时间,甚至不能说明王思任当时已经同意将女儿许予丁家。"亦无不可,但吾有一女,不欲远嫁耳"更像是委婉的推辞。显然,此二条资料不足为据。

王猷定的说法也存在疑点。按照王说,王端淑生于天启元年(1621)七月八日,"七岁,许聘丁文忠公乾学第五子圣肇",④"七岁许聘",意味着王端淑在天启七年(1627)为丁家所聘,而丁乾学已于是年正月被魏忠贤矫诏勒死。《吟红集·奏为易名屡奉等事》记:"珰遂于丁卯正月间,顾指奸彪高守谦等诈传驾帖,立时勒死。"⑤丁乾学逝后不久,天启七年(1627)秋八月,朱由校驾崩,朱由检登基,改号崇祯。崇祯元年(1628)十一月,魏忠贤上吊自杀,《王季重先生自叙年谱》记:"崇祯元年戊辰先生五十四岁:魏珰诛。"⑥王思任在《文饭小品》中明确提到是丁乾学亲自来为丁圣肇请婚。由此,丁乾学请婚和丁乾学被害时间上重合,不甚合理。

即使时间没有冲突,情理上也值得斟酌。魏忠贤和丁乾学的间隙从天启四年(1624)就已经公开化,同年丁乾学、郝土膏主试江西,因发策讽刺魏忠贤而被魏忠贤矫诏削籍。《畿辅通志》卷七十六《忠节》"顺天府"条:"丁乾学字天行,本山阴人,占籍宛平,万历进士,授检讨。天启甲子典江西乡试,阉势方炽,欲弹之,念词臣无言责,乃以试录代弹文,程策中极论古来宦官之祸。阉闻之,怒甚,矫旨削职,犹衔恨,乃令奸党高守谦诈传驾帖,立时勒死。崇祯初,子圣肇诣阙讼冤,下法司严讯,置守谦于法,赠乾学翰林院、侍读学士。圣肇妻为山阴王思任女名玉瑛者,有诗记其事。"⑦《东林列传》卷四《丁乾学吴裕中吴怀贤合

---

① 《文饭小品·赠孺人丁母李氏墓志铭》,第478页。
② 《文饭小品·赠孺人丁母李氏墓志铭》,第478页。
③ 郭玲:《王端淑研究》,中南大学2009年硕士论文。
④ 王猷定:《王端淑传》,见《名媛诗纬初编》卷首。
⑤ 王端淑:《映然子吟红集》卷一九,见《清代诗文集汇编》第82册,第80页。
⑥ 王思任:《王季重先生自叙年谱》,见《北京图书馆藏珍本年谱丛刊》第57册,第380页。
⑦ 纪昀等:《畿辅通志》卷七六,见文渊阁《四库全书》第505册,商务印书馆1984年版,第835—836页。

传》云:"丁乾学……为人端方,不苟言笑,所往来者皆东林贤士大夫,在翰林中人以师范推之。见逆珰势焰而大臣若魏广微者阿附特甚,不禁太息流涕,仰天哭,呜呜不已,家人不知以为忽得狂疾也。……广微怒,密令锦衣卫佥事高守谦率中官数十人殴杀之。时乾学以主试策问讥刺逆珰,已降谪在第矣。"①按照王猷定的说法,两人订婚也当在正月即丁乾学遇害前。王思任无比喜爱王端淑,且对当时丁乾学和魏忠贤的矛盾不可能不知情,若是在魏忠贤和魏广微三番五次要谋害丁乾学且丁乾学又降谪在第、无力抵抗魏珰和保护自己的情况下,仍将女儿许予丁家,无异于送羊入虎口。由此,王猷定"七岁许聘"的说法缺乏说服力。

孟称舜《丁夫人传》的一条资料有助于锁定定亲时段。《传》云:"丁公自豫章典试返越,为其第五子睿子圣肇委禽焉。丁公报命入都,中为魏珰所构,身毙。"②孟称舜言丁圣肇是在江西典试返浙时到王家下聘礼(即孟称舜所说的"委禽"之意),而在天启六年(1626),丁乾学和王思任曾相会饮酒,《王季重先生自叙年谱》记:"天启六年丙寅先生五十二岁:上疏必豫副之魏珰,遂驰归,姻亲丁太史乾学跨驴民帽,出留痛饮两日。"③《王季重先生自叙年谱》在天启六年(1626)即称丁乾学为"姻亲",尽管《年谱》作为"追述"的产物,虽不能代表在两人此次相会之前两家已经结下姻亲关系,但结合丁乾学天启七年正月被谋害的史实,至少可以推知王丁二家联姻当在此次或者之前。明代乡试时间为秋八月,江西与浙江比邻,路途并不遥远,按孟称舜"丁公自豫章典试返越,为其第五子睿子圣肇委禽焉"的说法,王端淑、丁圣肇二人的订婚时间约在天启四年(1624)冬至天启六年(1626)间。

(三)王端淑结婚及北上时间辨析

王端淑与丁圣肇的成婚时间,多数研究者认为王端淑在十六岁时北上燕京与丁圣肇完婚。王郦玉的博士论文《明清女性的文学批评》第七章云:"幼年时,王端淑曾随为官的父亲先后到白下、九江等地,16岁时,她在父亲的安排下远赴燕京,嫁给了丁圣肇。"④郭玲《王端淑研究》言:"崇祯十年(1637),十六岁的王端淑结束了少女生活,远赴燕京与丁圣肇(字睿子)完婚。"张敏《王端淑研究》云:"而十六岁的时候,她面临着人生中又一次遥远的旅行——远嫁北平。"郭文和张文所据皆为王端淑乐府诗《北去》,诗云:"吾母子息艰,生我偏娇弱。十四发齐眉,未识掀帘幕。十五习女红,十六离闺阁。远嫁去燕京,父

---

① 纪昀等:《东林列传》卷四,见文渊阁《四库全书》第458册,商务印书馆1984年版,第225页。
② 孟称舜:《丁夫人传》,见《名媛诗纬初编》卷首。
③ 王思任:《王季重先生自叙年谱》,见《北京图书馆藏珍本年谱丛刊》第57册,第379页。
④ 王郦玉:《明清女性的文学批评》,华东师范大学2015年博士论文。

母恩情薄。……"①文学作品来自生活，又高于生活。王端淑此首《北去》当为即将北上燕京时的离别之作，从其对文手法和表述内容来看，并不能代表此首为十六岁所作，"十六离闺阁"的对文为"十五习女红"，和"远嫁去燕京"并非连贯性表述。此外，《北去》的写作手法沿袭李白《长干行》（妾发初覆额），通过年岁的增递陈述人生经历，并不一定是当时当下的情景。因此，以《北去》作为王端淑十六岁远嫁燕京的"情景再现"，不足信。

钟慧玲的观点与上述研究者不同，其言："十六岁时，丁圣肇自燕入赘。二年后北行……"②关于此事，王猷定和孟称舜皆有记录。王猷定《王端淑传》云："十六岁，圣肇自燕入赘。越居二年，端淑请于父曰：'儿当侍膝下，顾业为丁氏妇，两老姑倚闾念切，使夫子久废定省，非孝也，遂北行。'"③由此，王端淑从"离闺阁"到"去燕京"当有二年的时间。孟称舜《丁夫人传》亦云："先生得解绶归里，丁子自北来结缡。两人皆弱鹣，而夫人讲宾敬礼甚。至丁子有两母俱在北都，欲偕夫人北去……"④据此可知，王端淑与丁圣肇在山阴成婚，而并非在燕京成婚，且二人成婚后，并没有立马北上。据此二条，钟慧玲的说法较为可信。由此可知，王端淑十六岁出嫁，且是丁圣肇从燕来吴入赘，二人在女方家中成婚且居住两年后，王端淑、丁圣肇才北上还京。

三、王端淑《名媛诗纬初编》编撰和刊刻时间考

相对前代女性，王端淑的著述颇丰。史载其著作有《留箧》、《恒心》、《无才》、《宜楼》、《玉映堂集》、《名媛诗纬初编》四十二卷、《映然子吟红集》三十卷、⑤《名媛文纬》、《历代帝王后妃考》、《史愚》等。⑥王猷定《王端淑传》云："著述乱后半逸，去今所辑，有《历代帝王后妃考名》、《诗纬》《文纬》二编，并《吟红集》《留箧集》《无才集》行世。"⑦然而，和多数女性文人的作品易于亡佚一样，王端淑作品今仅存《映然子吟红集》和《名媛诗纬初编》。《映然

---

① 王端淑：《映然子吟红集》卷二，见《清代诗文集汇编》第82册，第6页。
② 《清代女诗人研究》，第361页。
③ 王猷定：《王端淑传》，见《名媛诗纬初编》卷首。
④ 孟称舜：《丁夫人传》，见《名媛诗纬初编》卷首。
⑤ 按：李雷《清代闺阁诗集萃编》第1册收录，中华书局2015年版，第53—128页。此本《映然子吟红集》阙卷一、卷十七至卷二十九，卷十五、十六、三十为"诗余"。《清代诗文集汇编》第82册收《映然子吟红集》，阙卷二十六，其中，卷十五、十六为"诗余"，卷三十为"词"，见《清代诗文集汇编》第82册，第1—111页。
⑥ 胡文楷《历代妇女著作考》，上海古籍出版社1985年版，第248页。曾乃敦："王端淑……著有《吟红》《留箧》《恒心》诸集。尝辑《名媛文纬》《诗纬》，又辑历代帝王后妃古今年号，名曰《史愚》。"见曾乃敦：《中国女词人》，女子书店1935年版，第162页。
⑦ 王猷定：《王端淑传》，见《名媛诗纬初编》卷首。

子吟红集》涵盖多种文体,除赋、诗、词以外,还包括记、序、奏疏、传、纪事、行状、墓志铭、偈、赞、铭和祭文等。① 此外,民国时期,卢冀野将《名媛诗纬初编》中的"雅集"二卷单独析出,编校而成《明代妇人散曲集》。

《名媛诗纬初编》作为女性作品选本和女性文学批评著作,历来备受关注。然而,《名媛诗纬初编》的成书时间和编撰历程,论者却莫衷一是。在成书时间上,主要有四说,一是康熙甲辰年(1664),二是笼统说为"康熙初年",三为顺治辛丑年(1661),四是康熙六年(1667)。在成书历程上,研究者认为王端淑花费了二十多年的工夫编成《名媛诗纬初编》。闵定庆道:"王端淑以无比的热忱全身心投入《名媛诗纬初编》的编选工作,倾注了大量心血,从己卯年(1639)十月开始,至甲辰年(1664)九月杀青,历时26年之久。"②王鹤言:"王端淑用了二十多年,编纂《名媛诗纬》四十二卷,于康熙初年刊印出版。"③蓝青云:"《名媛诗纬初编》共42卷,始编于崇祯十二年(1639),成书于康熙三年(1664),现存清康熙六年(1667)清音堂刻本,南京图书馆、四川图书馆、北京大学图书馆均有藏本。"④张敏认为《名媛诗纬初编》"直至辛丑年(即1661)年夏,才正式出版",⑤胡文楷《历代妇女著作考》中对《名媛诗纬初编》作如下描述"康熙六年丁未精刻本",⑥加拿大学者方秀洁亦持康熙六年(1667)出版的观点。⑦

王端淑对《名媛诗纬初编》着力颇深,不仅投入颇多精力,且编辑历时长久。王、丁夫妻二人分别为之作序,简述成书的缘由、经过等,王端淑于"顺治辛丑溽暑"作《自序》,丁圣肇于"康熙甲辰秋八月"作《叙》。同时,王端淑力邀名人为《名媛诗纬初编》撰写序跋,提高知名度。顺治十八年(1661)和康熙六年(1667),王端淑分别邀请钱谦益、许兆祥、韩则愈等人为《名媛诗纬初编》作序,⑧康熙二年(1663)孟夏萧山周之道树氏作跋。⑨ 通过序跋及其落款,可在一定程度上推测《名媛诗纬初编》的撰写、成书和出版时间。目前通行的《名媛诗话初编》(清音堂刻本)所显示的最早时间为"顺治辛丑",即1661年;最晚时间为"康

---

① 王端淑:《映然子吟红集》,见《清代诗文集汇编》第82册,第1—111页。
② 闵定庆:《在女性写作姿态与男性批评标准之间——试论〈名媛诗纬初编〉选辑策略与诗歌批评》,《苏州大学学报(哲学社会科学版)》2006年第6期。
③ 王鹤:《王端淑:闺阁丽媛的丈夫气》,《书屋》2015年第1期。
④ 蓝青:《论江南才媛王端淑的诗歌创作》,《苏州科技学院学报(社会科学版)》2016年第2期。
⑤ 张敏:《王端淑研究》,南京师范大学2007年硕士论文。
⑥ 《历代妇女著作考》,第248页。
⑦ [加]方秀洁著,聂时佳译:《性别与经典的缺失:论晚明女性诗歌选本》,《南阳师范学院学报(社会科学版)》2010年第2期。
⑧ 注:钱谦益《名媛诗纬叙》"顺治辛丑六月虞山八十叟书于杭城寓轩",许兆祥《叙》"顺治辛丑夏北平许兆祥顿首拜撰",韩则愈《叙》"康熙丁未上巳日鄢陵韩则愈撰"。见《名媛诗纬初编》卷首,清康熙山阴王氏清音堂刻本。
⑨ 注:周之道树氏《名媛诗纬跋》:"康熙癸卯孟夏朔旦。"见《名媛诗纬初编》卷末。

熙丁未",即 1667 年,为韩则愈《叙》的落款时间,其云:"康熙丁未上巳日鄢陵韩则愈撰"。[①]由此可知,《名媛诗纬初编》的成书时间最早当为顺治十八年(1661),而刊刻日期最早当在康熙六年(1667)。

《名媛诗纬初编》的成书历程,其实丁圣肇已有交待。丁圣肇《叙》言:"《名媛诗纬》何为选也?余内子玉映,不忍一代之闺秀佳咏湮没烟草,起而为之。霞搜雾辑,其耳目之所及者,藏之不忍;其耳目之所未及者,叙且以有待。益苦心积玩于字珠句玉者,已一十又余年于兹矣,怜才之心过于自怜。"[②]作为王端淑的丈夫,丁圣肇的话语应当最有说服力,《名媛诗纬初编》成书历程为十余年,而非研究者所说的二十六年或二十余年。丁圣肇《叙》的落款时间为"康熙甲辰秋八月",即 1664 年,由此可知,《名媛诗纬初编》的起编时间最迟为顺治十一年(1654)。

(滕小艳,文学博士,广西科技大学讲师。发表论文有《明清女作家身世的特殊书写及文学意义》《钱斐仲对浙西词派的继承与突破》等。)

---

① 韩则愈:《叙》,见《名媛诗纬初编》卷首。
② 丁圣肇:《叙》,见《名媛诗纬初编》卷首。

《清人诗文集总目提要》订补

——以马之瑛等五位安徽籍作家为中心*

朱则杰

摘　要：今人柯愈春先生所著《清人诗文集总目提要》，从清代诗歌（包括散文）文献学的角度来说，代表了迄今为止该领域学术研究的最高成就。因此，以该书作为基准，对其中难免存在的若干舛误与疏漏进行订正与补充，从而使之更趋完善，也就成了一项很有意义的工作。同时，这些遗留下来的问题，其难度相对来说也是最大的。现在即根据平日读书所得，对其中马之瑛、汪伯荐、张扶翼、独孤塞（俞塞）、马教思以及马之琼、马继融等安徽籍作家的有关问题予以订补，供作者及其他相关读者参考。

关键词：清诗　考证　《清人诗文集总目提要》《清人别集总目》

在清代诗歌（包括散文）的文献学研究领域，世纪之交相继出版了李灵年、杨忠两位先生共同主编的《清人别集总目》和柯愈春先生所撰《清人诗文集总目提要》两种巨著。① 两书均为16开三大册，各著录清代作家近两万人，别集约四万种。特别是《清人诗文集总目提要》（以下简称《提要》），更可以说是后出转精，代表着目前该领域研究的最高水平。

但不难想见，涉及这么多的对象，即以《提要》而论，这里面的各种疏忽、缺漏乃至错误，自然也是难以尽免的。并且遗留下来的这些问题，一般说来，其难度恰恰也是最大的。对这些问题进行订正和补充，正可以使两书更趋完善。特别是关系到《提要》本身以及日后《全清诗》《全清文》等内部排序的作家生卒年问题，②更是解决一处是一处，完成一家多一家。因此，笔者主要从生卒年入手，将所发现的有关问题陆续写成文字，相继分组发表，提供给编撰者以及其他相关读者参考。本篇取马之瑛、汪伯荐、张扶翼、独孤塞（俞塞）、马

---

*　本文为国家社会科学基金重大招标项目"清代诗人别集丛刊"（项目编号14ZDB076）阶段性成果。

①　李灵年、杨忠主编：《清人别集总目》，安徽教育出版社2000年版；柯愈春著：《清人诗文集总目提要》，北京古籍出版社2002年版。

②　《清人别集总目》虽然按作家姓氏笔画排序，但各家小传也力求注明生卒年。

教思以及马之瑛、马继融等安徽籍作家，仍旧按照《提要》著录的先后立目排序，依次考述；有些同时涉及《清人别集总目》的问题，也附此一并予以指出。

一、马之瑛（卷四，上册，第72页）

马之瑛，《提要》已定其卒年为清康熙八年己酉（1669），而生年尚缺。

按：《提要》本条依据中国科学院图书馆整理的《续修四库全书总目提要（稿本）》集部别集类著录马之瑛《秋庄诗集》，①谓为"后裔公实选为十卷，道光十六年[丙申，1836]刻"。这个版本，实际上就是马树华（公实其字）辑刻的《桐城马氏诗钞》本（对应总卷五至卷十四）。② 过去《四库禁毁书丛刊补编》第82册曾经单独影印该本《秋庄诗集》，但缺少卷一、卷二。现今《清代家集丛刊》第135册至第137册全套影印《桐城马氏诗钞》，则《秋庄诗集》十卷完整，查阅比较方便。

《秋庄诗集》卷首附录方东树跋语，称马之瑛一生"诗近万篇"。③ 而马树华所选十卷，总共不到一千首，④所以大量作品还是读不到。倒是康熙年间潘江辑《龙眠风雅》初集，曾经得《秋庄诗集》原稿"四十卷"于马之瑛"叔子"亦即第三子"继融之手，为节录其什一"，⑤ 专门列为卷二十九。虽然所选作品总数更少，但其中颇有一些比较重要的生年线索。特别是七言古诗《曾孙晬日作，示敬儿》开头四句云：

> 曩在神宗己未时，我祖五秩鬓将丝。
> 顾我茕茕九龄耳，捧奠孑立常伤悲。⑥

马之瑛早年丧父，依靠祖父养育。这里"神宗己未"为明万历四十七年（1619），当时马之瑛

---

① 中国科学院图书馆整理：《续修四库全书总目提要（稿本）》第36册，齐鲁书社1996年版，第514页。
② 《续修四库全书总目提要（稿本）》从马之瑛起，到其后马孝思、马鼎梅、马凤翥、马敬思，以及马占鳌夫人姚德耀，连续六家诗集均称"道光丙申刻本"，而实际同样出自《桐城马氏诗钞》，《提要》著录马姓各条有关提法可以相应修改。另参见下文"马教思"条。
③ 马之瑛：《秋庄诗集》，见徐雁平、张剑主编：《清代家集丛刊》第135册《桐城马氏诗钞》，国家图书馆出版社2015年版，第68页。
④ 据徐雁平《清代家集叙录》统计，"《秋庄诗集》十卷……收诗954首"。徐雁平编著：《清代家集叙录》中册，安徽教育出版社2017年，第1245页。
⑤ 潘江：《龙眠风雅》初集卷二十九，见潘江著，彭君华主编：《龙眠风雅全编》第3册，黄山书社2013年，第1047—1048页。《提要》本条称马之瑛"殁后叔子出其《秋庄诗集》四十卷，后裔公实选为十卷"，容易引起各种歧义，至少马继融不可能活到马树华选诗的道光年间。
⑥ 潘江：《龙眠风雅》初集卷二十九，见《龙眠风雅全编》第3册，第1060页。

九岁,逆推即可知其出生于万历三十九年辛亥(1611)。

马之瑛的这个生年,从其姻亲方文的诗歌中也能够找到佐证。方文《方嵞山诗集·嵞山集》卷八所谓"七言今体"有一首《马倩若举第五孙,柬此(予外甥也)》,开头两句云:"君年长我一岁耳,六子五孙何太多!"①方文生年明确,为万历四十年壬子(1612);②马之瑛(倩若其字)比方文大一岁,正出生于其上一年万历三十九年辛亥(1611)。

需要注意的是,《龙眠风雅》该卷有一首七言律诗《甲午初度,在沧寓作。先祖以御史视长芦鹾时,予生于燕署》,尾联云:"萧萧白发休嫌早,昼夜平分九十年。"③这里"甲午"为清顺治十一年(1654),末句严格说起来是四十五岁。假如依此逆推,那么马之瑛的生年就变成了万历三十八年庚戌(1610)。而据黄掌纶等纂修《长芦盐法志》附编《援证》卷六下《历代职官传》"明·巡盐御史"记载,④马之瑛祖父马孟祯万历三十八年庚戌(1610)和三十九年辛亥(1611)都在"以御史视长芦鹾",所以无法从这方面来判断这两个年份谁是谁非。猜想这里"昼夜平分九十年"的"九十",应该是八十八的一个约数。

另外,《秋庄诗集》卷五《初度》二首之二颔联上句云:"初度每逢摇落日。"⑤这是用宋玉《九辩》的典故:"悲哉!秋之为气也。萧瑟兮,草木摇落而变衰。"由此可知,马之瑛出生的具体时间在当年的秋季。

附带关于马之瑛的弟弟马之琼,《桐城马氏诗钞》紧接马之瑛而选收其《恕庵诗钞》一卷(对应总卷十五),⑥《提要》本来依例也应当予以著录。而马之瑛《秋庄诗集》卷九《得孔璋书,有感》云:

> 书来称发白,四十汝才过。
> 婚嫁谁无累?田畴尚有禾。
> 游偏千里远,齿复七年过。
> 扰扰风尘下,衰颓更若何!⑦

这里的颈联下句,联系上下文来看,意思是说马之瑛比马之琼(孔璋其字)年长七岁;据此

---

① 方文撰,胡金望等校点:《方嵞山诗集》上册,黄山书社 2010 年,第 322 页。
② 见《提要》卷五,上册第 81 页。
③ 潘江:《龙眠风雅》初集卷二十九,见《龙眠风雅全编》第 3 册,第 1088 页。
④ 黄掌纶等:《长芦盐法志》,见《续修四库全书》第 840 册,第 525 页。马孟祯任职始于万历三十八年(1610),但月份或季节均不详;其下一任潘之祥,则始于万历四十年(1612)。又"祯",误作"贞"。
⑤ 马之瑛:《秋庄诗集》,见《清代家集丛刊》第 135 册《桐城马氏诗钞》,第 254 页。
⑥ 马之琼:《恕庵诗钞》,见《清代家集丛刊》第 135 册《桐城马氏诗钞》。
⑦ 马之瑛:《秋庄诗集》,见《清代家集丛刊》第 135 册《桐城马氏诗钞》,第 407 页。

推算,可知马之琼出生于万历四十六年戊午(1618)。又上及《龙眠风雅》该卷马之瑛诗歌,有《哭孔璋弟》一题,①则马之琼谢世却早于马之瑛,唯具体时间不详。

二、汪伯荐(卷六,上册,第130页)

汪伯荐,《提要》及《清人别集总目》均缺生卒年。②

按《提要》及《清人别集总目》著录的《汪氏家集》(或称《汪氏三先生集》等)第三家汪子祜《石西集》所附曾孙汪伯荐《崇礼堂诗》一卷,③卷首有一篇陈希昌撰《士倩先生传》,有关叙述说:

> 先生……讳伯荐,字士倩。……年三十九,膺崇祯戊辰恩贡之选。……年七十六而终。④

这里"戊辰"为明崇祯元年(1628),据此逆推,可知汪伯荐出生于万历十八年庚寅(1590)。又由生年下数,其谢世则在清康熙四年乙巳(1665)。

附带关于一些错别字:一是《四库全书总目》卷一七八集部别集类存目之五在著录《石西集》以及《崇礼堂诗》的时候,大概受上文汪子祜"别号石西"牵连(又本条之后接连著录他人《石孟集》《石门诗集》),将作者籍贯安徽徽州府祁门县误写为"石门人",⑤以致后世常有人误认作浙江嘉兴府石门县(今桐乡)。二是《提要》本条,称汪伯荐"字古倩",则"古"字显然是"士"字形近之误。三是笔者起先已经知道《崇礼堂诗》在《四库全书存目丛书》中有影印本,但按照作者姓名查复旦大学图书馆古籍部编《四库系列丛书目录、索引》却查不到,后来发现是姓"汪"被误作了姓"王"。⑥

另外,《提要》本条称《崇礼堂诗》系"汪懋麟辑",这个提法欠妥。现今所见《四库全书存目丛书》影印本,此《汪氏家集》第二家汪湜《檠庵集》上、下两卷,各卷均署"同族后学懋麟蛟门选辑,裔孙宗豫武山校梓";⑦第三家汪子祜《石西集》八卷,则各卷均署"同族后学

---

① 潘江:《龙眠风雅》初集卷二十九,见《龙眠风雅全编》第3册,第1058—1059页。
② 见《清人别集总目》第2册,第1002页。
③ 参见徐雁平《清代家集叙录》关于此种《汪氏家集》的介绍,参该书中册第1270—1272页。
④ 汪伯荐:《崇礼堂诗》,见《四库全书存目丛书》集部第146册,齐鲁书社1997年版,第594—595页。
⑤ 永瑢等撰:《四库全书总目》,中华书局1965年,第1607页。
⑥ 复旦大学图书馆古籍部:《四库系列丛书目录、索引》,上海古籍出版社2007年,第486页、第827页。
⑦ 汪湜:《檠庵集》,见《四库全书存目丛书》集部第146册,第338页、第345页。

耀麟叔定选辑,五世孙宗豫校梓";①而唯独所附汪伯荐《崇礼堂诗》一卷,卷端在作者之外仅署"男宗豫武山较[校]梓",②而没有"选辑"者。所以,像上及《四库全书总目》称《石西集》系"汪懋麟等定",已经不够准确,则关于《崇礼堂诗》,更应当不提"汪懋麟辑"才是。

又,《清人别集总目》有"汪宗豫"条,③所列著作仅一种所谓钞本"汪氏家传集不分卷",猜想很可能就是指他"校梓"的这个《汪氏家集》,所以应当予以删去。

三、张扶翼(卷六,上册,第 133 页)

张扶翼,《提要》及《清人别集总目》均缺生卒年。④

按张扶翼在清康熙初年官湖南黔阳知县期间,曾经纂修县志。该县志卷七《秩官》"知县·国朝"最后一任,即为张扶翼本人,具体记载说:

> 号容园,江南霍丘人。拔贡。康熙元年[壬寅,1662]到任。当朝廷和会之时,又值各台宽仁之政,与民休息,百务粗举。⑤

特别是最末还有这样一句:"九年[康熙庚戌,1670]休致,时年五十四岁。"这里带上当时的年龄,似乎不大符合编纂体例,但它显然蕴含着张扶翼此时此地的复杂心情,而恰恰为我们提供了宝贵的历史资料。据此逆推,就可以确切知道张扶翼出生于明万历四十五年丁巳(1617)。

另外邓显鹤辑《沅湘耆旧集》卷四十九最末一家所录黔阳绅士向文焕诗歌,有不少酬赠张扶翼之作,其中《张邑侯初度,兼得内转消息》云:

> 雨过黄花后,轻寒冬未深。
> 橙柑十月酒,师友半生心。
> 花衬王乔舄,霜清单父琴。
> 圣明侧席久,早晚听纶音。⑥

---

① 汪子祜:《石西集》,见《四库全书存目丛书》集部第 146 册,第 551 页。
② 汪伯荐:《崇礼堂诗》,见《四库全书存目丛书》集部第 146 册,第 596 页。
③ 《清人别集总目》,第 1005 页。
④ 《清人别集总目》,第 1145 页。
⑤ 张扶翼纂修:康熙《黔阳县志》,清康熙二十六年(1687)刻本,第 5b 页。
⑥ 邓显鹤编纂,欧阳楠点校:《沅湘耆旧集》第 3 册,岳麓书社 2007 年,第 120 页。

此诗正常应该作于康熙五年丙午(1666)张扶翼五十整寿的时候,虽然所谓"内转消息"后来没有成真,但可以推知张扶翼的生日具体一定是在十月份。

四、独孤塞(卷六,上册,第 134 页)

独孤塞,《提要》介绍说:

> 塞原姓俞,字吾体,号无害,安徽婺源[今属江西]人。明亡改姓独孤。……年五十卒。人称节孝先生。所撰《大刚集》二卷,与独孤䎃《慎妄集》合刊,称《两孤集》,康熙间刻,中国国家图书馆藏。《禁书总目补遗》载:"《两孤存》,一曰《大刚集》,独孤塞撰;一曰《慎妄集》,独孤䎃撰,共一部四本。中间皆狂悖之语,应请销毁。"此《两孤存》,即《两孤集》之误。乾隆间将此书列目禁毁,故传世稀少。

按这里所说的《两孤集》,《四库禁毁书丛刊》集部第 91 册已经据以影印,底本的书名页正作《两孤存》,并署"卧斋藏版"。① 所含两个小集,《大刚集》上、下两卷均署"独孤塞吾体著,弟䎃鹰中校",②而《慎妄集》上、下两卷则分别署"独孤俞䎃鹰中氏定稿"("独孤"与"俞"并存)、"独孤䎃鹰中氏定稿"。③ 如此总体来看,两人姓名,称"独孤塞""独孤䎃"确实比较符合原书实际。但是,集内如《大刚集》卷首张自烈为独孤塞而撰的传记,标题作《俞节孝传》,开头说:

> 俞塞,字吾体,号无害,婺源人。少孤,母、弟相继殁,客游不能归,自志其厄、哀其穷曰"独"曰"孤"。④

末尾"校辑授梓"者称"独孤子俞䎃,一名王爵,鹰中氏",并有"俞䎃一名王爵""鹰中一字廷一"两枚印章⑤;《慎妄集》卷下《戒余十章》,即署"江左俞王爵稿",⑥情况十分复杂。而所谓改姓"独孤",主要乃是一种游戏笔墨。因此,为了简便、规范起见,笔者参照影印本的标

---

① 俞䎃:《两孤存》,见《四库禁毁书丛刊》集部第 91 册,北京出版社 1997 年版,第 2 页。
② 俞䎃:《两孤存》,见《四库禁毁书丛刊》集部第 91 册,第 54 页、第 66 页。
③ 俞䎃:《两孤存》,见《四库禁毁书丛刊》集部第 91 册,第 9 页、第 19 页。
④ 俞䎃:《两孤存》,见《四库禁毁书丛刊》集部第 91 册,第 49 页。
⑤ 俞䎃:《两孤存》,见《四库禁毁书丛刊》集部第 91 册,第 50 页。
⑥ 俞䎃:《两孤存》,见《四库禁毁书丛刊》集部第 91 册,第 42 页。

注，还是用两人的本姓名而称之为"俞塞""俞㘽"。① 至于俞㘽称俞塞为兄，则实际上两人应该属于族兄弟（非胞兄弟）。而《两孤存》作为一种总集，成书于俞塞身后，其编者自然只能是俞㘽。

俞塞的谢世时间可以考察确切。《慎妄集》卷上《哭兄塞》六首小序记载：

> 迫闰七月十四日，忽昼就寝，梦兄语余云："吾死矣夫！"予汗出骇醒，随奔兄桃叶旅邸。瞑眩罔瘳，以是月二十日告终。②

前及张自烈《俞节孝传》，据末尾署款作于"昭阳单阏[癸卯]重光作噩[辛酉]上光[章]困敦[庚子]"，③即清康熙二年（1663）八月初五日。此前最近的一次闰七月，在顺治十八年辛丑（1661）。有关作品如《慎妄集》卷下《己酉元日，客燕邸试笔，用塞兄丙申元日客秦淮试笔十章原韵》组诗，据标题作于康熙八年（1669），而跋语叙及"溯兄逝九载"；④又《大刚集》卷首俞㘽"康熙十七年戊午"（1678）所撰《弁言》，称"兄行年五十……遽以疾尽，而余十七载之穷愁颠沛"云云，⑤也都可以佐证。因此，俞塞的忌日，显然就是顺治十八年辛丑（1661）闰七月二十日（公历9月13日）。以此再结合享年五十岁逆推，其生年则应该是明万历四十年壬子（1612）。曾见已故陆林先生《金圣叹史实研究》最末第二十章《〈鱼庭闻贯〉所涉交游考》，第一条在考察鲁钊的友人俞塞时，名下括注有生卒年"1612—1661"；⑥该处虽然没有交代具体的论证过程，但很可能也是这样推算出来的。

附带关于方以智《浮山文集后编》卷二有一篇《独孤子集序》，⑦乃为俞塞"遗稿"而撰，不知俞㘽在编刻《大刚集》的时候为何不予收入。

又，《两孤存》内俞㘽这一家，《提要》未见专门著录，即可依据影印本予以补充。唯据《两孤存》卷首张自勋康熙十九年"庚申"（1680）所撰《两孤弁言》"鹰中年甫强仕"亦即四十岁左右推算，⑧俞㘽大约出生于明崇祯十四年辛巳（1641）前后，比俞塞晚很多。

---

① "㘽"字，如影印本标注之类，往往误作"聃"。
② 俞㘽：《两孤存》，见《四库禁毁书丛刊》集部第91册，第12页。
③ 俞㘽：《两孤存》，见《四库禁毁书丛刊》集部第91册，第50页。另张自烈《芑山文集》卷十六最末所录此文，可见新文丰出版公司《丛书集成续编》第188册，第207—208页，但末尾无此署款。
④ 俞㘽：《两孤存》，见《四库禁毁书丛刊》集部第91册，第27页。
⑤ 俞㘽：《两孤存》，见《四库禁毁书丛刊》集部第91册，第50页。
⑥ 陆林著：《金圣叹史实研究》，人民文学出版社2015年，第546页。
⑦ 方以智：《浮山文集后编》，见方以智撰，黄德宽等主编：《方以智全书》第10册，黄山书社2019年，第63—64页。
⑧ 俞㘽：《两孤存》，见《四库禁毁书丛刊》集部第91册，第3页。

又,《清人别集总目》已据《两孤存》同时著录有俞塞、俞晫,①但《两孤存》书名同样都作《两孤集》,可以推想其原因乃是国家图书馆的相关著录有误。至于该处俞塞特别是俞晫的小传,则可参照拙稿酌情予以订正特别是补充。

五、马教思(卷十二,上册,第 334 页)

马教思,《提要》及《清人别集总目》均缺生卒年。②

按前及马之瑛《秋庄诗集》,卷六有《甲戌季冬,予为横逆留郡邸中,归则四儿生三日矣。今议授室,因忆旧事》一题。③ 这里"甲戌"为明崇祯七年(1634),"四儿"即指马教思(参见下文),可知马教思出生于该年"季冬"十二月。

马教思的这个生年,在其门人金德嘉《居业斋文稿》卷九《桐城马先生传》中可以得到佐证:

> 马先生者,讳教思……。父授文林郎讳之瑛,崇祯十三年[庚辰,1640]进士,知阳江县。……母潘,赠孺人。先生兄弟六人,于行为四。潘太君随任阳江时,先生甫八岁。④

据康熙《阳江县志》卷三《名宦传·明》马之瑛本传记载,其"由庚辰进士崇祯十四年[辛巳,1641]知阳江县事"。⑤ 这年马教思确实才八岁,与前述生年完全吻合。

金德嘉这篇《桐城马先生传》,关于马教思的生卒年都未做直接的叙述。其中有一段文字,涉及马教思的享年:

> 临卒……曰:"以天之灵,幸终牖下……年垂六旬,复何嗛?"⑥

---

① 《清人别集总目》,第 1639 页、第 1638 页。
② 《清人别集总目》,第 43 页。
③ 马之瑛:《秋庄诗集》,见《清代家集丛刊》第 135 册《桐城马氏诗钞》,第 279 页。
④ 金德嘉:《居业斋文稿》,见《清代诗文集汇编》第 121 册,上海古籍出版社 2010 年版,第 289 页。另其卷三《桐城马氏宗谱序》谓马之瑛仅有马教思、马方思"二子"(各以别号为称),应该属于疏忽,见第 235 页。
⑤ 范士瑾撰:康熙《阳江县志》,清康熙二十七年(1688)刻本,第 14a 页。同卷《秩官表·明·阳江县知县》记载相同,见第 5b 页。
⑥ 金德嘉:《居业斋文稿》,见《清代诗文集汇编》第 121 册,第 291 页。

这个意思是说,马教思享年接近六十岁但又不到六十岁。由此再看《居业斋文稿》卷十九《桐城马先生祭文》,末尾叙及:

> 壬申夜寐,有人报先生不幸。觉而欹枕……越二日而得讣。①

这里的"壬申"应该指清康熙三十一年(1692),马教思即卒于此年。与前述生年通计,其享年恰好为五十九岁。

附带关于马教思兄弟六人,依次为马敬思、马孝思、马继融、马教思、马日思、马方思,据后裔马树华辑《桐城马氏诗钞》可知人人有集。②《提要》著录有前四人,③兄弟次序都正确无误。但是,其以马继融大致归入卷十"生于崇祯九年至十三年(1636—1640)"者,生年居然迟于马教思;特别是将马教思大致归入本卷"生于顺治三年至七年(1646—1650)"者,显然错误,并且误差还相当大。

(朱则杰,浙江大学传媒与国际文化学院国际文化学系教授。出版有《清诗史》《清诗考证》《清诗考证续编》等。)

---

① 金德嘉:《居业斋文稿》,见《清代诗文集汇编》第 121 册,第 393 页。
② 参见徐雁平《清代家集叙录》有关介绍,见该书中册第 1245—1249 页。
③ 前三人依次见卷九,上册第 229 页;卷九,上册第 242 页;卷十,上册第 273 页。另参见上文"马之瑛"条。

钱仪吉钱泰吉主要事迹编年

任 群

摘 要：钱仪吉和钱泰吉昆仲是清代中后期著名的学者、秀水派诗人，名列《清史稿》《清儒学案》之中。二人年谱，分别有王蘧常先生编《嘉兴钱衎石（仪吉）先生年谱初稿》、钱应溥编《警石（泰吉）府君年谱》，但颇嫌简略。因二钱关系密切，学术观点接近，有必要利用新发现的日记、手札、书信等，编撰一部年谱合编。兹先将其主要事迹，按照时间先后顺序排比，为下一步研究打下基础。

关键词：钱仪吉 钱泰吉 主要事迹 编年

清高宗乾隆四十八年（癸卯，1783）钱仪吉一岁

三月二十三日，钱仪吉生，初名逴吉。钱氏家族为嘉兴世家，曾祖钱陈群累官至刑部侍郎，乾隆朝著名诗人，与沈德潜齐名。陈群母曰陈书，著名画家，乾隆皇帝曾为其画册题识。祖钱汝恭，陈群次子。父福胙，汝恭第四子。母，德清戚氏，康熙朝翰林院侍读学士戚麟祥之后。

本年，族父钱载致仕归。钱载号萚石，累官至礼部侍郎，是著名秀水派诗人、画家，为钱陈群族孙，幼尝从陈书学画，从陈群学诗。

乾隆四十九年（甲辰，1784）钱仪吉二岁

乾隆南巡，钱仪吉父福胙献诗行在，以病未及预召试。

乾隆五十年（乙巳，1785）钱仪吉三岁

三月二十七日，妻陈尔士生。尔士，余杭陈绍翔之女。

---

* 本文系安徽省哲学社会科学规划项目"钱仪吉年谱长编"（项目编号 AHSKY2020D143）阶段性成果。

乾隆五十一年（丙午，1786）钱仪吉四岁

从父钱复再署瓯宁知县。钱复，钱泰吉之父。

福胙中乡试第九十一名举人，后计偕京师，母戚氏携子至舅家以养以教。钱仪吉大病几死。

乾隆五十二年（丁未，1787）钱仪吉五岁

从父钱豫章登进士第。钱福胙考取咸安宫教习。

陈绍翔来园花镇来谒外祖戚朝桂，见仪吉，遂以女字之。

乾隆五十三年（戊申，1788）钱仪吉六岁

仪吉剧病，赖母戚氏精心调养以存。

乾隆五十四年（己酉，1789）钱仪吉七岁

春，始业《礼记》，得外祖褒扬。

从父钱开仕、从兄钱楷登进士第，选庶吉士。

乾隆五十五年（庚戌，1790）钱仪吉八岁

钱福胙会试中式，选庶吉士。

乾隆五十六年（辛亥，1791）钱仪吉九岁，钱泰吉一岁

十月初六日，钱泰吉生。钱泰吉为钱复第四子。钱复寻北上直隶候补。

乾隆五十七年（壬子，1792）钱仪吉十岁，钱泰吉二岁

九月，族父钱载重赴鹿鸣宴。

乾隆五十八年（癸丑，1793）钱仪吉十一岁，钱泰吉三岁

钱仪吉侍母戚氏入都，寓京师土地庙下斜街。钱福胙授编修。

九月，钱载卒，年八十六。

乾隆五十九年（甲寅，1794）钱仪吉十二岁，钱泰吉四岁

钱仪吉遍读十三经，精熟《文选》。学辞赋于江阴王苏。本年作《山赋》，为前辈张问陶称赏,特赋诗表彰之。拟《汉贤良诏》、司马相如《谏猎书》,得到伯父钱复奖许,赐以钱陈群庚子元日诗卷。另有诗句"一片炊烟绿",为伯父钱开仕激赏。钱福胙充顺天府乡试同考官。

钱泰吉随母至直隶,途中见名人扁联,默识而书之,人以为异。

乾隆六十年(乙卯,1795)钱仪吉十三岁,钱泰吉五岁

三月,武威张澍见钱仪吉所作《水赋》千言欣赏之,即订交。本年,钱仪吉从西麓许镐学举业。钱福胙充江南乡试副考官。族兄钱世锡卒,世锡为钱载之子。

钱泰吉入塾读书。

仁宗嘉庆元年(丙辰,1796)钱仪吉十四岁,钱泰吉六岁

钱仪吉父福胙充会试同考官。

嘉定陈令华公交车来京师,钱仪吉获识之。令华,嘉定钱大昕弟子。

钱复知吴桥县,钱泰吉随父之任。

嘉庆二年(丁巳,1797)钱仪吉十五岁,钱泰吉七岁

七月,钱友泗误服地黄卒,年甫十九。友泗,号四水子,有《训弟遗言》传世。友泗,为钱泰吉长兄。

嘉庆三年(戊午,1798)钱仪吉十六岁,钱泰吉八岁

钱福胙典试湖南,钱仪吉族兄钱楷同日命典四川乡试,都下传为盛事。

八月十七日,伯父钱开仕卒于滇南学政任。

秋,钱仪吉从季麟学。季麟,江阴人,有子芝昌,字仙九,道光末曾充军机大臣。

嘉庆四年(己未,1799)钱仪吉十七岁,钱泰吉九岁

二月,钱福胙提督福建学政。冬,钱仪吉侍父入闽。本年更名为仪吉。钱仪吉有诗百篇,曰《敝帚集》。

钱泰吉父钱复擢升大兴知县。

嘉庆五年(庚申,1800)钱仪吉十八岁,钱泰吉十岁

钱仪吉与姊婿李培厚从福建归浙江应省试。钱福胙擢翰林院侍读学士,御试翰詹列二等。

钱泰吉随侍大兴,从沈澍读书。

嘉庆六年(辛酉,1801)钱仪吉十九岁,钱泰吉十一岁

钱仪吉乡试中浙江第二十二名举人,因故不赴公车。冬,妻陈尔士来归。钱仪吉将此年之前诗结集为《闽游集》二卷。

钱泰吉侍父大兴。

嘉庆七年(壬戌,1802)钱仪吉二十岁,钱泰吉十二岁

三月三十日,钱福胙卒于家,年四十。钱仪吉丁忧里居,遂沉潜于经史、著述。

钱泰吉在大兴,从徐景淳读书。

嘉庆八年(癸亥,1803)钱仪吉二十一岁,钱泰吉十三岁

钱仪吉葬父于洙泾桥之原。

钱泰吉在大兴,从沈荫喧读书。

嘉庆九年(甲子,1804)钱仪吉二十二岁,钱泰吉十四岁

三月,钱仪吉之青江南河督署省世父,下榻憺园中,与友人吴显德(台卿)、元凯(杜卿)、彭蕴辉(远峰)、沈中翰(崇斋)诸人觞咏旬日,合写五人诗为一卷。冬归,钱仪吉通录少作就正于同里前辈诗人朱休度。休度,朱彝尊之后。

钱泰吉随父在京师,从沈方笺读书。

嘉庆十年(乙丑,1805)钱仪吉二十三岁,钱泰吉十五岁

春,钱仪吉赴京应礼部试,不第,返里。冬,始辑《庐江钱氏文汇》。

十二月,钱泰吉父钱复卒于京师。

嘉庆十一年(丙寅,1806)钱仪吉二十四岁,钱泰吉十六岁

二月二十九日,张澍自京师来嘉兴访钱仪吉,遂诗酒相乐。三月,同游西湖,谒于谦祠等名胜,赋诗。七月,长女天孙生。十二月,子衍淳殇。本年,陈令华主鸳湖书院,乃日相从讲经旨。

四月,钱泰吉侍母扶父丧归,七月归里。此后遂从钱仪吉学,兄弟二人文誉日起,号"嘉兴二石"。

嘉庆十二年(丁卯,1807)钱仪吉二十五岁,钱泰吉十七岁

钱仪吉撰成《庐江钱氏艺文略》二卷。

钱泰吉得父所藏书及吴氏黄叶村庄藏书。

嘉庆十三年(戊辰,1808)钱仪吉二十六岁,钱泰吉十八岁

四月八日,张问陶题诗盛赞仪吉文采。本月,钱仪吉会试中第二十四名,殿试第二十二名,选庶吉士。又谒见前辈法式善,请观伯祖《东麓诗钞》。假归。钱仪吉嘉庆七年至本年诗结集为《北郭集》四卷。

钱泰吉入县学,从同族钱尔琳学。

嘉庆十四年(己巳,1809)钱仪吉二十七岁,钱泰吉十九岁

正月十八日,北上,三月抵京师,遂题所居曰"澄观"。六月十四日,法式善、吴嵩梁等来澄观居所,观荷听雨,文燕极欢。散馆,以户部主事用。

钱泰吉娶妻胡氏。

嘉庆十五年(庚午,1810)钱仪吉二十八岁,钱泰吉二十岁

钱仪吉妻陈尔士与李氏姊侍母戚氏入都。秋,移居永光寺中街,扁之曰"苏雨"。冬,与同年友刘嗣绾、董国华、朱棨、屠倬、谢阶树、贺长龄、周之琦等人为消寒诗会。

钱泰吉仍从钱尔琳学。钱尔琳号特斋,钱氏族人。

嘉庆十六年(辛未,1811)钱仪吉二十九岁,钱泰吉二十一岁

立夏后二日,钱仪吉偕金宗衍、从兄钱械、族孙钱聚仁游枣花寺看牡丹,金宗衍用朱彝尊《一峰草堂看花歌韵》赋诗见示,有诗相和。复与宋湘酬唱。

十一月八日,从父钱豫章卒于嘉兴凤池坊之居,年六十二。

嘉庆十七年(壬申,1812)钱仪吉三十岁,钱泰吉二十二岁

二月,钱仪吉拟创读史会。七月,从兄钱楷卒于安徽巡抚任所。

钱泰吉在浙学以经义列高等。其诗学朱休度。其古文以《史》《汉》为根柢,以唐宋大家推之,归有光、方苞为义法,尤推崇乡贤王元启。手录《东坡诗集》评本,有跋。

嘉庆十八年(癸酉,1813)钱仪吉三十一岁,钱泰吉二十三岁

正月二十七日,太常仙蝶集于寓斋,钱仪吉有诗。八月十九日,复至,重纪三首,二十四日送至天坛柳间。

钱泰吉手录朱彝尊《韩诗》评本。

嘉庆十九年(甲戌,1814)钱仪吉三十二岁,钱泰吉二十四岁

从子钱宝甫出守云南澄江知府,假还浙江,将之官,钱仪吉念其远行,为绘《之滇行程图》。七月五日,于海岱门外万柳堂祭祀郑玄,蒋廷恩、陈用光、朱珔、胡承珙、徐璈、光聪谐、冯启蓁、张成、孙益阳、魏源、陈焕、陈兆熊、胡培翚等与会。冬,再与刘嗣绾、董国华、吴嵩梁及陈用光、朱珔、陶澍、梁章钜、胡承珙等重举消寒诗会。本年,钱仪吉集己巳以后古文为《扬山楼集》十六卷。

钱泰吉所为古文颇得时誉,或以为逼近眉山。

嘉庆二十年(乙亥,1815)钱仪吉三十三岁,钱泰吉二十五岁

钱仪吉《庐江钱氏文汇》十易寒暑,本年乃成,其后有陆续增定。

十二月,钱泰吉母沈氏卒。

嘉庆二十一年(丙子,1816)钱仪吉三十四岁,钱泰吉二十六岁

本年,钱仪吉表兄戚嗣曾以舅氏戚芸生命,奉《笔记》一卷,属为序。

钱泰吉畏友吴载和劝其居丧期间习小楷,专心经义与诗古文词。冬十月,钱泰吉长子炳森生。

嘉庆二十二年(丁丑,1817)钱仪吉三十五岁,钱泰吉二十七岁

三月,钱仪吉母戚氏卒,年五十六。八月,奉母丧出京,十一月还里。妻陈尔士率子女留京师。是年冬,葬母于父窆圹中,筑墓堂五间及左右厢房。

钱泰吉与友人至富阳,有诗存集中。

嘉庆二十三年(戊寅,1818)钱仪吉三十六岁,钱仪吉二十八岁

二月,钱仪吉溯富春江,游览山川。历二十日至南昌,省世父钱臻于江西巡抚署,留半月而归嘉兴。

钱仪吉、泰吉兄弟相得,肆力于经史。

嘉庆二十四年(己卯,1819)钱仪吉三十七岁,钱泰吉二十九岁

钱仪吉服阕还京,颜所居曰"定庐",刘嗣绾称之。仲冬,同人饮于兰坡,前辈新斋出王审知《德政碑》索赋,诗不能成,乃书跋以酬之。本年冬,长子宝惠娶妇。嘉庆十四年至本年诗作结集为《澄观集》八卷。

钱泰吉编定《香树斋诗集精华录》,分类抄读。

嘉庆二十五年(庚辰,1820)钱仪吉三十八岁,钱泰吉三十岁

夏,钱仪吉长孙栯生。秋,宣宗即位,以户部主事加四级。仪吉遇事直陈,多所匡补,得到同僚认可,胥吏畏之。本年,总办八旗现审处、总纂会典馆并提调,得见珍藏文献,萌生修《碑传集》之意。

钱泰吉省亲从父山东巡抚钱臻。秋至京师,寓钱仪吉处,冬归嘉兴。

宣宗道光元年(辛巳,1821)钱仪吉三十九岁,钱泰吉三十一岁

三月,钱仪吉补户部云南司主事。六月二日,妻陈尔士卒,年三十七,有《听松楼遗稿》四卷传世。八月,奏调山东司主事。

钱泰吉浙省乡试败北,援例以训导候选。

道光二年(壬午,1822)钱仪吉四十岁,钱泰吉三十二岁

三月二十三日,钱仪吉四十生日,钱泰吉奉钱陈群手书《良吏传》寄京师为祝。

冬日,钱仪吉招集乾隆癸卯岁生者数人,举昔贤癸卯生者,得嵇康以下十二人,相与咏歌其行事。

道光三年(癸未,1823)钱仪吉四十一岁,钱泰吉三十三岁

三月三日,太常仙蝶三至,钱仪吉题其子书斋曰"仙蝶斋"。其后,仪吉所藏书书目亦以"仙蝶"名之。四月十五日,钱仪吉以畿内旱灾,赴赈所。

道光四年(甲申,1824)钱仪吉四十二岁,钱泰吉三十四岁

钱仪吉考选河南道御史。四子彝甫生。或于本年始撰《三国会要》。

五月八日,钱泰吉次子应溥生。

道光五年(乙酉,1825)钱仪吉四十三岁,钱泰吉三十五岁

钱仪吉奉命巡视中城,识坊官李德林,越日德林获邻境盗且倾其巢,钱仪吉特疏保为令,后遂为例。

钱泰吉秋闱再次败北,遂弃举业。

道光六年(丙戌,1826)钱仪吉四十四岁,钱泰吉三十六岁

钱仪吉元日得孙,名之曰绛,作四诗志喜。后绛孙更名为"瑭"。瑭孙保护遗著得力,《碑传集》《三国会要》得以在苏州书局刊行,瑭之功也。四月,奉命监视廷对诸贡士。

《钱氏家谱》修成,钱泰吉出力颇多。

道光七年(丁亥,1827)钱仪吉四十五岁,钱泰吉三十七岁

钱仪吉以言事夺俸,蒯氏姑善绘,病中闻之,肖鹰以赐,振其志。七月,姑卒,哭之为志墓。八月,十女亥寿生。从子钱宝甫卒,官终山西布政使。

钱泰吉出任海宁州学训导,号书室为"可读书斋"。

道光八年(戊子,1828)钱仪吉四十六岁,钱泰吉三十八岁

钱仪吉得京察一等。由贵州道擢刑科给事中,旋转工科掌印给事中。

钱泰吉始纂《清芬世守录》。

道光九年(己丑,1829)钱仪吉四十七岁

春,礼部试,钱仪吉奉命外帘监试。十月十二日,太常仙蝶又至。嘉庆二十四年至本年诗作结集为《定庐集》六卷。

钱泰吉始校录《汉书》。

道光十年(庚寅,1830)钱仪吉四十八岁,钱泰吉四十岁

钱仪吉因户部失察假照案,镌秩。

五月,钱泰吉校修德堂本《元文类》,历七月始成。十月,纂成《清芬世守录》二十六卷。

道光十一年(辛卯,1831)钱仪吉四十九岁,钱泰吉四十一岁

钱仪吉居京师贫甚,尝答仲女远苓诗,有云:"债券如落叶。"姊婿李培厚卒。或于本年编成《冰蔬集》不分卷。

钱泰吉春始校《后汉书》,至十月乃毕。

道光十二年(壬辰,1832)钱仪吉五十岁,钱泰吉四十二岁

正月,女亥寿殇,才五岁。九月,题罢官京居三年诗曰《刻楮集》,乃道光十年至本年诗,凡四卷。闰九月,发京师归里。十一月,至嘉兴郡城。

钱泰吉归嘉兴省兄。本年钱泰吉再以它本校《汉书》《元文类》。

道光十三年(癸巳,1833)钱仪吉五十一岁,钱泰吉四十三岁

二月,钱仪吉应广督卢坤聘,决计赴广州,主讲学海堂。表兄戚嗣曾特来送行。四月二十四日到广州。卢坤以《两广盐法志》相托,嘱重修。道光十二年至本年诗作结集为《旅逸小稿》二卷。本年《衎石斋记事稿》十卷刊行。

钱泰吉再借它本校两《汉书》。

道光十四年(甲午,1834)钱仪吉五十二岁,钱泰吉四十四岁

朝廷罢停升之令,朝中故旧召之,钱仪吉皆谢绝。

钱泰吉撰成《海昌学职禾人考》,为学政陈用光赞赏。陈用光看重钱泰吉古文辞,每有所作,辄与商榷,并撰《清芬世守录序》。

道光十五年(乙未,1835)钱仪吉五十三岁,钱泰吉四十五岁

正月,钱仪吉尝与中丞祁寯言事。本年,应河南巡抚桂良聘北还。广州友人仪克中、曾钊等纷纷相送。道光十四年至本年诗作结集为《旅逸续稿》二卷。

钱泰吉校成《隶续》《西汉会要》诸书。

道光十六年(丙申,1836)钱仪吉五十四岁,钱泰吉四十六岁

夏,钱仪吉至开封,遂主讲大梁书院。院生苏源生相从甚密,日后编《中州文征》《鄢陵文献志》多得乃师指点。友人梁章钜开府桂林,途经开封,索诗赠行。

钱泰吉在海宁数辞荐举,然于民生利弊多有关注,颇得大吏信赖。钱泰吉再校《元文类》,录归有光评《史记》。编次所作诗古文辞十二卷,钱仪吉为之序。

道光十七年(丁酉,1837)钱仪吉五十五岁,钱泰吉四十七岁

八月,钱泰吉至访金衍宗于临安学舍。刻《甘泉乡人迩言》二卷,又校《元文类》《西汉纪年《南宋文鉴》《衍石斋记事稿》等书。因钱仪吉正修《庐江钱氏诗汇》,每有所得,必寄开封。

十月七日,钱仪吉师许镐卒于嘉兴莲花桥之居,年七十四。本年冬,长子宝惠携家来汴。

道光十八年(戊戌,1838)钱仪吉五十六岁,钱泰吉四十八岁

正月,新乡民担负果蔬来开封省钱仪吉。新乡,为仪吉从祖安庆公旧治,民众感其遗爱,故来相饷。

钱泰吉校成《乾道临安志》《淳祐临安志》,赠予桐城姚元之。遇钱泳于杭州,嘱校《写经楼金石目》。撰成《曝书杂记》二卷。

道光十九年(己亥,1839)钱仪吉五十七岁,钱泰吉四十九岁

钱仪吉四女叔琬适宛平史致昌。史致昌字平叔,后为彝山书院院长。七月,仲女远苓卒。孙杞生。钱仪吉在开封与巡抚牛鉴相厚。牛鉴后擢两江总督,第一次鸦片战争爆发后,在与英军的斗争中进退失据,遂遭严谴。

钱泰吉《曝书杂记》刊刻。本年秋,从邵懿辰借得明刻本《尚书蔡氏传》。钱泰吉与陈奂订交。

道光二十年(庚子,1840)钱仪吉五十八岁,钱泰吉五十岁

正月三日立春,钱仪吉用元稹韵作《生春》二十首,子婿辈纷纷唱和,卒成《庚子生春诗》二卷,一时间闻人达士纷纷唱和,如顾太清、邓廷桢、李星沅皆有和章。

钱仪吉子宝惠、邕醇同举顺天乡试,并中式。十月,钱泰吉五十生辰,钱仪吉寄之以邵雍画像,并录康节《清风吟》于上。本年,钱泰吉校勘《史记》。

道光二十一年(辛丑,1841)钱仪吉五十九岁,钱泰吉五十一岁

六月,黄河决口,水围梁园,书院被淹,钱仪吉避居同年周之琦家,手订先贤文集若干,并参与策划赈灾事宜。伯母金太恭人闻耗惊惧,几废寝食。十月,撰成《闽游集序》。是年《庐江钱氏诗汇》六十卷成书,并编成《韫玩集》十卷。

钱泰吉再校《史记》,在鸦片战争中协助知州守城。

道光二十二年(壬寅,1842)钱仪吉六十岁,钱泰吉五十二岁

正月十九日,钱仪吉曾孙炳文生。门生苏源生中副榜贡生。冬日,撰《妻陈恭人述略》。本年,《碑传集》略具规模。

钱泰吉与陈奂同访胡培翚于杭州。

道光二十三年(癸卯,1843)钱仪吉六十一岁,钱泰吉五十三岁

春,阮元八十生日,钱仪吉赋诗八首为贺。本年银库亏短事觉,与众同受罚。六月一日,长子宝惠以仪吉负官钱巨万,乞贷周之琦于桂林。

钱泰吉为其父母、兄长编订文集《颐和室合稿》四卷。

道光二十四年(甲辰,1844)钱仪吉六十二岁,钱泰吉五十四岁

本年,钱仪吉长孙钱桓乡试捷于京师。钱桓,钱宝惠之长子。冬,钱仪吉自题书斋名曰"征耆斋"。

泰吉之子炳森举本省乡试。

道光二十五年(乙巳,1845)钱仪吉六十三岁,钱泰吉五十五岁

钱仪吉长子宝惠会试落第还汴。本年,始辑《经苑》,并亲自校雠刊刻。

钱泰吉始修《海昌州志》。

道光二十六年(丙午,1846)钱仪吉六十四岁,钱泰吉五十六岁

钱仪吉四女叔琬卒。后五十四日,长子宝惠卒于嘉兴,哭之以诗。冬,有与苏源生论校刻《经苑》书。

钱泰吉撰《采访日记》四卷,属稿寄开封,就正于钱仪吉。

道光二十七年(丁未,1847)钱仪吉六十五岁,钱泰吉五十七岁

五月,钱仪吉友人张澍没于西安城中和乐巷之居,十月为之铭。

六月,钱泰吉刻《海昌备志》五十二卷附录二卷,钱仪吉为序。

道光二十八年(戊申,1848)钱仪吉六十六岁,钱泰吉五十八岁

正月十六日,伯母金太恭人卒,年九十七。

钱泰吉继续校勘《史记》。钱泰吉子炳森、应溥科举相继有成。

道光二十九年(己酉,1849)钱仪吉六十七岁,钱泰吉五十九岁

钱仪吉撰《续良吏述》。时虽衰病,仍一意治经。

钱泰吉父子校书,自得其乐。重次《甘泉乡人稿》,文十六卷,诗六卷。钱泰吉参与筹办荒政。

道光三十年(庚戌,1850)钱仪吉六十八岁,钱泰吉六十岁

春,钱仪吉孙栯会试中式第一百八十二名。

四月七日,钱仪吉卒于大梁书院,年六十八。钱仪吉道光十六年至本年诗作,是为《浚稿》八卷。至此年,《经苑》陆续刊刻二十五种。

钱栯以祖父丧,不得参加殿试。

钱泰吉校卫氏《礼记集说》,收录归有光文。钱应溥应廷试第一,以七品小京官用,分吏部文选司学习。

文宗咸丰元年(辛亥,1851) 钱泰吉六十一岁

续纂《曝书杂记》。二月,录查慎行评《瀛奎律髓》。五月至六月,校《苏舜钦集》。夏秋之交,校录钱仪吉纂《庐江钱氏年谱》六卷《续谱》二卷。完善《海昌备志》。

咸丰二年(壬子,1852)钱泰吉六十二岁

春初,大病几殆。病起,校雠《老子》。编次道光三十年以后诗文,名曰《深庐㾕言》,自为序。

咸丰三年(癸丑,1853)钱泰吉六十三岁

春,校录钱仪吉所辑《钱氏诗汇》。本年致仕,主讲海宁安澜书院。

咸丰四年(甲寅,1854)钱泰吉六十四岁

蒋光焴刻钱仪吉《衎石斋记事续稿》十卷成,钱泰吉乃刻《甘泉乡人稿》二十四卷。十月,长子钱炳森以疾卒。十二月,移居海宁陈氏清草堂。

咸丰五年(乙卯,1855)钱泰吉六十五岁

以肆书遣日,以摩挲古帖、佳砚自娱。

咸丰六年(丙辰,1856)钱泰吉六十六岁

校读《梅尧臣集》。

钱仪吉孙钱桐承重忧后,始与殿试,以知县分发山西。

咸丰七年(丁巳,1857)钱泰吉六十七岁
补钞左氏《百川学海》。

咸丰八年(戊午,1858)钱泰吉六十八岁
校读《晋书》。
钱应溥考取军机章京,钱桐充山西乡试同考官。

咸丰九年(己未,1859)钱泰吉六十九岁
仍以校读古籍为事。

咸丰十年(庚申,1860)钱泰吉七十岁
战事起,避地海盐北乡墓庐。

咸丰十一年(辛酉,1861)钱泰吉七十一岁
正月,次子钱应溥从京师归来,在北乡与父相见。海盐陷落,父子又走余姚、慈溪。五月,在余姚参加笃庆九老会。后以土匪蜂起,辗转奔波,十二月至江右。

穆宗同治元年(壬戌,1862)钱泰吉七十二岁
九月,钱应溥入曾国藩幕府,十一月迎父至安庆。曾幕中英俊豪杰之士,多乐与钱泰吉问学议论。

同治二年(癸亥,1863)钱泰吉七十三岁
十一月二十日钱泰吉卒,年七十三。曾国藩为撰墓表,薛福保为撰墓志铭。

(任群,文学博士,安徽师范大学中国诗学研究中心副教授。出版有《周紫芝年谱》。)

> 新书推介

三教融合视域下柳宗元思想研究的拓进

——评张勇《柳宗元儒佛道三教观新论》

朱憬臻

作为安徽师范大学中国诗学研究中心"中国诗学研究专刊"之一种,张勇教授《柳宗元儒佛道三教观新论》(以下简称《新论》,引用时只标注页码),2020年由中华书局出版。全书30余万字,由六章二十二节主体内容及导论和两篇附录构成。导论部分,亮明本书基本观点,把柳宗元定位为唐代三教融合思潮中的儒家代表。第一章交待柳宗元儒佛道三教观形成的文化背景,第二章到第四章分别探讨柳宗元的儒教观、佛教观、道教观,第五章探讨柳宗元的三教融合观,第六章探讨柳宗元儒佛道三教观的影响。附录中的两篇论文,一篇是发表于《孔子研究》的《柳宗元的孔子观》,另一篇是发表于《哲学与文化》的《柳宗元的孟子观》,这两篇论文是对第二章《柳宗元的儒教观》的重要引申与补充。

一本出色的学术著作,尤其是这样一个涉及中国哲学、文化、思想史、宗教史等多学科领域的课题,仅仅有一个好的框架结构与新的理论视角还是不够的。《新论》之所以骨体坚实、血肉丰满,是因为具有如下值得关注与借鉴之处。

一、文献实证与理论分析的有机结合

《新论》立论严谨,资料翔实。既注重史实和文献的考证与梳理,又注重结合三教融合的大背景去探寻文献背后的深层意义;既能从局部对"柳集"中涉及的思想观点进行追踪与考察,又能从理论层面对柳宗元的三教观进行整体观照。始终凭据材料说话,不发空言,显示出著者扎实的文献功底与良好的理论素养。

如第三章《柳宗元的佛教观》,分别考察柳氏禅学观、天台观、净土观和律学观。考察的重点是,柳宗元是否受到了佛教宗派的影响,以及这些影响在柳宗元思想中有哪些具体表现。为了证实这些佛教宗派对柳宗元佛教观的形成确有影响,著者首先考证柳宗元与以上四个宗派僧人的交涉情况,如禅宗的文畅、文约、浩初等,天台宗的重巽、觉照、怀远等,详细列举了柳宗元与这些僧人往来的书信、诗作等材料。同时,又从《柳集》中搜集出大量能够体现柳宗元佛学思想的文字材料,加以整理、考证,形成"《柳集》净土材料考""《柳集》律学材料考"等内容。通过以上文献资料的梳理,四大宗派对柳宗元佛学观的影响便一目了然。在坚实的文献基础上,再对柳宗元的佛教观进行理论层面的提炼也就水到渠成了。

又如第二章第三节对柳宗元儒"道"观的一个核心范畴——"中"的考察。著者认为,"中"为柳宗元儒"道"观的总纲,抓住"中"来理解柳宗元儒"道"的内涵就会纲举目张。著者将《柳集》之"中"尽可能详尽地梳理出来,按使用次数来计,"大中"16次、"中道"15次、"中庸"5次、"中正"8次、"时中"4次、"中"17次、"中和"1次。以上统计并不是简单地罗列材料,而是对这些材料进行思想分类——有的"中"指涉儒家,有的则指涉佛道两家。在这些与"中"相关的概念中,著者又着重对中唐之前出现较少的"大中"概念做了详细考证,推断《周易·大有卦》和《尚书·洪范》为该词的两个来源。在以上文献梳理与考证的基础上,再对柳宗元的儒"道"观进行理论层面的分析也就坚实不虚了。

《新论》中类似的章节还有很多,囿于篇幅仅举以上两例,可见该书真正做到了文献实证与理论分析的紧密结合,显示了著者扎实深厚的文献功底与良好的理论素养。

二、以问题为中心的结构体例

《新论》又一突出特点是其一以贯之的问题意识。该书每一章节都旨在解决具体问题,如第三章第一节对柳宗元禅学观的论述。禅宗作为东土的佛教宗派,在唐代可谓盛极一时,柳宗元生活在禅宗势力日盛的中唐时期,《柳集》中有关禅学思想的诗文材料很多,但《新论》仅选取了一个十分有趣的现象作为研究柳宗元禅学观的入口——《大鉴碑》中存在的"负问题"。所谓"负问题",张勇解释为"文本中本该说而没有说的东西,即文本中的空白"。

王维、柳宗元、刘禹锡三人均为惠能撰写过碑文,经过对比,张勇发现一个奇怪的现象:"与王、刘二《碑》把'法衣'与'顿悟'放在十分突出的位置不同,《柳碑》只字未提这两项惠能六祖地位与禅法特色的重要标志,这是《柳碑》中最大的负问题。"(107页)接着,紧紧围绕这个"负问题"展开论证。先考证柳宗元与南宗禅的交涉情况,排除了柳氏因不了解南宗禅而产生"负问题"的可能;再将"负问题"置于中唐时期的三大矛盾——禅宗内部南宗与北宗之间的矛盾、禅宗与教宗之间的矛盾、佛教与儒学之间的矛盾——之中进行考察,发现这是柳宗元有意而为之。经过层层推导,得出"《大鉴碑》中的'负问题'正是柳宗元融合佛教观的集中体现"(138页)这一深刻结论。

纵观全书,以问题为中心的结构体例使得《新论》内容充实、辐辏,论述如抽丝剥茧,绝不拖泥带水,读之令人神清气爽。

三、创新的观点与识断的勇气

在《新论》的《序》中,尚永亮先生说:"学问是需要积累的,一个课题,倘能在完成之后仍不断思考,不断深化,就可能打造成精品;学术观点是需要坚持的,只要持之有据,言之成理,即使遭遇异议,也不轻易改变或放弃,才能于不断完善后成一家之言。"尚先生所言不虚。从《新论》中,能深切感受到著者真诚而严谨的治学态度。

张勇曾在其"旧著"《柳宗元儒佛道三教观研究》中明确提出:"柳宗元是唐代三教融合思潮中的儒家代表,他与佛教的宗密、道教的杜光庭并列为三,分别代表了各自立场上'三教融合'的方向。"这一创新的观点在当时的"柳学"研究界是极具突破性的,学界在肯定其创新性的同时也有人谨慎地表示"还有进一步探讨的余地"。"旧著"出版后的十年中,张勇又发表了多篇"柳学"研究论文,随着研究的深入,他愈发坚定了这一观点的正确性,这无疑是需要创新之精神和识断之勇气的。正因如此,张勇将其发表于《孔子研究》(2010年第3期)上的《柳宗元:唐代三教融合思潮中的儒家代表》一文作为《新论》的导论,以示立论之基。

本书还提出一些富有创见性的观点。如,将柳宗元视为宋明理学的先驱之一,与韩愈、李翱相提并论。在以往研究中,柳宗元对宋明理学的影响往往被低估甚至忽略,如侯外庐等人编的《宋明理学史》、陈来《宋明理学》,均把韩愈、李翱视为宋明理学的先驱人物,均未提及柳宗元对宋明理学的贡献。《新论》孤明先发,提出:"柳宗元不但是宋代事功儒学薪火的点燃者,而且是宋明理学理性之种的播撒者。"(302页)并以大量证据令人信服地证明了柳宗元之于宋明理学的贡献:

> 柳宗元"反天命"思想,冲决了笼罩在儒家思想之上的神秘之雾,播撒了自由、理性之种,为理学家以抽象无形之"理"代替神秘主宰之"天"创造了良好的文化环境。柳宗元"三教融合"观,在事实上为宋明理学的发展指引了方向,其宇宙论、心性论都是在融合三教理论精华的基础之上提出的,虽然在体系上还不够完备,在理论上还显得有些粗糙,但为宋明理学本体论、心性论的建构提供了十分重要的方法论启示。(340页)

《新论》还分析了柳宗元不被宋明理学家看好的原因：一是参与了永贞革新，名分不正；二是崇信佛教，不合排佛的理学家之口味。从整个文化大环境来看，排斥佛道的思潮贯穿于儒学复兴的整个过程，而且始终占据着思想的主流，在这种情况下，以佞佛著称的柳宗元的地位自然不会高到哪里去。总之，《新论》紧紧抓住宋明理学"融儒释道三教于一炉"的根本特点，指出柳宗元"反天命"以及立足儒学而会通三教的学术思路之于宋明理学的影响，并给其以准确的历史评价，可谓发前人所未发。

综上所述，《新论》是在中唐三教融合视域下关于柳宗元儒佛道三教思想研究的一次重要拓进。该书在占有丰富翔实的一手文献资料的前提下，将文献考证与理论分析紧密结合，以问题为中心组织架构，各章节内容分读之皆可独立成篇，合读之则环环相扣、浑然一体。相信，在很长一段时间之内，以柳宗元视域下三教关系为研究对象的课题，难以绕开《新论》这部著作。

（朱憬臻，安徽师范大学文学院研究生。）

馆阁、地域与赋体:清代赋学研究的新思维

——评潘务正《清代赋学论稿》

程 维

历代赋学文献中,以清代资源最为丰富。清代是古典赋学的集大成时期,赋集、赋选、赋论、辞赋评点等文献大量出现。如果翻开踪凡、郭英德所辑的《历代赋学文献辑刊》,我们会发现其中大半是清代的文献。然而清代赋学研究,相较于汉代、六朝及唐代赋学,却显得薄弱很多。当前的清代赋学研究,主要集中在两个方面,一是清代赋学理论研究,以詹杭伦《清代律赋新论》(北京燕山出版社 2008 年)和孙福轩《清代赋学研究》(浙江大学出版社 2008 年)为代表;二是清代赋学文献研究,以踪凡《中国赋学文献考》中的清代部分为代表。这些研究体大虑博,都有其重要的学术贡献,然而也有一些需要推进之处:其一,文献研究主要以版本、著录、考证为主,理论研究主要以赋法和赋学观念为研究对象,二者整体上呈现出各自为政的研究态势;其二,相对于汉唐赋学研究而言,清代赋学的政治研究、清代赋学的文化研究、清代赋学的跨文体跨学科研究等方面就显得不足。

潘务正《清代赋学论稿》(中华书局 2020 年)正是在这两方面呈现其在清代赋学研究上的开创性价值。

一方面,他将文献研究与理论研究相互勾连、相互生发。正如本书绪论所言:"以赋选证赋学,将赋作、赋选与赋学理论及批评结合,考察清代赋学的特征与成就。"例如第四章第二节《朱一飞〈律赋拣金录〉的理论构架》中考察该赋选的三种版本与编纂宗旨间的关系,通过层层推论,认为《律赋拣金录》的二十四卷本与四卷本、不分卷本之间应该是由繁趋简的关系,证明了不断地"择其精者"是该书的编纂宗旨;又通过《拣金录》与《历代赋汇》录赋分类的比对,证其观念上的效法之义。又如第四章中《林联桂〈见星庐赋话〉与嘉道之际馆阁赋风》一节,通过考察《见星庐赋话》的选赋例,证明林氏极为关注本朝馆阁赋的创作动向,从而得出了该赋话"体现出去唐赋而尚时趋的理论趋向",进而将对一本赋话的文献考察,与赋法的考察以及时代艺风的考察融为一体。

另一方面,他将理论与文献置入文化语境之中进行研究,而不是将其抽出时代的惬意

讨论。本书第一章《文化政策与赋学复兴》是权力视域下的赋学文献考察。清朝作为一个少数民族政权，其在文化话语权力的争取上有其急迫性。这种急迫性如何渗透到具体的文献编纂活动中，这是本章所探讨的问题。本书第二章第二节《法式善〈同馆赋钞〉与清代翰林院律赋考试》是制度语境下的文献考察，第四节《〈本朝馆阁赋〉与清中期江南文学生态》是将知识阶层和团体的考察作为辞赋文献考察的历史语境。第三章《赋学的地域特征》是知识地理学视域的赋学考察。一个人的知识与其所生活的地域及地域文化密切相关，"真理"换个地方也许就变成"谬误"。例如"神韵""气机"这类文学范畴，一般是与赋学不相干的，甚至是相抵触的。然而作者通过对李元度《赋学正鹄》的地域文化考察，得出这样的结论："李元度在是书第九卷中设置'神韵'一类评赋，又与桐城派特别是姚鼐、鲍桂星等对湘乡派的影响有关联；《赋学正鹄》在湖湘重刚健之气的地域文化氛围中，特别强调赋作的'气机'，提倡以骈散合流、潜气内转等方式增强赋的气势，实现阴柔与阳刚文风的统一。是选由于重视地域文风，成为清季别具一格的赋学著作。"又如此章通过对张惠言的故乡常州的学术风气的考察，深刻揭示了张惠言《七十家赋钞》之所以重《文选》，重版本、校勘、目录之学，好以"比兴"言赋的内在缘由。

此外，在清代赋学的跨文体、跨学科研究方面，本书也做了有益的尝试。本书的第五章第一节探讨辞赋与书画之间的内在关系，第二节、第三节以一种赋学选集（马传庚《选注六朝唐赋》）和一种系列性辞赋书法合集（三十二体篆书乾隆御制《盛京赋》）为个案，探讨赋学文献与书法的关系，第四节以沈谦《红楼梦赋》为例考察辞赋与小说之间的关系。这样的考察视角使得不少极普通、平常的材料重新被审视，而另一些易被忽略、落满尘灰的文献焕发出新的光彩。

当然，潘氏研究不止于其开拓性的价值，还有其示范性的意义。主要体现在以下几个方面：

首先，以坚实的第一手资料为研究的底座。书中的每一种主体文献，都经历了奔走于各大图书馆间的作者的亲手触摸与审视。本书的字里行间，还留下了这些审视的痕迹：

> 《历朝赋楷》的几个版本主体部分基本相同，行款格式均为单页9行行21字，白口，四周单边，单鱼尾；稍异处在于开卷及书末收赋有异。南京图书馆著录为康熙二十五年（1686）刻本的开卷为《御制阙里桧赋》《竹赋》；另一著录为康熙刻本的开卷为顾豹文序及王氏自序，次御制二赋；而福建省图书馆著录的康熙刻本开卷无御制二赋及顾序。（51页）

> 根据版本比对，胡序《国朝赋楷》是在其《国朝赋选同声集》基础上改编而成的。

> 二书选赋数量、排列顺序完全相同,版本也一致,均为页9行,行19字,单鱼尾,字体也完全相同。二者区别在于,一是卷数不同。……二是版心有所不同。《赋选》鱼尾上方标注"同声集",下方标注卷数与"赋选"二字;而《赋楷》鱼尾上方标注"国朝赋楷",下方仅标注卷数。(125页)

> 翻检原书可以发现,吉大与厦大图书馆是根据初刻前朱琰序所署时间确定刊刻年代,湖南图书馆是依照初刻扉页上所署"乾隆壬子秋重镌"著录。……至于四卷本,上海图书馆著录为乾隆四十一年(1776)小酉山房刻本……但复旦大学图书馆则笼统地说是乾隆末。不分卷本南京大学图书馆著录为乾隆四十一年当湖刘氏刻本。(218页)

有这样丰富的第一手调查作为基础,则论证的可信度大大增加,结论也能让读者信服。

其次,就问题而生议论,不敷衍以成文。书中的每章、每节甚至到每个小段落,均是以问题为导向的论述。每一章围绕一大问题,每一节围绕一小问题,节中的每个小部分又围绕一小议题,各自独立,又环环相套。极少有可有可无的描述性文字。即便是一些不可避免的介绍,如著者生平、版本信息等,本书也是紧紧围绕本节的核心问题展开。例如《陆莱〈历朝赋格〉编纂宗旨与赋学思想》一节讨论《历朝赋格》与翰苑赋风之关系,篇中介绍陆莱生平的文字,便以其翰林院编修的身份为核心;《马传庚〈选注六朝唐赋〉考论》一节述及马氏生平,则紧紧抓三点:"一是出身于会稽马氏大族","二是好治骈偶之文","三是有经世之怀",这三点都与这一选本的核心意图,即"通过赋学的复兴重整战乱之后江浙的文化生态",息息相关。可见本书作者在掌握大量材料的同时,又不被材料所吞没。作者的文笔雅洁精炼,以达意为标准,虽研究赋学,却无辞赋铺排敷衍的习气,句句言之有物。因此本书虽只有25万字,但干货极多,问题极密,启发极丰富。

再次,引小问题为大问题,擢微观入宏观。本书大多从清代赋学文献这一微观视角入手,因之而观测赋体文学之大时尚、知识阶层的大特征、时代权力之大风向。通过讨论《本朝馆阁赋》这样由一批声名不显的文士所编辑的辞赋选本,他揭示出江南的中下层士人文化群体对于异族皇权的集体心理的细微变化,继而窥探出清中期汉人知识分子在满族治理下的文化生态。再如本书通过讨论沈谦《红楼梦赋》这一具体文本"以科举之律赋写艳情、愁情、悲情之小说"的写作风格,揭示了嘉道时期正统文学和经世精神在知识阶层的渐趋失落,以及通俗、游戏、嘲讽精神的上升。又如第五章中《正统观的艺术呈现》一节,以一次辞赋的集体书写这一具体事件为考察对象,从稽古右文的政治理想、礼制建设的统序意义、赋风书风的典范追寻、以篆书赋的深怀隐衷这四个层面,深刻且具体而微地探讨了清代汉臣对于清朝统治合法性的文化认同这一重大历史问题。在历史研究中,微观社会学、认识论共同体的研究如火如荼;而文学研究中,微观的,尤其是不够知名的作家、文本、文学团体和文学现象往往遭到学者忽视。由微观现象,探索整体文化语境,本书在这方面的努力,可以给我们提供有益的借鉴。

整体说来,潘务正《清代赋学论稿》是一部开创性与典范性共存的成功著作——它在赋学文献上崇尚"第一手",在清代赋学的书籍史、文化史研究以及跨学科研究上踏出了"第一脚"。不仅为后来的研究者提供了很多新的材料、观点,也提供了一些方法上的启发和学术研究上的示范。若读者能耐住性子,跟着作者的理路,从材料中一点点抽丝剥茧、逗引出思考,相信你会得到逻辑上的快乐和方法论上的收获。

(程维,文学博士,安徽师范大学文学院副教授。发表论文有《保傅制度与辞赋造作》等。)